汪道林◎著

幸福路弯弯

时代出版传媒股份有限公司
安 徽 文 艺 出 版 社

XINGFU
LU WANWAN

幸福路弯弯

汪道林◎著

时代出版传媒股份有限公司
安徽文艺出版社

图书在版编目(CIP)数据

幸福路弯弯/汪道林著. —合肥:安徽文艺出版社,2016.9
ISBN 978-7-5396-5830-8

Ⅰ. ①幸… Ⅱ. ①汪… Ⅲ. ①长篇小说-中国-当代
Ⅳ. ①I247.5

中国版本图书馆 CIP 数据核字(2016)第 193748 号

出 版 人:朱寒冬
责任编辑:汪爱武　　装帧设计:张诚鑫

出版发行:时代出版传媒股份有限公司 www.press-mart.com
安徽文艺出版社 www.awpub.com
地　　址:合肥市翡翠路 1118 号 邮政编码:230071
营 销 部:(0551) 63533889
印　　制:安徽联众印刷有限公司 (0551)65661327

开本:700×1000 1/16 印张:19.25 字数:350 千字
版次:2016 年 9 月第 1 版 2016 年 9 月第 1 次印刷
定价:39.00 元

宿命论的悲剧色彩与幸福观的深度认知

——汪道林长篇小说《幸福路弯弯》思想性之我见

一

俄国短篇小说巨匠契诃夫曾经这样慨叹:“自从莫泊桑以自己的才能给创作定下了那么高的要求之后,写作就不那么容易了。”而在当前市场经济至上、快餐文化泛滥的今天,少数仍然坚守在精神殿堂里枯灯黄卷的文学爱好者,更是发出了这样的感喟:“小说越来越难写了!”这种感喟意味着不论是作者、读者还是出版社,都在以一种近乎挑剔的眼光,对小说创作提出了更高层面、更加严格甚至是更为苛刻的要求。

小说难写,自然难在文学性、艺术性与思想性的有机统一上;当然,思想性是小说的核心灵魂。所以著名的散文家秦牧这样说:“一篇小作品也好,一部巨著也好,不管它有多少栩栩如生的人物、动人的情节、精彩的笔墨,如果它所表现出来的核心思想是不够好以至很坏的话,这样的作品也就大大失色以至于糟透了。”捧读汪道林的长篇小说《幸福路弯弯》,我是从文学编辑的角度来着重审视其思想性的——也就是鲁迅先生在《一件小事》中所言的:“要榨出皮袍下面藏着的‘小’来”。这“小”反映到女主人公舒伊梅的身上,主要体现为宿命论的悲剧色彩和幸福观的深度认知。

二

宿命论的形成由来已久,北周《步虚辞》曾云:“宿命积福应,闻经若玉亲。”意即人从出生下来开始,其一生的贫富、寿数等就已经受到既定的遭遇限制,只能服从上天的安排,唯有顺天应人,才能积福除灾。宿命在古代的中国有“生死有命”“富贵在天”的说法,在古希腊罗马也有“顺应自然”“服从命运”的主张,因此它具有唯心主义倾向和神秘宗教色彩。其实命运是不可预知且时刻存在变数的,人的命运始终掌握在自己的手中,只有努力上进,果敢抉择,才可凤凰涅槃,浴火重生。

从小在偏僻的西子湖边长大的舒伊梅,尽管在二十世纪八十年代幸运地接受了小学教育和初中教育,但是激进的理念和叛逆的思想并没有完全熏染到这位乖巧懂事的农家女孩。她是相信宿命论的,每次只要认为自己走进了人生的“死胡同”,总会拿徐志摩的那句名言“得之,我幸。不得,我命。如此而已”,来求得心理的平衡与精神的慰藉——这里的“宿命”,更多的是指生命生活中无法改变的现实。对于这种现实,无论是已经发生的,还是正在发生的,抑或将来必然发生的,舒伊梅最初的态度基本上都是默默地完全地接受。所以当陈蓝诺因为受伤而在暑假无法回家时,当所有的信件被父亲舒柏康中途拦截而得不到陈蓝诺的任何消息时,舒伊梅对自己心中悄然萌发的爱情最终还是产生了怀疑,认为陈蓝诺真会像父亲所说的那样:“陈家庄那小子已经变了心!”

“水之积也不厚,则其负大舟也无力。”(《庄子·逍遥游》)由于爱情的根基发生了动摇,或者说宿命的顽疾开始疯狂地滋长,悲剧的“种子”于是顺理成章地埋了下去:舒伊梅竟然听从父亲的摆布,实际上是以两万元的价格“卖”入了谭家;面对婆婆吴秀珍的冷嘲热讽,百般刁难,她基本上是逆来顺受,从不还嘴;与“十不全”的丈夫谭文玉初次见面,尽管惊愕万分,无法理喻,她却以上帝的名义寻求到了很好的借口:“是自我救赎的上帝,是善良派遣的上帝,还是这上帝就是她身体里与生俱来的一种坚强和勇气?”以至于在看到谭家院落里堆得乱七八糟的花钵,她也能心生感叹:“枯萎,是植物的宿命,也是人的宿命。”即使是被安排到南林市造纸厂上班,舒伊梅也是完全听从了吴秀珍的指挥与安排,叫她去造纸车间便去了造纸车间,叫她去会计室便去了会计室,叫她遭遇下岗那更不是易如反掌的事情吗?命运完全掌握在别人的手中,这样的世界怎能不是灰暗的、无奈的?这样的人生怎能不是感伤的、悲哀的?所以在舒伊菊的坟前,“内心强大的她还是歇斯底里地痛哭了一回——为内心的委屈而哭,为现实的婚姻而哭,为凄凉的命运而哭,哭得那么迷惘无助,那么撕心裂肺,又那么酣畅淋漓……”

三

罗曼·罗兰说:“宿命论是那些缺乏意志力的弱者的借口。”舒伊梅的觉醒显然不是因为缺乏意志力,相反,恰是意志足够坚强,内心足够强大,使她能够将人性中的埋怨、气愤、消沉、迷惘、仇恨等等,全部包容下来。而要做到“以大度兼容,则万物兼济”(《宋朝事实类苑·祖宗圣训》),这显然是基于舒伊梅的性格善良这个前提的。

“善良的行为使人的灵魂变得高尚。”(卢梭)舒伊梅以夭折自己的爱情,成就了舒伊仁与苏子薇的美满婚姻;以对谭文玉的悉心照料,将原本难以接受之心化作了浓浓的亲情;以对父亲最初心中盘算的理解,使得舒柏康后来为自己的所作所为追悔不已;以对吴秀珍怪异目光与诡异行为的忍受,让吴秀珍最后良心发现,想尽一切办法来保护自己的儿媳妇……的确,“灵魂最美的音乐是善良”(罗曼·罗兰),正是因为善良的天性使然,舒伊梅即使处在人生的低谷时期,依然体会到了来自方方面面的小小幸福,特别是她第一次回家看到舒伊仁与苏子薇恩恩爱爱时,小姑子谭文婷处处与自己亲密相处时,车间李主任和财务室刘会计对自己无微不至的关爱时……可以这样说,善良的本性铸就了她独立而不偏执、心伤而不绝望、平凡而不平庸的人格魅力;同时也赢得了所有人对她的同情、理解和尊重,即使是吴秀珍也不得不对她刮目相看。

“爱和善就是真实和幸福,而且是世界上真实存在和唯一可能的幸福。”(列夫·托尔斯泰)舒伊梅的生活尽管比较不幸,但她在爱情的体会上相对要幸福许多。陈蓝诺用十年的坚守,让她尝到了被爱的滋味;杨仲夏以兄长般的关爱,帮助她走出了人生的低谷。这两位男主人公虽然最后没有与舒伊梅终成眷属,可这种结局还是告诉人们一个道理:其实,爱就在身边,幸福是一种感觉。舒伊梅明显察觉到了这种幸福,她权衡再三,之所以做出放弃被爱的决定,是因为她清醒地认识到:“爱情可以是一个人或两个人的天地。婚姻不可以,婚姻是一个大家庭。婚姻不仅仅只要爱情,还要生活。生活是现实的,既要与柴米油盐打交道,还要融入各自的家庭。”舒伊梅的分析不无道理,她如果选择与陈蓝诺百年好合,不仅不会被陈蓝诺的母亲接受,而且也会伤害到杨仲夏对自己的付出；同样，她如果选择与杨仲夏喜结连理，这叫陈蓝诺情何以堪，同时也无法报答婆婆吴秀珍在大是大非问题上对自己的保护，因为在舒伊梅的潜意识里，血永远是浓于水的，亲情永远要大于爱情，这也是她最后决定搬回谭家的主要原因之一。总之，在对爱情的体会上，舒伊梅的感受与莎士比亚的名言有异曲同工之妙："忠诚的爱情充溢在我的心里，我无法估计自己享有的财富。"

四

将"宿命论"淬火为"幸福观"，既有偶然因素，更有必然原因；准确而言，"天下没有偶然，偶然不过是化了妆的、戴了面具的必然"（钱钟书）。先说舒伊梅无奈地嫁入谭家，尽管心灰意冷，尽管心有不甘，尽管心生怨恨，幸运的是，她在谭清玄的书房里为困顿的心灵找到了栖居之所，在谭清玄的豆腐块文章里找到了共鸣之处，并且产生了想写故事的想法，"只要一有空闲和机会，她还是要往楼上跑，然后沉浸在她编写的小说《正值花开》的故事情节里"。以至于小说的结尾，当杨仲夏无意中翻看到那部还未完成的小说手稿时，"心海的涟漪不再是微漾了，而是卷起了滔天巨浪"，同时情不自禁地诘问自己："自己要做到如何的优秀，才可以真正走进她的生活呢？"这种必然性之中所蕴含的不可确知性或者说偶然性，无疑埋下了一个精彩的伏笔，给读者以无限的想象空间，也给作者今后的创作留下了更大的余地。

舒伊梅命运的转折点应该有两个：一个是发生在毛毛出事之后，她在鲁付春心怀不轨的安排下，被调入厂会计室从事自己根本不熟悉的财务工作；"祸兮福之所倚，福兮祸之所伏"（《老子》第五十八章），她在报纸上无意中发现了一则关于注册会计师考试的消息后，就认为"没有什么不可能的！只有想不到，没有做不到的！"。舒伊梅为自己决定参加自学考试"兴奋起来，脸上挂起了自信的笑意"。以金石可镂的精神和不懈的努力，换来的成果是双喜临门："就在陈蓝诺与谭文婷双双离开的第二天，舒伊梅接到了南林市税务局的录用通知书，这天恰好是她二十八岁的生日"。第二个是舒伊梅遭遇下岗的经历，既在意料之外也在意料之中，这不仅是偶然中的必然，而且是舒伊梅为自己逃离谭家、经营水果的果敢抉择而感到欣慰的地方。在自食其力的过程中,舒伊梅其实不仅仅只是得到了翁香玉一家的无私帮助,实际上还有谭文婷的默默支持以及吴秀珍的暗中资助。这段经历给予读者一个启示:命运的折磨就是命运的恩赐,通过自身的努力,一切皆有可能发生逆转!也是作者在后记中所强调的:“她身上所表现出的那份坚定和毅力,那份高贵与恬淡,能引领人宽以待人,又能激励人奋发向上,还足以启发那些把日子过得迷茫的人,那些对生活失去信心的人,去深度地理解幸福所蕴含的哲思与意义。”

最后需要强调的是,思想性的高度一般会决定艺术性的深度,会拓展文学性的宽度。《幸福路弯弯》在思想性的挖掘与探究上进行的有益尝试,诚然值得可圈可点;但这毕竟是汪道林创作的第一部长篇小说,从文本上来看,个人认为在人物形象刻画上仍可生动一些,在故事情节的安排上仍可跌宕一些,在典型环境的描写上仍可凸显一些;但瑕不掩瑜,诚挚地希望汪道林在文学创作的道路上越走越远!衷心地希望大家享受到的幸福指数越来越高!

钱续坤

一个时代的记忆与伤痛

——读汪道林长篇小说《幸福路弯弯》

一部小说完成就意味着作者终结了一段历史，但伴随数月、数年的创作过程的记忆却成了一道鲜明的疤痕，从此疤痕成为一种标志或者一个符号。汪道林在未出版下一部小说时，她的这部长篇小说《幸福路弯弯》，就成了她的标志和符号，提起她，就会让我想到她的"幸福"与"路弯弯"两种意象的组合。这是一种有趣的精神印记。一部作品给人印象深浅，符号是很重要的。《百年孤独》我读了两遍，内容情节忘了，但"百年孤独"这个代表马尔克思的符号却不会忘，并成为抵达生命和灵魂深部的一把钥匙，它将沉在记忆角落里的艺术知觉和想象提取，从而又能得知《百年孤独》写了什么。又如，海子的符号是"面朝大海，春暖花开"，别的符号无法取代，他一生的创作及诗歌王国承载的东西很多，但被人们普遍喜爱的符号只有一种。

文学艺术符号有一个特征，那就是朴素的词汇恰如其分地表达了精神内核，它回避了歧义与深奥，却意味深长；它拒绝朦胧与暧昧，却蕴含活力。汪道林将二十世纪八九十年代那段历史中的情感伤痛，找到一条弯弯的幸福路，使之消解。那是她亲历过的时代，那个时代城乡人们之间有一道巨大的关卡——户口，社会因此而分等级，价值观随之扭曲。美丽的农村姑娘舒伊梅屈从父意，嫁给一个身体缺陷被称为"十不全"的城市男人；她的父亲得到两万块钱，把她送上了农村人普遍看好的"幸福路"——物质层面是条衣食无忧的"坦途"，而她的精神却因与自己心爱的有为青年陈蓝诺的分手而绕到现实之外的"梦途"。虽然从农村来到城市，她有了一份工作，但身份的胎记一时难以磨灭，过着寄人篱下的生活，尤其与丈夫的感情，完全靠她的那份善良来维系，灵与肉全然脱离了"幸福"。她意识到自己将葬送在这种

"幸福"之下。后来,随着社会的变革,一家家国企改制,现实开始动摇"国家人"固有的优越性,物质层面的"幸福"成为很多人的梦魇。舒伊梅也下岗了,但她通过学习提升自己的文化素质,并坚持独立自己开店谋生而开辟和拥有了一条属于自己的幸福路,同时那条曾绕开她的爱情的幸福路也慢慢显现出来。丈夫去世后,她的情感踏上寻找幸福的征途。从梦境中回到现实的陈蓝诺对她痴情不改,而她却于生活中获得了另一个男人的真情与力量。选择,面对弯路。心智,懂得幸福。对于舒伊梅,幸福路弯弯,而小说中其他人物,寻找爱、追求爱、拥有爱的过程,也同样由时代和社会大环境的"独特性",决定其幸福也必然路弯弯。当然,人们幸福观的不同,坚守与放弃取决于人物的命运归宿。也因此形成了错综复杂的爱情关系、男女关系及暧昧关系。

幸福是每个人都渴望的,汪道林提出什么是真正的幸福,但并没有去诠释和证明。她横截了一个时代,而那个时代非常具有典型性,只有经过那个时代的人才知道社会价值观及爱情观的冲突带给人们的是什么,人们的行为又带给社会的是什么。自由恋爱的语境下,是城乡两个社会的感情博弈,以至于"爱情"屈服于"幸福"。幸福观的狭隘化,是最危险的,它将人性中美好的东西颠覆。尤其是社会制度直接决定"幸福"的取舍,爱情被势利吞噬。现在城乡青年的爱情处处开花结果,得益于制度的改变,于是释放了人性的善,而幸福之路也就宽阔了。一个时代有一个时代的问题,当今这个时代似乎幸福不再路弯弯,然而急功近利的行为,闪婚使"爱情"成为儿戏。从这个角度来看,《幸福路弯弯》获得了文本的价值,它以别的小说少有的角度,关注一段历史及其人们的生活以及城乡的变化。

汪道林笔触细腻,她将人物落到生活本有状态,进行心理描写,以心理推动情节,以情节带动心理,双向作用,具有感染力。人首先是自身的冲突,因而心理的活动,最能反映一个人的性格和思想。有别于其他小说的是,她将心理活动跟人物行动相伴,不仅仅是主要人物,但凡出现的人物,都有心理活动。做到心理气质不混同,是很难的,必然要管控语言的变化。汪道林把叙述变成人物内心的独白,让作者主观服从于人物性格,处理得不错。还有一个能代表汪道林小说特点的是,无论什么角色从出现到消失,都有一条清晰的线索,但在情节设置上却又是这个角色与另一个角色的线索交叉,这使得内容很丰富，一条条线索牵动着人物，使他们构建了一个完整的小说世界。

汪道林的思维中有多种逻辑系统，她是会计师、资产评估师、税务师，都是自学考取的；她还自学拿到了汉语言（文学）专科文凭。她平时写散文、诗歌，去年开始写长篇小说，不断打磨直到交付出版，可见她有很强的驾驭事物的能力。长篇小说像一个庞大的工程，里面涉及的东西很多，它不是文字的简单码放，而是艺术的创造。这个工程不同于会计、统计逻辑系统，而需要形象思维，但它们显然对她的思路及小说结构布局、故事伏笔及人物描写有帮助，也就使得创作之路怎么弯曲，也在她的掌握之中。

我很欣赏汪道林的一个观点，她说："人生是一种承受，承受痛苦，承受孤独，承受平淡，还要承受幸福。"承受，也是她赋予笔下人物的一种力量。

何诚斌

一

节令已到初秋,田野里的稻谷和玉米,始由青绿色转变为金黄色;与之同时转变的,还有那几株傲然挺立的向日葵,它们一个个扬着饱满的笑脸,问那从身边拂过的微风:秋天到了吗?微风让葱茏的树木以葳蕤的叶子回答:你美着吧!夏天的尾巴还没拖出时序的门槛呢!

的确,天气还十分炎热,日子也没有明显地短下来。已经是下午6点多钟了,落日的余晖还笼罩着西子湖岸的陈家庄。村庄里不见炊烟升起,田野上也不见乡亲们匆忙收工的身影,就连麻雀、八哥等鸟儿,也不愿早早地归巢,唯有几声沉闷的犬吠从村头传来,搅得舒伊梅本就不安的心更加落寞起来——明天,她要远嫁,要离开她生活了十九年的故乡!

明天,于舒伊梅而言,简直就是世界末日。

她有不舍。怎么能舍?这里不仅给予了她生命,而且给予了她初生的爱情。尽管陈蓝诺莫名其妙地从她的生活中消失已有半年多时间了,但舒伊梅知道,陈蓝诺在她的心目中,如同这初秋还不愿离去的夏,牵挂正酣,思念正浓。

此刻,舒伊梅坐在西子湖的坝埂上,身子向前微倾,两腿屈在胸前,双手托着下颌,美丽却有点迷离的眼睛静静地凝望着对岸。她这样的姿势,几乎定格了整个暑期。她曾无数次设想,陈蓝诺会悄悄地从陈家庄溜出来,又蹑手蹑脚地“猫”到她的身后,轻轻地罩住她的双眼,那该是多么惊喜和快乐!

可是——已经不可能了。天都快黑了,又一天过去了。她望着那正落下西山的火红太阳,心跟着往下沉,往下沉……

明天太阳最好不再升起,舒伊梅想。她真的好害怕天黑下去,这样离明天就不远了。她认为没有了蓝诺的明天,生活就等于是在黑暗中。

蓝诺怎么会说变就变呢?舒伊梅又想到这个问题上来。寒假期间,不是还好好的吗？还天天溜出来见面；返回学校前，他那么依依不舍，还说，快了，明年就毕业了，毕业分配后，生活安定下来，我就带你出去，我们永不分离……

你的誓言，这么快就忘了吗？明天是我的生日，你也忘了？你怎么会忘呢？这几年我的生日，你都送了写着温暖祝福的精美贺卡。

舒伊梅回忆着。想到蓝诺考上大学的那一年，她生日那天，他还托他的朋友送来一束玫瑰花，尽管那是没有香味的假花，但是她的心里，瞬间花香四溢。紧接着，那个周末，舒小冉也送来了蓝诺的第一封信。她惊喜地打开信封，十几页的信纸，全是他压抑着的情感表白。他说，他终于考上了大学，终于实现了半个梦想；他说，他一半的梦想就是替她考上大学，另一半则是在城市里找到工作，带她脱离农村，走出穷山沟；他说，她是他的原动力，他是火车，他们未来的生活就是乘载着“动力火车”，一起驶向幸福的彼岸……

那时候，舒伊梅正沉迷在琼瑶的小说里，知道玫瑰代表爱情。那时候，她对爱情是渴望的，又是懵懂的，只知道她是那么爱慕他，爱慕了很久，却不知道那就是爱情。后来，他们真的恋爱了，她如梦似幻，感觉她就是这个世界上最幸福的人，比琼瑶笔下任何一个拥有爱情的女主人公都要幸福！

可是现在……她想要的幸福被父亲剥夺了。除了蓝诺，没有人能救她。如果蓝诺现在回家，或者传来只言片语，她就可以坚定地拒绝父亲安排的婚事。她不要嫁给一个残疾人，不稀罕成为城里人；她只想和蓝诺在一起，在哪都行，再苦都行！蓝诺，为什么要躲我不见？为什么？你真的是移情别恋了吗？我该怎么办……舒伊梅泪眼婆娑地在心里一遍又一遍地问。

几只麻雀、八哥在身边飞翔，不忍卒看，又叽叽喳喳耳语着纷纷回巢。天色已暗了下来，偌大的陈家庄逐渐模糊成一团黑影。

要是往日，在这个时间点，舒伊梅会在家里烧饭，或者照顾小小。小小还不满两岁，是舒柏康最小的女儿。舒柏康共有五个儿女，大儿子舒伊仁腿有残疾，至今未娶回媳妇；二女儿舒伊桃三年前嫁到陈家庄去了；三女儿舒伊菊六年前在西子湖溺水而亡；舒伊梅生下来时，舒柏康没打算再要孩子，而村里人习惯把排行老末的女孩叫作“小妹”，家里人就自然而然地叫她“伊妹”——“伊”字是辈分。

小小的出世是个意外，孙爱兰到了知命之年，以为自己绝经了，谁知取过环后，竟又受了孕，发现时已有五六个月了，只好生下来。为此，本来家里就一贫如洗，还被罚去3000元的超生款。

“伊梅”这个名字是她刚入学那年取的。当年，舒伊仁买了一幅中堂字画回家，上面正好写着“宝剑锋从磨砺出，梅花香自苦寒来”，舒柏康就为她取了学名“伊梅”，如此家里女人都是花名了：兰花、桃花、菊花、梅花。舒伊梅对父亲最为满意的一件事，就是为她取了个带“梅”的名字！大自然的花朵她都喜欢，可她最爱的是梅花和菊花——在她看来，梅花傲骨养气，菊花养眼养心。

夜色渐浓，寂静的田野里，除了蛙鸣此起彼伏，一群蚊子在身边哼着飞舞，再也没有别的声响。舒伊梅低垂着眼睑，西子湖横卧在她的脚下，水缓缓地流着，飘落的紫薇花瓣在水面上波动，好像要追随流水奔赴长江里去，她凝望着，伤感顿时又起，觉得自己就是这飘落的花瓣，淌进了茫茫的人生之河。

这样一想，舒伊梅的胸口又痛了，是那种从心底一直痛到喉管的刺痛。这段日子她总是这样，伤感时胸口就像被针扎般疼痛。她深深地吸了一口气，似乎是要把所有的痛都吸进肚子里，一个人咽着，藏着。但她多少也是有些恨自己的，为什么不忍拒绝父亲？为什么要自己承受这样的痛？

大枫树的树冠穿过村庄的头顶，隐隐约约，独立苍穹。舒伊梅知道，在它的脚下，现在还正热闹着。她不想回家，不想看到那份热闹。

舒堂屋有个传统习俗，只要有一家办红白喜事，全屋的人都会主动上门帮忙——杀鸡、宰猪、打豆腐、炒瓜子、炸糯米圆子，如同过年一般。特别是明天，有来自城里的客人，她能想象父亲与叔叔、婶娘们那用心忙碌的样子。

舒堂屋与陈家庄之间相隔着西子湖。据说这西子湖一直通往长江，只是西子村并没有因西子湖而出名，相反，在20世纪80年代末，改革开放潮起潮涌时，在农村，尤其是地处偏远的农村，贫穷的面貌并没有多少改变，西子村便是这样。

西子村是三铺镇较为偏远的村庄，分布有四个庄屋，分别是舒堂屋、陈家庄、上岭屋和下岭屋。上岭屋和下岭屋以西子湖埂坝为界，靠近舒堂屋这边的为下岭，紧邻陈家庄那边的为上岭。上岭屋和下岭屋里有着不同的姓氏，杂姓主要是20世纪50年代从北方受灾地区搬迁过来的移民带来的。

舒堂屋距离三铺镇约有25公里路程，是西子村最小的一个村屋，只有二十来户人家。堂屋中心有一棵大枫树，整个舒堂屋就围绕这棵大枫树而建，舒堂屋子子孙孙就是在大枫树的注目与呵护下，一代代地繁衍生息。

这棵大枫树到底有多老，没有人知道——舒柏康不知道，舒柏康的爷爷也不知道。舒柏康的家就安在大枫树脚下，距离大枫树最近。其次是舒小冉家，由于她家的房屋重新翻修过，相比之下，舒柏康家的房屋就显得格外破旧，如果不是大枫树给它挡风遮雨，五间土坯房或许早就倒塌了。年年岁岁，岁岁年年，大枫树越长越伟岸，老屋却越来越破旧。

云霾堆积，夜色渐深。一丝晚风掠过，舒伊梅猛地打了一个寒战，她将身体与两腿靠得更紧了。黑暗团团向她袭来，她被这无边的黑暗包围着，突然产生了一丝恐惧。她知道自己是不怕黑的，甚至是喜欢黑夜的。曾几何时，她与蓝诺一起，要等天黑了才回家——黑夜给过她温暖甜蜜和暂时安定的幸福之感。

与此同时，所有杂沓的记忆蜂拥而来。舒伊梅想起那个傍晚，就在这块石头之上，她与蓝诺紧挨着坐在一起，他轻揽她的腰，她把头靠在他的肩上，静听他不均匀的心跳和呼吸声……她闭上眼睛，有多陶醉！只是在陶醉之中，却莫名地生发出一丝淡淡的忧伤。

现在她终于明白了，为什么会有忧伤！到底还是来了，他们的爱情，到底还是向现实低头了！一切都像肥皂泡沫一样破灭了，一切都变得迷离混沌起来。理想太美好，一旦破灭，绝望就太深。舒伊梅感到自己的躯体，正在被时间和现实埋葬……

胸口又是闷闷的刺痛。舒伊梅抬眼望向漫无边际的黑夜，又做了一次深深的呼吸。黑夜遮掩了她孤单的身体，却遮掩不了她翻腾的思绪。只不过十九岁，她对人生的许多问题，还看不透，还想不明，还渴求着令人满意的答案，却也知道，有些问题总是注定无解，有些痛苦总是需要独自消化……

二

舒柏康知道自己实在是没法合眼了，在床上辗转反侧，很难受，又怕吵醒了小小，于是摸黑披件外衣，猫着身子悄悄出门，走到大枫树脚下，摸索着坐到一根光滑的粗树根上；又迅速从衣袋里摸出一盒劣质的香烟，熟练地抽出一根，点燃，若有所思地吸了一口。

东方还没露出鱼肚白。夜，静悄悄，枫树枝头上的鸟儿正在酣睡，偶尔有几声小鸟发出梦呓的声音。舒柏康手中的香烟发出微弱的忽明忽暗的光，在这伸手还难见五指的黎明前，如同一只还留恋着夏日的萤火虫，发出生命的微光。

这段时间，舒柏康经常失眠，即使睡着了，也是噩梦连连。总梦见伊梅小时候，他带她去集市，明明是把伊梅牵在手上，却不知什么时候滑手弄丢了，他焦急地四处寻找，要不就是怎么找也找不着，要不就是看见她被一个面目狰狞的女人抱走，他急得赶忙去追，却怎么也抬不起脚步……

匆匆把日子定在今天，只不过是拿伊梅的生日做个幌子，主要还是怕夜长梦多，怕到嘴的鸭子飞了。只是自从伊梅答应这桩婚事之后，舒柏康明白自己并没有感到事情进展有多顺利，反而更加沉重多虑起来，尤其是在喜事临近的这两天。

把伊妹嫁得这么远，到底是福还是祸？吴秀珍那女人的话又是否真的可信？她儿子的残疾是不是仅仅像伊仁这样，还是比伊仁更为严重？要是聋三哑四，残手断脚的，那叫伊妹这孩子如何去面对，去承受？吸完一根烟之后，舒柏康突然想到了这些问题。幡然醒悟，使得他感觉自己就像被判了刑的犯人，突然认知罪孽有多深重。

这决定有点草率了。是真草率了！当初决定的时候，怎么就没想到这些！事到临头了，唉，事到临头了！现在来想这些又有什么用？舒柏康掐灭烟头,坐直身子,懊恼地轻拍了一下大腿,又情绪激动地去摸口袋里的香烟。摸索了半天,摸出一根,接着很快点燃,深吸了一口,又一口。劣质的烟丝,吸猛了,呛了气管,连续的咳嗽声惊醒了头顶上酣睡的鸟儿们,叽叽喳喳了好一阵子。

这决定是有点草率了!他自言自语着,开始反思自己当时只朝一头想了,只想着伊仁能有两万块钱娶回媳妇;只想着蓝诺那小子可能变了心;只想着蓝诺的母亲,大正月里站在大枫树脚下,泼妇样对着他家骂伊妹那些刺心的话。那些话,现在又在他的耳边回响起来:我告诉你!你少跟我家诺儿来往,耽误他的前程,我不会放过你……农村人的命就是农村人的命,还想攀着我家诺儿将来过城里人日子!你就死了这条心吧……你!土麻雀还想变金凤凰!我死也不会同意让诺儿回来娶你的……

农村人的命难道就没办法改变吗?我这样做,不就是改变了伊妹农村人的命运吗?我不过是家里条件不允许罢了,家里如果没有添小小……如果没有添小小,会继续让伊妹读书吗?舒柏康扪心自问。应该会吧!要是让伊妹继续读书,像陈家庄那小子一样,考上大学就脱离了农村,就再也不用像自己这样,整天头插到泥里做庄稼,结果还是穷了一辈子。舒柏康越想越郁闷,又猛吸了几口香烟。浓浓的烟雾呛得他连续咳嗽,又惊吓了头顶上的鸟儿们叽叽喳喳了好一阵子。

其实,舒柏康所认为的读书能改变农村人的命运,是完全站在他儿子的角度去想的。在他的潜意识里,女孩子多读书是浪费,是给别人家读了,因为女孩子迟早是要嫁到别人家的。他的大女儿伊桃只读了二年级,二女儿伊菊也只读到小学毕业,让伊梅进高中,也并非是他心甘情愿。舒伯康本想着让她读到初中毕业,就已是很不错了,再说伊仁正在谈恋爱,接着娶亲要花钱,哪还舍得花钱再供伊梅读书?后来还是伊仁反复劝说,他又没有更好的理由拒绝,才勉强同意伊梅上了高中。

苏子薇的母亲说,只要你家拿出两万块钱彩礼钱,我就同意子薇的这桩婚事。她知道舒柏康的家,别说是两万块钱,两千块钱可能都拿不出来,她只不过是想用这笔巨额的彩礼作为一种拒绝的方式罢了,她怎么可能会同意把女儿嫁给一个残疾人?

可是舒柏康较真了,为了这两万块钱彩礼钱,他不得不改变自己传统的生活方式,开始想着打工挣钱了,于是他四处托人,终于在镇上一家建筑队里找到了事情,想能挣一点是一点,但也确实挣不了多少,都两三年了,抖抖家底也凑不出五千块钱,而苏家也一直没松口同意把女儿嫁过来。

自从遇到吴秀珍之后,他一直这样想:这偶合的姻缘,是天上掉馅饼的好事,是老祖宗保佑来的吧? 怎么这么幸运让自己遇上了? 舒柏康的思维又走向了"好事"的开端。

那是四月的一天,天气渐暖,日子也稍长了一些。舒柏康在建筑工地收工后,遵循惯例:先去工地水塘边洗手,拍拍身上的尘土,再去推他的宝贝"坐骑"——除了铃不响,什么地方都响的破旧自行车。这车破旧,并不是他不爱惜,实在是年岁已久,还是伊仁刚读初中时,花了家中所有积蓄买的,现在伊仁高中毕业都已有五六年了。为了儿子,他会不惜一切代价,要让儿子过上好日子。

工地距离三铺镇街道约有 300 米远,由于刚下过一场春雨,那段小路泥泞不堪,舒柏康推着自行车,高一脚低一脚地走到公路边,跺跺脚下的淤泥预备跨上"坐骑"时,突然一辆黑色小轿车"嘎"地停在了面前,吓得他差点连人带车一并倒下,好在个头大,腿长,最终稳住了身子。舒伯康正要怒气骂人时,见车上钻出来一对男女,他奇怪地看着他们。

这女人笑嘻嘻的,看上去四十岁左右,涂脂抹粉,齿白唇红,眉毛和眼睛都精心地细描过,头发烫过,蓬松着盘在头顶,那带钻的精致发卡闪着点点金光;身穿玫瑰红毛呢大衣,脚穿一双黑色长筒靴,黑色的小皮包拿在手上,指甲涂成玫红色,煞是亮眼。

再看旁边的男人,西装革履,粗脖子上系着大红领带,身材矮胖,个头看上去比女人还矮点,头发稀疏,挺着个大肚腩,面相酷似弥勒佛,浮肿的眼睑,厚厚的双下颌,笑眯眯的样子,看上去有点面善。

"这位大哥,你好! 刚才把你吓着了吧?"女人用夹带着方言的普通话问,客气有礼。

舒柏康听这话音,就知道他们不是本地人,谨慎得反倒理亏了似的,结巴着回应道:"没事……没……事的!"

"是这样的,大哥,也算是我们有缘吧,能不能请大哥帮帮忙,在农村找个年轻姑娘,只要身体健健康康的就行;当然要是有点文化的更好,这样便于给她到城里安置工作。”女人的话说得极为清晰流畅，并且表现出极度诚恳的样子。

“找个姑娘做么事？还安置工作？还有这样的好事？”舒柏康一脸狐疑，回应的普通话说得七像八不像。

“嗯，是好事。是这样的，我是要给自家儿子找媳妇，你看我绝对是有诚意的，如果找个姑娘愿意嫁给我儿子，我不但能给她在城里安排工作，还可一次性给她娘家两万元的聘礼！只是，不瞒你说，我儿子身体有点残疾，但不影响结婚生子。”

听到说有两万元的聘礼，舒柏康惊讶得嘴巴都合不起来。

女人看他一眼，十分有把握地在心里偷乐着，又很快从手包里取出一个信封递向他，仍是一副很诚恳的样子，笑嘻嘻地说：“那……这里有我儿子的照片，还有我的联系方式。我叫吴秀珍，如有消息，请你联系我，非常感谢了！当然，如果事成了，我一定也会付你酬金的。”

舒柏康一手扶着自行车，一手接过信封，机械地点头应允。紧接着，那站在旁边一言不发的男人，一直是笑成弥勒佛的样子，伸出一只肥厚的手来，示意握手道谢。舒柏康看向他，迅速地把信封揣进口袋，腾出手来，僵硬地笑着与他握了握手。之后，男人与女人对视一眼，双双转身钻进车里，车子随即开动，按了两声喇叭缓行而去，留下他直愣愣地望着车子离去的方向……

他现在想来，仍觉得是梦一场，可留下的照片和联系方式都是真实的。舒柏康想，电话那头，吴秀珍已经承诺，今天她会带上两万块钱现金来接人。

要是真带来了两万块钱，这事应该还是可信的吧？舒柏康在心里嘀咕着。一想到儿子的婚事有着落，他又把刚刚想到的“罪过”问题给忘了。

天空渐渐露出了鱼肚白，鸟儿们开始纷纷离巢，屋里的老公鸡也扯开了嗓门儿。

村庄开始苏醒过来，“吱吱呀呀”的开门声一户接着一户，鸡、鸭、鹅、猪，都争先恐后地挤出笼子，有低飞着的，有小跑着的，有摇头晃脑的，陆陆续续地向大枫树的脚下拥来。于它们而言，无拘无束的一天又开始了！

舒柏康听见自家的木门也“吱呀”一声拉开了，只见伊妹手挎竹篮走了出来，他如同做贼心虚般地看着她，一时不知所措，慌乱而急忙地起身；由于坐得太久,腿脚猛地发麻抽筋,感觉就要倒地时,倒是伊妹眼疾手快,迅速扔下竹篮,上前扶住了他的身子。

舒柏康看着女儿,知道自己心虚的表情有多尴尬,他很想说点什么,嘴唇哆嗦着,一句话也没说出来。

舒伊梅平时很少与父亲说话,彻夜未眠的她头晕身重地弯腰捡起地上的竹篮,只小声地说了句:“我去菜园了。”然后不容父亲开口回话,就径直向村外逃似的快速走去……

舒柏康呆立原地,看着女儿渐渐远去的单薄身影,是心疼?是感激?是不舍?是愧疚?他无法说得清,只知道心里忒不好受……

三

舒伊梅快步走出村庄，回头望望，见父亲并没有跟上来，这才放慢脚步，走在窄窄的两边长满深深黄豆禾的田埂上。

露珠很快打湿了她的裤腿，有些许冰凉。氤氲的雾气笼罩着，眼前的一切影影绰绰，灰色的田野，灰色的阡陌，灰色的青山头，灰色的西子湖面。对岸的陈家庄，也是灰蒙蒙的，映衬着她灰色的心情。

四周一片寂静，见不到人影。一个人走在旷野里，心中的悲情在一点点扩大。想着命运的十字路口，她无从选择。眼前迷茫的，就是她前行的路。

为什么是这样？一种不甘与奢望，在心头萦绕，她要与命运做最后的纠缠……

昨夜又是无眠，知道父亲也是一夜无眠，舒伊梅在隔壁房间听到，父亲在床上辗转反侧，弄得木床吱呀地响，之后父亲走到了门外。

父亲是不是在后悔就这样把她嫁出去？他要是真后悔了，现在改变主意应该还来得及，回个电话给人家说不同意就是，舒伊梅心存侥幸地想。

可是，父亲是那种轻易改变主意的人吗？是那种在意女儿感受的人吗？在他布局的一盘棋中，儿子才是他要全心全意保护的“将”；女儿们只不过是他手中任由摆布的棋子，牺牲一个或两个，他也心疼不到哪去。这样想着，舒伊梅又痛恨地想到三年前，高一下学期开学那天，父亲突然要她退学的情形。

那时，伊桃刚刚出嫁；那时，母亲越发病怏怏的，总是没胃口吃饭，还经常呕吐，又舍不得花钱去医院看，后来发现肚子越来越大，还以为长了什么肿瘤，这才吓得去了医院，进而检查出是怀孕五六个月了；那时，苏子薇家人正强烈反对女儿的婚事，扬言要拿两万块钱彩礼来方才同意……是的，那时父亲的理由很充分，自己也只能无可奈何地听从。

可是现在呢？理由充分吗？父亲真是一心要为我改变面朝黄土背朝天的命运吗？真是认为“陈家庄那小子变心了，不靠谱”吗？绕来绕去，他不过还是为了哥哥那两万块钱的彩礼钱！

舒伊梅确信如此。想起那天，父亲说请了假不去上工，要与她一起去地头摘棉花，她听后心里直打鼓，想这样的手上活儿，父亲平时不是很少做吗？还有她心里的不乐意，自己一个人在田间地头多好，自由自在的，可想想心事，可做会儿，歇会儿，或看地上的蚂蚁搬家，或望天上的云卷云舒，或惬意地读会儿小说。她怎么会想到这样的安排，是父亲早早费了一番心思的。

那天，她背着竹筐，很不自在地跟在父亲的身后，左看看，右看看。九月的田地，犹如色彩分明的水彩画，厚实丰富，赏心悦目。金黄的稻谷绵延不绝，静静地在朝阳下灿烂；河边的老黄牛在低头吃草，长长的尾巴不时地左右扫赶飞舞的牛虻；青山头的松树林中，鸟儿们叽叽喳喳喧闹着，好像是在争论什么重大的话题。还有，天是那么高，那么蓝，那么亮，就如同她心中的蓝诺，那么遥远，又那么深情，令人难忘……

地头间，山芋藤铺天盖地，像一片绿海，棉花地在这绿海中间，成了一片片低矮的小丛林，开满了白花。舒伊梅揣着心事，百无聊赖地摘着棉花，长长的山芋藤钻进棉花地，缠绕着棉花棵，她瞟了一眼，思绪走远，想着她与蓝诺在一起时，说过关于藤蔓与大树的缠绵情话。她曾问蓝诺：“你不怕我是缠着你的藤蔓？”蓝诺回答：“你是藤蔓，我就是你偎依的大树，让你攀附而上，盘我头顶看蓝天。”她说：“藤蔓活着是要吸附大树养分的。”蓝诺说：“我生来就是为你而活……”

舒伊梅回想着，心旌荡漾，幸福溢满心田。一根山芋藤绊断了她的思绪，身子往前一倾，舒柏康眼疾手快地将她扶住，就像早上出门时，她扶住了他。

“心不在马(焉)的，是吧？”舒柏康笑容可掬，显得极其和蔼可亲。

舒伊梅回想，他应该是正愁着不知道如何开口吧？当时她还羞涩地看了父亲一眼，抿起嘴角笑笑。她不知道他接下来会这样说：“在想陈家庄那小子，是吧？暑假都没回来吧？这也很正常，大城市毕竟是花花世界，女孩子多的是，心思野了哟！再说了，他母亲又那样强烈反对，我看你们是一点希望也没有了！”

舒伊梅听出,父亲戏谑的语气里是有几分认真的。

“其实,你生得这么白净,哪一点像农村女孩子!陈家庄那小子要是真心的话,就应该不顾他母亲的反对,像子薇姑娘对你哥那样,一心一意待你。我看那小子也确实不靠谱!再说了,他还是个学生,能给你保证什么……啊?将来走上社会后,谁知又会变成什么样……啊?你想是不是……啊?”

舒伊梅以为父亲只是劝说而已,抿着嘴沉思。她不知道父亲还有这样劝导人的本领,还会这样拐弯抹角地说话:“那……有件事……我一直不敢向你开口……其实遇上这事……也有好长时间了,也跟你妈商量过的……”

舒伊梅停下摘棉花的动作,吃惊地看着他,等他继续说下去。

舒柏康深吸一口气,直了直身子,如同一个演讲者,开始绘声绘色地说起那天他与吴秀珍的“路遇记”。

舒伊梅听着,也慢慢听出父亲的话意里明显有几分得意、几分庆幸,就知道他已经做出怎样的决定了,果不然,稍有停顿后他说:“我想说的是……我的意思是……我把村里的姑娘搜寻了一遍,还是觉得你比较合适。你有文化,再说你身子又这么瘦弱,本就不适合做农村的活……陈家庄那小子也指望不了什么……是不靠谱的……我觉得这还真是个机会,可以脱离农村人的命运,你可愿意?你要是愿意的话,你哥那两万块钱……”

“不用说了!这事其实是你早盘算好的,不是吗?你今天请假为的是要跟我说这事,不是吗?就为了我哥那两万块彩礼钱,你想把女儿换出去,不是吗?”舒伊梅之所以这样激动,是因为她瞬间想到了奶奶曾说过农村里“换媳妇”的事情,这分明就是在上演“卖闺女,换媳妇”的闹剧!奶奶说,过去那些家里穷得娶不起媳妇的人家,怕断了香火,要传宗接代,就只好拿自家的闺女去换,要么换钱,要么与同样娶不起媳妇的人家闺女对换,这样,自家的闺女就成了人家的媳妇,人家的闺女便成了自家的媳妇。

舒伊梅第一次用这种语气与父亲说话,因为她实在想不明白,自己到底是不是他亲生的?难道女儿在他的心目中就这么不值钱吗?那一刻,她怀疑地看着父亲,真希望刚才是听错了。

“也……也没完全确定,我……这,这事……这事不是在征求你意见吗?”舒柏康软着语气说,又慌乱地去摸口袋。

舒伊梅以为他是去口袋里摸香烟,谁知摸了半天,摸出一张两寸大的黑白照片，郑重其事地递上前来。“那……你看……看这……这男孩子的照片……浓眉大眼的，看上去还清秀，是吧？”

舒伊梅从未见过父亲这副软语嬉笑的样子，颠覆了他一向在子女面前高高在上的形象。她没有伸手去接相片，瞟了一眼，很快低下头去，继续摘着棉花。

舒柏康尴尬地把相片重新放回口袋，又说：“只是……只是那女人说，说他有点残疾，但不影响结婚生子，我看，这男孩从面相上也看不出什么问题，估计像你哥那样……真要是像你哥那样，我想也不碍事，你看，子薇姑娘一点都不嫌弃你哥，对吧？再说了，城里不像农村，不要肩挑背驮的，腿上毛病也不大碍事……你说得对，我也确实是为你了哥的婚事着想，都拖这么多年了，要是这事成了，有了这两万块钱，不也正好能助你哥一把吗？但你要是不愿意，也不勉强……”

舒伊梅已不难想到，父亲的这一番“理论经”，肯定是在他心里反复默念过无数遍的。只是这每一句话都像一块石头，砸在她的心头，很痛，很沉重。之前，她是从未想过蓝诺会变心的，现在她也疑惑起来：如果不变心，蓝诺没有理由这么久都不来一封信；如果不变心，怎么连暑假都不回家，以前他可总是盼着假期的。

舒伊梅想着想着，不知不觉就走到了自家的菜园地边。

菜园地在西子湖岸上，四周围着一圈不高的栅栏，栅栏边间种有几株低矮的紫薇花树，她没有直接走进菜园地，而是下坡走到一块石凳边。

这是个长条形的天然石凳，她看着它，又用手摸摸，仿佛上面还留有她与蓝诺坐过的温度。曾经，他们亲密地坐在上面，他爱谈天，她爱笑。

回忆再美好，也只剩下回忆了。舒伊梅放下手中的竹篮坐到石凳上，又习惯性两臂环抱着双膝，茫然地望着宽阔的西子湖面，与蓝诺的过往随之一幕幕浮现。

这些日子，她平静沉默的背后，时刻都在为这份感情苦楚纠缠，那一点一滴绵绵不绝的刺痛，仿佛要把心刺穿，没有一刻消散过。舒伊梅知道，现在她最难舍的不是故乡，不是母亲，而是蓝诺。她始终想不明白的是蓝诺为什么要玩“消失”？难道真是因为他母亲反对而不敢联系了？那些曾经的海誓山盟还可信吗？

如果这辈子不能和蓝诺在一起，生活原本就已失去意义，未来和谁在一起，和谁结婚还不都一样，还是如父亲所愿吧！舒伊梅就是因为这样想了，在一个星期前，答应了父亲安排的这场婚事。

也不过一个星期的时间，父亲就把婚期定了，他这不是早酝酿好的吗？怎么可能会有后悔的心？舒伊梅想着，心寒至极，泪在眼眶中转着。

一切归由命！想不通的，就是冥冥中的注定！舒伊梅于是想。当一个人不得不向现实低头的时候，只好把一切委实于命运。

四

陈蓝诺坐在医院的走廊里，不停地看着手表，又不时看向手术室门口，焦急地等他的主治医生从手术室里出来。

每天都有这么多伤筋断骨的人！陈蓝诺心里埋怨着，昨天来医院时，医生也正忙着上手术台，约了今天过来，七点钟不到就赶来，以为够早了，谁知，刚刚上楼，就见担架上躺着一个浑身血淋淋的人，正急急地被推往手术室，一群人围着，闹哄哄的，他的主治医生紧跟着进去了。两个小时都过去了，他真够倒霉的。要是再早来一步就好了，赶在医生进手术室之前，先做了检查，现在他已经在回家的路上了。

陈蓝诺感觉从未如此归心似箭，仿佛内心深处有什么东西在急切地召唤，要他赶紧回家，还隐隐有种不祥的预感，可又说不清是什么。

或许是唯心了吧。一大清早的，就碰见这样不吉利的意外场面。他低头摸摸自己的脚，感觉恢复得很好，但又怕骨骼没有完全长好，丢掉拐杖走路后会留下什么后遗症。

这世间总有很多意外发生。陈蓝诺怎么也没想到自己也会有意外发生，就在两个多月前，那场景就像刚才一样，他被一大群同学围着，闹哄哄地，他躺在担架上，看同学一个个急慌慌的样子；然后，他被推进了手术室。

想想也实在是郁闷，好不容易盼到的暑假，竟然会变成这样——大学"学院杯"篮球赛都进行到最后一场了，担任中锋的他，脚外踝骨和胫骨摔成粉碎性骨折，就这样他在医院和学校宿舍里，前后"囚牢"了两个多月。也幸亏有夏小新和他的一帮好同学轮流照顾，否则很难让他做到不告诉家人。之所以选择不告诉家人，是因为他知道，家中暑期正是"双抢"农忙时，说了只会给家里添乱。父亲常年在外做生意，一年回不了一两次家，母亲自是抽不出时间来照顾他，故而谎称他参加了学校一个活动，暑期不能回家；不说，还有一个原因,就是怕伊梅知道了会为他担心,他总是舍不得她难过。

因为太爱,所以怀疑。陈蓝诺始终坚信伊梅是爱自己的,只是她太敏感,太在意她农村户口的身份,才对他们相爱的事实总要反复去怀疑。他理解她,也总是在想办法使她相信,他有多爱她!

陈蓝诺很久很久没收到伊梅的信件,故而猜她肯定又在家胡思乱想了,伤心了,怀疑了。所谓“身在曹营心在汉”,这两个多月来,他算是有了切身的体会。蓝诺这么急着想要回家,就是想要弄明白,伊梅怎么会来信问他:为什么不给她写信了?

他怎么可能会不给舒伊梅写信?于他而言,给她写信或者写日记,是唯一能解他相思之苦的方式,也是最幸福的事情。当同学们一个个在校园里花前月下,卿卿我我,恋爱成风时,他能表现得无动于衷,还不都是因为他的爱,他的心思全放在了伊梅那里,为此还伤害了夏小新。

想到夏小新,陈蓝诺多少有些愧疚,可又无可奈何。他承认自己是喜欢夏小新的,可他又认为喜欢不是爱,而是友情建立的基础,他很珍惜这份友情。友情可以刻意争取,但爱情不行。爱情是感性的,是激情澎湃难以控制的。于是陈蓝诺便有了这样的逻辑:说得清的是友情,说不清的是爱情。如果说友情是一杯淡淡的清茶,清新可口,那么爱情则是一杯浓浓的咖啡,苦中有甜,耐人寻味。他甚至想:爱上一个人,差不多就是前世欠了吧?再怎么辛苦也要爱,仿佛与自己的心较上劲了。

陈蓝诺想着,又回到了很久以前第一次见到舒伊梅时的情形。

六年前,在西子村发生了一件骇人听闻的事件——舒堂屋有三个人在西子湖的一个渗水坑里被淹死了。他听说后只觉太恐怖,也太不可思议了,便跟着母亲一起去看现场。去时,大枫树脚下人山人海的,来自周边的一些村民,一个个往里挤着,又一个个都不敢靠近,母亲也叫他不要靠近。农村人迷信,意外死亡的是活鬼,活鬼是缠人的鬼,怕靠近后有鬼影子附上身。他本来想着也是害怕的,可就在那里,他看到一个女生,无畏地坐在三具尸体旁边,眼睛哭得红肿肿的,手上拿着梳子,哀伤地在给其中的一个梳着头。她的脚边放着脸盆和毛巾,盆里的水已经脏了,无疑是刚刚给她们擦洗过。他惊呆地看着,觉得她是那么勇敢,那么伟大,就像传说中的仙女一样,美丽又善良。那一刻,他的内心明显被什么东西重重撞击了一下,也从此烙上了深深的印痕。

那年,他十六岁,还不知道什么是爱情。后来,他明白了,那撞进他心里的,是一颗爱情的种子,慢慢孕育着,长出芽了,开始绿了,并悄悄疯长起来。

那年,陈蓝诺读初三,他惊喜地发现,她与他同校,是初一的学生。只是直到他初中毕业,他也没同她说过一句话。那时候,他不知道为什么,他对她总是那么敬畏,总要远远地偷看着,从不敢轻易去冒犯她。后来上高中了,途中要经过她还在读的初中。应该是在高一下学期了,他总认为那次是天赐的良机,终于让他做了一回英雄,并有机会让她认识了自己(也只是他的认为,后来伊梅说,她早就注意到他了)。也就在那次之后,在上学或是放学的途中,他开始有意地等,然后装作不经意地遇见。

那时,舒伊梅的旁边总有着另外一位女生——舒小冉,他等的,是两个女生,但他只在意舒伊梅的一举一动。他和她们并肩行走时,他喜欢看她低着眉,抿着嘴,几分害羞微笑的样子。每每那时,他心醉飘然,仿佛是走在了中秋的月夜里,内心温润润的,如一首暖暖的歌,情意盎然。

那时,他觉得伊梅仿佛就是天上的月亮,他走,她也走;她明照着他的心,那么亲近,又那么遥远。那时,舒小冉总有说不完的话,他应着她,只能应着,他担心气氛尴尬,因为伊梅很少说话——几乎不说话,似乎是个局外人。不过伊梅在听着他们说话时,偶尔会抬头朝他望一眼,又很快低下头来,嫣然一笑。

那时,他有多喜欢看她笑,她一笑,他就心花怒放,浑身每个细胞会在瞬间活跃起来。晚上睡在床上,他还要回忆她笑的样子,是那么好看!

那样的时间似乎过得很快,不知不觉就是高三下学期了。开学第一天,他习惯在路口等,等她们出现,然后装作不经意地遇见。那天他等了半天,却只远远看见舒小冉一个人骑着车子过来了。他急急迎上前去,一时也顾不了平时伪装的不经意,问其缘由,舒小冉一副苦大仇深的样子,恨恨地说:"我大伯无论如何不让她念了,他还说了一大堆理由,纯粹是一派胡言,借口,他压根就是重男轻女!伊梅正在家哭得伤心呢。她学习那么好,真是可惜了!"

那一刻,他真正体会到了什么是心疼的感觉;那一刻,他也跟着舒小冉恨起她大伯来;那一刻,他还突然觉得,能上学是件多么幸运和幸福的事!

也就在那一刻,他又突然似开了窍,瞬间产生了一个伟大的念想——他要考上大学。尽管那时,他还不具备考上大学的成绩(他认为成绩不好都是因为暗恋分心了)。他要在哪里跌倒,就在哪里爬起,无论如何,也要考上,为了她。

没有人能给予他这样的激励和觉醒,只有伊梅,只有爱情,陈蓝诺于是想,父母苦口婆心劝说,老师苦口婆心教诲,都没有让他对学习认识如此到位。就在高考最后冲刺的一学期里,他如同一头睡醒的狮子,浑身来劲,充满爆发力,学习成绩突飞猛进。他感觉他像是在完成一项使命,他的使命就是替伊梅完成考上大学的梦想,将来不用种田种地,不用做农村里辛苦的活。他要让她的未来幸福,也要让他那一直深藏的卑微爱情,有个华丽转身。

终于如愿以偿了,有些事情真的不是不可能,而是你愿意不愿意付出或行动。当拿到大学通知书时,陈蓝诺如此感慨。他成了陈家庄第一个大学生,为此,他的父母高兴得连摆了三天酒席,仿佛要告知天下人,他们的儿子考上大学了!

他知道伊梅也在为他高兴。只是他能看出,伊梅在高兴的同时,又多了分失落,他明白她的失落,是她认为他们的距离越来越远了。可伊梅不知道他正在向她靠近,所以,他认为是时候向她表白了。他上大学时寄给她的第一封信,其实是在去之前他就拟写好的。他没有亲自交给她,是因为他觉得还要反复斟酌斟酌信中的每词每句会不会触及她的自尊,他所表达的爱意,能不能感动她,他始终认为爱情是神圣的东西,相爱不容易。他不在乎母亲有多反对,也理解伊梅现在的彷徨和伤感,但这场爱情堡垒,无论如何他都要攻克,如考大学一样的称心如意。爱了就爱了,爱一个人是没道理可讲的。他从来不跟自己讲理,只知道他所向往的幸福之路,无论有多曲折坎坷,只要有真挚的爱情相伴,空气里就充满着幸福的味道。

陈蓝诺正自信地想着,手术室的门终于被打开了。他看着主治医生走过来了。

“等急了吧!”医生一边摘口罩,一边客气地问。

“嗯……没事的!”他笑着答道。

“先去拍个片子看看,跟我来开张单子。”医生温和地说。

陈蓝诺“嗯”了一声，跟着医生进了医务室，焦急的心情缓和了很多。接着，他去楼下拍片时，又是排队。

他耐心等着。拍好的片子终于出来了，他急急地接过片子问：“医生，还有问题吗？”

“拿去给你的主治医生看吧！”拍片的医生回答得有些不耐烦。他说了声“谢谢！”，拿着片子，匆匆上楼。

“嗯，年轻人就是不一样，恢复得很好。”医生一边帮他把绑了很久的白色绷带解开，一边赞许说道。“恢复得很好，但也不要太大意，走路时还不能太用力，更不要过多运动。知道吗？”解下绷带后，医生又叮嘱道。

陈蓝诺点头应着。走出医院时，他看看时间，离 10 点还差几分，还可以搭 11 点的车到市里，然后再转车回去，他琢磨着，心情特好。收拾行李时，他还忍不住把送给伊梅的生日贺卡拿出来看看，打开时，优美的音乐响起，他欣赏着卡片上的留言：

“我的心里／深深印着／你的倩影／你知道的／你的手里／紧紧握着／我的幸福／你知道的／今天是我认识你六年零六天／你知道吗？／生日快乐！／永远爱你的诺……”

五

陈蓝诺把卡片装进包里，背起它匆匆去向辅导员请假，又急急地赶往汽车站。

怀揣幸福的路途上，他是那么快乐，又是那么自信。幸福是一种心境，一次幸运，一份满足，一个目标——都只因为遇见了你，我才有了方向，有了目标，我的世界才变得如此精彩，我的生命才变得如此有意义。陈蓝诺如此想着，又怎么知道他要的幸福，正在与时间赛跑？他又怎么知道，舒伊梅正在为爱神伤？

舒伊梅不知道自己在这石凳上坐了多久，伤心了多久，看身边的竹篮还是空空的，如同她的胃，从昨晚到现在，进入她胃里的饭粒都可以数得清，但她并没有半点饥饿感。伤心的人，总是这样不知道饥饿。

有几头耕牛，在不远处悠闲地吃着浅草，舒伊梅看着它们，竟有羡慕之心：农忙做事，农闲悠然，不用思想，没有烦恼，多好！而她，从记事起，似乎就比别人格外多虑，忙时也思，闲时也想，仿佛生来就多愁善感。

天阴沉沉的，不远处的青山头上，松树林密集，雾气朦胧得如一层轻纱将其笼罩着，不由得想到了睡在青山头上的伊菊，伊梅伤心又起……

“别了，青山！别了，伊菊！”舒伊梅在心里说着，眼泪又开始簌簌落下。

一只美丽的鸟儿在湖面上自由飞翔，她用目光追随着它，想着自己那些曾经自由飞翔的梦想，是再也抓不住了，抓不住了……

蓝诺……她在心里轻唤，这些日子，这个名字无数次碾过心底，仿佛要唤出她灵魂深处的渴望。她知道自己不可能忘掉他，爱了就爱了，爱进骨髓了，就算蓝诺是真变心了，她也劝自己不要怨恨他，而要理解他。每个人都有追求幸福和自由的权利，这样想着，心又平静了些。

回忆是那么清晰，从心底纷至沓来。她与蓝诺在一起的点滴时光，快乐的,悲伤的,向往的,一幕幕地呈现,简直就是一场又一场生离死别的情殇,扯起一阵又一阵的心酸和绞痛。

幸福过往,总是有太多的不舍。

一个人的时候,想哭就哭。一上午,舒伊梅也不知伤心过多少回,哭过多少回。

"伊妹,该回家了吧!"舒伊梅循声望去,只见伊桃正朝她急急地走来,她不由得深吸一口气,又很快摸出手巾,擦去满脸的泪痕。

"几点了?"伊桃走近时,伊梅不自然地捏着手巾,苦笑着问。

"快十二点了,饿了吧?瞧你眼睛红的,又哭了吧?爸说,让你一个人安静安静,所以一直不让我来叫你。我是看接你的车子已经来了,就自个儿出来找你。我知道你心里不好受,该面对的还是要面对,不是吗?回家吧!"伊桃一边劝说,一边伸手拉她起身。

舒伊梅听着,眼泪瞬间又涌了出来。

她本来是擦干眼泪不想再哭了,可听着伊桃说的"该面对的还是要面对",就觉得委屈。难道非该面对不可吗?她完全可以拒婚,或者逃离。只是她不会这么做,她不想就此让哥哥失去了争取幸福的机会,更没想让父亲在大局面前难堪。

舒柏康没想到今天家里会来这么多的亲戚,其实他只告诉了几个嫡亲,也不知道他们是怎么相互传的,那些平时不怎么来往的亲戚,一大清早也来了,把他家本就不大的堂屋挤得满满的。

也难怪,人一般都有猎奇心理,尤其是常年住在穷山沟里不出门的人,他们只不过是都想来看看那所谓"城里"的女婿。

堂屋中,横七竖八地摆放着七八条长木凳子,每条上面都坐着一些尊长或嫡亲,他们手捧茶杯,拉着家常,谈论农事,一个个谈笑风生。舒柏康穿梭其间,有一搭没一搭地接上一两句问话,为掩饰内心的不安,不时赔着笑脸给他们端茶加水。

"新姑爷来了!新姑爷来了!"当大枫树底下传来汽车的喇叭声时,满屋子的人顿时像炒芝麻一样炸开了锅,一个个起身,闹哄哄地从屋子里扎堆往门外挤,把门框边墙壁上的石灰粉蹭落了一地。

舒柏康没有表现出应有的激动,反而心里慌张,他最后一个从堂屋里慢慢走了出来,看向那辆缓缓靠近的黑色轿车。

大枫树脚下也不知何时聚集了这么多人,人山人海的。舒柏康向人群中扫了一眼,仿佛见到了当年伊菊去世时的场景,悲从中来。

车子刚一停稳,就被那群正在玩耍的孩子一窝蜂地围上了,孩子们显然没有亲眼见过这样能动的庞然大物,一个个奇怪地看着,还有的伸手去摸了摸,给沾满灰尘的车身留下了一条条小印痕。

车门打开,吴秀珍第一个走下车来,人群中随即一阵哄乱,啧啧的羡慕声、惊叹的交流声与狐疑的嘀咕声交织在一起。

舒柏康一眼便认出了她,除了衣着不一样,其余没什么变化,白底青花图案旗袍,白色高跟鞋,肩上挎个白色镶有蓝钻的皮包,头发依然盘起,发卡换了蓝色心形的,干练而又富态。

吴秀珍神情傲然,似笑非笑地向人群扫看了一眼,明明是看见舒柏康向她走来,却昂首观赏起大枫树。

舒柏康走近时,她没正眼看他:“你说的这棵大枫树,还真够大的啊,难怪一路问来时,人人都知道。”

“嗯,听说这树有五六百年了。”舒柏康笑着回道,跟着一起仰视。吴秀珍又顾自说了几句,舒柏康没完全听明白,只附和地“嗯”着,并好笑自己,在大枫树下活过了半百,竟是第一次这样“欣赏”起大枫树来,心里却隐隐地生出别样的滋味。

接下来,人群中又是一阵起哄和啧叹,人们把目光转向了从车上走下来的小伙子。小伙子身材颀长,留着小平头,面目清秀,身穿白衬衫,米黄色休闲裤,阳光又帅气。

“看那,这是新姑爷吗?生得还真标致!这哪里看出有什么问题呀!”“是啊!不是说是个残疾人吗?”“这城里人就是不一样,你看那派头,一看就是家庭条件好的有钱人家!”“柏康家的坟山开裂了,竟然找上了这门好亲事!”……

“妹儿到底还是从糠箩跳进米箩了,蓝诺他妈,这下你放心了吧!生怕伊妹拽上你家儿子了。什么人什么命是定的!妹儿这丫头还是有福气的!”人群中,不知是谁在替伊妹打抱不平。

“她命好是她的事!是她的福气……她想要和我家儿子好,就是没门,像我家诺儿考上大学的，你能在村里找上几个?”陈蓝诺的母亲没好气地回道。

“这是黄师傅。”吴秀珍似乎才想起来，收回目光来对舒柏康介绍，又指着一旁站着的女孩子说，“这是我女儿，谭文婷。”

“文婷，和黄师傅一起把后备厢中的东西拿下来。”

吴秀珍此话一出，人群中那一张张面孔，一时间什么表情都有了：奇怪？失望？迷惑？接踵而来的是各种版本的猜测……

吴秀珍向纷乱的人群看去，又泰然自若地转身，扭着腰，款款地向屋里走去。舒柏康尴尬地跟在其后，听着身后七嘴八舌的议论：“啊！这小伙子是司机！也不想想，新姑爷要是这么帅，还会来乡下找媳妇?”“新姑爷没来，还不知道是不是一个瘸子？瘫子？驼子？聋子？或是傻子呢……”

且看陈蓝诺的母亲，扭着头看向刚刚还趾高气扬说她的人，嘴角边已明显露出了一丝轻蔑的胜利者的冷笑……

吴秀珍进屋后，俨然一副领导下基层视察民情的样子。

舒柏康把茶水泡好端上来时，她似是怕碰着他那黑乎乎的大手似的，伸着兰花指小心地接下，接着又东张西望起来。看着这屋里的简陋和寒酸，来之前也想到过，但她不是好奇这个，而是急切想看到她来接的女孩子。

“怎么没见着伊妹?”有人看出了吴秀珍的心思，故意问道。

吴秀珍一听，猜出这个“伊妹(梅)”，应该就是她来接的女孩，随即看向舒柏康，等待他回答。

舒柏康避开她的目光，看向问的人，懊恼这个好事者，真是多事！他正担心会有人这样问，他甚至希望伊妹最好一直不要回家。就在吴秀珍出现的那一刻，他只觉得她那态度似乎变成了另一个人，没有那天的和善，而是高高在上，傲慢无礼！农村里一向都是“抬头嫁女儿，低头娶媳妇”，三年前伊桃出嫁时，作为岳父大人，高高在上的是他。这些还是次要的，关键是她儿子怎么没一起跟着过来，难道真是瘫子、傻子之类的？还有，她的男人怎么没有一起过来？那天看到的男人，难道他们不是夫妻？舒柏康越想，心里越憋屈得不是滋味。

这些天，舒柏康内心本就忐忑不安，眼见着伊妹心事重重，日渐消瘦，既心虚，又心疼。尽管他爱儿子更多一些，但毕竟手心手背都是肉。他明明知道在这件事上,伊妹回复的愿意是勉强的,也明明知道在今天之前,这件婚事是可以反悔的,但他却舍不得回绝。

“他说的什么伊妹,是我来接的女孩吗? 她人呢?”吴秀珍见他半天不回答,直问道。

“呃,她……不知道哪去了,一早出去的,也不见回来。”舒柏康硬着语气回道,仿佛伊梅回不回来是不关他什么事的。大家的目光齐刷刷地看向他,又面面相觑,很不理解他怎么是这个态度,而更不理解的是吴秀珍,面有怒色地直看着他。

就在这时,伊桃手挽着伊妹跨进门来……

六

“伊妹……你们回来啦!”堂屋中有人打着招呼。

吴秀珍忙看向她们,扑朔迷离,不知是哪一个,她把眼睛盯向了伊桃,在她看来,伊桃的可能性比较大,因为伊梅看上去还像个学生,于是吴秀珍开始仔细地打量伊桃:个头适中,皮肤黝黑,壮壮实实,有曲线感,有健康美,总体印象还不错,尽管是农村的女孩子,貌不惊人,但配自己的儿子还是绰绰有余的。她思忖着,怒容退去,换一副称心如意的样子看向舒柏康,欲获肯定的回答时,却见舒柏康正直勾勾地看着另外一个女孩。

该不会是这个嫩生的吧?吴秀珍把目光转向舒伊梅,觉得这女孩顶多和文婷差不多大,或许还没有文婷大,不由得迷惑和纳闷。

舒柏康神情黯然,见吴秀珍在奇怪地看着他,嗫嚅着说:“妹儿……回来……了!怎么……就回来了?这是……是……来接你的……姨。”舒柏康说话时,嘴唇明显颤抖着。

屋里静默,所有人屏息静气地看着他们。

吴秀珍为之一震。舒伊梅抬眼看向她,四目交汇时,舒伊梅只好抿嘴勉强笑了笑,她习惯这样笑笑与人打招呼,只是眼前这个人让她笑得无法轻松自然。

吴秀珍表情僵硬,目不转睛地看着伊梅,脑筋一时没转过弯来,在她看来,这有些不可思议,也太戏剧化了。舒柏康怎么会把这么嫩生的,生得又这么标致的女儿许给一个残疾人做媳妇?说是旁边的这个,倒还情有可原。她看着这对姐妹,又认真对比了下:还真不像是一娘生的!瞧这个嫩生的,这五官生得多标致,标致得让她都有些心生妒忌。这鹅蛋脸似精心刻画过一般,皮肤白白净净,眉眼清清亮亮,嘴瓣儿像恬静的弯月,鼻梁虽不高,却也小巧精致,只是面色憔悴,可能是承受了许多压力的缘故吧!农村女孩子的命运，大多掌控在父母的手中，这样想来也正常。再看她这身装扮，身穿浅蓝色格子衬衫和洗得发白的灰底色长裤，头发随意地揪在脑后，如果不是这身朴素衣着，这哪里像个农村姑娘，这么一副好看的坯子，真是生错人家了！

再想想自家的儿子，吴秀珍一时真不知是为儿子感到庆幸，还是为眼前这个女孩感到惋惜。但有一点使她感到欣慰，那就是，她认为自己对得起谭清玄了。“谭清玄，你这个死鬼，你要是在天有灵的话，看看我给你找的这个儿媳妇，多标致！我算是给你谭家一个最好的交代了吧！为完成你的遗愿，我跑遍了南林市周围所有的村镇，也没人理会或愿意帮忙，最终还是跑了这么远的路，来帮你了却了心愿！”她暗思泉涌，仿佛欠谭清玄的，就能全部一笔勾销了。

谭文婷在一旁呆看了一会，又上前去，笑微微地歪着头，显出俏皮可爱的样子，伸出一只手来，要与伊梅友好握手，看得出，她是喜欢上了这个准嫂子。看她年龄，似乎与伊梅相仿，实际上小伊梅一岁；身高也差不多，但比伊梅壮实，高三学生，今天是特地请了假来接未来嫂子的。

舒伊梅慢慢伸出手去，应付地轻握了一下，具体说是指尖触碰了下，又见这个女孩固执地对自己笑得灿烂起来，自己也只好勉强笑笑，随即跟着伊桃走向厨房。

孙爱兰一早就在厨房不停地抹眼泪。舒小冉的继母杜丽见伊梅进来，忙劝说道：“孩子的大喜事，应该高兴才对。都说伊妹这是从糠箩跳进米箩了，是多好的事！有什么好伤心的啊！”

小儿小女是心头肉，一点不假，小小未出世前，伊梅在家是最小的，孙爱兰一直以来最疼伊梅，之后，小小出世了，她还依然爱伊梅如初。

“妹儿，饿了吧！叫小婶盛碗山芋粉圆子给你吃，好不好？你不是最喜欢吃这个吗？到了城里，以后想吃这个都难了。”孙爱兰说着，不争气的眼泪又掉了下来。

舒伊梅见母亲泪眼汪汪，心头一酸，又想哭了，忙说：“我不饿，真不饿！”她见小小坐在灶台边一个人玩耍，走过去，抱起，笑笑，又亲亲，强忍着不让眼泪掉下来，再抬头时，见吴秀珍进了厨房，目光灼灼地在看着她，看得她心慌意乱。

说不清是畏惧还是羞涩，舒伊梅迅速避开了吴秀珍的目光，不由得把头低下，又干脆把脸埋进小小的怀里，像鸵鸟把头埋进沙子躲避危险一样，趁吴秀珍与厨房里的人打招呼时，抱着小小逃了出去。

大枫树脚下三五成群坐满了人，具体地说，是些交头接耳的女人。舒伊梅一眼瞥见了陈蓝诺的母亲，伊梅又触电般赶紧收回了目光，但她还是感知到陈蓝诺母亲眼里的那一丝庆幸和嘲讽，忽然她整个胸口都心酸了，那刺骨的酸楚，一直沿着鼻梁袭上来，只觉得委屈，只想哭，有泪在眼眶里转……

"这孩子真可爱，长得很像你。"谭文婷走在她身后说。

舒伊梅看向她，赶紧抹掉眼泪，掩饰着笑笑，又介绍说："这是我妹妹。"

"不会吧！你还有这么小的妹妹啊！"谭文婷一声惊呼，像是听到了什么爆炸性新闻，大枫树脚下的人一齐把目光投了过来。

谭文婷顿觉自己失态，只好吐着舌头对伊梅傻笑。

伊梅回笑一下，表示不介意，又指向身旁一根干净光滑的树根，做了个请坐的手势。

谭文婷顺势坐下，见伊梅不说话，只好逗小小玩："呵呵……真可爱，长得挺像你的，叫什么名字呀？"

"小小。"伊梅勉强笑着回道。

"小小……这名字也可爱！"谭文婷笑呵呵地说着，又低声问道，"你怎么还有这么小的妹妹呀？"

舒伊梅看着她一脸的好奇，只好简单说了缘由。谭文婷听了很羡慕，顺势把小小抱了过来，童心大发般逗她乐着。

谭文婷正乐于其中时，有人出来找她，说是入席吃饭了。谭文婷见伊梅还坐着不动，她问道："你呢？"

舒伊梅笑着接过她怀中的小小，回说："你先去吃，我还等会。"

谭文婷起身先行离去。

农村里的大宴一般都吃"流水席"，也就是吃完一席后，接着摆下一席。舒柏康家的堂屋，一席最多只能摆两桌，依他家今天所来的客人，至少也要有五六桌。

吴秀珍等人自然是被安排在头席的。第二席刚一结束，吴秀珍就把舒柏康引到没人的房间，又快速从包里拿出两沓整齐的百元大钞。

舒柏康看着钱,傻着眼,半天都没敢伸手去接。

吴秀珍看他愣着,认为肯定是看到这么多钱吓着了,就把钱塞到他的手中,轻蔑地笑着说:“亲家,谢谢你把女儿给我做儿媳妇! 清点一下数目吧! 我绝对是守信用的人,两万元一分不少!”

舒柏康捧着钞票的手不由得颤抖起来,听吴秀珍那语气,明显感觉他们是在做一场交易,接下这些钞票,不等于把女儿卖了吗? 在他还来不及深思时,却见伊梅走了进来,慌慌张张的他,赶紧把钱胡乱塞进了口袋。

舒伊梅是看见他那副表情的,认为是激动成了那样,只假装没有看见,心口却像被捅了一刀,痛得要昏厥倒地,她努力抓住衣柜的角,浑身的力气都消失在空气里,半天打不开衣柜……

这是她的房间,她进来是准备拣些衣物带走的。

吴秀珍的眼神掠过她:“带几件内衣就行,其他什么都不用带,乡下的衣服带到城里穿也不像样,我会给你买新的。”说着,径直走出了房间,喊黄师傅,“准备开路了!”

舒伊梅只感觉浑身的血液凝固了,她呆若木鸡地立在那里。

呆若木鸡地立在那里的,还有舒柏康。“这女人太目中无人了,有这样的婆婆,这妹儿的日子将来怎么过呀! 这该怎么办? 木已成舟了……不行! 悔婚算了!”舒柏康这回真意识到了,激动了,警醒了,曾有的“罪过感”又来了。

可是……真要悔婚了,这局面怎么收拾? 亲戚朋友怎么看? 这张老脸将来往哪搁啊! 他这么转念一想,又自我妥协了,只是胸口堵得慌。

舒柏康不知道自己是怎么从房间里走出来的,出来后不愿再看吴秀珍一眼,更不愿与她再说一句话,只心虚地看着伊妹。

离别总是伤感的。临上车前,孙爱兰突然号啕大哭,那悲痛就像当年伊菊去世时一样。

孙爱兰这么一哭,舒柏康自然忍不住也跟着哭了,而且哭得像个女人,一把鼻涕一把泪的。毕竟这是嫁女,是喜事,有必要吗? 围观的人都觉得不可思议,想当年伊菊死的时候,也没见他哭得如此伤心。所有人看着,一个个眼圈红红,泪水盈盈,都被他们这过分的伤心情绪所感染。

谭文婷一时想不明白,看向门头上的那个大红“喜”字,想着这哪有喜可言？这就是所谓的哭嫁吗？再看向伊梅，竟然冷静得出奇，似乎这样伤感的离别与她无关。难道哭嫁不是新娘子哭吗？谭文婷又想到自己那样的哥哥，似乎明白了些，这家人不仅仅是因为哭嫁这么简单。

吴秀珍冷静地看着，认为舒柏康这样伤心，多少是因为对女儿有所愧疚，就像当年她对谭清玄的愧疚一样，只是舒柏康没控制好情绪表现出来了。且看这女孩，定力是何等了得，能在这样的场面忍着不哭，足以见得其内心的强大！想谭清玄去世时，她也是如此冷静，没让自己掉一滴眼泪，而这种极度容忍，绝对不是一般人能做到的！

舒伊梅一直低垂着眉，漠然平静，她内心的痛，不仅是因为要离乡背井，更多的是因为蓝诺。这日日夜夜分分秒秒的煎熬，也只为蓝诺，只盼他回来，给她一个幸福的承诺，给她命运一个转角。没有人知道，此时此刻，她静默的背后，内心那份想见蓝诺的欲望，如潮水般汹涌地漫上来，又慢慢地退下去。一切成空了。想的盼的，终究是一个遥不可及的愿望。她失落地与母亲紧紧地拥抱了一会，又与伊仁和伊桃一一拥抱了数秒。

舒柏康站在一旁，哽咽地看着，等待着，以为接下来伊梅肯定也会与他拥抱，可伊梅只低头从他身边擦过了，连看都没看他一眼。

那一刻，在众目睽睽之下，舒柏康感觉有多窘，有多颜面扫地！他眼巴巴地看着女儿就那样冷静地向车位方向走去。

黄师傅忙把车门打开。舒伊梅抬脚上车时，又突然愣住，随即转身向舒柏康走去，所有的人迷惑地看着她，以为是刚才忘了给他一个拥抱，谁知，她只是表情严肃地在他的耳边轻语了几句，然后头也不回，很快钻进了车子里……

七

舒伊梅知道，她所要去的地方目前只有她父亲一人清楚，折回来就是郑重地告诉他，不要把她所去的地方告诉任何一个人！

她之所以要这样交代，是成心要让自己在这个世上“消失”，要给她这十九年的人生画上一个分隔号。既然命运安排她上了这辆生活的马车，她就只能随命运去驾辕，无论未来生活怎样，她只想一个人去面对和承受。

车子启动的时候，人群纷纷散开，自觉让出一条路来，黄师傅按了几声喇叭，车子开始缓缓行驶。鞭炮声随即响起，大枫树枝头上的鸟儿成群起飞叫着，仿佛一个个在话别离，在为舒伊梅送行。

就在这时，舒小冉骑着自行车赶来了，她看着离去的轿车，慌乱得从自行车上跳了下来，对着离去的小车叫嚷着：“停车！停车！”她的喊叫声被噼里啪啦的鞭炮声淹没了，人们只呆看着她不停地招着手，跌跌撞撞地追赶着前行的车子……

黄师傅放慢了车速，预备停车时，舒伊梅急急地说：“师傅，不要停，走吧！”

车子又继续了正常行驶。

舒伊梅从后视镜中看着舒小冉还在拼命地追跑，拼命地招手喊叫，她再也控制不住内心的悲痛，眼泪像放开闸门的洪水，瞬时汹涌而出……

舒柏康看着舒小冉气喘吁吁地累倒在地上无奈地伤心哭泣起来，又看着车子渐行渐远，内心仿佛被碾开了裂痕，鲜血一丝丝地在向外渗出。他多想坐上那车子跟着一起去，去看看吴秀珍的家庭情况，去看看城里女婿的模样。可是伊妹的态度太坚决：家里人谁都不要送！他怎么能忍心再违背女儿的意愿，尽管那种想去的欲望，一直在折磨和锻打着他。

舒小冉看向舒柏康，迅速从地上爬起来，愤恨地跑到他面前大哭大叫：

“你说,你到底把伊妹嫁到哪里去了？快说呀！我要去把她追回来……你为什么要这样对她？为什么我一点都不知道？为什么呀？你到底把伊妹嫁到哪去了？伊妹……你怎么连我也不告诉？伊妹……呜呜……”她像多年前失去母亲和姐姐一样,伤心地痛哭起来。

舒柏康紧闭嘴唇,伊妹强调不让说的,他怎么可能会说?！只是不停地抹着眼泪,感到愧疚和自责。如果脚下有地笼,他会钻进去。明白人都看得出,伊妹在怨他恨他,才不愿与他拥抱告别。现在又被小冉这样责问,便觉得全世界的人都在用鄙视的目光看着他,同情他。他的人生有多失败,辛苦捡了一辈子的柴,就这样做一锅炉子烧光了。他一生最怕的就是别人鄙视他,同情他。尽管他没有多少文化,尽管他只是个普通农民,可也有可以骄傲的地方,至少他是种庄稼的能手,村里很多种庄稼的人都得到过他的帮助。就拿儿子的婚事来说,尽管苏子薇家人要拿巨额彩礼来为难他家,他也没有妥协,一直在想办法,努力要争这口气。他曾以为伊妹出嫁时,他会有多风光,因为这天上掉馅饼的好事,不是人人都能撞上的。可结果成了这样,结果他让人看笑话了。他懊恼地看向小冉,小冉还在用泪眼怒视着他。

“你说呀,你到底把伊妹嫁哪去了？你明知道伊妹与蓝诺是相爱的,你为什么要这样做？为什么要这样做！……”舒小冉还是不依不饶,大声哭嚷起来。

提到“蓝诺”,舒柏康紧闭的嘴唇,因为恼恨微微有些颤抖了。他想,如果不是陈家庄那小子变心了,不给伊妹写信了,他又怎么会这么快地决定把伊妹嫁出去,仿佛这桩婚事,完全是因为两个月没查收到蓝诺的信件而引起的。这蓝诺到底是不靠谱了,到底是听了他母亲的话！好不容易长硬了翅膀,飞出了穷山沟,怎么会回来娶个农村姑娘？舒柏康越想越恨,越恨嘴唇就越哆嗦个不停。

杜丽在一旁焦急地看着,以为他是被小冉逼问,气得下不了台,嘴唇发抖,就犹豫着要不要上前去劝劝小冉。不过她也明白,上前劝也是白劝,还会自讨没趣。转念一想,自己就算是继母,也应该劝教,不能让小冉这样对长辈没大没小地任性下去。“她大伯,你快回屋里去招待客人吧！还有一席饭局没开,你知道小冉与伊妹从小姐妹情深,别与孩子计较啊！”杜丽笑说着,又转向小冉,“小冉,别哭了,别伤心了好不好？我知道你们姐妹感情深。

之前，你父亲说要去镇上送货，顺便要送菜给你吃，临走时，我还那么打招呼，叫他不要告诉你这事，他怎么还是没忍住说了！也真是的！耽误孩子上课了不说，还让孩子伤心成这样！……小冉，伊妹还会回来的，别伤心了，先回屋歇会好不好……”杜丽完全像个慈母，小心翼翼地劝说，并试着去牵小冉的手回家。

小冉正气不打一处来，吼叫道：“你给我走开！我不要你管！”

杜丽虽有心理准备，但还是被弄得不知所措了，尴尬地立在那儿。

“她小婶，算了吧！我们回屋里吃饭去，让小冉一个人哭会，哭哭心里会好受些，她们堂姐妹，从小就像一对双生……”有人同情地去劝杜丽。

村里人都知道，舒小冉一直不接受杜丽这个继母，舒柏生又一直由着小冉任性，也知道杜丽作为继母有多委屈难当。

杜丽是外地人，听说之前有过一次不幸婚姻，她的前夫是在结婚后不久，跟别的女人私奔了，不过也只是道听途说，杜丽自来到舒堂屋以来，从未说过她以前的事，村人里也就无法证实。她是在舒小冉母亲去世三个月之后，跟着舒柏生来的。舒柏生怕刺激女儿，那时俩人连结婚仪式都没有举行。舒小冉之所以不接受她，就是因为她始终认为，杜丽是在母亲死之前就与父亲勾搭上了，否则父亲不可能这么快就把她娶回家。

那时，舒柏生长年在外做买卖，一年回不来几次。舒小冉的母亲死后，舒柏生为了能照顾小冉，才买了一辆拖拉机，在家乡周边开始跑起了运输。

这些年，舒柏生始终在自责，也一直苦恼小冉不接受杜丽，当然，更多时候他是舍不得让小冉不开心的，认为只有小冉过得好，过得开心，他才对得起她母亲。如果不是他不喜欢种庄稼，如果那时他不出去做生意，或许家里就不会出这样的意外——让娘儿俩都被水淹死。他之所以把杜丽很快娶进门，也是为了要照顾小冉，让家里有个洗衣做饭的人，让小冉衣食无忧。他甚至为了小冉，不让杜丽生孩子，要她一心一意对小冉好。

杜丽虽有委屈，却也这样做了，她始终容忍着小冉对她的百般刁难。不过，她也想通了，爱屋及乌，谁叫自己那么爱着小冉的父亲呢！

对此，舒柏生很是感激。虽然他与杜丽确实是在做生意期间认识的，那时也知道杜丽一直爱慕着自己，但他与她始终只保持在生意上的伙伴关系，因为他心里有他深爱的妻子，也时刻记着妻子一个人在家种庄稼，又带着两个女儿,是多么不容易,他怎么可能会有背叛的心?

可是,舒小冉不相信他们。时常想到她母亲和姐姐突然去世那年,村里人一时又找不到她父亲,她像是瞬间被世界抛弃了,成了孤儿。那时,她不知道母亲和姐姐是怎么被安葬下去的,也不知道自己怎么就哭晕过去被送到医院抢救的。

从医院回来后,村里人都说她是从鬼门关里走一趟回来了,是老天爷开眼给舒柏生留下了她。那之后,伊妹一刻不离地陪着她,陪她一起伤心、流泪,一起回忆、难过。

那些日子,于她们而言,世界已经到了末日,每天都生活在阴森恐怖的阴影里。

那些日子,村里每天都有传言,说在大枫树脚下听到了鬼叫;更有神乎其神之说,有人在天黑的时候,看到西子湖岸边一个女鬼披头散发,一手牵着一个小鬼,在来回奔跑,哭叫。于是,村里就有人提出建议,叫小冉去找仙婆做做法事,如何才能不让她母亲的活鬼留在村子里哭闹,吓人……

那些日子,她根本不敢进自己的家门,每天与伊妹睡在一起。直至半个月之后,父亲回来了,她才第一次走进自己家门。

她也时常回忆父亲回家之后,那一时无法接受的事实让他哭得撕心裂肺的情形。最初一些日子,她每天都看到父亲一个人伤心抹眼泪,每每那时,她就依偎在父亲怀里,陪着他一起伤心,一起流泪。那时,她还与父亲一起,帮母亲和姐姐做了许多纸衣服、纸鞋子、纸袜子烧给了她们。之后,父亲又不知从哪扛回来纸扎的大房子、大箱子,一起去西子湖边烧了。那时,父亲还说,水淹死的鬼会很冷,现在她们有了那么多衣服穿,又有了大房子住,就不会冷了。那时,她觉得父亲有多爱母亲,爱她们姐妹。

谁知刚过三个月,父亲竟然带着一个女人回来了,再加上村里人议论纷纷,说她母亲尸骨未寒,舒柏生就这么急着把别的女人带回了家,说不定他们早就勾搭在一起了,她听着有多伤心,便从此认了这个死理。

她不再与父亲亲近了,还经常不回家,只与伊梅睡在一起,就这样,伊梅成了她最亲的人,比她的父亲还亲。现在,她怎么可以接受伊梅就这样离她而去?两个星期前,她还与伊梅睡在床上谈心到半夜,主要话题自然是蓝诺。

那晚，伊梅问："你说蓝诺是不是变心了？"

"怎么可能？绝对不可能！"她想也不想就说。在他们相知又相恋的这三五年里，她总是无所顾忌地充当"电灯泡"的角色，他们一起在宽阔的西子湖里摘菱角，一起在郁郁葱葱的青山头上采蘑菇，一起去荷花塘里采下荷叶盖在头上嬉戏，一起在开满油菜花的田野里像小孩子一样追逐嬉闹……自始至终，她是他们爱情的见证者，见证着他们在彼此内心慢慢播下爱情的种子，从麦苗儿青青到稻谷儿金黄，从最初的青涩逐渐走向成熟，如同这个成熟的秋季。

舒小冉对陈蓝诺有着本能的信任，也不知道是从什么时候开始，她对他有种想见盼见的感觉，喜欢与他一起玩，一起闹，无拘无束，开心自在，只是她没有去深究，只因为她知道蓝诺爱的人是伊梅。之前，她已与伊梅猜想过很多关于蓝诺不来信的可能，就是从没想过他会变心。

难道伊妹是因为想到蓝诺变心，才答应了这桩婚事？舒小冉恍然大悟，她知道伊梅最有思想，也最爱胡思乱想。真是傻，怎么这么容易就对蓝诺的爱失去了信心？连我都死心塌地信赖着他，舒小冉正想着，隐约听见有人在喊"蓝诺"，她惊得循声望去，只见西子湖的埂坝上，真的出现了陈蓝诺的身影……

八

“蓝诺……诺儿……诺儿你别去!”舒小冉还听见陈蓝诺的母亲站在西子湖对岸叫喊。

“蓝诺! 蓝诺回来了! 伊妹,我说了,蓝诺不会变心的!”舒小冉激动地抹去脸上的泪痕,睁大眼睛盯住他急急赶来的身影……

“不会的! 不可能的! 肯定是在骗我……”陈蓝诺怎么也不会相信母亲说的话! 只认为母亲是因为反对他与伊梅交往,才编出这样的谎言。刚在车上时,他还在冥思苦想,等会到家后找什么理由来搪塞母亲,能很快溜出来去见伊梅。

是饥饿的肚子提醒了他。在西子村下车时,看看手表,已下午三点了,才想到午饭还没吃呢。他为了抄近路走,小心翼翼地走在弯弯曲曲的田埂上,心情愉快地告诫自己:别急啊,别跑啊,小心脚伤,很快就能见到了。还想象着送伊梅生日贺卡时,他又能看到她那温柔羞涩、一脸幸福的模样……

“哟,我诺儿回来了,怎么回来啦? 学校忙什么活动,整个暑假都不让回来? 回来了,回来就好。这下真是……真把妈给高兴坏了! ……”陈蓝诺刚走到家门口的稻场边,他母亲抑制不住内心的喜悦,唠叨个没完。今天还真是个好日子! 伊梅那丫头刚刚嫁出去,诺儿就回来了。他母亲这样想着,难免把兴奋写在了脸上。

其实,她也并没有多讨厌舒伊梅。在儿子没有考上大学之前,她是喜欢舒伊梅的,每次舒伊梅来陈家庄伊桃家时,见到了总是热情地打招呼,还叫舒伊梅去家里玩,说诺儿在家。自从儿子考上大学之后,她才对舒伊梅的态度来了个一百八十度的大逆转。

“妈……瞧你乐的! 妈,你快烧饭去,我中饭还没吃呢!”陈蓝诺乐呵呵地说。见母亲要接他手上的背包,忙避开说,“不用你拿,快去烧饭吧! 我真饿了!”

“哟……我的儿,饿坏了！怎么到现在还没吃中饭？我这……这就去下面条给你吃!”

陈蓝诺见母亲进了厨房,进屋后迅速打开背包,把生日贺卡小心揣进了口袋。

“诺儿,你要上哪儿去?”他刚跨出门槛时,他母亲如心灵感应般从厨房踅了回来。

晕了！陈蓝诺在心里叫苦道,又支吾着说:“呃……嗯……我出去一会,只一小会,一小会的,马上回来……妈……你烧饭去！我真饿了呢!”他干脆撒起娇来,转身把母亲直往厨房里推。

“你……你要上哪儿去？是去找伊梅那丫头？我看……你也别指望了,伊梅那丫头坐车刚走,嫁到城里去了!”

“妈……你开什么玩笑！我知道你反对我们,也不至于拿这种荒诞无稽的话来骗人吧?”陈蓝诺根本没当回事,又往门外走着。

“你停下,妈说的是真的,我刚从舒堂屋回来没多久,只是没看到新姑爷是什么样子,大家都猜测着,说可能是个瘫痪的人,来不了……”

“妈,你别开玩笑啊,你真要这样说,那我更要去看看。”陈蓝诺说着,大踏步地跨出门外。

“诺儿,你回来！妈说的是真的！你还去干什么……”

陈蓝诺本来心就慌了,又见母亲跟在后面叫嚷,心里更慌,加快了步伐,全然忘了医生一早叮嘱过的,要注意那刚刚愈合的脚伤……

临近大枫树时,陈蓝诺只感觉到受伤的那只脚已麻木到不听使唤了,猛然跌倒在地上。他努力地爬起来,向前蹿出几步,又跌倒了。试图再爬起,却怎么也爬不起来了,疼痛难忍。“伊梅……你出来！伊梅……我回来了……”他忍住疼痛,开始大声叫嚷。

屋子里的人全听到了,一个个惊得纷纷跑出屋来。

舒柏康早已在屋门口远远看见了他,似乎已做了充分的思想准备,急急走向他,带着几分怨气说道:“你现在还来干什么？伊妹都已经嫁人了!”

“你怎么也这样说？怎么可能,怎么可能,怎么可能呢！你们为什么都要骗我,伊梅怎么会离开我！伊梅……”陈蓝诺身心彻底崩溃了,再也撑不住了，瘫软在地上，像个受委屈的孩子大哭起来。

舒小冉心疼地在他身边蹲了下来，一只手搭在他的肩上，泪眼汪汪看着他，一时也不知道怎么安慰才好，只跟着哽咽起来。

伤心是发酵剂。他们越哭越伤心。

左邻右舍的人都跑了出来，大枫树脚下顿时又围满了黑压压一大群人。一个个看着，小声议论着，想着伊妹刚离开，遗憾又心疼，一个个眼里湿润润的。

“小冉……是真的吗？他们都骗我！是不是……”陈蓝诺还是无法相信，转身抓住小冉的手臂问道。

“是真的，蓝诺……是真的！我回来时伊妹正离开，我没追上……我也不相信这是真的……下午刚上课时，听父亲说的……”舒小冉又哭得泣不成声了。

“为什么？她为什么要离开我？告诉我，她去哪儿了？小冉，告诉我她去哪儿了？我要去把她追回来，我去……”

“啊……”陈蓝诺欲起身时，又突然尖叫起来。

“怎么了？蓝诺，怎么了？”小冉被他这一声大叫，吓得止住了哭声。见他试图想再起身，却又忍不住“啊”的一声尖叫。

“怎么了？他这是怎么了？……”在场所有人都被吓得围过来。

陈蓝诺还要倔强地爬起来，可稍有移动，脚骨就跟着钻心地疼。他的母亲远远听到他的呻吟声，向着黑压压的一群人，飞也似的奔过来，惊魂未定地钻进人群，见儿子痛苦得脸色发白，顿时吓得大哭起来：“诺儿……诺儿怎么了？诺儿你……你这是怎么了啊！诺儿……啊呀……”

他母亲这样一哭，舒小冉更不知所措了。她也不明白蓝诺到底是怎么了？见他母亲在使劲拉他起来，也跟着一起帮忙。谁知，她们越拉，蓝诺越是痛得大叫。

只有陈蓝诺自己知道，完了，完了！忘了医生一早的叮嘱。他呻吟着，站不起来了，怎么也站不起来了……

舒柏康本来在听到陈蓝诺追问伊妹去向时，正吓得要转身逃走，现在他看着陈蓝诺，惊得像个木头似的傻站着。

正在大家吓得手足无措时，人们听到了“突突”拖拉机声音。

“爸……爸……快，快开过来……”舒小冉急急地奔出人群，带着哭腔大叫着。

舒柏生直接把拖拉机开到了他们身边，大家随即行动起来，七手八脚地把陈蓝诺弄上了车。拖拉机启动后，舒小冉也跟着上了车。

大枫树脚下的人们，一个个还惊魂未定，看着拖拉机“突突”地渐行渐远……

人群陆续散去时，舒柏康还愣愣地立在大枫树的脚下，好像被钉钉住了一般。每一个离去的人都忍不住要看他一眼，又都无法用言语去安慰他。

孙爱兰由于悲伤过度，在伊梅离开之后，有过几次要晕倒的迹象，伊桃硬是把她扶到了床上歇息，在旁边陪着她。只有伊仁在屋里转来转去，很不自然地招待着满屋子的客人，他面部的表情明显有些僵硬，内心思潮翻涌，疑惑重重，伤心又难过——为蓝诺难过，更为伊妹伤心，还隐隐有份自责。

舒伊仁从伊梅临走时对父亲的态度，以及父亲一早那魂不守舍的样子里，已明显感觉到在这场婚事的安排，并非如父亲所说的，是伊梅因为蓝诺已变心才愿意嫁到城里去。事实证明，蓝诺并没有变心，且这样让人感动！这就是爱情——至死不渝的爱情！他想。父亲的说法从何而来呢？他看着孤零零立在那里的父亲，真的很想上前问个究竟。可是父亲会说真话吗？何况他这么做，也是为了自己呀！

舒柏康当然不会说真话。这样的愧疚，他宁愿一个人默默地去承受。

一头吃饱的老黄牛跪躺在大枫树的脚下，正在有节奏地反刍着食物。舒柏康把目光定格在老黄牛反复嚼动的嘴头，慢慢掏出这段时间深藏的心事，就像老黄牛在反刍着吃进肚子里的食物。

真是不该啊！不该私自没收蓝诺写给伊妹的信件！可如果不这样做，伊妹会答应这门亲事吗？如果不这样做，伊妹怎么会相信蓝诺是变心了？舒柏康反复这样想。

现在他的目的达到了，他的良知却被掏走了。他的心空了，成了没心没肺的人，毁了一对人的幸福，不仅别人是这样看他，他自己也这样看自己了。想当初一门心思要凑这桩婚事成功，是想着“陈家庄那小子”是个障碍，如果不设法让伊妹对他断了念头，这事就难办成。他这样想着，在每个周末从镇上回来时，总要赶在舒小冉之前，去邮局查收陈蓝诺的信件。信件拿回来之后，他并没有拆开来看，也犹豫着，但最终并没有放进锅炉里烧掉，而是找了一个纸盒装进去，塞在他睡觉的床底下，还想着屋子也就这么大，也只有这床底下最保险。

如果那时把那些拿回的信件给了伊妹，伊妹会是多么开心！也就不会每天心事重重，日渐消瘦。为什么自己要那么狠心对她？那么狠心对待他们？

现在，一切都于事无补了。

也不知道蓝诺这孩子怎样了？怎么会把脚扭伤了？可见他有多心慌急切，真是错怪这孩子了！舒柏康不由得把“陈家庄那小子”改称为“蓝诺”了。其实从心里他是看好蓝诺的，也明白伊妹真要能跟了蓝诺，绝对是高攀。是从伊妹被蓝诺母亲侮辱了之后，他才要气蓝诺，才不愿叫他的名字，才一出口就是“陈家庄那小子”。

舒柏康从未这样懊恼自己，心里是真真切切地不好受。

九

“你的脚以前是怎么伤的？怎么会这样？刚愈合就剧烈运动了吧？又伤成这样！”医生拿着刚拍的片子，边看边问。

“什么？怎么伤的？”舒小冉和蓝诺的母亲同时吃惊地问道。

陈蓝诺紧闭着嘴唇，不说话，他的眼里还盈满泪水。

“你看，他这脚外踝骨，粉碎性骨折，都扭曲变形了。为防止留下什么后遗症，最好还去原来的医院，找原来的医生修复诊疗。”医生指着片子对舒柏生说。

“诺儿……怎么回事？你到底是怎么伤的？在哪伤的？你说话呀！”陈蓝诺仍是紧闭着嘴唇。他母亲近乎哀求起来：“诺儿，你说话呀，到底是怎么回事？在哪伤的？在哪家医院诊的，你告诉我，我们现在就去，好不好？儿子，你说话呀？”

问不出儿子的话，他母亲只好转向医生：“……这该怎么办呀？医生，我儿子刚从学校里回来，肯定是在学校伤的，在省城，肯定是在省城医院诊的。难怪他整个暑假都没有回家。医生，这怎么办呀？怎么办啊？医生，你帮我想想办法吧！”

“省城？这……情况紧急，一时在哪找车？哦，我有个开出租车的朋友，我来帮你联系看看吧。”医生说着，就去办公室拨他朋友的 BP 机号码。

医生的朋友及时回了电话，又答应很快会把车开过来。

陈蓝诺母亲对医生千恩万谢。

出租车终于开到医院后，舒小冉要跟着去，舒柏生不让。可蓝诺伤心成这样，一句话没说，舒小冉还不明原委，怎么可能不跟着去？就是天王老子的话，她也不会听的！舒柏生见女儿固执地上了出租车，就只好叮嘱蓝诺母亲，让小冉送去后，一定要跟着出租车回来。

陈蓝诺坐在副驾驶的位置上，一路上，眼睛茫然地看着前方，有一段路程，他死盯着前面的一辆轿车，仿佛有心灵感应，想着伊梅是不是就坐在那车上？

事实上，舒伊梅真的就坐在那辆车上，因为她坐的这辆车刚出三铺镇时，突然爆胎了。补胎的时间，分秒掐算，不多不少，等黄师傅重新发动车的时候，陈蓝诺坐的这辆出租车正好跟上了，就这样前后相行，开了很长一段路程。后来出租车师傅超了车，黄师傅被爆胎一事，吓得惊魂未定，不敢开快，两辆车这才渐渐拉开了距离。

是时间还是缘分？如此捉弄了他们。在某一时刻，让他们遇见后相爱了；在某一时刻，让他们错过后分开了；然后在某一时刻，让他们遇上了，又不让彼此知道。

吴秀珍自爆胎事件发生后，心里一直忐忑不安，不时从后视镜中看一眼舒伊梅，埋怨着说："晦气，真是晦气！坐过无数次车，还从未出现过这种危险的情况。"

舒伊梅知道吴秀珍是在骂自己晦气，装作不在意，只想着与蓝诺真的从此分开了；还有小冉刚才追着车子跑的情形，让她完全沉浸在一个人的悲哀里。也可能真是累了，倦了，竟然不知不觉地睡着了。

还梦见蓝诺了！蓝诺跟在一辆黑色轿车的后面，拼命追跑，喊她的名字，而她根本不在那辆车上。她逃婚了，一早从家里溜逃出去，躲在田园中的一个角落里，偷偷看着一辆黑色轿车开进了舒堂屋，又从舒堂屋开了出来……

蓝诺……蓝诺没变心！看他如此痛苦，就知道他在乎自己。在梦中，她幸福地想着，看着蓝诺脸上的表情越痛苦，她就感觉越幸福……有时候，幸福就是这样轻而易举建立在别人的痛苦之上。她怎么舍得看他难过！她心疼得泪眼婆娑，慢慢从角落里走出来，一步步向蓝诺身后靠近……

"到了，醒醒，到了。"谭文婷拽着舒伊梅的胳膊，摇晃半天，她才似梦似幻地睁开眼来，又稀里糊涂地下了车，傻傻地站到一根灯柱旁揉着双眼，像个睡眼惺忪的孩子，眨巴着眼睛扫视着这座陌生的城市。

夜幕已经降临，长长的街灯如悬挂的两行灯笼，闪着红光，路灯下是川流不息的人群和车辆。

这座城市位于长江下游南岸,曾是S省城的郊区,后来改名为南林市。20世纪50年代初,因境内的矿产资源丰富而设立;20世纪80年代末,尽管改革开放的浪潮风起云涌,但国有经济在南林市还一直占据着垄断地位。

这条街道是南林市较为繁华的街道,车水马龙,人潮涌动。这里的高楼虽说不上鳞次栉比,却也错落有致。霓虹闪烁,乐声悠扬,处处彰显着这座城市流光溢彩,神采飞扬。

舒伊梅无心欣赏,却心生伤感。孤独和无助,感觉自己就像个被家人遗弃的小孩;又觉得自己像一只失去帆的孤舟,漂到了这个陌生城市的人海中间。

"到家啰！看——那,从这里走第三家就是。"谭文婷捡好车上的东西,走过来指向路灯照射下的一条巷子,边说着边亲热地挽住舒伊梅的胳膊,又转向吴秀珍问道:"妈,我们是先回家,还是先到饭店吃饭?"

"肯定先请黄师傅吃饭,都累他一天了,去对面的'红梅阁'吧!"吴秀珍回答得很干脆。

"欢迎光临!"他们刚走近"红梅阁",站立在门两边的服务小姐鞠躬迎接,紧接着服务生上前热情招待:"这边请,你好！请问几位?"

这家饭店规模不大,装修却很豪华。舒伊梅被谭文婷挽着进来,没心情留意这里的环境,也没受到服务生热情礼遇的影响,只觉内心沉重,莫名的忧伤重重而来。

吴秀珍接上服务生递来的菜单,开始点菜。

谭文婷坐在黄师傅和舒伊梅中间,开心得像个几岁大的小孩,眼睛直溜溜转,笑嘻嘻地看向黄师傅,又笑嘻嘻地看向舒伊梅,问道:"你到底是叫伊梅还是叫伊妹呀？我在你家时,听着有人像是叫你'伊妹',也有人像是叫你'伊梅',我就纳闷,是不是我的听力有问题了?"

"……在家叫'伊妹',学名叫'伊梅'。"舒伊梅看她一眼,声音细柔,像蚊子哼哼。这段时间她很少说话,也不想说话。到了这个陌生城市,她更不想说话了,甚至宁愿自己是个哑巴才好。

不想说话,并不代表舒伊梅不善言辞,譬如她与蓝诺之间就可以有说不完的话题,蓝诺每看过一本小说,之后都要借给她看;然后他们一起讨论故事情节,话题涉及人生境遇、理想挫败、缘分深浅、生活态度等等,尽管彼此都有着各自的看法,但能很快达成共识。那时,蓝诺总是不失时机地鼓励她:生活要快乐,凡事要乐观,有梦想就去追求,缘分来了就要珍惜。还说,佛家认为人与人的聚散都是缘分,缘分浅的擦肩而过,缘分深的可以成知交,成腻友,成终身伴侣。还说,他们的缘分是“三成”,要彼此在心中点亮心灯:一盏希望的灯,一盏勇气的灯,要把爱情进行到底!

如今缘分还是浅了,希望的灯灭了,勇气的灯火也忽明忽暗,舒伊梅悲观地想着,仿佛是要刻意封闭自己,在一个人的内心世界里演绎悲哀。

谭文婷不知道舒伊梅是不想说话,见她低着头,抚弄茶杯局促不安的样子,就想找话与她说:“……伊——梅,这名字好听,我知道有很多人叫什么红梅、黄梅、金梅的,真是俗气,你……这‘伊’字是什么意思呀?”

“是……辈分。”

“你家姊妹多吧?”黄师傅也问起来。

“嗯……有女姊妹四个,去世了一个,上头还有一个哥哥。”舒伊梅看了他们一眼,不自然苦笑了一下。

黄师傅回笑,有点歉意,马上换了话题:“这里距离省城不到一个小时的车程,以后周末有时间,可与文婷去省城玩玩。”

舒伊梅听后,愕然地看着他。

“真的,这里每天有好多班车去省城,从早上六点到下午六点之间,都有来回班车。”黄师傅以为她不相信,又强调着说。

舒伊梅不是不相信,而是想到了在省城读书的陈蓝诺,现在自己不是离他很近了吗?她的心怦怦在跳。近了又怎样,能见着他吗?能去见吗?舒伊梅矛盾地想着。

她知道,她离他近了,可心灵上的距离却越来越远,远得遥不可及。

又心酸了,又想哭了。为掩饰痛苦,舒伊梅慢慢端起杯子,轻抿一口茶,如把痛苦咽下。

吴秀珍点好了菜,把菜单递给服务生后,向舒伊梅瞟了一眼,想要说点什么,却欲言又止。想到爆胎事件,认死理是伊梅晦气,所以不想与她说话了。

知人者智,自知者明。吴秀珍此生最明白的事,莫过于了解自己内心有什么样的需求。她不喜欢比自己漂亮的人,不喜欢比自己能力强的人,更不喜欢浑身沾有晦气的人。

舒伊梅比吴秀珍年轻时漂亮，是事实；舒伊梅坐上车，车就爆胎了，是晦气；舒伊梅承受能力了得，离开家时人人都哭，她不哭，镇定自若，不乱方寸。吴秀珍确定自己是不可能喜欢眼前这个叫舒伊梅的女孩子了。

不喜欢就是不喜欢，干吗要找这么多理由！吴秀珍的心里有七分坚定，三分自嘲。服务生开始把菜一一端上桌子，她扫了一眼桌上的菜，又乜斜着舒伊梅，看她瘦弱白皙的脸是越看越耐看，心头竟有危险信号产生，脑海里瞬间闪现了鲁付春的丑恶嘴脸。

怎么想到这个，真是荒唐！吴秀珍又暗自嘲笑了一下自己。

“菜已经上齐了。”服务生说。

“吃吧，吃吧，快吃吧！黄师傅多吃点，今天真是累你一天了，天不亮就让你起床赶路。”吴秀珍说这话，明显是要忽视舒伊梅的存在。

“我不累，为我们南林市接来这么一个大美女，多有成就感！怎么会感觉累呢！”黄师傅嬉笑地说着，看了一眼还没动筷子的舒伊梅。

“你吃呀，怎么还不吃？多吃点，多吃点，你太苗条了，不用减肥的！”谭文婷一边说着，一边不停地往舒伊梅碗里夹菜。

舒伊梅把谭文婷夹到碗里的菜，慢慢地，一点一点地吃下了，只是根本没吃出什么味道来……

十

走出饭店时，谭文婷依然挽着舒伊梅的胳膊，寸步不离。舒伊梅很受感动，初来时的孤独和无助稍有减轻。

夜空中，月亮像个害羞的新娘，从一片乌云里羞答答地探出半个脑袋来，三三两两的星星闪烁，像起哄的小孩子偷看新娘的眼睛。舒伊梅看向夜空，仿佛突然被提醒：新娘子？新娘子！

突如其来的情绪转变。舒伊梅想着自己还没来得及准备，是不是就这样成了别人的新娘子？等会要见的新郎又会是什么样子？

一种紧张和恐慌随即袭来，让她心跳加快，呼吸加快，脚步随之沉重起来。紧接着，那些所有与“悲”有关的情感，迅速在心中渲染和蔓延，乱了心绪——是少女羞涩的心绪？还是与过去纠缠不清的思绪？

“到家了！”谭文婷停下脚步，开心地说。她是无法想到和体会到舒伊梅瞬间凌乱的思绪，以及内心翻江倒海的痛苦的。

舒伊梅机械地跟着停下脚步，一眼瞟见显眼的蓝色门牌号——唐人街313号。吴秀珍在开门时，舒伊梅只感觉时间静止，呼吸停止。门打开时的“哐啷”一声响，她以为是自己剧烈的心跳声，惊得浑身战栗，仿佛听到命运法官落槌的宣判之声。

“进去吧！”谭文婷兴奋地说。

舒伊梅就这样被谭文婷挽着进了谭家的门。

吴秀珍很快拉亮了电灯。

舒伊梅屏息静气，扫了一眼院落，院子估摸四五十平米大，两边分别种有两棵一人多高的树，树旁堆有许多花盆，里面落满了树叶。进门右角有一搭建的雨棚，下面是一个水池，旁边放有自行车和其他许多小物件。穿过院落，是一幢二层楼的房屋，楼上楼下一片漆黑。

“我哥这几天生病住院了,明天会出院的。”谭文婷随意说着,仿佛她哥生病住院是再平常不过的事情。

舒伊梅“哦”了一声,顿感轻松,仿佛躲过了一场即将到来的灾难,意识随之恢复,闻到了一股浓浓的桂花香,不由得立在树旁,仰面饶有兴趣地看着。

“这两棵都是桂花树。”谭文婷介绍说,想让舒伊梅多闻一会,自己先进屋了。

他住院了?得了什么病?舒伊梅立在桂花树边想着,最好住在医院里,永远不要回来才好,又很快意识到她这想法不对,还在心里辩解道:不是咒他,只是怕面对他而已。

舒伊梅总这样怕伤害别人,宁愿自己吃亏,接受这个婚姻也当是吃亏事之一。

该面对的还是要面对,是福不是祸,是祸躲不过。她想起了伊桃的话,劝着自己:这个问题不去想了,这个问题留待明天去想……

这不是小说《乱世佳人》中主人公斯佳丽的心灵砝码吗?她的脑海里,迅速闪现出斯佳丽那充满魅力的形象来。当初在看完这部小说后,曾有很长一段时间,斯佳丽那不屈不挠的性格和形象,在她的脑海里挥之不去。

虽然小说中塑造的斯佳丽,从某种角度来说,并不是传统观念中的好女孩,她骄傲,贪婪,爱慕虚荣,为了达到自己的目的而不择手段。舒伊梅想,人总是有两面性的,她喜欢斯佳丽这种两面性格,总能在生活中运用得游刃有余,在风云突变的乱世中,在面对战后破败的塔拉庄园时,她所承受的绝对是常人无法忍受的痛苦和打击,但她没有被打倒,也不再去留恋那曾经有过的奢侈生活,而是一心想如何振兴家业,如何让塔拉的人不再挨饿,最终,她把婚姻作为生活交易的筹码,几乎每一次婚姻,都是被生活所迫。

婚姻当筹码。自己不也一样吗?只不过,这个做交易的人不是自己,而是自己的父亲!舒伊梅悲哀地想着,心情又沉重起来,想她的婚姻和爱情,也已分离在两条生活的轨道上,就像斯佳丽一样,斯佳丽曾把对阿希礼君子形象的憧憬,作为她一直以来爱的全部,而她的婚姻则一直走在与阿希礼不相干的轨道上。

“得之,我幸。不得,我命。如此而已。”徐志摩如是说。她也这样劝慰自己:不想。不想!不得,我命。如此而已。

“梅姐,屋里来吧!”谭文婷站在屋里叫着。

“呃!”舒伊梅应着,跨向台阶。

刚跨进屋里,吴秀珍看向她说:“有什么需要就问问文婷,洗换的衣服先用文婷的,事先也不知道你的个头高矮,明天我会买些回来。”吴秀珍说这话时,语气还算平和。

舒伊梅“嗯”着,笑笑,用眼神答谢。吴秀珍乜斜她一眼,也没叫她坐,顾自转身,忙着自己的事,又很快转进了卫生间,只留下她一个人呆立在客厅里,东张西望。

舒伊梅看屋里七八成新的家具中,有“L”型的银灰色大沙发,上面零乱地堆放了些衣物;沙发旁边的茶几上有手包、茶杯,烟灰缸里堆有水果皮;电视机柜中摆放的电视机很大,旁边放有许多小盒子等乱七八糟的东西。总之,一个“乱”景映入了眼帘。

“梅姐,那——看,这几套衣服,是我去年像你一样瘦的时候穿的,今年长胖了,穿不了,不嫌弃就送给你吧!”谭文婷不知何时上的楼,又“咚咚”地下楼来,抱了一大堆衣服,放到舒伊梅面前的沙发上,然后一件一件地捡起来给她看。

“我上楼休息了。”吴秀珍从卫生间出来后,看也没看她们一眼,径直向楼上走去。

舒伊梅看着她离去的背影,半天没回过神来。

谭文婷见状,尴尬笑着,轻声解释:“我妈就这样,一向不善言笑。你别在意了!”又把舒伊梅按到沙发上坐下,“梅姐……嘿嘿……不,应该是叫你嫂子?算了,还是叫梅姐吧!叫姐亲热。”

舒伊梅看着谭文婷一个人自圆其说,自是有些羡慕她这大好心情,也有点喜欢她这副可爱的模样:柔顺的蘑菇形短发,在灯光下乌黑发亮;圆圆的脸蛋,白里透红;柳眉杏眼和不大不小的红唇,很耐看。当然,舒伊梅也想到谭文婷的母亲也很漂亮,不知为什么看上去那么古怪!

谭文婷见她半天不说话,就自我介绍起来:“我叫谭文婷,我哥叫谭文玉。梅姐,你看上去真小,应该比我大吧?我已经叫你姐了呢!”

“嗯……今天是我十九岁生日。”舒伊梅小声说。

“真的呀！不会吧！祝你生日快乐！”谭文婷又惊呼起来，声音很大，如白天时，听到伊梅说小小是她妹妹一样，很快，又静默不语，是因为想到了伊梅只比自己大一岁，就要屈嫁给自己“十不全”的哥哥了。

“十不全”是谭文婷刚刚想到的词，但也说得过去。她的哥哥，腿残，手残，还口吃，耳聋，面瘫，内脏到处都是病，三天两头地就要往医院跑。自从父亲过世之后，在母亲和哥哥中，她更爱这个“十不全”的哥哥，很多时候，她对母亲是存有几分陌生与不解的，也很少与母亲交流谈心。关于母亲的绯闻，再结合父亲的自杀，她知道应该是可信的，只是她不愿去想，也强迫自己不要去想，那样只会徒增烦恼。

舒伊梅看她突然地安静下来，脸上的笑容慢慢淡去，难免要瞎猜一通，又忍不住问道：“你哥得了什么病住院？”

“哦……也不是什么大病，是……肝炎，说是甲肝。”谭文婷特地强调了一下是“甲肝”，意思是，没多大关系的！

“谁在医院照顾他？”

“妈妈请了护工，每次住院都请护工。明天黄师傅去接他出院。”

“他经常住院？”

“哦……也不是。”

谭文婷后悔画蛇添足说了“每次住院”！又觉谈哥哥的话题太沉重，迅速起身来，拉着舒伊梅的手去向一个房间，拉亮电灯说：“这是哥哥的房间，我的房间在楼上，你晚上是睡在这里，还是跟我睡？”

舒伊梅扫视了一下，房间内不算很整洁，但也不零乱。里面摆的一张奶白色双人床和两张床头柜，看得出是新买回来的。进门的墙壁是一排大衣柜，窗户旁有一个书桌，上面放有几本翻开页的书籍；左手边是一个落地书架，书架上整齐地摆放着很多书籍。

“今晚在这睡，明晚跟你睡，行不行？”舒伊梅很快给了答案。她是因为看到了书架上那么多的书而瞬间做的决定。

之后，谭文婷建议先洗澡，再聊天。她们互相推脱半天，还是谭文婷先洗了，之后叫舒伊梅去洗。

“这柜里有新的牙刷和新的毛巾，都是我准备好的。这个是热水器，我教你用……”谭文婷服侍周全，又从沙发上选了一件粉色的睡裙，送进了卫生间,舒伊梅很是感动。

“哇! 梅姐,你真是大美人呢! 这么普通的睡裙,能让你穿出这样的效果,真是漂亮,绝对是我见过最漂亮的女生!”舒伊梅从卫生间出来时,谭文婷又一阵惊呼,绕着她不停地转,表情甚是夸张。

“衣服在哪洗?”舒伊梅被她看得不好意思,岔开话题问道。

“洗衣机洗。这个就是。我教你洗。打开顶盖,把脏衣服放进去……”

舒伊梅认真地看着,很快就学会了。

“还有……明天一早我要到学校上课,我妈早上从来不烧饭,所以早餐肯定要你自己解决。过来看看……”谭文婷又把舒伊梅带到厨房里,指着电饭煲和液化气灶说:“我在你家也没看到这些,我教你怎么使用它们,好吧? 这是煮饭用的……这液化气灶,从这里打火……”

舒伊梅认真看着,不时地会意点头。

谭文婷认为想到的都说了,就又拉着舒伊梅回到沙发上坐下。她还要满足自己的好奇心,开始不停地发问:你家人是怎么认识我妈的? 你为什么愿意嫁给我哥? 你为什么不继续读书? 你这么漂亮,有过男生追你吗? ……

这些问题很尖锐,但舒伊梅想想,能说的基本如实说了,唯有“是否有过男生追”这个问题,她做了违心的否定。关于陈蓝诺的一切,她只会在心底珍藏。这是她带到这个陌生城市唯一的、不可显露的精神财富。

谭文婷难得与人这样倾心,说个没完没了,之后说的都是她学校里的逸闻趣事,舒伊梅听着,以笑回应。最后还是舒伊梅提醒了她,明早几点去学校? 她回说是六点之前,这才依依不舍地道了晚安。

十一

舒伊梅回到房间后，迫不及待地在书架上扫了一眼，发现上面有中国四大名著，有张爱玲的随笔、老舍的小说、鲁迅的杂文等，还有很多外国名著。这些书中，很多她以前已读过，有些是伊仁买回家的，有些是蓝诺从学校图书馆借来给她读的，如《简·爱》《飘》《安娜·卡列妮娜》《战争与和平》《复活》《平凡的世界》等。

不知道是看到这么多书兴奋了，还是因为下午在车上睡了，舒伊梅坐下来一本本地翻看，一点睡意也没有。读书能修身养性，一个爱读书的人应该有一定素养和内涵，应该不会糟糕到哪里去！舒伊梅一边翻看，一边乐观地想着这个收藏书的人，这个将与她一起生活的男人，至少与她会有共同语言，就像她与蓝诺一样，传阅一本书之后，他俩再进行交流，彼此有说不完的话题。

身残也罢，只要脑不残就行。舒伊梅暗自笑自己这突如其来的“阿Q”精神，心情获得了这些日子以来的最大化的轻松，仿佛有种复活的清新之感。

时钟已经指向凌晨两点，舒伊梅还是没有睡意，翻着翻着，翻出一本影集来，好奇地打开首页，是四个人的合影，后排站着的两个女的，一眼能认出是吴秀珍和谭文婷；前排坐的两个男人，一看长得非常像。心想这应该就是张全家福吧，舒伊梅不由得低下头去仔细看。

事实的确如此。这是去年春节时，谭清玄请照相馆的人来家照的，也是谭清玄刻意留给这个家的永恒纪念。因为没过多久，他选择了自缢，结束了他四十九年的人生。

他们这一家，除了谭文婷还在读高中以外，都是南林造纸厂的职工。

谭清玄，吴秀珍的丈夫，曾在厂行政办公室从事文秘工作，很有文采，业余爱好文学，写些诗歌、散文、随笔之类，还经常被刊发。不知是不是同名的原因，他特别喜欢当时盛行的台湾作家林清玄的作品，喜欢读他字里行间那透溢出的浓浓禅意。只是，越是能透悟人生的人，越是无法把日子过得洒脱。

吴秀珍本是造纸车间的普通工人，自从鲁付春上任厂长之后，她的职场之路开始青云直上：从普通工人，到行政一般职员，两年前又荣升为财务主管，人称南林造纸厂的“女一号”和“内当家”。

谭文玉是按照厂里双职工政策，照顾性进造纸厂里上班的。由于身体原因，厂里安排他在门卫处做收发报纸和信件的杂事——这纯粹是照顾，因为厂办公室里本身就有收发员。谭文玉可以经常不上班，而他的工资和奖金，又不会比行政人员应得的少一分，这就是吴秀珍的权能所在。

舒伊梅认真地看着这个将与她未来生活息息相关的男人，五官还算耐看：眉毛浓浓的，眼睛大大的，鼻梁高高的，紧闭的嘴唇也很有弧形，只是少了点年轻人应有的阳光和神气。

应该不会糟糕到哪里去！舒伊梅又乐观地想着，似乎有了可以接受他的理由。

翻过这一页时，她的心情是轻松的，再继续向后翻看，心却慢慢地被揪了起来，因为她发现这本影集里有一种奇怪的现象：从第一页翻到最后一页，基本上都是他小时候笑得很灿烂的旧照片，除了几张面无表情的合影照，找不出一张他长大后的照片了，更找不到他一个人全身的生活照。

难道长大后的他不喜欢照相了？也不喜欢笑了？难道他的残疾是后天的，是经历了一场灾难形成的？舒伊梅开始了胡思乱想，并试图在房间里寻找起来，看看还有没有其他存放影集的地方，

差不多翻遍了房间内每一个有可能放影集的地方，也没找着。舒伊梅泄气地坐到了床上，心儿“扑通扑通”地跳着。

难道是脑残吗？不会的，脑残的人怎么会看这么多书？她自圆其说，思维超负荷地运转。

也不知这样高速运转了多久，累了，倦了。夜深人静，听着时钟一秒一秒地转动，舒伊梅就这样不知不觉地睡着了……

睡梦中，一个面目狰狞骷髅样的男人，张牙舞爪地要向她扑来，吓得她

直打哆嗦，直往后退，想喊叫，喉咙却怎么也发不出声来……

蒙眬中只听“哐啷”一声巨响，舒伊梅被猛然惊醒。吴秀珍下楼时见她还没起床，不由得气她，都到上班的时间了还睡懒觉，还不起床做事，收拾收拾屋子，可又不愿开口喊她，出院门时，就故意把院门重重撞出响声来提醒她。

舒伊梅惊魂未定地看看时钟，七点五十，赶紧爬起来，透过窗户伸头望望，院内已没了动静，估计是吴秀珍已经离开了，又坐回床上，拿个枕头放到背后靠在床头，这是以前每天早上醒来后的习惯，她喜欢这样靠在床上静静地想会蓝诺。

只是今天没办法安静地想他，眼前的一切是陌生的：书架上空了一半，书桌上的书乱七八糟地堆了半尺高；橱柜抽屉半开着，有衣物露出来。舒伊梅的脑海就像放电影一样，开始倒映：睡前的一幕；与谭文婷谈心的一幕；初进这个家的情形；下车去饭店吃饭的情形；离开家乡时的情形……点点滴滴的回想，如同是经历了一个世纪的漫长。“我哥这几天生病住院了，明天会出院的。”想起谭文婷的话，回想梦境，舒伊梅心慌慌的，昨晚初进门时的惶恐又袭上心头。

梦是反的！应该不会太糟糕到哪里去！舒伊梅劝过自己，迅速从床上跳下来。

有时思想是可以用行动来控制的。舒伊梅有心想看看这个新环境，又担心谭文玉会很快回来，就先转到了楼上。

楼上有三个房间，其中两个房门是关的，还有一个小卫生间。她先走进开着的那间看了看，与楼下房间的布局差不多，就是床稍微小点，桌子上堆有很多数理化之类的书籍，显然是谭文婷的房间。

转出来走向对门一间，推门时推不开，才发现门是上锁的，舒伊梅瞬间想到吴秀珍那格格不入的古怪相。

移步试着去推隔壁的一间，稍一用力，推开了。猛地一看，房间内光线很暗，一排落地窗帘严密地拉着，有种阴森森的感觉。顺手按了下手边的开关，房间顿时亮堂起来，伊梅又很快发现右侧的墙壁上悬挂着一张遗像。好奇地走进去，仔细看了看，和影集里看到的中年男人一样，心猛地“咯噔”了一下。这么年轻怎么死了？舒伊梅疑惑地看着遗像，后悔昨晚忘了问谭文婷关于她父亲的事情。

收回目光，扫视一下房间，发现桌子上、椅子上到处堆积了钱币一般厚的灰尘，好像很久都没人进来过一样。

的确，自谭清玄的丧事结束之后到现在，这个房间就没人进来过。吴秀珍不愿进来，谭文婷是害怕进来，谭文玉是腿脚不方便，基本不上楼来。

谭清玄是正月十五元宵节那天，用吴秀珍穿过的长丝袜在这间书房中自缢的。至于他为什么要自杀，外面说法最多的是说他承受不了吴秀珍与鲁付春的绯闻；但是从他的遗书来看，又似乎是为了儿子，为了谭家要传宗接代。

谭清玄的遗书很简单，只对吴秀珍做了这样特别的交代：想办法去乡下帮玉儿找个媳妇回来，谭家不能断了香火，我死后，工作由玉儿的媳妇顶替。务必要做到！

在20世纪80年代，城镇户口特别吃香，拥有城镇户口的人能享受国家很多优惠政策，譬如可当兵，可参加职业技工学校招生考试，分配工作；城镇户口当兵的人，回来有更多的就业机会，等等。农村人都希望自己能拥有城市户口，所以城里那些有残疾的单身男人，大多能从乡下找到农村姑娘做媳妇。

这么年轻就死了！舒伊梅只想他可能是病死的。她开始在房间里转悠，东翻翻，西看看，看到书桌的抽屉中，整齐地叠放着很多笔记本和小手册，随手拿上一本翻开，发现钢笔字写得非常漂亮，有如女人一样的清秀端庄，又不失男人刚劲的风骨。她没有仔细去看里面的内容，以后会来看的，她想。这是她对这个逝去的人产生的第一个好感。

把笔记本放回原处，又转到占据了半边墙壁的大书柜边，随手打开一个柜门，一格格翻看，除了一些被裁剪过的旧报纸和旧杂志，似乎没发现什么其他的东西。合上门时，不知从哪格掉下来一个夹子，夹子上夹了一沓裁剪下的大大小小的报纸，舒伊梅捡起来看看，发现都是署名为“谭清玄”的豆腐块文章。

谭清玄？林清玄？难道他就叫“谭清玄”？也会写文章？舒伊梅有些惊呼地转到遗像的面前，又开始仔细地端详着他：怎么就死了呢？不死多好，只是她也说不出那“不死多好”的所以然来。

我会把这里打扫干净，会来认真拜读您的文章，会经常来陪您。舒伊梅对着遗像做着承诺，仿佛获得了一种心灵上的归宿感。

下楼时，看见悬挂在楼梯口处的时钟已指向了九点半。舒伊梅像是从梦境中游回到了现实，想到了那个叫谭文玉的男人不知何时出院回家。

她带着忐忑的心，在楼下的各个房间随便走了一遍，之后来到院落中。她看看四周，与昨晚印象差不多，只是白天看时，格外脏和乱，尤其树底下堆得乱七八糟的，是一盆盆枯萎的花钵，不由得想到曾打理过这些花钵的主人——楼上那个逝去的人。

枯萎，是植物的宿命，也是人的宿命，舒伊梅想着，不由得蹲下身来，想要察看它们是否还有存活的迹象。除了一些菊花盆景正打苞的样子，可能还活着，其余也叫不出名来的盆景，基本是死了芯。

菊花她认识，每年山头上的野菊花，五颜六色的，开得到处都是。后来她在书中看到菊花具有清肝明目、祛毒散火的功效，做成枕头可治疗风热感冒、咽喉肿痛，头痛眩晕等，就缝制了好多个菊花枕头，送了两个给蓝诺，一个让他留在家里用，一个带到学校里。

舒伊梅漫不经心地挑拣着余有生机的花钵，一边不由自主地回忆着曾与蓝诺一起在家乡山头上采摘野菊花的幸福时光……

隐隐听到门外有脚步声，接着是“哐啷”一声，如巨雷声响。舒伊梅惊得迅速起身，望向门外，屏气凝神，听钥匙开门的声音……

十二

谭文玉拿钥匙开门，一不小心拐杖磕到了院门上。

院门打开时，舒伊梅愕然地看着他们，呆呆地立着，一动不动。黄师傅和谭文玉同时发现了她，一齐把目光投向她。一瞬间，空气仿佛停止了流动，他们的身子都变得僵硬了。

数秒沉默后，黄师傅变脸似的笑着说："伊梅……哈……真勤快！在收拾院子呀！"他兀自笑着，又很快拽起谭文玉的胳膊，说，"走吧，先到屋里去！"

谭文玉被他拽着胳膊，被动地抬起了步子。

舒伊梅的目光跟随着他们，脑子一片空白，只听见拐杖磕碰水泥地面，格外响亮和刺耳。

"哈……伊梅，文玉就交给你了，我得上班去，再见啊！"黄师傅从屋里出来时边走边说，又急急向院外走去，像是逃避瘟神一般。

舒伊梅回过神来，本想说声谢谢，却见他已走出门外，只留了个背影。她向院门走去，在门边向外呆望了一会，慢腾腾关上院门，尽管动作很轻，却还是听到了"哐啷"一声，惊得浑身微颤，不由得仔细看了看这门：钢筋骨架，两面是铁皮包的，也难怪了，稍有撞击，这铁皮就会发出这怪怪的声响。

转身时，舒伊梅又犹豫了起来，踌躇在门边看着屋里，唯听得见自己的心跳在加快。

很久，她也没见屋里有动静，自个儿也心安了些，干脆也不想进屋了，就又回到原地，慢慢蹲下身来，一边思考一边稳定情绪，继续漫不经心地摆弄着花钵。

她把枯死的花钵一个个拣到墙角边摆好，又把剩下的菊花盆景，整齐地绕着树边摆放，然后又拿来扫帚，把院落打扫了一遍。

时间到底过了多久？她到底思考了些什么？其实，她压根什么也没思考，只是身体在不停地转动。该来的总会来，该面对的总要面对，在水池边洗手时，舒伊梅终于说服了自己，深吸一口气，转身径直向屋里走去。

听宣判也罢，上刑场也好，无所谓了！舒伊梅虽这样对自己说，但在跨进屋里的一瞬间，心还是紧张了起来。

谭文玉就坐在离门边不远的沙发上。刚进屋里时，他还不时扭头看向门外，却迟迟不见有人进屋，便有些失望了，不再扭头看了，心情也越发紧张起来，脑海里思潮起伏，不得不开始了胡思乱想。

紧张的人见到一个比自己更紧张的人，心理上多少有了一点优势。舒伊梅见他低着头，背对着门外，一只手不停地磨蹭着拐杖，一副局促不安的样子，看上去比自己更紧张，就轻轻地挪步到他的身后，站在沙发右侧定定地看着他，等他抬头看她，让他先开口说点什么。

可是，他半天不抬头看她，也不说话。

“你病好了？”舒伊梅只好先问候他。虽然声音很轻，但能断定他听得见，因为屋子里太安静，几乎可以听到一根针落地的声音。

她等他的反应。他半天没有反应。她以为他肯定是太紧张了，因为她看见，他那只不停磨蹭拐杖的手在发抖。

“你没事了吧？”舒伊梅又问，声音不由得抬高了几个分贝。

他还是半天没有反应。

难道……不会吧？舒伊梅预感的不妙使她的心跳剧烈起来。她略显激动地快速绕到他的面前，还故意用脚带动了他手边的拐杖。

谭文玉这才有所反应，惊得抬起头来，瞪大眼睛看向她。

很明显，他刚刚才发现到她！难道是……不会吧？舒伊梅看着他，“扑通扑通”心跳得更厉害了。他们斗鸡眼似的，她也瞪着眼睛死盯着他……

谭文玉做了个张口说话的姿势，却只抖动着嘴唇，半天发不出声音来。

不，不，不会的！不可能的！怎么会是这样？舒伊梅只觉一股酸楚和悲哀如潮水般袭来，冲上鼻梁骨，泪水很快涌出了眼眶。

谭文玉看着她这样，心里更加慌了，更不知所措了，张着嘴巴，努力了半天，还是没有说出话来。

怎么是这样？怎么会是这样！为什么啊？为什么！舒伊梅只感到眼晕

耳鸣，绝望至极。她痛苦得直摇头，眼泪像断线的珍珠，开始大颗大颗地往下落……

她只想过他肢体的残缺，也见证了他肢体有残缺。她可以接受他肢体上的残缺，但是无法接受他这样又聋又哑！昨晚她还幻想了今后的日子，他们可以一起看书，一起交流；还幻想有一天，他会替代蓝诺在她心目中的位置，他们也可以有爱情的……

现在，不可能了，这一切都不可能了！舒伊梅满脸泪痕直视着他。

慢慢地，她的眼里，他的面孔越来越狰狞了，是的，就是梦境中那个面目狰狞的面孔……她还听见了，从心门上传来一种从未有过的悲哀在敲击；听到了那悲哀背后嘲讽怪笑的声音——那声音，似乎是蓝诺母亲的声音，又似乎是舒堂屋左邻右舍的声音……

不是的，不是你们想的这样！我不要嫁给他，我不要！蓝诺……救我！救我……舒伊梅如同神经错乱一般，喃喃自语，一步步向门口退去。

谭文玉扭身看着她，惊得“啊啊”着发出了嘶哑的声音，因为他看着她再退两步，就是门口的台阶了。

舒伊梅根本没听见，继续往后退。

谭文玉慌得想起身阻挡，结果撞到了茶几上，整个人趴倒在地上，还打落了茶几上一个小铁瓷碗，“当”的一声响……

舒伊梅被震住了！看着滚动在地面上的小铁瓷碗，还在“叮当当”地响着，又看向趴倒在地的谭文玉，她的神志似又清醒了，又模糊了，不知道这是梦境还是现实，就那样立在原地待着，似被神功点了穴位，丝毫不能动弹。

“对……对不……不……起！”谭文玉用颤抖的声音，吃力地说了半天。

这到底是梦境还是现实？舒伊梅怀疑地看着他。

“对……对不……不……起！”谭文玉又吃力地说了一遍。

舒伊梅这才感觉有泪在脸上爬，痒痒的。见眼前的谭文玉正趴在地上，可怜巴巴地仰面看着她，又见他额头上渗着血迹，估计是碰到茶几上了，她的心瞬间柔软起来，神志也清醒了些，像是梦游了一场，又像是从失忆中刚刚恢复了记忆一样。

谭文玉斜着身子，正努力从地上爬起来。舒伊梅看他只右边手肘在用劲，半天没爬起来，不由得走上前去，帮忙拉他的左手臂，费了很大劲才把他扶到沙发上坐下,这才发现他的左手弯曲,畸形成锤状。

“对……对不……不……起!”谭文玉看着她,又吃力地说了一遍,仿佛他只会说“对不起”这三个字。

人心最柔软的部分就是善良。舒伊梅看着他,心软酥酥的,勉强苦笑了一下,说不清是心疼还是同情。见他额头上的血迹越渗越多,就从茶几上抽出一张纸巾来,帮他擦了擦,又把带有血迹的纸巾递给他看,提醒他受伤了。

谭文玉摆摆手势,意思是:不痛的,没关系。他还想安慰她,竟忘形地扬起嘴角笑了笑,只是这一笑,嘴角微微歪到了一边。

舒伊梅看着他,这才有些明白影集里为什么看不到他的笑容。不过,她的内心已平静了很多,她还趁此仔细看了他一眼,除了比照片上更清瘦一些,颧骨略高一些,也谈不上是“面目狰狞”,感觉心里稍微舒服了一点,如同她正陷入深渊、处于绝望中,又被上帝握住了手。

是什么样的上帝,舒伊梅说不清。是自我救赎的上帝?是善良派遣的上帝?还是这上帝就是她身体里与生俱来的一种坚强和勇气?

谭文玉看着已有些安静的她,眼里有了一丝欣慰,嘴角又微微歪到一边,显露一丝笑意。回想她刚才的样子,他有多慌,有多难过,一慌一难过,就越发不出声音,说不出话了。他以为她刚才是被他的样子吓着了,他理解她的惊恐和逃离。她看上去还这么小,又这么漂亮,怎么可能接受他这样一个残缺的人?所以他内疚,努力要说“对不起”,这样就算她真的离他而去,至少心里也会踏实些。

他想起曾读过的史铁生的名言:我感恩,感谢上帝给我的一切!幸福是享受,痛苦也是享受。上帝让我终生截瘫,就是为了在让我受苦的同时,又让我通过战胜苦难,实现人生的价值而体会到胜利者的快乐。只是他没有真正想过,自己哪一天会发自内心要感谢上帝赐予了自己残缺的身体。现在,面对眼前这位貌若天仙的女孩,他真的有了感恩的心,感谢上帝送给了他这样美丽又善良的姑娘;他甚至可以原谅母亲了,因为这美丽又善良的姑娘是她找回来的。

上帝为你关上一扇门,就会为你打开另一扇窗。谭文玉觉得他太不幸,又觉得他很幸运:当命运注定要让他的肢体残疾时,上帝完好地保留了他还可写字和吃饭的右手;当命运注定要让他耳聋和口吃时,上帝却将其安排在他八岁之后，这样至少让他有过一段快乐的童年，也聆听过这世间上美妙的声音。

谭文玉怨恨他的母亲，认为他命运中更多的不幸，都是他的母亲造成的。总想着八岁那年，母亲要是对他多一点关心，不那么整天地沉迷玩乐，他就不会因持久的高烧而耳聋、口吃和面部神经瘫痪。那天谭清玄去老家办事，临走时还再三叮嘱吴秀珍："玉儿好像有点感冒，今天你不能出去打牌，一定要在家照看他！"但吴秀珍还是出去了，留他一个人在家。

记忆中，他的人生是父亲给他支撑起来的，母亲很少带他、关心他，都是父亲对他嘘寒问暖，给予他安全感。自从父亲离开之后，他感觉天塌了，精神垮了，身体也被彻底摧垮了，总要让黄师傅送他进医院，住两天接回来；过两天又咳嗽发烧，又把他送进医院。本以为他接下来的人生也就这样进进出出，要不了多久，就会随父亲而去。他知道父亲的遗愿，但根本没指望会有姑娘来到他的身边。可这一周内，文婷一直为他高兴地忙活着，帮他收拾房间，购置新床，还买了很多全新的床上用品，说是很快就有嫂子进门了，他还似信非信。

他现在信了。他看着眼前的姑娘，心里是那么快活，他好像听见全世界的人都在为他庆祝喝彩。他舒心地笑着，这一笑，嘴角又歪到了一边。

舒伊梅已看出谭文玉的左脸偏瘫，只是她没有再激动，也没有再悲哀，她甚至觉得她比他幸运，至少四肢健全，身体健康，能说能笑……

一个人内心的强大，都是被一次次痛苦不断洗礼的。舒伊梅的内心又强大了一些，她需要这样强大的内心，来容纳他的残缺，容纳这样的婚姻……

十三

吴秀珍下班回家时，听见厨房里有切菜声，竟想到花两万元值了，不仅帮儿子娶了媳妇，这媳妇还可当家用保姆，真是一举两得！

她径直走进厨房，把买回的菜放到水池边，又似乎不放心什么，转身时轻视地问道："你会吗？"

"会的。"舒伊梅轻回道，微微笑看了她一眼。她明白吴秀珍的所问，肯定是问她会不会使用厨房里的灶具，而不是问她会不会烧饭。

吴秀珍确实是这意思。在她看来，不会烧饭只会是城里的女孩子，哪有乡下女孩子不会烧饭的？只是她看着舒伊梅眼中那超然的平静，顿感内心被什么触动了一下，若有所思地从厨房里走了出来。

这女孩子非同一般，至少不是想象的那种乡下女孩子，吴秀珍想，但这不是好感——她向来对乡下人没什么好感，也不喜欢去乡下。谭清玄的父母在乡下，以前每到逢年过节时，总是谭清玄一个人带着两个孩子去乡下。之所以要带上两个孩子，是因为她不会烧饭，不会照看孩子。

一些事没有人天生就会，也没有人天生就不会的。现在吴秀珍也会做饭了，只是那时她不愿用心去尝试，或者干脆说是被谭清玄宠的、惯的。他们刚结婚那会，谭清玄也是什么事都不会做。谭清玄不会做很正常，不仅仅因为他是男人，而且在家又是老幺，上面有四个姐姐，哪有姐姐不疼弟弟的，就是姐姐们不疼他，做父母的也会疼他这个唯一的儿子，就像吴秀珍在家是独生女一样。吴秀珍从小就以自我为中心，可这也不完全怪她，因为她出生时，她的父母都已高龄，年过半百才得一女，怎能不放在手心里养着，所以从小到大，她是要风得风，要雨得雨，父母凡事顺着她，由着她，只有她与谭清玄的婚姻，是父母的安排。谭清玄是她母亲娘家的堂侄，她记得，那时母亲总对她说："这孩子我是看着他长大的，知根知底，脾气好，为人忠厚老实……”而她只看上了谭清玄的帅气和好脾气。

吴秀珍走回客厅，顺手打开了电视机，仰面靠躺在沙发上。谭清玄在世时，她下班回来后就是这样闲等着饭吃。她手捏遥控器不停地换着电视频道，其实也无心想看什么，却想着刚才进厨房的一幕，想自己冷板着脸，舒伊梅还能回她笑脸，还真是好脾气。这样想时，她如同是为谭家立了功似的，带着几分得意神情看向谭文玉，却发现他的额头有一块青紫，渗有血迹，竟然又联想到是舒伊梅“晦气”所造成的，脸色不由得阴沉下来。

谭文玉用余光看着吴秀珍，想着她找回的这个姑娘真是善良勤快，刚进门就主动做饭，作为母亲应该高兴才是，为什么要阴沉着脸，不由得又怨恨她了。

谭文婷放学回来，见母亲在看电视，哥哥坐在沙发上低头想心事，便知舒伊梅在厨房烧饭。她径直走进厨房，开心地称呼着“梅姐”，然后挽起袖来，帮着一起忙活，很快又听她在厨房叫嚷道：“吃饭啦！”

“梅姐厨艺真是好！看着这菜，我口水都要流下来呢！”谭文婷乐呵呵说着，又来客厅搀扶着谭文玉，把他扶到餐桌上坐好。

吴秀珍走过去时，看着餐桌上的四菜一汤：一盘红烧肉，三盘小炒，加一碗西红柿蛋汤，清清爽爽，很像谭清玄烧出来的菜。她的心里又像被什么东西触动了一下。

“嗯，真好吃，太好吃了，好久没吃过这么好吃的红烧肉了！梅姐真是万岁！”谭文婷迫不及待地夹起一块红烧肉，吃将起来。她说的好久没吃过，是指自从父亲去世之后就再没吃过。

吴秀珍把每道菜尝过之后，不得不在心里认可舒伊梅的厨艺。于她而言，能把菜饭烧熟就很不错了，更不用谈什么花样，她不由得也想起谭清玄的好来。

谭文婷整天嚷嚷要减肥，今天却破例盛了第二碗，一边吃着，一边赞不绝口。无疑这桌上的戏，她是最热闹的主角，其余三个都是安静的配角。

舒伊梅吃饭本来就慢，吴秀珍也吃得慢。

吴秀珍是在纠结儿子的婚事，是让他们做个结婚登记就完事，还是发请柬操办婚礼？还是征求他们的意见吧。这样决定后，吴秀珍就把刚才的想法说了出来。

“当然要办婚礼，人生这么大的事，哪能草率?”谭文婷叫嚷起来，生怕母亲做简办的决定。

“简办吧，无所谓的。”舒伊梅看向吴秀珍，淡定地说。

吴秀珍吃惊地看着她，内心又被触动。

“怎么可以？不可以的！我要看梅姐做美丽新娘，一定要办婚礼，一定要办的！哥也不会同意简办，不是吗?”谭文婷急得就像事情已定下来了一样，看着谭文玉说，竟忘了他根本听不见，又瞬间醒悟似的冲出餐厅，拿来了纸和笔。

“婚礼是登记就完事，还是要举办婚礼，明媒正娶舒伊梅?”谭文婷快速写着，又迅速递到谭文玉面前。她特意写上“明媒正娶”来提示，是想到要对舒伊梅尊重。

“肯定……要……要办……办……婚礼的!”谭文玉结结巴巴说了半天。

于是吴秀珍交代谭文婷，利用这个周末去陪他们拍婚纱照，购买衣物，还把婚礼定在了下个周末。之后想想，她又征求了下舒伊梅意见，问举办婚礼时，需要请娘家哪些人来。

“一个都不用请!”舒伊梅想也没想，就断然回复。这让吴秀珍有点意外——也不完全意外，只再次认为她确实不是一般的乡下女孩子。

吴秀珍宴请的客人，基本上是南林造纸厂的职工。南林造纸厂是1956年南林刚改县设市时成立的，是市政府当时投资最大的国有企业，位于市区内相对繁华的地段，占地面积2000多亩，现有职工1800余人，其中行政管理及销售人员就有200多人。

婚礼这天，谭文婷很满意地看着她精心打造的新郎装扮：白衬衫，粉红色领带，银灰色西裤。谭文玉直挺挺坐在布置五彩花环的宾馆门口，看上去是未曾有过的健康、帅气和喜气。站在他旁边的新娘，一身粉红色装扮自然也是谭文婷的杰作：粉红色的旗袍，粉红色的高跟鞋，还有粉红色的头花。选择粉红色还是因了舒伊梅初到她家时，看伊梅穿过那件粉红色睡衣所受的启发，想那件普通的睡衣都能穿得那么漂亮，更何况这件做工精美的旗袍!

这天的舒伊梅，也确实漂亮。旗袍合身，凸显完美身材；漂亮发型下精致的脸，真是美得神秘，美得惊艳，美得让女人们嫉妒窒息，美得让男人们垂涎欲滴(至少会让鲁付春这样)——同事们一个个称赞道:“哇,这新娘太漂亮了,实在漂亮,比明星还漂亮!”“没想到谭文玉能娶到这么漂亮的老婆!”“这哪里像是乡下的女孩,在南林市都找不到这么漂亮的女孩!……”

谭文玉看着来往宾客一个个惊呼、忍不住回看一眼又一眼的表情,虽听不见,且不能露声色,但他内心的狂喜是无法形容的,也忍不住偷看他美丽的新娘一眼又一眼。

舒伊梅勉强笑迎着每一个走过来的宾客,却总有想哭的感觉,不时咬下嘴唇控制着情绪。她知道,今天的她肯定漂亮,女人最漂亮的时候就是做新娘的这天。正因为如此,她的心思一早就飞了,这样的时刻,这样的场面,她内心最强烈的渴望,就是蓝诺能突然出现,或者她身边的新郎干脆就是蓝诺。

人的感情是最真诚的东西,舒伊梅的这种想法是无法控制的。

“如何让我遇见你,在我最美丽的时刻……”她默念着,心在泣血。她不时把目光投向街道上来来往往的人群,固执地幻想着蓝诺会突然出现,会气喘吁吁地向她奔来,然后不顾一切拉着她,逃离婚礼的现场……

她这样的幻想,一直延续到迎宾结束,直至走进闹哄哄的宴席大厅时,内心深处的悲哀与彷徨依然强烈。

吴秀珍这天并没有刻意打扮,也许是精心打扮了,却看不出有什么特别,因为她每天都是这样时尚、漂亮。这天,厂里接到请柬的同事基本都到了(这并不说明吴秀珍人缘有多好,而更多是带着好奇心来看新娘的),唯有鲁付春没来。

鲁付春是厂里一把手,今天有意不来,就是为避免做证婚人。作为一把手的他,如果不做证婚人说不过去;做证婚人,肯定会尴尬。自从谭清玄死后,他就有意要避免有关与吴秀珍的绯闻,于是事先同吴秀珍说好了不来参加婚礼,吴秀珍就请了厂里与她关系不错的另外一位副厂长来做证婚人。

“各位来宾,各位女士们、先生们,晚上好!今天,是谭文玉先生和舒伊梅女士喜结良缘的大好日子,我很荣幸作为他们的证婚人。首先,我代表各位来宾祝福新郎新娘新婚快乐,万事如意……”

“怎么是李厂长做了证婚人?”“鲁付春今天没来?”“一直没看见,还真没来呢!”“肯定是有意不来的!”“他真是没眼福,这么漂亮的新娘没让他见着。”“没来也好，免得他又动心思了。”“应该不会的，至少她是吴秀珍的媳妇嘛！总不会把婆、媳一起要了吧！”“嘿嘿——这事还真说不定呢！……”同事们一个个交头接耳，小声议论，尤其是那些平时看不惯吴秀珍的女同事，她们说说也罢，还不时地向吴秀珍望一眼，发出“扑哧”的怪笑声。

吴秀珍都看在眼里了，也隐隐约约能听见“总不会把婆、媳一起要了吧”“嘿嘿——这事还真说不定呢”等等几句让她敏感的话，但她装作若无其事，仍笑容满面地穿梭在宾朋满座的宴席大厅里。她知道，于鲁付春而言，今天不管来与不来都是要遭议论的。他与她总是被厂里人议论，她也习惯了被人议论：从车间被调到财务室时，升为财务主管时，还有谭清玄死时，他们一直是厂里的新闻人物。

“走自己的路，让别人去说吧！”吴秀珍认为只能这样“潇洒”面对。只是她隐约又觉得，舒伊梅的漂亮可能真会成为隐患，就像舒伊梅刚来的那天，在饭店时，不由得就能想到鲁付春那张奸恶的嘴脸来。也幸好鲁付春今天没来，否则就凭他那副德行，还真会被迷得洋相百出！直至宴席散后，客人们一一离开时，吴秀珍还是越想越庆幸，鲁付春没来是好事。

从酒店回家之后，除了谭文婷脸上还留有婚礼的喜庆，另外三个人都沉默不语，各自揣了心事。吴秀珍在心里想：接下来如何“保护”舒伊梅，才不会让她成为鲁付春的“猎物”。舒伊梅在心里问：蓝诺，你有心灵感应吗？这一天我想的全是你，我怎么可以接受他？今晚我该怎么办？谭文玉在心里说：伊梅，看你一直咬着嘴唇，肯定是紧张了吧？你不用紧张，我会尊重你意愿的！

十四

舒柏康自从舒伊梅走后，多次跑到邮局，想打电话过去问问。可是每次拿起话筒，又总勇气不足，结果都是犹豫着又放下了。

问什么呢？问那男孩有什么残疾？那边家境怎样？吴秀珍那女人怎样待她？伊妹会说吗？伊妹肯定不会说的。都是自己把她推到了无底深渊，问了，也是白问。

舒柏康虽这样想，但还是鬼使神差地总要到邮局逛逛，在邮箱旁看看，结果又意外看到了"舒伊梅收"的字样。见字迹与以前收到陈蓝诺的字迹不同，好奇心促使着他，第一次把信件拆开，然后躲在邮局外一个角落间偷偷地看了起来。

他识字不多，看得很慢，很吃力，但大致内容能够看懂：

伊梅：你好！

很冒昧打扰，我叫夏小新，是陈蓝诺的同学。

我知道你不认识我，但我是认识你的。我是从蓝诺的日记中认识你的，这里请恕我私自翻看了他的隐私。那天在医院帮他收拾东西准备出院时，我无意中在病床枕头下，翻到了一本厚日记本，就这样忍不住地偷看了。

也许你还不知道吧，蓝诺在暑期前打球时摔伤了脚，以致暑期没有回家。不瞒你说，为了他，我整个暑期都陪着他，对他倾心照顾，希望能感动他。我原以为我是有希望的，然而在看到他的日记后，我确信我这辈子都没希望了。

以前我不明白，明知道我是那么爱他，他却总是很客气地与我保持距离地交往。现在我明白了，原来他的生命中早经历了一场《梅花烙》。

我之所以要写这封信给你,是因为我从他的日记中已了解你的顾虑给他造成的苦恼,你们的一点一滴,你的一颦一笑,他都记录在日记中。他是那么爱着你,且爱得那么小心和谨慎。我知道蓝诺这么优秀,你没理由不爱他,只是你总顾虑着你的身份,认为将来在一起不现实,所以担忧徘徊。你要知道,真爱是不讲现实的,更没有理由可讲。

这里,我用我的人格担保,蓝诺不会在乎你的身份,他爱你爱得那么坚定执着,是绝对不会受到任何诱惑所干扰的,这点你可放心!

我长这么大还从未求过人,这里求你,放心地接受他的爱吧,请给他幸福!我马上要飞往意大利,或许这辈子都不会与他再相见了。

这封信是我临上飞机前写的,字迹潦草,望见谅!

预祝你们:有情人终成眷属!

真心祝福你们的人:夏小新

一九八八年九月二十六日

这不看也罢,看过之后,舒柏康的内心犹如被装进了千斤石头,沉重,堵得慌。就这样,陈蓝诺跑到大枫树脚下的一幕,瞬间在他的脑海里回放,又是自责,又是愧疚,如一只挥舞的皮鞭,在猛烈地抽打着他的心……

陈蓝诺又住进S省省立骨科医院了,他的母亲留在医院陪护。

他每天躺在病床上,什么话也不愿说,只是脑子里在不停地想伊梅,想很多想不通的事。心痛,委屈,眼里总有泪花。

一早,陈蓝诺突然想起他请的假已过好几天了,于是就向母亲说了详细地址,让她去学校找他班主任继续请假,说明情况。同学们知道后,都纷纷来医院看他,只是夏小新没来。有同学告诉他,夏小新已去了意大利。

陈蓝诺知道夏小新要去意大利,但没想到会这么快。他最后一次见她,是在两星期前,她还他日记本时。这日记本是他在上大学那年,伊梅送给他的第一个礼物,是他一直最珍惜的东西。那时,他差不多快要接受日记本丢失的事实了,因为他多次去医院找过,问过医生,问过病友,又问过病床上新来的病人,他们都奇怪地看着他,都说没见着什么日记本,他们怎么能理解他丢了日记本的心情?那种失而复得的激动,或许夏小新也不理解。

“你怎么知道我日记本丢了,是你帮我找回来了?太谢谢你了!”再见到日记本时,他真的很激动。

夏小新看着他,静默半天,似笑非笑,又眼圈红红的。“我偷拿的,现在还给你。”她说得毫无歉意。

他当时很诧异,一时无语,只听她说:“我终于明白了。明白了……你为什么不愿与我一起去意大利,明白了……祝你和伊梅幸福!再见!”她转身说再见的时候,他看见了她眼里噙着的泪花。

真是伤她心了,陈蓝诺愧疚地想。上次他住院的时候,夏小新天天来医院照顾他,为了他,她整个暑期也没回家。也罢,这无言的解释最好!

陈蓝诺自然明白夏小新的心意,虽然没有直接表白,但是她说过,想要他与她一起去意大利发展,说她的姑妈在意大利,拥有几百亩农场和多个食品加工生产企业,只可惜膝下无儿女,还说她家有姐妹四个,她排行老三,因从小就数她古灵精怪,很讨她姑妈喜欢。她姑妈供她读书,上大学,目的就是要让她将来继承和打理家业。

坐拥江山的事谁不想?他没有动心是因为他时刻不忘自己的使命,或者说是他生命中的承诺。他只一心要让他爱的人未来生活幸福,且不认为自己有多伟大,而只是他的心向使然,没有人能拗过自己的心,陈蓝诺想。

现在夏小新走了,伊梅也不知去向了,他的心被掏空了。他理解夏小新的不辞而别,但他不理解伊梅为什么也要这样,他对她那么倾心,感情又那么专一,只有思念过的人才知道,相思有多苦!

在学校期间,陈蓝诺总是把对舒伊梅的思念化为一切动力和源泉。刚进大学时,他努力进了学生会;之后,通过一系列出类拔萃的表现,又荣升为学生会主席。他学习成绩好,每学期奖学金都有他一份;他篮球打得好,足球也踢得棒;他写的诗歌常在校报上发表;他还能歌善舞,多次参加学校举办的大型文娱活动。他在女生眼中,简直就是完美男生:能力强,人缘好,长得帅,为人真诚热情,是女生们的“万人迷”。夏小新是学生会副主席兼文艺部部长,多才多艺,热情胆大,性格直爽,所有的人都知道她是追求陈蓝诺最猛的一个。

夏小新原以为这两个月她为陈蓝诺所做的一切是完全可以感动他的,他们的关系也会因此有实质性的改变,然后他随她一起去意大利。可是,当她看完他的日记后，那些曾经的梦想和期盼，在瞬间就消失殆尽。

那天，陈蓝诺出院，夏小新帮忙收捡东西，发现枕头底下有一本厚笔记本，随便翻看下，发现是他写的日记，好奇心驱使她想看里面的内容，于是趁他不注意时，夏小新快速把它塞进了自己的包里。

这不看也罢，看过之后，夏小新的心凉到冰点了。这日记本中，记录的全是他与舒伊梅的点点滴滴，他的苦恋！原来在他的生命里，早已经历了一场《梅花烙》！难怪他一直不接受她的感情，难怪他不愿意同她一起去意大利，难怪他总是对她客客气气保持着距离。夏小新就这样明白了原委。

感情这东西，有时可以把人变成毫无理性的恶魔，把彼此伤害到最痛时为止；有时又可以让人非常伟大，爱情至上，我不做牺牲，谁做牺牲？夏小新最终选择了后者。她当然也有过思想斗争，看完日记后，她就产生了本能的忌恨，当看到蓝诺日记本的底页，写有伊梅的通讯地址时，她很快把它抄了下来，她想要为她的爱情挑战，想要写信告诉舒伊梅她有多爱蓝诺！她可以给他事业，给他幸福 ，给他她所能够给的一切！在夏小新看来，她哪点都要比舒伊梅强，舒伊梅拿什么和自己比，凭什么要让蓝诺爱她如此痴迷。

后来，夏小新也不知道自己怎么就想通了。爱一个人是没有道理可讲的。临走时，她没有去向蓝诺告别，不是她不想，而是她害怕自己掩饰不住内心的脆弱。她知道蓝诺也是她心底的烙印，就像伊梅永远烙印在蓝诺心中一样。她真心希望，蓝诺和伊梅能有情人终成眷属。一想到他日记中记录的那些苦恋和忧伤，突然认为自己有必要向伊梅说点什么，于是从包里拿出了纸和笔，情绪激昂，草草写了一封信，就在她上飞机之前邮寄了出去。

舒柏康看完信之后，一直在邮局门前徘徊，在自言自语，蓝诺这孩子现在怎样了？伊妹这孩子现在怎样了？不，不能错怪蓝诺这孩子，我要告诉伊妹，蓝诺没变心，否则太对不起这孩子了！

舒柏康激动一想，转身走进邮局，毫不犹豫地拨通了吴秀珍留给他的电话号码。

“喂……请问找哪位?”电话那头，他一听，就听出是吴秀珍的声音。

“我是舒柏康，找我女儿。你能不能叫她接下电话?”他回说，努力稳定情绪。

“哦……是亲家呀！找女儿？可这是我单位的电话呀，你女儿在家呢，要不要我给你电话号码？……哎，我看还是算了吧，就是你打电话到家里去，你女儿也不一定会愿意接你电话。”

“你什么意思，你怎么知道我女儿会不接我电话？”他心虚地回道，刚镇静下的情绪彻底瓦解。

“哦，亲家啊，是这样的，昨天举行婚礼前，我问了你女儿，要不要请家里什么人来参加，你女儿回答说：一个不用请！这……哈，亲家，你可别怪我不懂礼节……哈……”

舒柏康听着，一句话也说不出来了，接下来，也不知道吴秀珍在电话里还说了什么，只感觉脑子“轰轰”作响，那边挂断的“嘀嘀”声响了很久后，他才放下话筒。

心情沉重地向门外走去时，舒柏康又与急急走进邮局的舒小冉撞了个满怀。

十五

舒小冉自省城回来后,就没好好听过一节课,每天坐在课堂上想这想那的,都与蓝诺和伊梅有关。刚又突然想到要来邮局,查查蓝诺的信件到底丢在哪了,只等下课铃一响,她就急匆匆地跑到邮局,这一见到舒柏康,似被点拨提醒,劈头盖脸地问道:“你怎么在这里?蓝诺写给伊梅的信件是不是你拿了?”

“不……是……是……”舒柏康本来就够难过了,又被舒小冉这样一问,脸色阴郁,嘴唇发抖,不知道说是还是不是的好。

“到底是是,还是不是?”舒小冉逼问道。

舒柏康只好回答说:“是。”

舒小冉一听,气得毫无顾忌地对着他大声叫嚷:“你,你……为什么要这样做?你为什么这么狠心?为什么这样对待伊妹?你!……”

邮局里的人不知怎么回事,一个个伸头看着他们。

舒柏康如同被审讯的犯人,低着头,无言可辩,慌慌的样子,最后只好溜身逃离。

舒小冉追出门外,看着他离去的背影,气急败坏地大叫道:“我再不会叫你大伯了!”

她是真恨这个大伯了。她为蓝诺和伊梅叫冤!

后来,不知从哪一秒开始,舒小冉发现自己想蓝诺的日子比想伊妹的多了,继而那些曾经有过的复杂情感,一下子在她的脑海里变得清晰起来,且有了方向感,就像每一棵草都有葱郁的希望、每一朵花满含绽放的期待。

舒伊梅来南林市已有两个月了。虽也纳闷过,吴秀珍怎么不叫她上班呢?但也没觉得这日子过得有多漫长。每天除了做好家务,只要是吴秀珍不在家的时间,基本待在楼上的书房,这里的安静犹如与世隔绝,让她有了心灵上的归宿感,她在这里看自己喜欢的书,读别人的故事,想自己的心思,她甚至还有了写故事的想法,这个想法,是她在看谭清玄一篇篇豆腐块文章时产生的,暂且也只是想法,也不知如何下笔,要是他不死多好,她又莫名生出这样无来由的感慨。

吴秀珍很庆幸,鲁付春对她接来的这个儿媳妇似乎没产生什么好奇和兴趣,舒伊梅进厂上班的事他也不过问,只叫她自己找个合适的岗位安排。鲁付春可能是没心思过问吧。因为厂门口最近开了一家洗头房,他肯定又玩新鲜去了,还有可能就是他认为,一个乡下女孩子会有什么姿色,来厂里做小工的很多乡下女人,哪个不是黑乎乎、毛茸茸、土里土气的,像舒伊梅这样的纯属例外。鲁付春怎么会想到她找来的儿媳会是个例外。

要真是这样更好,只要不让他见到伊梅,他就不会动伊梅心思,只要他不把她们婆媳都想要了,他怎么去玩别的女人都行,这是吴秀珍对鲁付春容忍的底线。

吴秀珍这样想来想去,最后认为还是把舒伊梅安排在厂后院造纸车间比较稳妥,因为后院离她家很近,舒伊梅上下班只需从后门进出,这样就可完全避免与鲁付春碰面,另外,这个造纸车间的环境也是厂里最好的,两个月前才开工投产,是厂里后期建设投资规模最大的一个厂房。账目上一共耗资了4000多万,实际上真正投入的建设资金只不过3000万元,另外的1000多万元资金,都由她与鲁付春暗箱操作进他们自己的“小金库”了。她知道这个项目是今年市里投资的重大项目之一,所以这刚投产的两个月,鲁付春经常要陪同市里和相关部门的领导到车间查看新设备的生产运行情况。

现在该来的部门领导基本上都来过了,而鲁付春也说过,他最怕听车间里机器的轰鸣声,震得他心脏都要蹦出来。如果没有特殊情况,鲁付春应该是不会轻易进车间的。吴秀珍把头枕在椅背上,经过深思熟虑后,决定去找分管人事的李副厂长说说,恰巧的是,李副厂长正在门外问:“吴股长在吗?”

“李厂长!真是想到曹操,曹操就到啦,我正准备去找你呢!”吴秀珍听到声音,嬉笑着急急迎出来,“李厂长,里面请!请坐!”

“嘀嘀,这么巧!”李厂长笑得夸张的样子,跟着走进去。

“你找我是不是说你儿媳上班的事？我就是来告诉你，现在行政销售科缺一个收款人。你也知道想从车间出来的人多，我看吴股长平时对我都很关照，准备在会议上说说好话，把这名额给你儿媳妇，你看可好？”李厂长凑到吴秀珍的耳边，说得神秘的样子，生怕外面有人听见。

“哦，不，不，不用！谢谢李厂长对这事上心！我想，还是……还是让她去车间上班……就安在后院造纸车间吧！那里环境好，能进那个车间，也算是给她照顾了。我知道，想调进那个车间上班的工人也不少，李厂长，是吧？”吴秀珍边想边说，声音渐大，她是有意要让外面人听到。

李厂长看她说到这份上，自然就不再劝说了，起身时笑着说：“没想到吴股长真是高姿态啊，那就按你说的办吧！”

“哪里，哪里，再次谢谢李厂长！年轻人让她锻炼锻炼，也是应该的。”吴秀珍说着，笑得一脸灿烂，只待李副厂长离开办公室，她又立马收起笑容，在心里骂道：还真是多事！平时看你对我也没热心到哪，这事倒上起心来！人心叵测啊！

吴秀珍有这一番的感慨后，心里恨恨的，很不是滋味。

舒伊梅看看时间快十一点了，惊得赶紧起身，把她坐过的地方收拾还原，匆匆走出书房时，还不忘轻轻把门关上，又“噔噔噔”直奔楼下厨房。

她正打开米桶时，听到了院门的“哐啷”声，估计是吴秀珍回来了——因为谭文玉休了病假睡在床上，谭文婷还没到放学时间。今天怎么回家这么早？她平时最早也在十一点半回家的呀！正想着，吴秀珍径直走了过来，在厨房门口停下，冷冷地看着她说：“尽快烧饭，吃早一点，回家去把你的户口转过来，下个月准备上班。”说着转身离去，一副极不情愿与她说话的样子。

舒伊梅愣着，直到把她的话回想了一遍，才明白过来，对于这样的消息，舒伊梅似乎没有什么惊喜，反而有点不乐意。不惊喜是因为，她想过吴秀珍也不可能把自己这样在家供吃供喝养着，所以去上班肯定是迟早的事。不乐意是因为，她已在心里发过誓：既然父亲舍得牺牲她，让自己背井离乡，无论是生是死也不要再回家去！而现在她想到的，还多了个面子上的问题，就是不想看到家乡人的同情和可怜，嫁了这样一个“十不全”的又不能带回家的丈夫。回家后肯定会有人问：怎么不与新姑爷一起回家？这个问题怎么回答呢？她冥思苦想。

又是一天过去了。舒柏康抽着旱烟坐在大枫树脚下,听鸟儿们纷纷回巢,在头顶上叽叽喳喳地吵闹,就又想,伊妹还会回家吗?肯定不会回来了,不会认我这个父亲了。又想吴秀珍那天的那个古怪相,自己是硬生生把伊妹送入了虎口!

舒伊梅走后,舒柏康就常常这样一个人自言自语,自责又担心,还乱七八糟地想很多问题:伊妹嫁的那男孩到底是怎样的残疾?妹儿见到他时会是怎样?……还想吴秀珍说的什么婚礼,难道伊妹离开家的那天不算婚礼?……他甚至还幻想,如果离开家那天,伊妹真上演了一场逃婚,或许会……会怎样呢?他也不知道,至少不会让蓝诺那孩子又受伤,至少妹儿还在和他好好地交往着,至少……

他低着头正想着,舒伊梅走近他,犹豫了一下,还是轻叫了一声:“爸。”

舒柏康幻觉般昂起头,满脸狐疑地盯着问:“是妹儿?你回来了?你叫我爸了?你真叫我了?……”他刚刚还以为伊妹恨他,从此不会叫他爸的,就像小冉恨他一样,说从此不会叫他大伯了。

“嗯。爸……”舒伊梅想自己还真没怨恨到连“爸”都不愿叫的程度。虽苦不堪言,离开家不过两个月时间,但她的命运已有了颠覆性的改变,已成了一个“十不全”男人的妻子,没有爱,没有幸福,没有半点的安全感。这样的命运,竟是自己的亲生父亲一手造成的,一想就有怨,有恨,有很多不理解。可一看到父亲这个样子,她还是动了恻隐之心,想父亲这样做毕竟也是为了儿女,而不是为了他自己。再说自己愿意接受这桩婚姻,也一部分是因为对蓝诺的感情不自信,要是她与蓝诺还是好好地交往着,自己也绝对没有那么伟大,要抛开自己正沉浸其中的幸福,来成全哥哥与苏子薇。这样想时,她多少又有些怨起陈蓝诺来了——再美好的誓言,终还是禁不住时间和现实的考验。

“妹儿,我还以为……以为你,你再也不愿回来了。妹……妹儿,你还好吧?还……过得还好吧?”舒柏康缓缓起身,激动得语无伦次。

“还好。”舒伊梅不热不冷地回道。

“哦,还好就好,还好就好,就好……”舒柏康喃喃自语又急急转身,乐得像个要回家报喜的孩子,还没跨进门就嚷嚷起来:“爱兰,妹儿……妹儿,她回来了!妹儿回来了!”

十六

孙爱兰正坐在灶门口烧柴火，听丈夫嚷嚷的，一惊一愣，又快速反应地蹿起来，从灶门口直跑向中堂厅，丢下小小一个人坐在地上哼哼唧唧的。紧接着，舒伊仁和苏子薇也从房间里跑出来了。

舒伊梅正好跨进门来。

孙爱兰一见到女儿，激动得跨上一步，紧握着她的手，生怕是瞬间消失了似的，顿时就泪眼汪汪了。她上下仔细地打量着伊梅，仿佛女儿刚从战场上回来，要看看她到底有没有受伤，然后带着哭腔说："妹儿啊……妹儿，你回来了！真回来了？回来就好，就好……啊……还好吧？妈有多担心你啊……"

"妈，我没事，这不还好好的吗？"舒伊梅眼圈红红的，抽出一只手来，把母亲抱抱又拍拍，哄小孩子般安慰地说着。舒伊仁和苏子薇站在旁边，一时插不上话。

舒伊梅松开母亲，转身看向他们，先叫一声："苏姐来啦！"然后又喊了一声："哥！"

舒伊仁眼睛湿漉漉的，"嗯"着就上前去拥抱她。

千言万语，万语千言，都在这拥抱中了。舒伊仁自听到父亲的嚷嚷开始，脑海里就在不停地闪现伊妹离开那天，陈蓝诺来到大枫树脚下的情景，不由得又痛心他们终是劳燕分飞的命运。现在任何语言都是苍白的，也不知道从何说起，更不知道能不能说了。就这样无声地拥抱着，任凭泪水顺着脸颊往下流，很久，很久。

舒伊梅感受着哥哥的这份疼爱，想起这两个多月来经受的委屈，以及掩饰太久的酸楚，也任由泪水肆无忌惮地顺着脸颊往下流。

苏子薇在一旁看着他们伤心成这样，自然知道他们不仅仅是因为久别重逢这么简单。

舒伊梅很快平静下来，安慰着说：“哥，我没事的。没事的，这不好好的吗？”转头时，瞥见了苏子薇心疼且流露着复杂情感的泪水时，又破涕为笑，内心涌出一丝欣慰——欣慰哥哥拥有这样对爱情坚贞不渝的女孩。想他们有情人终成眷属，固然是件幸福的事；再想自己，想蓝诺，想那个“十不全”的丈夫，舒伊梅的心，情不自禁又抽搐起来，只叹世事终究难两全。

舒伊仁小时候患有小儿麻痹症，左腿骨骼稍有变形，后来高三体检时被刷了下来，无缘参加高考，只好回家在西子村小学做代课老师。之后，他与苏子薇的恋情慢慢公开化了。舒伊梅知道他们的爱情虽谈不上有多轰轰烈烈，但绝对有着马拉松式的坚固基础。他们从小学到初中一直是同班同学，后来舒伊仁继续读高中，苏子薇退学在家，这期间，他们就常常利用周末偷偷在一起相聚，就像她与蓝诺一样，也经常在周末相聚；不一样的是，她的身边总是有个舒小冉，但不影响他们在一起时的开心快乐。

“怎么不带姑爷一起回来？”苏子薇最终还是忍不住问了起来。

舒柏康心虚地望向伊梅，这样的问题他是不敢问的，用农村的话说，是好吃又怕丑！

“哦……他……他不方便……感冒了……很严重……”舒伊梅很不自然地支吾着，本来她就是不会撒谎的人，却撒了这样的弥天大谎，怎么能不慌张？

“我带婚纱照回来了，给你们看看吧！”舒伊梅很快从包里拿出一本影集来，急急递向苏子薇，仿佛这里面有着很多她可以避免回答的问题。

事实上，舒伊梅也真是这样想的，没想到当初极不愿照的婚纱照，竟然派上了用场。她看照片上的谭文玉，除了缺少一些阳光的笑容之外，其他的，看不出什么问题，完全可以掩盖一些事实的真相。她不知道谭文玉能不能坐长途车跟她回家，就算他能够拄着拐杖前来，她也不会带他一起回来——这辈子也不会！每个自尊的人都有要强的面子，而她认为这不仅仅是虚荣和面子的问题；更重要的是，她不想把自己那些认命的悲哀情绪带回家来，为的是不要让母亲有过多的担心，让哥哥安心娶回苏子薇，也让父亲少些心理负担——父亲再怎么不好，毕竟还是父亲。带回这个婚纱照，就是她冥思苦想出来的回家解决问题的办法，这样至少可以做个无言的解释。

“哇！伊妹——真漂亮！太漂亮了！新郎也帅气！”苏子薇与舒伊仁并排坐着，肩挨着肩，头碰着头，一边翻看影集，一边啧啧称赞。

“让我看看，让我看看……”在一旁的孙爱兰，乐得像孩子似的，急急地把头凑过去。舒柏康忍不住放下怀中的小小，也挤凑了过去。他们的脸上都挂起庆幸的笑容来。舒伊梅转过身，抱起小小，亲亲又亲亲，尽可能地掩饰着内心的落寞和荒凉。

舒伊梅的这种掩饰，一直到晚饭结束。饭桌上，她还简单说了一些那边的情况和婚礼的现场。舒柏康听后，感慨地说道：“真是菩萨保佑，我家祖坟显灵了，没有我想象的糟糕！爱兰，我们都过虑了，没有想象的糟糕，是吧？妹儿这孩子命里还是有造化的，有造化的呢！”舒柏康如同是给自己洗脱了罪过，心头就像孙悟空一下子掀翻了五座大山，轻松释然了很多。

苏子薇接话道：“是的，这下伊仁也可安心了，要不然天天都在我面前念叨，伊妹也不知在那过得好不？她嫁的人到底是个什么样子？还有，村里人的议论，说伊妹嫁到城里的男人是个瘫子、瘸子、哑巴、聋子，甚至还有说是脑残的……简直就说成了一个‘十不全’的人，听着就让人难过呢！”

舒伊梅紧咬嘴唇，强忍地听着，微微扬起嘴角，掩饰地笑笑，生怕不争气的眼泪会在此刻流出来。可内心的悲凉太寒气逼人，她实在控制不住，只好起身，装作要去厨房倒水喝的样子；也就在转身的刹那，不争气的眼泪到底还是流了出来，正好被舒柏康一眼瞥见，舒柏康虽装得若无其事，但心头着实为之一震，又不得不开始狐疑起事实的真相来，开始了胡思乱想。

舒柏康一夜未眠，天不亮就悄悄起床，前往三铺镇工地了，他打算只上半天工，中午可以从镇上买些好菜回来——在乡下，一般不到镇上去买菜，除非是家里办大宴或是来了特别贵重的客人。在舒柏康的心里，伊妹无疑已成为远道而来的客人，当然要给予她贵宾式的招待，只是他不知道这是与女儿生疏了，还是亲近了？抑或是一种说不出的补偿心理？

舒伊梅一早去了村文书那里，独自把转户口的证明开好了。办理好户口的事后，回到家还不到九点。她看小小独自坐在房门槛上玩耍，这才想起自己给小小买了一个球形的摇铃玩具，于是从包里找了出来，与小小一起嬉戏。

玩着玩着，玩具上的摇铃被拍落下来，滚到了床底下，舒伊梅只好弓下腰，趴到床底下去寻找，可房间里的光线并不太好，床下黑乎乎的，什么也看不见，没辙，便找来一柄扫帚，左右划拉着，结果挪出来一个小纸盒来。

舒伊梅好奇地打开，里面竟是一沓排放整齐的信件，她彻底傻眼了！

“这是谁写来的?”舒伊梅看着最上面一封信的陌生字迹，疑惑着拿了起来，见已拆开，便迅速抽出来，迫不及待地读着，根本无暇顾及小小坐在那儿“哼哼唧唧”地要球玩。

“夏小新？这是谁？……蓝诺原来是受伤住院了，怎么会是这样？……”舒伊梅把信读到一半的时候，终于明白了原委，又急急地往下翻看，里面全是蓝诺的信件！

那一刻，一种愤怒就好像是沸腾的熔岩从心底喷涌而出，烫得她整个身子都颤抖起来，心中的五味瓶随即被打翻，又惊，又喜，又痛，又恨……激动和愤恨使她捧着信的手根本不听使唤。

她强忍着内心的激动，继续读了下去。

蓝诺！她在心里呼唤着，仿佛要唤出灵魂深处的渴望，心却一点一点地往下沉，沉入谷底，落入深渊，换得的只有绝望，只有疼痛……

“为什么要这么做？为什么？为什么？……”她喃喃自语，开始一遍遍在心里责问父亲。

心痛，恼恨。一时间，关于蓝诺的点滴记忆，千丝万缕都往心头绕，眼泪汹涌而出……

哭了很久。痛了很久。恨了很久。很久，怎么也想不通！

时间也仿佛静止了很久。舒伊梅慢慢地把信件一封又一封地叠起，又拿来背包，慢慢地将其整齐摆放进包里。

坐在一旁的小小，似乎懂事般地停止了“哼哼唧唧”，瞪着个大眼睛，奇怪地望着这个泪人姐姐。

舒伊梅终于冷静了些，看了一眼小小，苦笑一下，弯腰拾起扫帚，精神恍惚地在床底下拖动，摇铃很快滚了出来。她把摇铃捡起来，安装好之后递给了小小，又把那只空纸盒重新塞到了床底下。

人最初的情感总是纯真而诚实的，而世间所有的缺陷，往往又有着一种凄艳的美。舒伊梅知道这份感情在急剧升华，却又无可奈何！她知道这辈子，这辈子再也忘不了蓝诺，可一切又都于事无补，一切都将成为过去。

蓝诺,对不起！我错怪你了！是我错怪你了,对不起……我们回不到从前了！这是天意,是命,是我的命,我怎能与命夺！伊梅喃喃自语。

这样的时刻,舒伊梅只好把一切委之于命运,却又痛彻心扉。她可以理解父亲为她做主婚姻,但她无法原谅父亲竟然拦截她的信件,让她对蓝诺产生了如此深的误解,这无论如何是很难让人接受的。

真是恨！恨到连“爸”都不愿叫了！舒伊梅决定要立刻逃离这里,不想再见到父亲！她怕自己控制不住情绪,会对他歇斯底里地咆哮责问,怕哥哥不安心,怕母亲再伤心,只想一个人去承受这说不出的苦楚和悲痛。

收拾好行李,走到大枫树脚下时,舒伊梅见母亲正蹲在那儿切猪菜,委屈顿生——这天大的委屈！泪在眼眶里打转,她好想说出来,好想在母亲面前哭诉一场。可她还是忍了,紧咬着嘴唇,挪步到母亲的身后,尽可能装作若无其事的样子说:“妈,我走了。”

“你不是说过明天走的吗？怎么现在就走呀？”孙爱兰停住了切猪菜的动作,抬头问着,见伊梅手上拎了包,又惊得迅速站起来,“妹儿……真的就走呀？怎么就走了啊？这么快就走呀！明儿走不行吗？”孙爱兰说着就哭了。

舒伊梅被母亲这一哭弄蒙了,又一时找不出合适的理由,“呃”了一声,只好又说:“妈,我走了。”转身,眼泪就哗啦啦掉下来,逃也似的离去。

“妹儿,你这是怎么了？妹儿……怎么了？妹儿……”孙爱兰在她身后哭着喊着,又哭成了泪人。这两个月来,伊妹就是她的催泪剂,见不着时,想着哭;见着时,激动得哭;离开了,又伤心地哭。

孙爱兰无奈地看着女儿头也不回地越走越远,哭得更凶了……

十七

离开村庄，走过西子湖坝，舒伊梅没有直接去三铺镇，而是绕到西子湖对岸的青山头上，径直向伊菊的坟头走去。

青山头上有许多坟茔，阴森森的，平时很少有人走进去。转向这里，她只想找个没人的地方，痛痛快快地哭一场。

花开又谢，亦如人生。伊菊的坟头上，一簇簇五颜六色的野菊花多已凋谢。这是一座名副其实的花坟，从伊菊死的那年开始，伊梅每年都会花心思在上面打理。

舒伊梅走到坟头，在一簇菊花旁蹲下，而后双手掩面，开始尽情地大哭起来。

这是怎样一种发泄式的痛哭——为内心的委屈而哭，为现实的婚姻而哭，为凄凉的命运而哭。哭得那么迷惘无助、那么撕心裂肺，又那么酣畅淋漓……

在这静谧的小山头上，在这横七竖八的枞树林中，鸟儿都"心疼"得手足无措，急得在枝头乱飞乱撞，围着她团团转，仿佛在叽叽喳喳地劝说着。

也不知这样哭了多久，差不多是哭累了，舒伊梅终于使自己安静下来，眼睛火烧火燎的，有疼痛之感，半跪在坟边，她痴痴呆呆地静观着花坟，竟然有些羡慕起伊菊来，她这样静静地睡着，与世隔绝，不再有忧伤，不再有烦恼，多好！

人人都有软弱的时候，而软弱一旦与悲观接轨，总会生出绝望来。舒伊梅突然也好想好想这样安静地睡下去，一了百了，什么都可以不去想，什么都不用去面对。

伤心又起。现实太残酷，一切都回不去了，回不去了。想那个"十不全"的丈夫，那个格格不入的婆婆，今后将如何在一起生活；最悲的是，明明是与蓝诺深深相爱着的，却从此断了缘分！而这样的人生，竟然是自己的亲生父亲一手安排的，怎能不怨，怎能不恨？如果伊菊还活着，这场交易性婚姻的牺牲品或许是她，这样转念一想时，她却又于心不忍了。还是不要了吧，还是让我面对和承受吧，她就这样反反复复地想来想去，时光回到了六年前伊菊去世时的情形。

那年，是少有的干旱。曾经烟波浩渺的西子湖被烤了个底朝天，仅剩下了距离村庄很远的一条水线，和一块块高低不平的皲裂湖底。为了解决饮水问题，村里人就在不到湖心区的地方挖了一块块约半人深、一米见方的小坑来渗水喝。农谚说："大旱不过七月半。"从七月半前一天开始，就经常下雨了，有时会连续下一个多星期，西子湖很快恢复了原貌，祸端就此埋下。

伊菊出事的那天，一早还是晴空万里；晌午时分，天公却愀然作色，乌云翻滚，电闪雷鸣，顷刻之间就大雨倾盆。孙爱兰猛然想起伊菊一早与芳儿去了西子湖捞猪菜，正焦急唠叨时，舒柏康扛着锄头回来了；听到唠叨后，舒柏康的脑中突然闪过一个危险信号，他迅速扔下锄头冲进大雨中，向西子湖狂奔而去，大声叫喊她们的名字，然而沿着西子湖岸就是不见她俩的踪影。舒柏康在大雨中反复来回地找着，喊着，直到雨势渐渐地小了，村里有人听到了喊叫声，意识到大事不妙，才一个个出来帮忙寻找。

很快，有人在湖边发现了两个空空的篮筐。舒柏康看着篮筐就奇怪了，自己在旁边不知来回走了多少遍，怎么就一直没有发现，怕是被鬼魂迷了眼。这样想着，更是感到情况不妙，望着稍稍平静的西子湖面，恐慌得两腿瘫软，站也站不稳，向后连退了好几步。不一会儿，有人从村里找来了几根长竹竿，胆大的开始持着竹竿，向湖中一步一步地探去，在湖底划动着。舒柏康接过一根竹竿，向湖中急切地挪动着步子，双手颤抖着东探西探，在离湖边十几米处，顿感竹竿遇到了障碍物，心跳骤然加快，他慢慢把竹竿探在障碍物处，使劲用力一挑，湖面上先后漂出了三具尸体……

太恐怖了！在场所有的人都被吓得双腿直打哆嗦，舒柏康当场就晕倒在水中。

这三个人当中，除了伊菊，一个是舒小冉的妈妈，一个是舒小冉的姐姐，她们三个人是谁先陷下的坑？到底是谁去救谁？小冉的妈妈又是如何参与其中的？后来各种猜测都有，莫衷一是。

那天中午,伊梅与小冉还在放学路上慢悠悠地走着时,迎面跑来一位邻居突然说:“伊妹,小冉,还慢腾腾地走呀!你们家出了大事了,还不赶快回家!”她们被吓得连问也没来得及问,便飞也似的向家中奔去。远远见大枫树脚下已是人山人海,她和小冉钻进人墙,一眼看见并排摆放在门板上的三具尸体,是那么难以接受,哭着喊着,五雷轰顶,悲天恸地……

后来,小冉是怎么哭晕过去的,怎么被送到医院的?伊梅也不知道了。

由于要同时做三副棺材,后事办得很慢。那几天,伊梅一刻不离地守护着,给她们擦洗身体,梳理头发,驱赶苍蝇。都说挨肩的姐妹一般较难和睦相处,而她与伊菊从小就亲密无间。虽相隔不到两岁,但伊菊处处都表现出姐姐的样子,呵护着她这个小妹,小时候带她一起玩耍,后来带她一起上学,家务事爱抢着做。伊菊出事那天,是在新学期开学后没多久,伊梅总是想,如果父亲让伊菊继续上学,肯定就会逃过这一劫的。为此,她在心里责怪父亲很久很久。

舒伊梅回忆后,看着一簇簇盛开过的残败菊花,突然想到,人还不如植物,花开花谢是生命的正常轨迹,人生的无常,就是因为有这样那样的意外而违背了生老病死的正常轨迹,让生命之花还没好好绽放,就枯萎衰败,失去生机。所以这才有命运之说吧,一切皆是命!人真的不能和命抗争吗?

这样思考了很久,也绝望了很久,舒伊梅又突然不想绝望下去,至少还没有走上绝境。遵循生老病死的法则,是对生命最基本的尊重。她想,无论心有多苦,一定要执拗地活下去,不论是要与命运较劲,还是和自己较真,执拗是她骨子里的本性。

这样想着,舒伊梅振作精神站起来,深深向伊菊的坟头鞠了三躬,之后转身,朝通往镇上的道路快步走去。快入正道时,迎面看见父亲“哐当哐当”骑着自行车过来,一只手还时不时地摸摸车后座,大概是担心后座上捆绑的东西会掉下来吧。怕被父亲看见,舒伊梅在一侧的草丛中蹲了下来,见父亲路过,又渐远之后,这才起身走了出来。

到了三铺镇,上了去南林市的汽车,舒伊梅迫不及待地打开包,拿出蓝诺的信件,开始一封封拆开,认真地看着……

往事历历在目。自从伊菊离世之后,舒伊梅明显感觉生活中似乎多了一个男生的身影,这个男生就是陈蓝诺。那时的几次相遇之后,舒小冉总忍不住要回头望一望,还嚷嚷着:“这人真奇怪呢,我们怎么老是碰到他呀?也不知道是何方神圣。”

记得第一次与陈蓝诺零距离接触,是在她读初二的那年,当时,陈蓝诺已离开西岭中学去三铺镇读高中了。

那天,又是在放学途中,几个初三的男生挡住她和小冉的去路,上前动手动脚要调戏她们,正在这时,陈蓝诺骑着自行车远远地冲了上来,大声断喝:“你们想干什么”!那声音充满了决战的杀气。那帮人见身后来了这么个高大的男生,便都识趣地相继逃离了。陈蓝诺气喘吁吁地在她们面前跳下车来,问道:“那是一帮什么人?他们没有把你们怎么样吧?”舒小冉很快接了话:“我们没事,谢谢你!又是那帮小流氓,天天在学校里惹事,早该被学校开除的!”

舒伊梅没说话,只是羞涩地笑看了陈蓝诺一眼,陈蓝诺也在看她,四目相对时,他们都羞红了脸,那是她第一次体验到什么是怦然心动的感觉。之后,陈蓝诺欲跨车离去,舒小冉在他身后嚷嚷:“喂,你叫什么名字呀?我们好像认识几年了,还不知道你的名字呢!”

“陈蓝诺,蓝天的蓝,承诺的诺。”他停下来大声地说着,坐在自行车上,一只脚支着地,扭头笑望了一眼身后,又很快用力踩上自行车,飞也似的离她们而去。

“陈——蓝——诺,这名字蛮好听的呢!”舒小冉一个人嘀嘀咕咕,一个字一个字地念着,当然,舒伊梅也认为这名字很好听,只是没说出来而已。

看完蓝诺的全部信件后,伊梅又把夏小新写的那封信重新看了一遍。多么让人感动的女孩,这种浪漫的事情,这样伟大的爱情,也只有琼瑶小说中有过,如今却在她的生活中真实地出现了。

真是可惜了,这么好的女孩子让蓝诺错过,都是我的错!对不起,蓝诺,都是我的错。在舒伊梅的心里,那种罪过就像是自己硬生生拆散了一对好姻缘。她多想见见这个夏小新,哪怕有夏小新的联系方式也好,她要告诉夏小新:“这辈子我都不可能和蓝诺在一起了,你回来找他吧,你给蓝诺幸福吧!”

舒伊梅的思维跳跃性地乱想,转念又想到了蓝诺受伤的事。蓝诺怎么会受伤?一想起这个,她有多心疼,她的心再一次被揪紧了。

快到南林市时,舒伊梅望向窗外,车子正好行进在去省城国道的路口,她突然想起了黄师傅的话,去省城要不了一个小时。此刻她与蓝诺相距是最近的,她瞬间有了想要跳下车的冲动——她要转道,去省城看蓝诺,去看看他的伤情,去劝慰他想办法找回夏小新…… 她这样想着,当即就决定下车。

“师傅,麻烦停车,停车,我要在这路口下。”她嚷嚷着要下车,检票员看着她,疑惑地问道:“你给的钱不是去南林市的吗?”

“不了,我要在这里下车。”司机停稳了车,舒伊梅很快从车上下来了,内心是那么激动,她焦急地张望着,等候去省城的汽车开过来。

十八

舒伊梅在省城下车时，内心更加激动，激动并不是因为她第一次来省城，主要是因为蓝诺已经在这座城市里待了三年多。

车辆如梭，人如潮涌，大厦如林。只是繁华和喧闹与她无关，她只想着蓝诺，有蓝诺的地方，才有她赏心的风景。

很快打听到蓝诺学校所在的位置，又焦急地等来了公交车，舒伊梅跟着等车的人群挤上去，经过几站后，远远地，她望见了“S 省工业大学”的校门，心头又涌起一番激动。公交车在校门口停下，走下车时，她仰头看了校门一眼又一眼，曾几何时，她有多想来这里看看！

走进校园后，舒伊梅放慢了脚步，东张张，西望望，一种莫名的亲切感油然而生，好像是自己在这里待过三年。这里的一切都似曾相识，因为蓝诺在信中多次描述过，自己也多次在梦中见过。一座座高大的教学楼庄严肃穆，一排排宣传栏错落有致，一条条铺着鹅卵石的羊肠小道四散开去，成群结队的男男女女，笑逐颜开地行走其间，舒伊梅看着他们，羡慕他们真是好命，尤其羡慕那些女生们。

不远处的人工湖边，垂柳依依，亭台轩榭，有成双成对的男女在甜蜜说笑，舒伊梅停下脚步呆看着，想这应该就是蓝诺说他最喜欢的地方吧！她记得，蓝诺曾在信中说过，说他喜欢呆坐在校园的人工湖边，说这里是校园里自由恋爱者的天堂，每次看到恋人们约会谈情，总会让他触景生情，思念潮涌。

蓝诺，我来了，蓝诺，你在哪？舒伊梅在心里声声唤着。四处张望，又下意识地把目光锁定在人工湖边，想在这自由恋爱者的天堂里寻找到蓝诺的身影。她一边将目光四处搜寻，一边幻想着找到蓝诺时，将会有怎样激动的画面。

可是突然,她的心又惴惴不安起来,紧接着是一股巨大的悲怆之感猛烈袭来。

花易谢,梦易逝,云易散,物犹如此,情何以堪?舒伊梅转念想到了“自由恋爱”,这让爱幻想的她又如醍醐灌顶。在她看来,所谓自由恋爱,不仅是心之自由,还要有身之自由,现实告诉她,她已不是自由之身,已没有资格继续爱她所爱。怎么能见他?怎么处置这份感情?见面了说什么?你能改变现状吗?你可以挣脱现实的枷锁吗?不可能了,不可能了,再相见,除了伤感,除了彼此无奈和痛心,还能说些什么呢?

舒伊梅的心被“自由”重重地撞击了,突然又心生出逃离的想法。

秋意已浓,树叶从身边掠过,一股寒意袭来。舒伊梅感觉自己如同一片飘零的落叶,只是飘落在了她人生的春天,葱郁已逝,生机不再。不舍也好,不甘心也罢,舒伊梅告诫自己:必须离开!

这是她一天中的第二次逃离——为恨逃离,为爱逃离!

胸口又闷又痛,深吸一口气,舒伊梅强迫自己转身,向校外走去。就在转身的瞬间,她似乎看见了蓝诺的身影。一个拄着拐杖的人,像个受伤的战士,脚上绑着白色的绷带,正向人工湖边蹒跚走去。

仔细再看一眼,没错,是蓝诺!高大的身影,样子有点颓废。难免激动,又是心疼。舒伊梅远远地看着,阴沉的天,光线很暗,但能想象蓝诺脸上沮丧而悲伤的表情,那一刻,她真的好想好想,好想好想奔过去,什么也不说,只静静地,静静地拥抱一会也好……

不可以,不可以的!她被理智的“不可以”绑住了脚。整个胸口都酸了,那刺骨的酸楚一直沿着鼻梁袭上来。她强忍着,不让眼泪流出,只怕视线一模糊,她就看不清他了,他会突然不见。

怎舍离去?怎舍离去!舒伊梅就那样痴痴地远远地看着他,直到看见他突然站直身子,显出吃惊的样子在望向她,她这才吓得如同被人从后面拽拉了一把,被动转身,眼泪稀里哗啦地扑簌而落,迈开步子,无奈离去……

舒伊梅不知道自己这样匆匆逃离的画面,在后来,后来的很多次,都被陈蓝诺定格与回放。

陈蓝诺总觉得自己是看见舒伊梅了,就在校园里,就在那人工湖边的不远处。虽然他也经常否定这种可能:伊梅怎么可能会到这里来找自己?这肯定又是一个幻想的梦境，但他还是执意认为伊梅来过，伊梅还会来省城找他。

这学年里，三分之一的时间，陈蓝诺都是拄着拐杖生活和学习，这使他很安静，疗养脚伤的同时，也在疗养心伤。夏小新像一只蝴蝶从他的身边飞走后，引来的却是更多像夏小新一样的蝴蝶在追随着他，他不在意，也不关注，因为他的眼里和心里，只有一只翩飞的蝴蝶，他的爱情只属于这只蝴蝶。所以他与舒小冉保持书信交往，就是希望能从她那里得到伊梅的消息，而小冉的信中总是告诉他：伊梅没有回家，过年也没回家，她哥结婚也没回家，而她的家人又绝口不提关于伊梅的半点消息。

大学毕业后，同学们都纷纷去了北京、上海、深圳等大城市找工作，陈蓝诺只愿留在省城，只等这一份希望，等他心中的蝴蝶飞到他的身边。就这样，他进了省城一家国有企业——佳安汽车制造厂上班。

佳安汽车制造厂是省内规模较大的国有企业，生产汽车及零部件，内设汽车销售及汽车修理经营部。由于陈蓝诺所学的专业就是汽车制造，初去报到时，斯玉芬似乎很看好他，有心把他安置在销售经营部上班，一年后，就提拔他为经营部负责人；再一年，又把他安排到了总厂销售部当经理。

斯玉芬，祖籍上海，其人如玉，其气如虹，其性格刚强且不失温和。十五年前，她带着爱情的创伤，并带着五岁的女儿来到这个城市生活，现任佳安汽车制造厂法人代表。她看好陈蓝诺，第一印象是被他的一表人才所吸引，随后就暗中观察，发现他不仅做事勤恳干练，性格沉稳，为人谦和，身边也没看出有女朋友来往，完全可以成为她未来女婿或培养的接班对象。

斯玉芬的女儿斯维雅，天生尤物，丰姿冶丽，只是性格叛逆。她高中毕业后，在家待业了一年多，整天像个小太妹，与一帮社会青年打成一片，不识人间烟火般地享受着生活。斯玉芬为此很伤神，三个月前，托关系终于把她弄进了厂里，还有心安排她在销售部的办公室上班。

一个母亲对子女的细心总会超乎寻常。斯玉芬也看出女儿不是块读书的料，又担心她会被一帮社会青年带坏，自然很希望女儿能正儿八经地交个男朋友，所以她早有预备，处心积虑把陈蓝诺调到了销售部，就是想让他们在一个部门上班，去自然发展恋情。凭着女人的直觉，她完全有把握相信，女儿会爱上这个陈蓝诺的。

陈蓝诺第一天到销售部上班的时候，与许多书中描写那些巧合的情节一样，捧着一沓资料的他，正欲上楼，却与冒冒失失赶时间的斯维雅撞了个满怀，手中的资料掉落一地，还没等他反应过来是怎么回事时，斯维雅只看了他一眼，连声对不起都没说，就逃也似的踩着高跟鞋，“噔噔噔”地上了楼。陈蓝诺看着一地的资料，再抬头时，只在楼梯口的拐弯处，看见了她瞬间消失的高挑背影：白色衬衫，蓝色牛仔裤，腰间有一条非常显眼的黄色裤腰带。

销售部的阵容在公司行政部门中算是最大的，有四开间大的办公室，内隔了两间一前一后的小办公室，前面是副经理办公室，走进大办公室后右拐即入，而后面的经理办公室，要穿过整个大办公室后再向右拐进。斯维雅的办公桌就在大办公室右边的最后一个，也就在经理的办公室门口，陈蓝诺要进自己的办公室，必须要绕过斯维雅的身后。

斯维雅到销售部上班也没什么具体可做的事，基本上不遵守上下班纪律，今天她是有心准时上班的：一是她不想第一天就给新领导一个坏印象，二是好奇心促使她想看看新领导到底是个什么样的人。因为母亲昨晚已经提醒过她，今天销售部的新经理上任，还卖了关子说，是个很不一般的人物，可结果她还是睡过了头。

“维雅，今天上班这么早，是有什么好新闻要迫不及待地告诉我们吗？”斯维雅一走进办公室，就有同事开玩笑说着。于她而言，能在八点半之前上班绝对是算早的。

“还真有，我妈昨晚对我说了，今天是——新经理上任，你们知道吗？”斯维雅一副神秘的样子，一边笑嘻嘻地嘘声说着，一边向自己的办公桌走去。她屁股刚刚落座，陈蓝诺就捧着资料走了进来。

办公室内瞬间安静了下来，所有人的目光齐刷刷地聚向他。大家虽然听说要调来一个新经理，但是谁都没想到，新来的经理竟然这么年轻又帅气！

陈蓝诺今天穿的是白衬衫配银灰色西裤，还系了银灰色领带，微卷乌黑的头发做了特别处理。看到新来的上司，大伙不约而同地起身欢迎。

斯维雅愕然地看着他，跟着也慢慢地站了起来，小巧的红唇被惊成了可爱的“O”形。这么巧！这就是所谓的不一般人物？老妈怎么让这么年轻的人当经理，不会吧？刚才撞的人好像是他吧？怎么这么倒霉呀！

陈蓝诺一眼就看见了她，装作什么事情也没发生，目光扫向办公室的每一个人。“大家好，先请坐！我姓陈，名蓝诺，蓝天的蓝，诺言的诺。初来销售部上班，以后还请大家多多关照！”他微笑而谦卑地介绍着自己，又绅士样向大家深鞠一躬，泰然地走向自己的办公室。

斯维雅的目光一直跟随着陈蓝诺，直至陈蓝诺绕到她的身后了，还转过身来去看他，那样子完全像个花痴，心里一直在嘀咕：还真帅！这就是所谓的“美男子”吗？那浓密的眉毛，那明亮的眼眸，那高挺的鼻梁，那微微上翘的绝美红唇；还有这个子也真高，我一米六五穿着高跟鞋，他走在身边还要仰着脸看……这不是金庸笔下高大帅气的男主人公形象吗？

“维雅……维雅……”一位与斯玉芬很要好的同事在叫她。

“嗯，啊，黄阿姨，什么事呀？”斯维雅半天回过神来应着。

“瞧你傻愣愣的，去给陈经理泡杯茶呀！”

办公室里的人开始起哄，一个个偷笑着。斯维雅“呃”了一声，这才意识到自己刚才失态了，但她还是转身去了陈蓝诺的办公室。

“不用了，谢谢！我自己来。”陈蓝诺自然听到了外面起哄的笑声，客气地说着。

斯维雅愣了下，立在原地看着他，又傻傻地“哦”了一声，闷闷地走了出来。

“维雅，怎么不高兴了？”黄阿姨明知故问。

“他说‘不用了，自己来’，黄阿姨，你也真多礼，干吗要我去给他泡茶呀！”她正觉得憋屈，嘟起小嘴气恼地说道。

同事们又起哄着，一个个开心大笑。

斯维雅看向他们，样子有点窘，但很快就没在意同事们的笑话，只回想着刚才发生的一幕。她像是丢了魂一般，后悔刚才撞了他，连声对不起也没说，担心他肯定认为自己太不懂礼貌了。这是斯维雅第一次在为自己的行为自责，也是她第一次在意一个人对自己的看法。

十九

爱情最微妙的阶段，就是情窦初开的时候。自从陈蓝诺进入销售部之后，斯维雅内心便有了那种莫名的又不可言传的触动。她终于对上班产生了浓厚兴趣，每天不管有事没事，总忍不住要转进陈蓝诺的办公室，找他说说话。

“陈经理，那天我撞你时忘了说对不起，现在来补说，可以吧?”斯维雅到底还是忍不住向他道歉了。陈蓝诺听后淡然一笑：“没关系，我没那么小气的。”

一周后，陈蓝诺实在看不惯她上班时游手好闲的样子，就问道：“你上班没事可做吗?”

“我妈是让黄阿姨找事给我做，可黄阿姨照顾我，一个人把事情全做了呀!”斯维雅说得理直气壮。

“你妈? 你是斯厂长的女儿?”陈蓝诺有些吃惊地问。

“是啊，我姓斯，我妈也姓斯，这很自然就能让人想到的呀! 你听到过几个姓斯的，中国姓斯的人应该不多的，是吧。”

陈蓝诺被她这样一反问，反倒哑口了，机械地“哦”了一声，想了半天才说：“那我交给你一个任务吧，你去把每个销售科长分管的销售区域分列出来，接着把每个区域的销售点分列出来，然后再把每个销售点应收和已收的账款分列出来，并且还要把每笔应收账款的账龄标注上。”

斯维雅听着，虽有些迷糊，但还是很乐意地接下了。陈蓝诺吩咐的这项工作在她看来，是复杂得不能再复杂的重大任务。之前，她对上班之事一直存在抵触心理，总认为自己还没玩腻，还没玩够，也总想着上了班多少是要受管束的。她讨厌受管束，觉得生活就要开心自在，有母亲在，有钱花，有朋友陪着玩，简单又快乐，多好! 当初来上班时，斯玉芬可是费了很大的口舌，现在,她喜欢上班了,只因办公室里有陈蓝诺在。

在他们没来之前,销售部里的人基本上是“老气横秋”系列,除了考虑到陈蓝诺之外,年龄都在四十岁以上,这是当初斯玉芬要把斯维雅安排在这个部门的主要原因。一是看这里的同事基本上与自己同辈,且多是知己知彼的人,希望他们会对不谙世故的女儿有所照顾;另一方面就是她清楚自己女儿的刚烈脾气,与这些年龄上有差距的人共事,彼此间会少些比拼或冲突。

斯维雅到销售部上班以来,同事们也确实是把她当成自家任性的孩子一样看待了。尤其是做销售核算的黄会计,她与斯玉芬关系最好。斯玉芬嘱咐她把维雅带带,维雅上班时的具体工作都由黄会计安排,但黄会计看维雅根本就按捺不住性子做事,也就由着她,并没有安排具体可做的事情。

这样,斯维雅每天上班就像走过场似的,迟到早退也没人说她什么。这样的班,斯维雅上得自然很惬意,也觉得办公室里的人个个都亲切,于是见了谁都亲热地叫着“某某叔叔好”“某某阿姨好”,这也罢,她还常常像个不怯场的小学生,在办公室里有声有色地说些她每天喜闻乐见的事,科室的人都笑称她为“新闻俱乐部”和“小开心果”。

但是,自从陈蓝诺来了之后,她传播的新闻明显少了许多,说话时的声音也轻了些,还能静下心来做事了。为完成陈蓝诺交给她的任务,她这些天都亲热地叫着“黄阿姨”,请教这个问题又请教那个问题的。黄会计看她对工作一丝不苟的样子,觉得她变化很大,就向斯玉芬汇报了情况,斯玉芬听了甚是欣慰。

斯维雅花了一个多星期时间,终于完成了陈蓝诺交给她的任务。“陈经理,你交的任务太烦琐了,不过我按质按量完成了,你得有什么奖励吧?”她歪头盯着陈蓝诺,顽皮地说道。

“奖励,上班做分内的事还要奖励?还真是第一次听说,那你说,你想要什么奖励,我去向斯厂长申请。”陈蓝诺笑着答道。

“很简单,我知道你接下来几天要去深圳出差,你带我去吧,我早想去那边玩玩了!”斯维雅认真地说着。

“这怎么可以,一个女孩子家跟着后面跑什么?这事你是怎么知道的?”陈蓝诺一听,急急地回应。

“我当然是听我妈说的呀,你干吗这么一副严肃的表情嘛!这有什么关系。我现在就打电话跟我妈说,我要去。”斯维雅说着,就立即拨通了斯玉芬办公室的电话,又快速说出了自己的想法。

“喏,我妈叫你接电话。”很快,斯维雅得意地把电话筒递向了陈蓝诺。

接过电话,陈蓝诺还没等斯玉芬开口,就说出一大堆带她去不妥的理由。

谁知斯玉芬却说:“陈经理,我也知道带她去是有些不妥,但这孩子太任性,都是我惯坏的,也没办法,反正你这次出去也没特别要紧的任务,主要是看看市场,本来我是打算与你一起去的,现在你就带她去吧!”

陈蓝诺实在无语,只好应允,放下了电话,表情很是沮丧。

斯维雅看着他,乐得跳了起来:“耶……我妈同意了吧?”

陈蓝诺瞧她那孩子样,几分无奈地摇了摇头,意思是,还真拿你没办法。

对于有过爱情经历的人来说,陈蓝诺是心知肚明的。可他只能把斯维雅当成可爱的小妹妹对待,就像当年对待夏小新一样,或者说像对待更多夏小新式的追求者一样。在陈蓝诺的逻辑里,他是不可能接受斯维雅的,不仅仅是因为伊梅已住在他的心中,更重要的是斯维雅是斯玉芬的女儿,人言可畏呢!他害怕有失自尊的事,他可不愿别人说他把斯维雅当成自己仕途的筹码,就像当年夏小新对他所提出的爱情条件越是优越,越是让他觉得这是对自己某种意义上的耻辱和自尊心的伤害。他堂堂一个七尺男儿,怎么会依靠一个女人去过上好日子呢!何况他还是有使命的,他的使命就是要让伊梅过得幸福。陈蓝诺认定伊梅只有跟了他才会幸福,任何人都给不了她幸福,因为他最懂她,所以一想到正过得不幸福的伊梅,他的心就隐隐作痛,并下定决心要成就一番事业,恪守着伊梅会回到自己身边的信念。

销售部是一个直接通往市场的大窗口,也是决定公司效益的主要通道。陈蓝诺很感激斯玉芬给他提供了这样一个平台,让他锻炼。当看到党中央和国家有关部委纷纷发文,要求国有企业建立现代企业制度进行公司制改革时,陈蓝诺觉得非常合乎情理。作为企业的管理者,不仅要具备诚信的服务理念和积极的工作态度,还必须看准市场导向,企业应按市场需求组织生产,企业生产什么,生产多少,按什么价格出售,都能够与市场对接,自由自主决定。然而,在当今市场竞争日益激烈的新环境下,国有企业管理存在的弊端就很明显:国家计划“管得过多,统得过死”,国有企业“所有者虚置”,这样的所有者不能切实担负起应有的责任，而企业的职工因此也缺乏工作激情……

陈蓝诺之所以产生这样的感慨，就是根据斯维雅提供的销售网点信息和相关数据进行分析后得出的，发现厂里这些年的销售网点每年增的不多，减的倒不少；应收账款账龄多则三年以上，且通过了解，很多已形成呆账、死账，货款基本无法回笼。这不仅与企业经营有关，也与员工的工作激情和工作态度有关。

当想到斯维雅向他提过的奖励要求时，他终于有所明白，很快草拟了一份销售业绩奖励方案，呈交给了斯玉芬。斯玉芬看后，很是佩服他的识见，立即采纳了他的建议。如此，在陈蓝诺到销售部不到半年的时间里，销售业绩稳步上升，而以前看似难以收回的呆账、死账，通过奖励政策也收回了不少，这让销售科的人不仅提高了工作热情，也提高了不少工资之外的额外收入，一个个都对他这个年轻人刮目相看。斯玉芬很欣慰自己看中了陈蓝诺，还把他的这种奖励政策在全厂实行起来。

陈蓝诺自认为已通过这个平台摸索出了很多经营之道。他相信随着经济的不断发展，生活水平的不断提高，汽车美容和销售将是最有发展前途的行业，由此萌生了自己要开公司的想法，但也只是想法，暂且还不能实现，因为他还没有足够的经济基础。之后，当他把这种想法随意告诉了舒小冉时，谁知舒小冉特来劲，立即回信告诉他，要想开公司就趁早，她可以去公司帮忙，并且在经济上可叫她老爸援助。

舒小冉怎么不来劲？她正苦恼着无法来到陈蓝诺的身边。高三复读一年后，舒小冉仍名落孙山，无缘进入大学的门槛。舒柏生也舍不得女儿回家务农，只好四处托人帮忙，把她弄到了三铺镇农技站上班，每天卖种子、化肥、农药，日子过得实在是索然无味。

所谓一拍即合，便是这样吧。陈蓝诺经她这么一劝说，就真的来了劲，并开始在私下里张罗，注册了属于自己的公司——诺梅汽车美容销售有限公司。之所以取名“诺梅”，不仅仅是他和伊梅的名字组合，最重要的是，陈蓝诺希望以承诺给伊梅幸福来作为一种奋斗的动力。

诺梅公司成立，陈蓝诺除了同意舒小冉来做主管，还请了自己最要好的同学吴子俊来帮忙，而他自己只能在休息日回去看看，作公司的幕后指导人。当然还有约在先:不许舒小冉和吴子俊随便出现在他的单位!理由只有一个,就是怕自己在外开公司,让单位知道后自己的公司会受影响,因为他暂且还不想辞去单位的职务,还需要借助单位这个平台,为自己开的公司打下更好的基础。也因为这个,他把公司的法人定为舒小冉,并根据她爸投入的资金比例,彼此商议后,让舒小冉占有诺梅公司30%的股份。

陈蓝诺把开公司这事做得绝对隐秘到位。平日上班一如既往,斯维雅像跟屁虫一样,也一如既往地围着陈蓝诺转,他到哪,她就跟到哪。无论上班、出差,还是应酬,只要有陈蓝诺在的地方,斯维雅准会出现。对此,陈蓝诺也不是很讨厌,有美女在的场合,至少能调节气氛,还有,他发现斯维雅特能喝酒,比她妈还能喝。于他这个练不出酒量的人来说,有些应酬场合,她也算是给自己帮了不少忙。就因为这点,陈蓝诺对斯维雅总是保持一种不温不火的态度,只是对于这种微妙关系的处理,多多少少要伤他的一些脑筋。

二十

与舒伊梅一起进入车间上班的，还有一个比她小一岁的女孩——毛毛。

毛毛本名江毛怡，她是十岁那年，被厂里一对不能生育的夫妻从乡下抱养来的。那时，江毛怡的亲生父母准备把她的妹妹送给这对夫妻抱养，结果这对夫妻去乡下看到她时，只觉更有眼缘，于是便把她带到城里来了。

进了城的江毛怡就成了城里的孩子，吃着乡下没吃过的好东西，穿着乡下没看过的漂亮衣裳，养父母对她视同己出，亲热地叫她“毛毛”，所以厂里人只知道她叫毛毛，她的本名倒没引起多少人关注。由于听说了国家退休顶职的政策可能要取消，毛毛的养母非常担心，本来还有两年才退休的她，只好提前办理了手续，让毛毛来顶职上班。

毛毛个头不高，一米五八左右，差不多比舒伊梅矮半个头；皮肤白嫩，不胖不瘦，小巧玲珑的样子，非常可爱。毛毛爱说爱笑，车间李主任一见就很喜欢她。李主任是厂里的老师傅，不仅喜欢毛毛，也喜欢舒伊梅，总说她俩是一喜静一好动，共同点是都聪慧勤快。毛毛与舒伊梅的关系很好，不单是因为她们同时进的厂，还因为接舒伊梅来这个城市的黄师傅，后来成了毛毛的男朋友。舒伊梅觉得这样的缘分非常难得。

自参加工作以后，舒伊梅每天的日子都过得忙忙碌碌。上班，买菜，做家务，还经常要去药店或门诊室，帮谭文玉买药或陪他打吊针。这样，她能待在楼上书房的时间就少之又少，但只要一有空闲和机会，她还是要往楼上跑，然后沉浸在她编写的小说《正值花开》的故事情节里。

舒伊梅真的在编写小说了。《正值花开》写的是乡村爱情题材，小说中，她温柔美丽，漂亮如花；他俊秀挺拔，气度非凡。在花开盛时的季节，她与他相遇，他对她一见钟情，他让她怦然心动。他对她发起爱情猛攻，她知道自己爱他却心生无奈，只因有世俗的包办婚约在身，而最终无法抗拒残酷的现实。她结婚的时候,他负气远走他乡。多年后,他独身回乡,成为有钱人,并开始在家乡风风火火办企业……舒伊梅正投入故事情节里冥思苦想,只听房门撞墙“砰”的一声,惊得她浑身一颤,抬起头来,看见吴秀珍正黑着脸走了进来。

吴秀珍自舒伊梅上班之后,又过上了谭清玄在世时那种“十指不沾洋春水”的悠闲日子,所以她实在也说不出伊梅有什么不好,只是……只是结婚三四年了,总不见伊梅的肚子有动静。虽然她并没有多渴望要抱孙子,但这是谭清玄的遗愿,谭家不能断了香火!开始两年她还能理解,想他们的夫妻生活肯定过得很少,“中奖率”不高也很正常。后来她开始怀疑了,想自己的儿子病成那样,如果伊梅不配合他,儿子怎么也奈何不了她,这才想到伊梅一直不孕,肯定是他们根本就没过夫妻生活。无奈又没证据,只能无事找碴,以解心头之气。

舒伊梅见她进来,吓得笨拙地把小说手稿塞进抽屉,但还是被发现了。吴秀珍怒气冲天地绕到她的身边,从抽屉里抓出手稿揉成团,又气哼哼地砸到地上,怒骂道:“你写什么乱七八糟的东西,你以为你是什么人,你哪来这么大的福分?一个乡下女孩子,转了城镇户口,有了工作,我花几万块钱娶你到谭家,是来干什么的?是让你整天在这坐着享清福,做美梦啊!我就是养一条狗,狗也还知道看家报恩,就是养一只母鸡,母鸡也会下蛋!你光生一个漂亮脸蛋有什么用,这分明就是中看不中用!……”她早就知道舒伊梅有经常待在这楼上书房的迹象,只是没有撞见。昨天她特意去车间看了下排班,知道舒伊梅今天在家休假,便中途回来,就是想要撞个正着,找个机会骂她出气。

舒伊梅平静地看着她,也没生气,习惯了。近一年多来,吴秀珍经常这样对她大叫大骂,并且很多时候都是莫名其妙地被吴秀珍骂,要不说伊梅把菜里的油放多了,不会过日子,要不说把她的衣服洗皱了,是成心与她过不去……

每每这时,舒伊梅从不还嘴,她认定沉默是最好的保护武器。她甚至也不觉得有多委屈,因为她在小说中塑造的农村婆婆形象,比她这个现实中的婆婆还要厉害,还要蛮不讲理。舒伊梅小说中的女主人公也是结婚多年不生孩子——农村人比城里人更注重传宗接代,只是小说中塑造的女主人公是有委屈的，因为她不知道自己为什么不孕，怀孕是两个人的事，怎么认定就是她的问题呢？现实中的舒伊梅不觉得委屈，是因为不孕的问题出在她的身上。她想，吴秀珍要是知道了，她与她儿子真正过上夫妻生活仅仅才有两个月的时间，何止会这样骂她，早该把她赶出谭家门，去向父亲要回那两万元钱了。

为此，舒伊梅真的很感激谭文玉——她现实中的好好丈夫。这么多年，谭文玉始终对她相敬如宾，从没因为她不愿与他过夫妻生活而有怨有恨有情绪。她不知道是不是因为被自己小说中为好好丈夫设置的感人情节所触动，还是被她现实中的好好丈夫所感动。回想这些年，她除了照顾好谭文玉的饮食起居，从不关注他个人的内心世界，也知道他经常一个人趴在书桌前看书，或写写画画，却无心去关注他到底在写画些什么。

两个月前的一天，舒伊梅在房间收拾卫生时，发现坐在书桌前正写着什么的谭文玉突然流出了鼻血，她急忙做手势，要带他去医院看看，他摆手不愿，自己用手纸捏团塞进鼻孔，然后一个人仰面躺到了床上。她回头看见书桌上淋了许多血，笔记本上也有，于是走过去用抹布擦拭，并随意扫了一眼他写的内容："……伊梅，我会保护你的，无论母亲怎么逼问，我都不会承认我们没做过夫妻的事。我理解你。你是我的天使，我每天能看到你就很知足，我怎么还能奢望……"她正看着，谭文玉突然伸过手来，把笔记本合上了。

舒伊梅转身看向谭文玉，谭文玉也看向她。谭文玉用最快的速度爬起来，阻止她看他的日记。四目相对时，舒伊梅突然有种想哭的感觉，是被感动？还是因为想到了更多的东西？

舒伊梅的眼泪真的掉了下来。她看见谭文玉的眼里也有眼泪，不管是愧疚，还是感动，她毫不犹豫地上前拥抱了他——这是他们结婚三四年来的第一次亲密拥抱。也就在那天晚上，她良心发现般与他做了真正意义上的夫妻。只是那一夜，她未合眼，一个人流着泪，悄悄地流，悄悄地干。她想了很多很多悲哀和伤心的事，想得最多的还是蓝诺。想这么多年，自己对他坚守的感情大坝，到底还是决堤了。她没想过这种坚守的意义是什么，只认为是对一份感情的执着和坚贞。

舒伊梅也知道自己这样是愧对谭家的，也想过应该要完成一个女人应尽的义务,可又害怕自己承受能力不够。她认为自己能在这个家庭里生活下去,就已经在承受很多了。一个女人最渴望的婚姻,就是希望她所嫁的男人能给她安全感,有温暖而坚实的臂膀可以依靠。但在谭文玉身上,她不但找不到一丝安全感,反而得尽责任和义务照顾好他。如果再多一个孩子呢,她不敢想象。

可是,越是担心的事情越是来得快,像一只狼跟上了她,越是害怕得逃跑,越是被紧紧追上。这几天,舒伊梅明显感觉有些食欲不振,吃什么吐什么。吴秀珍窃喜着,以一种命令式的口吻,叫她赶快去医院检查,结果得到证实:确实有喜了!

对于谭文玉来说,这是名副其实的大喜!他每天欢喜得都忘了生病,欢喜他终于可以做爸爸了!他曾以为他这辈子都是不可能拥有的,他的身体是残缺的,他的人生也是残缺的,现在他这种残缺的自卑感顿时烟消云散!相反,他是幸运的,他的人生是圆满的,圆满得让他有些不相信这是事实——他拥有这样美丽的妻子,还有即将到来的小宝贝,他的人生再也无憾了!

舒伊梅不惊不喜。该来的总会来,该面对的还是要面对。

生活的变化总是悄无声息。毛毛也有喜了,且还是双喜。这是毛毛一早上班时,偷偷告诉她的。毛毛喜滋滋地说,她这叫"先斩后奏"呢!她的养父母想着"生米煮成了熟饭",也只好同意她与黄师傅结婚了,婚期初定为下个月。她还乐滋滋地说,下午不来上班了,她要去拍婚纱照。

舒伊梅看着她这一脸的幸福和甜美,不禁又要慨叹有情人终成眷属是多美好!她替毛毛开心,为他们祝福!因为之前,毛毛一直苦恼她的养父母总嫌弃黄师傅没文凭,没学历,所以他们恋爱两三年了,养父母一直没同意他们结婚。

毛毛和舒伊梅在同一台造纸机上操作。一般情况下,一台造纸机的操作工序安排有五个工人,除了班长,就是网工、毛布工、烘干工、冷缸工。如果机器运转正常,这些工人上班是很清闲的,几乎无事可做;但如果出现机器卡纸或粘有纸浆痕迹需要清理的问题时,操作的时候就必须眼疾手快,小心谨慎,否则每个工序都存在较高的危险系数。由于这是厂内最新购置的一台新型长网造纸机,机器的操作运转基本上都很正常,只在下班时稍做清理即可。因此毛毛和舒伊梅平时上班基本无事可做,两人总是黏糊在一起说话。

终于到了下班的时间,两人分开去查看和清理各自分管的生产线机器卷轴。舒伊梅很快清理好了,准备转身去叫毛毛时,突然——从毛毛那边传来“啊”的一声惨叫！那叫声盖过了机器的轰鸣声,响彻足有两个足球场大的车间！

“毛毛……毛毛……”舒伊梅一边惊慌叫喊,一边绕着机器跑了一圈,可哪里见得着毛毛的影子！她的心“怦怦怦”地跳上了嗓子眼。

“啊！毛……毛毛在——在——在这里……”舒伊梅听到同事惊恐的尖叫声,慌得蹿跑到造纸机的前头,眼前的情形顿时吓得她目瞪口呆……

二十一

毛毛是从造纸机中出来的。从造纸机中出来的毛毛,已成了一堆肉饼……

舒伊梅怎么能够接受！刚刚还有说有笑的,只是一瞬间,一瞬间毛毛就成这样了！她难以置信地跪倒在地上,努力地摇晃着毛毛的身子。毛毛的身子软耷耷的,如同一堆软泥。舒伊梅终于忍不住歇斯底里地痛哭起来,就像当年她在大枫树脚下,看到直挺挺躺在门板上、脸上盖着黄草纸的伊菊……

一时间,全厂轰动了！

各个车间的人都向造纸车间拥来。毛毛的养父母哭着来了,行政楼上的人也都纷纷往后院跑来。鲁付春和吴秀珍一起赶到时,偌大的车间已挤满了人。

吴秀珍挤进人群时,看到舒伊梅悲痛欲绝,完全哭成了泪人,很担心她动了胎气,便使出浑身力气,不顾一切地拨开人群,黑下脸来,强制性地把她从地上拉起,又强制性地急急拽她回家。

鲁付春看着眼前的一切,脑中一时很乱,皱着眉,表情十分凝重。看着机器前的毛毛,目送着吴秀珍离开,又扫了一眼整个车间生产线,他很是想不明白,这活生生的一个人,怎么就被卷进了机器中？再看转轴之间也只不过一张纸的缝隙,又如何把一个人碾成了一张纸的厚度转送出来？

南林造纸厂以前虽有过机器伤人的事件,但还从未出现过死亡事故,如果节外生枝,追究到这台生产线的建造上来,怎么办？想到这个,鲁付春的神经有些紧张起来,突然有大祸临头之感。本能地想到要对吴秀珍说说时,这才想起她刚才拉着一个女子离开了。难道这个女子就是她从乡下找来的媳妇？有那么漂亮？鲁付春回想了一下吴秀珍拉起伊梅时的情形,想想还有些许惊愣,怪不得吴秀珍不愿调她到行政部门来上班,“金屋藏娇”,准是怕被自己看上了。

都这个时候了,还想这个!鲁付春强行将思绪拉回到这起事故上来。

接下来的日子,南林造纸厂的这起事故自然成了全市最大的热点新闻。工商的,安检的,安全事故组的,以及毛毛的家属,纷纷找上门来,让这些年过惯了安逸日子的鲁付春,感觉头都大了……

鲁付春虽然也在劝慰自己:吉人自有天相!想他自参加工作以来,一直都是平步青云,大家都说他面相生得好。他当然也觉得自己运气好,这些年想要什么有什么,想怎么玩就怎么玩,每天都把生活过得有滋有味、多姿多彩。他明白,这起事故如果按单纯的安全事故处理,对他仕途的影响不会很大;再说了,自己当了七八年的厂长,也算是“老江湖”了,处理关系还是游刃有余的,唯一怕的就是引出经济问题。这共产党的事,不查你就万事大吉,但一旦认真追查起来,吴秀珍再怎么会做账,也会露出蛛丝马迹来,要真是那样,是谁也救不了自己。他当然也明白,到目前为止,他与吴秀珍私吞的公款是完全可以判他终身蹲大牢的。他这样想着,越想越心虚,每天提心吊胆地听风声,找领导,跑关系,尽可能地就事论事,控制着事态发展。

吴秀珍与他一样心虚,一样把日子过得担惊受怕。心虚不仅仅是因为鲁付春所想到的经济问题,她更担心的是鲁付春这个“老色鬼”那天有没有注意到伊梅。虽然眼下他在她的面前只字未提,但是他的老谋深算,自己自是领教过无数次的。

舒伊梅在那天被吴秀珍强制拉回家之后,到底还是动了胎气。这好不容易才怀上谭家的孩子,无论如何也不能让她有所闪失。吴秀珍看她捂着肚子腹痛难忍的样子,吓得立即把她带到医院做了检查。幸好没出大问题,医生当时开了些黄体酮保胎药,并再三叮嘱:卧床休息至少一周以上,要避免过多的运动和情绪上的波动。所以吴秀珍除了担惊受怕,还要强捺着性子,包揽平常都是舒伊梅做的家务活。

这样的日子于吴秀珍和鲁付春而言,都是漫长而难熬的。终于熬过了半个月,市里相关部门把这起事故正式定性为正常的生产安全事故,这让厂里那些幸灾乐祸很希望鲁付春倒台的人,又不得不佩服他处理问题的能耐了。慢慢地,关于这场事故的话题,在沸沸扬扬中渐渐平息了。

舒伊梅重新回到了车间上班。李主任分析了毛毛出事的原因:毛毛是在清理机器转轴时走了神,动作稍慢了半拍,手指被不停转动的轮轴转进去,进而整个人被惯性地拉进了机器中。

李主任看着回到车间上班的伊梅情绪极度低落,转而想到毛毛的惨状,越想越是害怕,无论如何也不让伊梅操作机器了,就让她做了没有危险性的选纸工作。

初春的天气,乍暖还寒,很像舒伊梅的心情,看似平静却心寒至极。人生太过无常!为什么老天总是要从自己身边夺走自己喜欢的人?当年让伊菊突然没了,现在让毛毛也突然没了!是的,还有蓝诺——蓝诺尽管犹在,现实却让彼此相隔得遥不可及,相爱不能爱。伤心像是一个犯罪团伙,抓一个就会牵扯出很多。舒伊梅每天都被伤心团团困扰,痛苦得不能自拔。

相比之下,鲁付春今天的心情看上去似乎不错,很少在厂内闲逛的他,竟然有心情独自在院落中晃悠地晒着太阳。此刻的他背着双手,挺着个大肚腩,漫不经心地踱着步。在这春日的暖阳下,他那荒秃的头顶被晒得格外亮,像个发光的电灯泡。

毛毛的养父母昨天已同意厂方20万元的赔偿,政府那边似乎也没了大动静,其他来调查的各个部门,因为打理得好,都为鲁付春说话,向政府做出了合理的交代。看来有些烦恼还真是庸人自扰,鲁付春满意地想:这起事故基本算是平息了,也没有人提到项目投资问题。还是自己心虚而多虑了,吉人自有神助,这事应该是过去了。他又做了几次反复推敲,一副舒心坦然的样子,把背着的双手合到胸前,十指环扣,掌心向外伸直,仰起脸,长长地吁出一口气,像是卸下了一个重大的包袱,心情越发的好了。

抬眼望望四周,望着这偌大的厂区,他是那么得意,仿佛这整个厂区都是他自己的。在这里,只要是我想要的,就没有我得不到的,谁也奈何不了我!鲁付春想着,像是在对自己说,又像是在对吴秀珍说。他抬起步来,径直向后院的造纸车间走去。

李主任望向鲁付春,觉得很意外,又不觉奇怪。一般情况下,领导都是在出了事故之后才会关注到下属。鲁付春与李主任相视时,鲁付春向他点了点头,眯缝着眼笑了笑,他还向另外几个望着他的工人笑了笑,算是打了招呼。之后,他又把双手绕到背后,顾自在这偌大的车间里踱着方步,看似漫不经心地视察工作，实则是在到处搜索。很快，鲁付春愣住了，目光定格在车间的一角，盯着正在埋头整理纸张的舒伊梅。

终于找到了！也就那么几秒的工夫，舒伊梅就像一块磁铁，把他僵硬的身子游魂一般直吸了过去。只是，只是经过她的身旁时，鲁付春却心生莫名的慌乱，呆愣半秒，也不知道说什么好，就径直走了过去，走向车间的后门通道……

舒伊梅一直低垂着眉，揣着心事，机械性地重复着一个动作，根本没在意有人从她身边经过。

鲁付春当然奇怪自己：怎么突然变得不大方了，怎么不多看美人几眼？又不禁感慨道：乡下还能塑造出这样奇特的女子，多美的小女人！嘿嘿，瞧她那张小脸蛋是多么精致！那低眉忧郁的神情多么妩媚，太不一般了，真的太不一般了！嘿嘿……鲁付春又开始春心荡漾起来，兴奋和激动回荡心间。

女人，在鲁付春的概念里，只是生活或生理上的一种需要。他对糟糠之妻的不离不弃是因为他需要她去照顾他的一对儿女；对吴秀珍的不离不弃，是因为他身边需要这样可信的温驯的还能摆得上台面的女人；对那些有几分姿色的女人，自然只是身体里荷尔蒙激起的一时的生理需求。

现在他分析舒伊梅是属于有姿色的女人，但又不完全是。这种穿着素净又不失韵味的小女子，让他感觉太特别——特别到让他不敢轻易去冒犯，所以他才有了刚才的慌乱。这是什么感觉呢，嘿嘿……还真说不出所以然来，他自言自语。

正所谓：塞翁失马，焉知非福。这起事故没大碍，却送美人到身边来。这人生多如意，生活多美好！鲁付春如此惬意地感喟，有猎物可以捕获了。

二十二

鲁付春冥思苦想了一夜,还是觉得这个“美人鱼”不能急着钓上钩,得从长计议,换一种有品位的玩法,而这个“有品位”的想法,是他认为舒伊梅与众不同而想出的。

第二天一早上班时,他便迫不及待地把吴秀珍叫到了自己的办公室。“我说——哎!车间出了这样大的事故,你都没想法——把你媳妇调到行政部门来上班吧?”吴秀珍刚一进门,他就用一种责怪的口吻,直截了当地诘问起来,仿佛说的是自家儿媳妇一样。

吴秀珍的第一反应是,舒伊梅到底还是被他注意到了,真是个老色鬼!又假装满不在乎的表情,一脸平静地看着他,慢条斯理地说:“真让我想不到啊,鲁厂长为我儿媳妇这么上心,你打算怎么安排她呀?”

“嘿嘿,是你儿媳妇,不也就像是我媳妇一样嘛!我这不是在与你商量吗?你觉得什么位置合适?”鲁付春嬉笑着说道。

“你这是什么话,我儿媳妇怎么像是你媳妇?是你口误,还是你故意安了什么心?你该不会又有想法,要留她在你身边做秘书什么的吧?”吴秀珍虽努力控制着情绪,内心却气愤不平。

鲁付春依然嬉皮笑脸,眯起小眼说:“嘿嘿……这个……你要是同意,也不能说不可以的。”

吴秀珍愤恨至极地看着他,心想,完了,这个老色鬼还真动了心思!看样子他还真想把婆媳一起要了,真是个禽兽不如的东西!因为她太熟悉鲁付春这副嘴脸了。每次鲁付春要是看上了哪个女人,总是在吴秀珍面前露出这副嬉皮笑脸的样子。

不可以,绝不可以!吴秀珍不禁打了个寒战,一副很坚定的样子,用手指着他说:“鲁付春!你摸摸良心,这些年来,只要你看上的女人,哪回没让你得逞啊！可是，可是这个女人，她是我的儿媳妇！想当年，我让你给谭清玄戴上了绿帽子，气得他把命都搭上了，你该不会不承认吧？现在，你不至于……不至于还要给他的儿子也戴上绿帽子吧？这做人多少也要积点德吧，何况你……也是有儿有女的人！”

“嘿嘿……瞧你……激动的哈！我这不是关心你的家人，在为你考虑嘛！再说了，这事我也不是第一次和你提起哈！可你每次都高姿态说，是为顾全大局，不愿同事们多说闲话，对吧？那……现在，我认为时机成熟了。还是这起事故出得好！嘿嘿……我知道怎么安排她，那……你……现在去车间把她叫上来吧！”鲁付春毫无愧色，似乎他已预计到吴秀珍会有如此强烈的反应。

吴秀珍黑着脸从鲁付春的办公室里出来，又黑着脸进了车间，把舒伊梅叫了出来，她也不说是为什么事，舒伊梅见她黑着脸也不敢问，就跟随在她的身后，经过几幢厂房，来到了行政办公楼。

这是舒伊梅自进厂以来，第一次走进这幢五层楼的办公楼。她们一层又一层地爬着，爬到第四层楼时，吴秀珍没有再继续往上爬，而是右转弯走过两个办公室后，向第三间办公室拐了进去，舒伊梅也只好糊里糊涂地跟了进去。

进去之后的吴秀珍，似乎还很情绪化，顾自一屁股坐到了鲁付春身旁的沙发上。

“请坐吧！”鲁付春见舒伊梅进来，立刻笑眯着眼，并用手指着沙发，示意有些不知所措的舒伊梅也坐下。

对于平时就生活在“两点一线”（除了家里就是车间）的舒伊梅来说，眼前这个笑得像弥勒佛的男人，自然是陌生的。

“小舒，也不知道吴股长刚才有没有对你说哈？是我们刚商量的，从明天起，准备调你到行政部门来上班，相信你……应该是没意见的吧！要知道，这样的好事，对于车间工人来说，应该都是……梦寐以求的哈……这……具体安排呢？我考虑了半天，认为你还是去财务室比较好。这学会计啊，也是一门技术，年轻人嘛，多学点知识，也不会是坏事哈，你跟在吴股长后面多学习学习，好吧？再说了，有自家人在身边，多少也有个照顾的哈，是吧？”鲁付春想想又说说，显得极其和蔼可亲，似乎是在对自家的孩子说话。说完,他把目光转向了吴秀珍。

"嗯……是这样的,鲁厂长……他,他听我说你怀孕了,为了照顾你的身体,才这样安排的。"吴秀珍端正身子,尽可能地说得很正经,她很得意自己说出了这样有水平的话来。

鲁付春听着,脸上掠过一丝惊诧,又自个笑着说:"嘿嘿……这自然是要照顾的。"

舒伊梅不知道该说什么,笑笑,算是表示谢意。只是这一笑,让鲁付春差点把持不住,神魂颠倒,春心荡漾,又怕吴秀珍看出破绽,只好说:"就这样吧,小舒,你先回去。"

目送舒伊梅走出办公室,鲁付春又看向了吴秀珍:"这样……你……也可以回办公室了。"鲁付春本是想说:"这样的安排,你满意吧!"却突然又没了这份讨好的心情。现在他只想讨好舒伊梅,他之所以把她安排到财务室,安在吴秀珍的身边,表面上好像是让吴秀珍在监督她和保护她,而实质的想法,是考虑到吴秀珍再过几年就要退休了,等她退休之后,甚至可以不用等到她退休,便可名正言顺地让舒伊梅来接班。他是昨天才注意到舒伊梅这个名字的,只觉得名如其人,看着就舒服。

昨天,鲁付春离开车间之后,就直接去了厂里人事股档案室。其实他可以直接去问李师傅或吴秀珍,可他不愿去问他们,怕露了馅,尤其是对吴秀珍。就像刚才一样,尽管他很想多看一眼舒伊梅,但他还是不敢让她在这里久留,生怕吴秀珍看出了他心里的一些异常。

也不能说吴秀珍刚才动情的一番话对他没起作用,至少目前,他是不敢对舒伊梅轻举妄动的。他甚至还想了,要想得到这个不一般的女子,说不定还真要从讨好吴秀珍那里寻找突破口。

吴秀珍悻悻地离开了。回到自己的办公室,她的内心很久都无法平静,只隐隐觉得鲁付春绝对不会就此罢休,想着这个老狐狸的葫芦里也不知道在卖什么药。

财务室有两个开间大,一个门进出。吴秀珍的办公室单独隔一间,外间有两个人,一个男的是主办会计,姓刘,年龄接近退休,吴秀珍就安排舒伊梅跟着刘会计学习;另一个是李副厂长的夫人,材料会计,她大多时间待在仓库中核对账目,平时很少待在办公室里,舒伊梅称她为马姨。

从未接触过财务工作的舒伊梅，初来财务室上班，肯定是一头雾水，好在刘会计为人很和善，也很有耐心教她，并毫无保留地传授做账的一些技法和技巧，这让舒伊梅非常感激。相反，吴秀珍仿佛避嫌似的，对舒伊梅并没有表现出额外的关照，也很少与她说话。她与舒伊梅之间就像她们的办公室，始终是隔着一堵墙的。当然，舒伊梅也没多少在意，已习惯了吴秀珍自始至终对她的这种冷漠。

舒伊梅觉得到财务室上班的时间过得很快，她已慢慢从失去毛毛的阴影里走了出来，也慢慢习惯了在办公室上班的日子，并渐渐喜欢上了会计这个行业，她胜任财务工作的能力在一天天地提高；还有，她的肚子也一天天地长大……

一日，在翻看报纸时，舒伊梅无意中发现一则有关注册会计师的考试报道，看报名条件，必须具有高等专科以上学历，或者具有会计或相关专业中级以上技术职称。只可惜，自己什么条件都不具备。

是的，可自考的，可以参加自考的！她突然想起伊仁参加了《汉语言文学》的高等教育自学考试。没有什么不可能的，只有想不到，没有做不到的，这样想着，舒伊梅就有点兴奋起来，脸上挂起了自信的笑意。

"小舒，从报纸上看到了什么呀？瞧你乐的！"

"嗯，刘叔叔，有电话簿吗？"

"有的，要查什么电话？"

"您先拿给我再说吧！"

舒伊梅情绪高涨地接过刘会计递过来的电话簿，迅速找到了市教育局自考办公室的电话，立即打电话咨询自考条件及报名时间。对方回答说：初中毕业生便可报名，现在正在报名10月份的考试。

舒伊梅算了算自己的预产期在11月尾，这之间幸好相差了一个月。放下电话，她很兴奋地向刘会计说出了自己的想法。刘会计当然赞同，并叫她马上就回家拿相关证件去报名。

在市教育局的报名现场，舒伊梅果断地选择了《会计学》专科。会计专科自学考试，一共设置了16门科目的课程，为了能尽快多了解些会计知识，她首先报考了《会计学原理》和《财务会计学》。

当然要有所取舍，所以她那未完成的小说必须得放下。接下来的日子，舒伊梅除了上班,做家务,就是一门心思地看书备考。

吴秀珍并没有因为舒伊梅的肚子越来越大而主动做些家务,对此,舒伊梅并不在意,想着自己能做的事就尽量去做;何况还有在省城读书的谭文婷,星期天基本会回家来帮忙;还有谭文玉,自从她怀孕之后似乎坚强了很多,再也没看出身体上有哪里不舒服的迹象来。

鲁付春对吴秀珍又回到最初相好时频繁献殷勤的状态,隔三岔五就给她买些东西送过来,并且出门应酬时,在能带上她的场合,基本上都把她带着。这让吴秀珍有些欣慰的同时还有几分心虚:这个老狐狸,葫芦里到底在卖什么药呀?因为自从伊梅到财务室上班以来,不管是大事小事,或电话能说的事,他都要亲自来她办公室上门说,似乎他现在最乐意的事就是到财务室。

事实也是,鲁付春觉得只要能看到舒伊梅这张笑脸,就特别地享受,于是经常挖空心思找理由来财务室。而每次走进财务室,他第一眼肯定要搜寻到舒伊梅,要是看到舒伊梅低头看书没发现他进来,他就径直走过去主动打招呼:"在看书呀,书看得怎么样了啊?""年轻人爱学习,值得表扬哈!""上班还习惯吧?"等等之类重复的话。因为他知道,每每这样,舒伊梅就会带着几分感激,朝他嫣然一笑。

现在不管是上班还是业余时间,舒伊梅一有空就看书学习,日子过得紧凑又充实,基本没时间想心事了。对此,舒伊梅是有些感激吴秀珍的,认为是吴秀珍在鲁厂长面前说的情,这才让她脱离了车间。不过办公室的马姨对她有过好心的提醒:"要多防范一些鲁付春,他这样对你,怕是没安什么好心的!"舒伊梅认为这话可信可不信,因为鲁付春那一副弥勒佛的面相,看上去比吴秀珍那副整天对她板着个脸的样貌,要和善很多很多……

二十三

光阴荏苒，日月如梭。不知不觉中，诺梅公司已悄悄成立一周年了，陈蓝诺默默地翻看着公司的账簿，经营业绩比预想的要好得多，脸上不觉流露出一丝惊喜。站在一旁的舒小冉，欣赏而迷恋地看着他说："陈董，我们今天是不是要出去庆祝一下？"

"是应该要庆祝，把员工们都叫上一起，你安排吧！"陈蓝诺开心地应允。

舒小冉到省城一年多来，身心基本放在公司的经营上，还没去过什么高消费的场所，于是她建议，找个档次稍高点的休闲会所，去喝酒、蹦迪，尽欢一场。

陈蓝诺虽不太情愿去那种地方，但还是尊重了舒小冉的想法。

吃过晚饭后，他们一同选了家 KTV 酒吧。陈蓝诺走进去时，一时也没那种想蹦迪的狂欢劲，就对着门找了一个比较安静的地方坐下，要来一杯酒，独自品着，想着心事。回想这种劲歌狂舞的场合，还是在大学时期，夏小新曾邀他来过几次，现在不知不觉过了许多年，不由得就想到，他已有很多年没见到伊梅了，但心里从没停止过挂念。伊梅，你到底躲在哪里？他在心里问着。这个时候，他真的很想她，比任何时候都想。他想让她知道，他可以给她幸福，他一直都在为她努力着！

对于有心思的人，越是处在最热闹的地方，内心就越寂寞，越容易勾起往事。陈蓝诺一点点地回想着过去，回想着很多关于他和伊梅的往事，以及他创业的干劲，还想了他事业上一帆风顺，是完全要感激斯玉芬的，要不是她给自己提供了展示能力的平台，就没有自己开公司的勇气和积累的经营经验。可每次想到此，他的内心又矛盾起来。

"干吗不去跳舞？一个人在这想什么？"打扮入时的舒小冉从舞池中走出来，气喘吁吁地笑问道。

“没想什么。玩得开心吧，怎么丢下子俊了?”陈蓝诺知道吴子俊喜欢她，就常把他们联系在一起，有意要撮合他们。

“他玩他的，干吗问我！他是他，我是我。”舒小冉急急地回道，生怕被蓝诺误会他们是在谈恋爱。

“怎么没关系？子俊告诉我，他很喜欢你。再说，我这个从小一起玩的铁哥们，一表人才的，你就哪点看不上他了？子俊人真不错的！你是伊梅的好姐妹，我关心你的幸福大事也应该的，是吧?”陈蓝诺趁机半开玩笑地劝说。

“可是……我……”舒小冉正想说我喜欢的不是他时，见陈蓝诺看向了门外，一副惊愕的样子，又用嘴做了个“嘘”的动作。舒小冉循着他的目光向外一看，只见一个打扮古怪又不失青春时尚的女孩，正朝他这边走来。

完了！想躲已来不及了！陈蓝诺看到斯维雅径直向他走来，沮丧地想着。

斯维雅没进门时，就看见了陈蓝诺，激动得还没走上前就开始嚷嚷:“陈经理，原来你到这里来消遣啊，难怪我去宿舍找你时，门总是锁的。你是不是一到周末就来这种地方呀？也奇怪，我经常来这里，怎么现在才碰到你?”她对着陈蓝诺叽里呱啦之后，又看了一眼舒小冉，试探性地问道:“她是谁?”

舒小冉奇怪地看了她一眼，又看向陈蓝诺，也正想问:“她是谁?”

“这位是我老乡，舒总。”“她是我同事。”陈蓝诺先对斯维雅说，后对舒小冉介绍。见她们面面相觑，形象地说，是虎视眈眈，仿佛一场战争就要开始。

陈蓝诺的心头掠过一丝惊慌，忙说道:“维雅，你去玩吧！舒总，我先走了！”说完，放下酒杯匆忙逃开，神情里明显有几分慌张。

“陈经理……”“蓝诺……”她们在后面叫喊着。

陈蓝诺也不理她们，只顾快步往门外走去。

“怎么回事？半路杀出你这个程咬金来，真是扫兴!”舒小冉埋怨道。

“你才扫兴呢，不知道我是谁呀，告诉你，我是他厂长的女儿，是他的女朋友。我喜欢他，他喜欢我，我们天天在一起上班，很开心的！我告诉你，你可不许打他主意啊!”斯维雅快速反击，说得非常霸气。半晌，她又像是突然想起了什么，用怀疑的目光看着舒小冉，语气软下来:“你……真的只是他老乡吗？他……是不是一到周末就来找你玩?”

舒小冉轻视地看了她一眼，转身离去。她抑制着愤怒的情绪，是因为考虑到蓝诺反复打过招呼，不能让单位的人知道他在外开公司。可想想还是来气，一个人自言自语地骂道："真是扫帚星，就凭你这副没修养的德行，也配做蓝诺的女朋友！"

陈蓝诺径直逃回公司宿舍，一个人在沙发上坐了很久，也没弄明白自己刚才为什么要逃离，是怕斯维雅吗？似乎是，又似乎不是。其实，就是让她知道自己在外面开了公司，应该也没多大关系，因为他已经有了辞职的想法，只是一时找不到合适的理由向斯玉芬说。

很快，舒小冉也回公司了。她直接来到陈蓝诺的宿舍，一进门就愤愤地说道："今晚真是扫兴！怎么就遇上一个扫帚星了？蓝诺，你是不是因为她是你厂长的女儿才怕她？她还说她是你的女朋友，她喜欢你，你喜欢她……我看她简直是痴人说梦！你怎么可能会看上她那种没修养的小太妹？"

陈蓝诺被舒小冉这么一嚷嚷，似有所醒悟。"如果有必要，你可以冒充下我的女朋友吗？"他端直身子看着舒小冉问。

舒小冉心花怒放般点头应允，生怕他会反悔似的，根本没去想他为什么要她冒充女朋友，她甚至还在心里责怪他：干吗要我冒充女朋友，难道我不能做你真正的女朋友吗？

陈蓝诺看了舒小冉一眼，释然地笑了笑——终于找到辞职的理由了。

想到最近一段时间，斯玉芬经常隐晦地对他说："男人以事业为重是好事，但你也老大不小了，是不是也该考虑一下婚姻大事？"

他明白斯玉芬的意思，只是她没有直接说出，他就不存在当面回绝。

斯玉芬真是把陈蓝诺当作准女婿了，她之所以为这事着急，其实还隐藏着另外一个秘密：最近她总感觉胸部隐隐作痛，非常担心家族的病史是否在自己的身上有遗传。这使她非常害怕，又不敢去医院做检查。她的外婆是三十多岁得乳腺癌去世的；她的母亲也是三十多岁得乳腺癌离开人间的；更为可怕的是，她的两个姐姐也都没活过四十岁，病因都是乳腺癌，所以她也生怕自己逃脱不了这个"魔咒"。

其实斯玉芬并不害怕死亡，她甚至有过轻生的念头，就是在她婚姻走到尽头的那一刻。那时，她觉得这个世界太不可思议了，所谓的友情、爱情都见鬼去吧，都是十足的大骗子！

斯玉芬的婚姻是被她最要好的朋友许丽给破坏掉的。许丽没有她漂亮,可以说,要身材没身材,要脸蛋没脸蛋,但许丽的父亲当时刚刚荣升为厂长。

斯玉芬的老公杨光也不是很帅气,但杨光很得人缘,很会哄女人开心,就像他的名字一样,看上去阳光、乐观且不失自信;只是他的自信,更多的时候是盲目不思进取。

他们仨是同一年进的上海×汽车厂,斯玉芬是社会招考进去的,杨光是顶他母亲职的,而许丽则是双职工家庭关系照顾进去的。进去的时候,许丽的父亲还只是一名车间主任,他们仨被分在同一个车间,就这样成了好朋友。

斯玉芬由于母亲死得早,生活独立性较强,缺少一些年轻人应有的活力;倒是许丽的性格和杨光挺相似的,他们常在一起打打闹闹,仿佛这个世界根本就没有烦恼和忧愁。

但是,杨光追求的是斯玉芬。许丽觉得这很正常,她戏称自己是丑得没男人要的,不过没男人要的她,一样可以快乐生活。她最高兴的就是拥有斯玉芬和杨光这两个朋友,他们恋爱时,她乐于做他们的“电灯泡”;他们结婚后,她成了他们家的常客。

随着时间的推移,许丽成了大龄女,父母很为她着急,到处帮她物色对象。斯玉芬也为这个朋友着急,劝她该找个对象嫁了,可她总是开玩笑说:今生不嫁了,今生有你们两个朋友足矣。她还特意与斯玉芬错开时间上班,说这样可以帮他们带带小维雅。这让斯玉芬一直认为,拥有许丽这样的朋友,真是人生的一大幸事。直到有次她出门上班时忘了带钱包,想着下班后没钱买菜返回家中去拿时,撞见了杨光和许丽在床上那不堪入目的一幕……

对于这突如其来的伤害——爱情和友情同时毁灭,那种对人生绝望的痛苦,是刻骨铭心的。后来,是小维雅给了斯玉芬活下去的勇气。就这样,斯玉芬毅然决然地离开了上海那块伤心地,带着小维雅来到这个城市,重新开始自己的事业,并且遇上了她的命中贵人——佳安汽车制造厂的老厂长。老厂长简直就是她的再生父母,斯玉芬想,如果不是老厂长对她的关照和栽培,也不会有她的今天。

很多时候,人是讲究缘分的,世上没有无缘无故的爱。斯玉芬知道老厂长曾有一个女儿,年龄与她相仿,可就在她进厂不久前出车祸死了,老厂长是把对女儿的爱转嫁给了自己,对她的赏识,就像是现在的她有意培养陈蓝诺一样。

陈蓝诺明白自己公司的成立和发展,完全得益于斯玉芬的栽培,这份感激之情无以言表,也正是因为如此,又有让他深深的歉意。他知道斯玉芬对他的好,是醉翁之意不在酒,但这恰恰又是他难以接受的现实。

在陈蓝诺的潜意识里,有一种思想已经根深蒂固:他可以背叛任何事情,唯独不可背叛他的爱情。他之所以与斯维雅之间小心翼翼地交往,是因为他根本没打算要与她去确立恋爱关系,可又不好向她直接说明心意。

总不能这样不明不白地耗下去吧!陈蓝诺左思右想,唯一的办法只有走为上策,上演一场“爱情大逃亡”,回去一心经营自己的事业。

二十四

斯维雅自从撞见舒小冉之后，一个人独处时，总觉得心里有不对劲的地方，但一到上班时间，或者说一见到陈蓝诺仍温和地笑着对她，就不是很在意那天的不愉快了。有时她还自信地想，她妈是陈蓝诺的领导，自己又比他那个“大嘴”老乡漂亮，这有什么好担心的呢！

斯维雅对舒小冉的第一印象，就是她嘴大，没有自己漂亮。

陈蓝诺自辞职的想法决定之后，开始悄悄地做着准备，主要是想利用厂里的信息资源，为自己公司今后的业务拓展打下坚实的基础。这样前后经过了近两个月，他认为时机已经成熟，早晨上班后不久，就揣着辞职申请来找斯玉芬。

斯玉芬的办公室在四楼，可不知怎的，在爬楼梯时，陈蓝诺却惴惴不安起来。因为他想到斯玉芬昨天还在班子成员会议结束之后，郑重其事地对自己说：“你的能力大家是有目共睹的，我将重点推荐你成为接班人……”

陈蓝诺认为，他是不在乎什么接班人的位置的，因为他已有了属于自己的公司，只是斯玉芬对他如此器重和信任，这样做是不是太不近人情？可转念想到斯维雅，当断不断，反受其乱，还是认为不要优柔寡断的好！于是迈开步子，径直朝斯玉芬的办公室走去。

轻轻敲门，没人应。再敲几下，还是没人应。怎么会呢？上班时，明明看见她上了楼的。陈蓝诺回想着，稍稍犹豫了一下，再用力去推门，这一下门是开了，可也把他吓傻了，只见斯玉芬脸色煞白，额头直冒汗珠，在那捂着腹部，显得极其痛苦。

看见陈蓝诺进来，斯玉芬有气无力地瞟了他一眼，连话都说不出来了。

“斯厂长，您这是怎么了？”陈蓝诺快速上前，一边问着，一边背起她就往楼下冲，又只顾叫隔壁的同事，“快，快拨打120！”根本就没有注意到，在他用力背起斯玉芬时,那封揣在口袋里的辞职申请,被蹭落到了办公桌的底下。

经过二楼销售部时,斯维雅不知外面闹哄哄是怎么回事,从办公室里冲出来,一眼看见陈蓝诺身上背着满脸痛苦的母亲,吓得跟在后面跑着哭喊:“我妈怎么了!是怎么了?妈……”

120 在半路接到斯玉芬。去医院后,通过 CT、验血、B 超等全面检查,医生诊断说病人是得了急性阑尾炎,需要做紧急切除手术。

斯维雅从没被这样吓过,一直在不停地哭泣,直至斯玉芬从手术室里出来,她还在哽咽,满脸泪痕。

手术做得很成功,斯玉芬很快恢复了意识。她躺在病床上,心疼地看着女儿,虚脱的样子,发音极其微弱,却还要努力和维雅说话:“傻孩子,你是从小就最不爱哭的孩子,所以妈妈认为,你是世上最坚强最乐观的孩子。妈不就是做了一个小手术吗?就哭成这样了!要是妈妈真有什么不测的话,那……”

“妈……瞎说什么呀!你还会有什么不测!”斯维雅抹掉眼泪,责怪地打断了母亲的话。她害怕听下去,这次已经被吓得够呛了。这之前,她是从未想过母亲会生病,会倒下,会离开她。

“没想到维雅还真能哭啊!一直哭了十几个小时,我怎么劝也劝不住她。”陈蓝诺看着她们,微笑地说着,只想缓解一下她们母女的心情。

斯玉芬这才把目光移向陈蓝诺,眼里有几分感激:“小陈,谢谢你!也让你担心了!”

“斯厂长,说什么谢呀,您平时对我就像对自家孩子一样,这也是应该的。”

斯玉芬听后欣慰一笑,并在心里说,知道我是把你当自家孩子看待就好。只是,斯玉芬不知道陈蓝诺只不过是说了句真心的客套话,并没有她所想的那层深意。

第二天,医生神秘地把斯维雅叫去办公室,陈蓝诺随即跟了过去。医生看了一眼陈蓝诺,又看了一眼斯维雅,开门见山便说道:“通过 B 超等检查结果来看,初步诊断你的母亲乳腺有不良肿瘤,确切地说有乳腺癌症状。现在征求你的意见,要不要告诉病人自己,做进一步检查确诊?”

斯维雅听后如五雷轰顶,瞪大眼睛看着医生,呆了,愣了,脑子一片空白，连伤心都不会了，就那样傻站着，成了一个木头人。

陈蓝诺也听傻了。当看到斯维雅被吓呆成那个样子，他本能地走上前去，把她轻揽到怀里，进行无言的安慰，斯维雅这才有所意识地害怕得浑身抽泣起来。

平时上班好好的一个人，怎么就得了癌症？陈蓝诺当然也不相信这个事实。他安慰地轻拍着斯维雅肩膀，见医生正看着他们，半晌才让自己冷静下来，并自作主张地说道："为进一步得到确诊，建议还是告诉病人为好。"

当医生把情况委婉地告诉斯玉芬时，谁都没有想到，斯玉芬竟出奇地淡定，仿佛她早已知道这样的结果，也仿佛早已在等待这一天似的。这让斯维雅错误地认为，是不是乳腺癌的病情，没有急性阑尾炎的病情严重，所以母亲才如此淡定从容，如此无所畏惧。

当然，斯维雅知道这是自欺欺人的想法。母亲的坦然接受和表现出的无所畏惧，只不过是做给自己看的，她当然也要遂了母亲的心意，不可以让母亲看到自己伤心……

通过病理切片，最终的结果确诊为乳腺癌，且还是中晚期。当医生建议斯玉芬手术治疗，存活时间可能会延长时，斯玉芬坚决拒绝了，她不想让自己的身体残缺地离开这个人世，主要是想到她的两个姐姐都动过手术，结果还是都走了。

这之后，斯维雅仿佛在顷刻之间长大懂事了。她还告诉自己，要学会坚强，要像母亲一样来面对这个残酷的宣判。

斯玉芬在医院里住了两个多星期，病情稍有稳定后，就要求出院。她想，她得支撑一段时间，回单位继续上班，办理些后事。而她想到最主要的后事，是要为陈蓝诺成为她的接班人做好准备。依一贯的行事风格，她只要是认准的事，一般都不会走眼或是失误。从学历文凭以及工作能力上看，她认为陈蓝诺都具有一定的优势。当了五六年的厂长，相信这点外围关系自己还是有的；并认为人之将死，也更能博得领导们的同情。

可是，令斯玉芬万万没有想到的是，刚刚回到办公室，她就发现了文件夹底下放着一张申请停薪留职的报告，落款人竟是陈蓝诺——

尊敬的斯厂长：

您好！本人于 1989 年 10 月 1 日进入佳安汽车厂工作，目前系厂内销售部员工，现因女朋友公司需要，决定停薪留职3年。停薪留职期间的其他事项，按停薪留职协议履行。特此申请，请予以批准。

申请人：陈蓝诺

1994年8月5日

怎么会这样？他的身边什么时候冒出个女朋友？还是个开公司的女朋友！不可能吧？斯玉芬实在是难以相信。这重重的一击，仿佛被人从背后捅上一刀，疼痛难忍。这该怎么办呢，维雅该怎么办？焦急伴着悲哀，使得斯玉芬泪眼汪汪。

真是人心难测，这孩子掩饰得也太深了吧！完了，这么多年的心血付诸东流了！由于没有一点思想准备，斯玉芬越想越伤心，伤心的她将这张申请报告随手一扔，那报告就像一只折了翅膀的蝴蝶，晃晃悠悠地落到了门后的一隅……

那天，斯维雅上楼去陪母亲，无意中在门后的一隅看到了陈蓝诺的那份辞职申请。吃惊的同时，她首先想到的是，不能让母亲知道了，也自认为母亲还没看到，斯维雅看后很快把它撕碎，捏成团，丢进了垃圾桶里。只是这让她太难以接受了，如同听到母亲得了癌症的噩耗一样。

这世间怎么会有这么多让人痛苦和无法理解的东西。斯维雅似乎才刚刚明白，却又难以承受。现在她什么也不想，也不敢去想：如果没有了母亲，自己将如何生活下去。在没看到陈蓝诺那份辞职申请之前，她认为就算没有了母亲，她还有他。可是，他也太能伪装了！原来他与那个"大嘴"老乡到底还是有关系的，难怪他一到周末就不见人影了！

斯维雅也学会了伪装自己，包裹情绪，独自一人默默地承受着悲伤。自从母亲生病之后，她从没把悲伤表现出来，还说些不着边际的笑话和趣闻逗母亲开心。这些笑话和趣闻，都是以前每天"混迹江湖"时所听说或经历过的，但从未与母亲分享过。为悉心照顾好母亲，第一次学做饭时，她还告诉母亲，学做饭很有乐趣，以后家里的饭都由她来做。如今，她所有的念想，就是要让母亲知道，她那个不懂世故的女儿已经长大了，能照顾好自己，也能照顾妈妈了；她要让母亲每天都开心，只有心情好，才能更好地恢复健康。

想起之前的自信，斯维雅觉得自己实在是太天真，也再一次认识到现实生活的残酷。想到母亲住院这段时间,陈蓝诺每天都与她一起轮流照顾,不是女婿也胜似女婿,所以不恨他,也不怨他,并且有些感激他。她认为蓝诺只不过是因为母亲有心提携了他,才对母亲如此照顾,他只不过是在演一场感恩的戏。就算如此,斯维雅还是心存感激,认为有必要配合他,完成他这场感恩之戏……

二十五

舒伊梅第一次自考时间如期而至，考点在省城，这是她第二次来到省城。

来到省城的她，自然会想到蓝诺。她知道蓝诺早已大学毕业了，却不知此刻他身在何处。走在街头，她望着身边来来往往的人群，多么渴望能在这涌动的人群中，看到蓝诺的身影。

舒伊梅没有认真计算过到底有多长时间没与蓝诺见面了，只感觉已过了三生三世。尽管如此，蓝诺的模样在她的脑海里依然那么清晰——他那微笑同她说话的样子；他那富有磁性的好听的声音；他们在车站最后一次挥手离别时依依不舍的情形；还有，她在校园中最后一次见到他的模样……

可是，怎么可能会见到呢？蓝诺也许早就离开这个城市了。就算见到了又能怎么样，瞧自己这副挺着个大肚子的模样，怎么好意思相见？一切皆命中注定！不想，不想，她在心里劝慰着，强迫自己不要胡思乱想，还故作轻松地做个深呼吸，就径直向考场走去。因为这是第一次应考，她不想失败。为备考这两门课，她每天挺着大肚子，白天除了工作、做家务，其余的时间全部用来看书，晚上基本到半夜，其间所花去的精力，绝对是常人难以想象的。

从省城考试回来后，舒伊梅大概是前期因为备考而致神经紧绷，如今稍有放松，潜伏在内心深处的那些关于蓝诺的点滴记忆，总要情不自禁地想起，平静的心里便会泛起阵阵涟漪。也许与这些杂乱的情绪波动有关，11月，冬天的寒气提前侵入，她的预产期也提前了半个多月。

一早，舒伊梅在自家院中洗衣服时，突然感觉肚子有些隐隐地坠疼。当时她还没当回事，忍住这微痛继续洗着衣服；可慢慢地，疼痛越来越剧烈，她停止了洗衣，躬身捂着肚子，半蹲在水池边；紧接着，疼痛翻江倒海地袭来。

谭文玉拄着拐杖，慢悠悠地正好从屋里出来。他在门口一眼便看见伊梅脸色煞白，痛苦得身子紧缩成一团，顿时惶乱得把拐杖上移一大步，可移动的右脚并没有落到第二个台阶上，结果身子失重倾斜，整个人滚出了门外，后脑勺磕到了摆在门口的花钵上。

舒伊梅看到眼前的一切，也顾不得自己的疼痛，惊得迎上前去扶他，又见谭文玉的后脑勺在流血，惶恐的同时，还是硬撑着身子，进屋拨打了120。再回头时，发现他已经不省人事，晕了过去。

“文玉，文玉……”舒伊梅一声高出一声地喊着，并吓得哭了起来。

隔壁邻居王大妈闻讯跑来，问明了情况，赶紧去广场把正在晨练的吴秀珍叫回了家。他们就这样双双被120接到了医院。

这一天，差不多是吴秀珍有生以来最忙碌而慌乱的一天。她先是安顿了谭文玉住院，后又帮舒伊梅办理了住院手续。

舒伊梅在二楼妇产科，谭文玉在三楼内科。吴秀珍就这样楼上楼下地来回跑着，直至下午四点多时，终于在舒伊梅待产的产房外，听到了孩子“呱呱”落地的哭声。那一刻，她脸上的表情是有几分欣喜的。

当看到一个护士先从产房里走出来，吴秀珍急忙上前问道：“你好！请问刚出生的那个，是男孩还是女孩?”

“哦！恭喜，是个千……”护士的“金”字还没说出口，吴秀珍立马拉下脸来，转身离去。

“这是什么怪人啦，难道你不是娘生的呀！”护士小声地骂道，看着吴秀珍渐远的背影，觉得太不可思议。

吴秀珍其实也并不是多在意生男生女，只想到是女孩子，谭家就断了香火，她也就无法弥补对谭清玄的亏欠了。

人心都会偏向弱势的一方。当护士重新回到产房时，看到舒伊梅刚刚被疼痛折磨得精疲力竭的样子，就格外地同情起来，走过去把她从产床上慢慢搀扶下来，又搀扶着送她到了病房……

病房里只有两个床位，里间的床位上是个剖腹产病人，从手术台上下来没多久。一个男人坐在床沿边，背对着门外，低着头，躬着身，正亲昵地与病床上的女人说着话。

“还说呢！都是你害的，想着就可怕！”女人突然气呼呼地说，仿佛生个孩子让她受了多大委屈似的。女人手术时打的是局部麻醉，她所说的想着都可怕,是指她手术时所听到划开肚皮的“哧啦”声。

舒伊梅和护士都被这样的撒娇声,惊得一齐转头。男人听见身后有动静,迅速站起来看向她们,极不自然地微笑着。

“杨医生,恭喜呀！夫人还好吧?”护士笑嘻嘻地打着招呼。

“谢谢！还好。这几天,夫人还请你多关照啊!”杨医生很快恢复自然,神情大方地说道。

杨医生是本院的职工,名叫杨仲夏,刚工作两年,是医院很少有的名牌医科大学毕业生,同时恰巧是今天入院的谭文玉的主治医生。

很快,病房里笑语喧哗地拥进来一大帮人,老的少的,各自手里都拎着吃的、奶粉和婴儿用品之类的东西。

“爸、妈、姨伯、姨娘,还有豆豆呀！哇,你们都来啦！来了正好,我正有急事要离开一会。”杨医生向拥进来的人,一一热情地打着招呼,又俯身帮女人把被子向胸前拉了拉,还像哄小孩一样,摸了下女人的脸。

“快点回来啊!”女人极不情愿地说着。

护士把舒伊梅安顿好后,差不多与杨医生一道离开了病房。杨医生经过舒伊梅的病床前,不由得望了她一眼,护士也跟着再看一眼,刚出病房门口,就迫不及待地说道:“这女人真可怜,刚才估计是她婆婆,听我说是生了个千金,立马调头就走了,也一直不见她老公来过。”

舒伊梅听后,下意识地看了看自己的病床边,什么东西也没留下,难免要焦急和担心起来,再看看隔壁病床边的人围得满满的,有说有笑,顿时心痛伴着身痛一并袭来。

“啊呀,宝宝来啦!”“好个胖小子!”“呵呵,真可爱呢!”“快！快把摇床移这边来!”“把被子摊开,把米枕头拿过来。”当护士抱着一个婴儿进来时,那群围在病床边的人,争先恐后地去看护士手中的婴儿。

“哟哟 ,真可爱！很像我家仲夏呢!”“也像我家小莲的!”两个中年女人像是在争论。一个穿着时尚,一个穿着朴素。穿着朴素的是杨医生的母亲——翁香玉;穿着时尚的,是杨医生的丈母娘。

舒伊梅看向她们,看着翁香玉,突然想到了自己的母亲。要是母亲也在身边多好！她伤心地紧咬着嘴唇,不让眼泪流出来。

很快,又有一位护士抱个婴儿进来了。

“你家没人来吗？孩子放哪儿呀？”抱着婴儿的护士，站在舒伊梅的床边，疑惑不解地问道。病房里顿时安静了下来，所有人的目光都聚集到这边。

“先放这儿吧。”舒伊梅低沉地说，并忍痛在病床上挪出一块空地方。

“你家怎么没来人呀？孩子放那，小心着凉的。”翁香玉走过来，关切地问着。

舒伊梅一时语塞，也不知道怎么回答好。本来就很委屈想哭的她，被翁香玉这么一问，眼里热乎乎的；紧接着，两行热泪不争气地涌了出来，哭得泣不成声。

“姑娘，别哭，别哭了啊！有什么困难，我们会帮助你的。你别哭了啊！坐月子的人是不可以哭的！”翁香玉见舒伊梅哭得如此伤心，很是心疼。

在场人的目光一个个都变得同情起来，唯独那床上的女人，眼中流露出一种鄙视和不屑。在她看来，这么漂亮的女子，生孩子身边没个男人陪着，肯定是充当了第三者而造的孽，因为这样的情况她经常听人说。

也不知道过了多久，窗外的天已经黑了下来。病房里很安静，刚来的那帮人纷纷离去，只留下了翁香玉。

“人都走了啦！妈，你也快回去吧！有个病人情绪总不稳定，晕了好几次，把人折腾了半天，现在总算让他稳定了下来。”杨医生一进来，顾自解释着，生怕他老婆要生气说他来迟了。

“哦，你先让小莲喝点萝卜菜汤，润润肠子好通气。我刚趁他们都在时，回去烧好端来了，她还没吃，坚持说要等你过来再吃，你现在趁热喂吧！我回去烧饭，等会带饭给你吃，顺便回家把老母鸡也煨了，防止小莲夜里通了气，饿了要吃。”翁香玉对儿子交代了半天。欲离开时，又突然转身回来，走到了舒伊梅的病床边：“姑娘，你家一直还没有人来过吗？你饿吗？我等会也带点吃的给你，好不好？”翁香玉小心地问着，生怕又把她给问哭了。

“不饿。不用的。谢谢阿姨！”舒伊梅很是感激地说，又想到自己的娘了，泪在眼眶里打转。

杨医生看向泪眼汪汪的舒伊梅，这才发现自己进门时，忽略了她的存在，回想护士说过的话，不觉就走了神……

床上的女人看到她的老公竟看着别的女人出神，气不打一处来，大声地叫道:“我饿了,我要吃!”

舒伊梅不知怎么回事地望向他们,见杨医生正在笑嘻嘻地打开饭盒,一只手捏着勺子,欲喂女人吃饭,很快把目光收了回来。

要是孩子她爸是蓝诺,或许自己也能享受这样的待遇。舒伊梅幻想着,这样的时刻想到蓝诺,绝对比想到她娘时更伤心,也更觉命运对她不公。

不想,不想这个!舒伊梅安慰自己,又想着等会宝宝睡醒了,给宝宝吃什么呢?她奶奶该不会真的不管我们吧?

她侧身望向身边红嘟嘟的小宝宝好可爱的样子,有些欣慰的同时,也有些心酸和埋怨:为什么都把女孩子不当回事?乡下有这观念,城里也有这观念!身为女性是自己选择的吗?这到底有什么错?为什么要让我一再地承受?又联想到就因为自己是女孩子,才被父亲安排了这样的命运,瞬间又泪如泉涌。

流泪是她唯一发泄的方式,哭过之后就会好很多。“一个人并不是生来就要给打败的,你可以被毁灭,但不可以被打败……”她想起了《老人与海》中的一句话,突然又变得坚强了起来。是的,你不可以被打败,现在你的生命已经不仅仅只属于你自己了,还与身边这个已经被冷落了的小生命息息相关。现在,让所有的悲观都见鬼去吧!你要给她幸福,这是你的义务,也是这个小生命应该拥有的权利!

舒伊梅在心里坚定地告诫着自己,又看向正在熟睡的孩子,想到趁这个时候去商店买些婴儿用品,问题不就解决了吗?

二十六

舒伊梅正穿衣下床时，吴秀珍黑着脸进来了。她一只手拎个饭盒，另一只手拎着红色大方便袋，径直走到床头边，没向舒伊梅正看一眼，只冷着语气说:“这是你的饭，这是奶粉，记得晚上要喂给孩子喝！我去楼上看看文玉。”说完，便转身离去。

杨仲夏看着吴秀珍来去匆匆，心里不免嘀咕起来，还真如护士所说，生个女孩就这态度，连看都不看一眼，又见舒伊梅一副淡定的样子，正一件一件地从方便袋中捡出东西——奶粉、奶瓶、勺子、毛巾……思忖着:这女人的度量也太大了吧，真是好脾气！要是我妈这样对待小莲，那天不塌下来才怪呢！一想到小莲，他赶忙把目光收回，只见她正气鼓鼓地瞪着自己呢！心虚的他只好讨好地傻笑了一下，随后俯下身来，在她耳边叽咕了几句。

杨仲夏是把护士说过的话，重复给老婆叙述了一遍，还估猜着说，他上午所接的病人，很有可能是她家什么人。女人向他使眼色，意思是叫他问问。他还真听话似的看向舒伊梅问:“刚才那女人是你婆婆吗？她说的文玉，可是上午入院的那个谭文玉？他是你家什么人?”

“嗯，是我丈夫。你是这里的医生吧，你能帮我打听一下文玉的情况吗?”舒伊梅客气地说道。她是记得护士叫过他杨医生的。

杨仲夏听说是她丈夫，半天才“哦”了一声，感到有些不可思议，想了想才说:“是的，我就是他的主治医生。”

“哦，这么巧！杨医生，他醒来了吗？伤得怎么样？会不会留有什么后遗症?”舒伊梅问得有些激动。

“还好，只是皮外伤，已经苏醒了。”杨医生微笑地说着，多少也被她这样的激动情绪有所感染，那样的丈夫她都不嫌弃，还这么关心他！不禁慨叹世上的很多事情，真是没道理可讲。

“那他当时为什么昏迷了?”舒伊梅追问,没等他回答又说,“他身子一直虚弱,平时叫他上医院来检查,他总是不愿意。杨医生,这次请你帮他做个全面体检,行吗?”

杨仲夏更被感动了,本能地回应道:“会的,已经做全面检查了。嗯,目前没事的,你……放心吧!”

其实,谭文玉的病情并不乐观,肝细胞大片坏死,崩解,形成了肝硬化,昏迷也是因为过度紧张,血液循环加快,伤了元气,损了肝脏。

杨仲夏怎么能忍心说呢！月子里的这个女人,现在是泥菩萨过河——自身难保,怎能让她再为丈夫牵挂与惦念?他认为眼前的这个女子实在有点神秘,不由得“八卦”起来,也算是刻意想把话题岔开吧,连续问了她几个问题:“你是哪里人?在哪儿上班?你自己的父母呢?为什么他们都不来看你?……”

舒伊梅一一做了回答,并简单解释说她的父母在乡下,他们都很晕车,所以没告诉他们。

这样闲聊之后,他们之间就变得比较熟悉了。舒伊梅对杨医生有着莫名的亲切感,这是自她到南林市后,具体地说,是除了陈蓝诺之外,唯一感觉特别亲切的异性,其中的缘由,既有他是谭文玉主治医生的因素,也有他的母亲给予了自己亲人般的关照的因素。

第二天快到中午了,也不见吴秀珍的身影出现。这期间,舒伊梅全靠了翁香玉的帮忙——早饭是翁香玉送给她吃的,孩子是翁香玉帮忙洗的,翁香玉还回家多拿了些尿布来给她的孩子用。舒伊梅在感动得热泪盈眶的同时,也多次伤心地想到了自己的母亲:要是母亲在这,该多好!

舒伊梅正准备去办出院手续时,谭文婷兴冲冲地跑进了病房:“梅姐,你还好吧?我刚进家门,妈说你们在医院。宝宝呢?让我看看。”

舒伊梅笑着指向床。

谭文婷喜迎上前,开心地笑着:“梅姐,像你耶,真漂亮,太可爱了!看,她望着我呢,真可爱!呵呵……”

舒伊梅看到谭文婷如此兴奋,很替女儿欣慰,想着女儿来到这个世上,终于受到了欢迎的礼遇。此刻,一直萦绕在心头的悲观情绪,终于有了些许好转,于是轻松说道:“文婷,你来得正好,我去办出院手续,你帮忙收拾下。”

“这么快就出院啦！你行吗？还是多住两天放心些吧？听妈说，我哥也要住些日子才能出院的。”谭文婷劝说。

“没事的，回家去方便些。在这里，我已给这位阿姨添了不少麻烦。阿姨，真是谢谢您！”舒伊梅笑着对翁香玉感激地说道。

“没事的，姑娘，我们也是有缘分嘛！这位应该是小姑子吧？你妈在家干什么呀？怎么丢下你嫂子娘儿俩不闻不问？有这样做婆婆的吗！”翁香玉实在是忍不住，打抱不平地问向谭文婷。这让谭文婷也顿感母亲做得太过分了，却不知怎么回答才好，她只能尴尬地笑了一下，又心疼地看向梅姐，知道自己那样的母亲根本不能指望的，接下来只有自己多勤快些了。

临离开医院时，谭文婷抱着孩子，与舒伊梅一起去楼上看谭文玉。她们走到谭文玉的病床前，谭文玉激动得几次想开口说话，却始终没有说出声来，最后还是做了个手势，示意文婷把孩子抱过来让他看看。

舒伊梅看着谭文玉像秋天里的秧苗，被霜打了一样，本就瘦弱的脸部已有些变形，圆圆的大眼睛陷得很深，真是可怜又心疼，只是爱莫能助。

她们离开病房时，谭文玉的眼里噙满了泪水——这是激动的泪水，幸福的泪水，抑或是恋恋不舍的泪水……

回到家后，正如所意料到的，吴秀珍完全不闻不问，舒伊梅也就没办法把自己当成坐月子的人。一切都要靠自己。好在文婷能让她在这个家庭里感到一丝温暖，也好在宝宝还很乖，基本不吵不闹，这多少使她心里有些安慰，于是把女儿取名为“欣然”，寓意是自己已愉快地接受了她来到这个世界。

谭文婷几乎每个周末都坚持从省城赶回家，帮忙买买东西，洗洗尿布，烧烧饭，能帮多少是多少，似乎要替母亲弥补一些做婆婆应尽的责任。她责怪过母亲，也与母亲吵闹过，可又无可奈何，只能眼睁睁地看着她我行我素。

俗话说：没吃过猪肉，倒见过猪走路。好在孙爱兰生小小的时候，舒伊梅是见识了她怎么护理小孩的，并且知道月子里应该注意些什么。

舒伊梅想起母亲的手，粗糙得就像家乡山丘上的枞树皮，一到冬天，就皴裂成像刀割的一条条小口子，做事时一不小心就会鲜血直流。孙爱兰说是她第一次坐月子时没有老人指点，洗尿布沾了碱性肥皂沫而落下的月子病。于是，舒伊梅就尽量注意戴着手套洗东西。

每天,舒伊梅看着女儿,就会惦记还没出院的丈夫。这些年来,她明白谭文玉无时不在竭尽所能,以他的方式关照和疼爱自己,身体不舒服能忍则忍,尽可能不给她添麻烦。又想,他这一时不能出院,肯定是病情不容乐观,不由得琢磨起杨医生说过“目前没事的”这句话,蕴含的到底是什么意思呢?她知道对这个身残心不残的男人,虽然没有爱情,但从亲情的角度,她绝对是心疼他,爱怜他的。

舒伊梅有时感到很奇怪:吴秀珍这样的人,怎么生了一对这么善良的儿女?这肯定是她丈夫的基因,可见她丈夫是个多么好的人!想到文婷说她父亲是自缢死的,这让她理解又不理解。理解的是,一个人如果到了绝望的地步,那么死亡就是唯一解脱的方式;不理解的是,他为什么要对生活绝望呢?她是不可以对生活产生绝望想法的。不是她不想,而是现实不允许她有这种想法,并且还要时刻提醒自己,生命已不属于她一个人,还牵系着丈夫和女儿,她要给女儿应有的幸福。他们都是无辜的,她不能让他们的人生留下阴影,而自私地去寻求一个人的解脱。只是每次这样想时,她就悲哀得想哭,就有泪在眼眶里打转。一个人连想死的权利都没有,活得怎能不累呀!但反过来想,一个人连死都不怕,还怕什么呢?

日子在一天天地慢熬着,舒伊梅终于熬出了月子。出了月子的她,首先想到的是去医院看看孩子她爸。月子里的小欣然一天一个样,一天比一天可爱乖巧。想着文玉最想见的肯定也是孩子,舒伊梅决定带上欣然一起去医院看他。

十二月,天气已异常寒冷,舒伊梅把小欣然用儿童抱被裹得严严实实的。抱被看上去格外大,怎么抱呢?她想自己不能穿得再臃肿了,于是选了一件米白色呢大衣,裹上玫瑰红的毛围巾。

杨仲夏正坐在病床边给谭文玉听诊,见舒伊梅抱着孩子进来,立即起身笑迎,又把他刚坐的凳子递上前,示意舒伊梅快坐下。

舒伊梅感激地看了他一眼,刚爬过三楼,也确实很累,笑着道谢后,就顺势坐下;然后把小欣然放到腿上,顿时觉得轻松了很多。

杨仲夏看到舒伊梅坐稳后,扬起嘴角笑笑,示意她稍等下,又重新戴上了听诊器,屁股挨着病床沿,继续给谭文玉听诊。

舒伊梅屏气静静地看着他,只觉得时间很慢,心跳加快。见他终于取下了听诊器,忙问道:“杨医生,情况还好吗?文玉怎么住院这么久了,还不能出院?”

杨仲夏看着她,慢慢问道:“他……是有过肝炎病史吧?”

舒伊梅很快想到她初进谭家那天,谭文婷说过他哥得的是肝炎,便回答说:“是的。”

“嗯,我估计是得过。”杨仲夏接话后,就如实说了谭文玉的病情。

“肝病?肝硬化?很严重吗?”舒伊梅诧异地问道,样子特别紧张。

“目前病情已经得到控制,如果回家能护理得好,建议过两天可以出院回家休养。这种病除了应有的治疗外,还应注意饮食生活习惯,不良的生活习惯是不利于患者病情康复的,医院里的环境毕竟没有家里的好,这是我的建议。”杨仲夏说时,脸上一直挂着笑意,似乎是在安慰;但他没告诉舒伊梅,肝硬化稍有病变,则为肝腹水。

舒伊梅听后依然忧心如焚,她在病房里坐了一会,把小欣然凑近到谭文玉的身边,让他摸摸看看。临离开时,再看一眼病床上的丈夫,她突然想到了“蒲柳之质,望秋先零”这个典故,背过身时,忍不住潸然泪下……

二十七

谭文玉出院那天，舒伊梅没有去医院，是吴秀珍与黄师傅去接的。杨仲夏对此觉得有些失望，只是他不明白，自己为什么要失望？舒伊梅抱着孩子来医院那天，他是看见她流着眼泪离开的，之后总要忍不住地去想她。但他也没想别的，就是想她怎么遇上了那样古怪的婆婆，怎么就嫁了这样病恹恹的丈夫。

那之前，杨仲夏还把舒伊梅的命运与他老婆的进行了比较，只因她们都是同一天做母亲的女人。想他丈母娘说，英莲是剖腹产生的，月子至少要坐满50天；又想他母亲的委屈——母亲千方百计变着花样做饭给老婆吃，老婆还整天在他面前撒娇，数落他母亲这不好那不好的，这也罢，还坚持不给孩子喂奶。他自是心疼母亲，可他也深爱着妻子。作为医生的他，自然知道母乳的好处，但老婆说这会影响她的身材。他知道老婆最大的嗜好就是爱漂亮，也只好由了她。

可不给孩子喂奶，这让翁香玉很不理解。她对儿子说，英莲是城里的女孩子，娇贵些我能理解，怎么数落我也都没关系，可为什么要这样对待我孙子？难道城里的女人生小孩，都不给孩子喂奶吗？你一个大男人怎么这么没出息，把老婆惯成这样，什么事都由着她，什么要求都同意，干脆把你这儿子叫“同意”算了。

杨仲夏随即呵呵笑应：“‘同意’，这名字还真好！妈，这回听你的！坚决把你孙子取名为‘同意’。”后来，他与老婆商量，还真难得地达成了共识。

谭文玉出院回家后，舒伊梅每天都忙忙碌碌的，比坐月子期间还要忙。月子里，尽管吴秀珍对她不闻不问，伊梅只需管好自己，带好孩子就行，至少不用每天出门买菜，洗衣烧饭，照顾孩子，服侍文玉，还要定期送他去医院检查或帮他拿药。另外，还得忙里偷闲抽空看书，因为去年自考的两门课都过了，接着她又报了两门，考试的时间是在四月份。

不出门时，舒伊梅基本上没时间打理自己，在家里，常穿一身便服，长头发随意揪在脑后。她感觉这个冬天格外寒冷，好在晴天比阴雨天多。她喜欢晴天，准确地说，是她需要晴天，因为她不仅每天要洗晒孩子的尿布；更重要的是，可以推着丈夫在院落里晒晒太阳。现在，她一心希望文玉能够尽快康复，她已不在乎他肢体的残缺，也不管他是个什么样子，至少他是孩子的爸爸；孩子至少还有个爸爸，而且还是个心地善良的爸爸。

今天又是大晴天。吃过早饭，舒伊梅一如既往地开始洗洗晒晒。九点钟的时候，她先把谭文玉推到院落，再回屋搬出婴儿床，放在谭文玉的旁边，这样可让他边晒太阳边照看孩子，自己出去买菜。

正当她搬着婴儿床准备出屋时，院落的铁门突然"哐啷"一声被打开了。她抬头一看，顿时愣住了，见吴秀珍难得笑盈盈地走进门来，令她更感意外的是，后面还跟着鲁付春，手上拎着很多东西。

"鲁厂长说要来看看孩子。"吴秀珍又是难得笑脸地看着她，顾自解释说。

舒伊梅"哦"了一声，顺势叫了一声："鲁厂长。"

鲁付春开心应着，心花怒放，眼睛盯着她一秒也不离。

舒伊梅突然觉得浑身不自在起来，以为鲁付春是在看她穿了这身不雅的便装，便不好意思地低下了头。再看看手中的婴儿床，在客厅里正堵着门，不知道是把它往里屋移，还是往院中搬好，一时不知所措。鲁付春看着她，像是被人点拨了似的，迅速把手中的东西放下，快步走上前去。舒伊梅还没反应过来，婴儿床就落到了他的手中，很快就搬出了屋子。

"哪能要你搬呢！鲁厂长，是进屋坐，还是在外面坐会？"吴秀珍客气地说道。

鲁付春没搭理她，而是对站在一旁呆愣的舒伊梅说："小舒，快去把孩子抱出来晒太阳吧！"

"还是在外面坐会吧！晒晒太阳暖和。我这就去搬椅子出来。"吴秀珍表现出殷勤十足的样子。

鲁付春斜看了她一眼，敷衍着说："随便吧。"而他的目光却跟着舒伊梅转向了屋里。见舒伊梅把孩子抱出来了，喜得急忙凑上前去："让我看看小家伙,呵呵,好可爱的,叫什么名字呀?”

舒伊梅回答说:“谭欣然。”

吴秀珍把椅子搬出来时,见鲁付春借着看孩子,一双眯缝的小眼趁机在舒伊梅的怀里贼溜溜地直转,便把椅子重重地搁置到鲁付春的身边,略带提醒地说道:“鲁厂长,你请坐吧!”

鲁付春假装没有听见,只顾挨着舒伊梅的身子,跟在她的后面,走到婴儿床边,一副没看够的样子,似乎在表现自己多么喜欢这个小孩子。

吴秀珍站在鲁付春的身后,憋着气直视着他,脑子像超负荷的机器般快速运转。与鲁付春交往这么多年,这是他第一次要求到她的家里来,尽管说是来看孩子的,总觉得还是同舒伊梅有关。到底是应验了,正想着时,吴秀珍见鲁付春迅速从上衣袋里摸出一个红包来。

“一点小意思,是给小家伙的见面礼啊!”说着,鲁付春将红包放到了欣然的枕边。

“鲁厂长,这,这怎么能……收?”舒伊梅着实有些意外,拿起红包就要还给他。

鲁付春边躲闪边说:“小舒,没关系的,看看孩子嘛,我跟吴股长关系不错,你就收着吧!再说了,你也是单位的职工,来看看也是应该的。”

吴秀珍见鲁付春一副很有诚意的样子,怒气稍减了些,略带几分得意地说:“伊梅,那就谢谢鲁厂长,你收下吧!是给我孙女的嘛!”

他真的是看在自己的面子上?吴秀珍当然似信非信,或者根本不信。她之所以这样说,是不想把彼此的处境都弄尴尬了。

可是谁知,一旁的谭文玉突然结结巴巴半天,冒出一句怒言:“把……把红……红包还……还给他!”

舒伊梅本来想听从吴秀珍的话,把红包收下,听谭文玉语气如此坚决,只好重新把红包硬塞还了过去。

鲁付春无奈地接下红包,很不情愿地揣进了口袋。

谭文玉之所以怒言于鲁付春,是因为在门卫室上班的他,看着厂内的职工每天进进出出,虽然听不见什么风言风语,但是他经常看到鲁付春与母亲同进同出,多少明白些父亲自杀的原因,现在他竟然又向自己的妻子来献殷勤,怎能不让他愤恨?

鲁付春气馁地一屁股坐到椅子上，用余光扫了一眼怒视自己的谭文玉，内心多少有些慌乱，也有些气恼。怎么就忽略了他的存在呢？鲁付春很是晦气地想。

一只灰麻雀站在屋檐的电线杆上叫着，声音格外清脆，鲁付春循声望去，勉强转移了注意力。

舒伊梅从屋里端来一杯茶，递向他说："鲁厂长，请喝茶。"

鲁付春转头看过来，受宠若惊地赶忙起身，接下舒伊梅手中的茶杯，笑呵呵又过瘾似的看了她几秒，之后起身说："小舒，不喝了。我……我，我还是回去上班了。我就是来看看孩子的，看看就行了。"

"这，屁股还没坐热呢，鲁厂长就要回了？你刚才不是说要在这吃午饭的吗？"吴秀珍见他说得结结巴巴的样子，语气里有几分戏弄。

舒伊梅反应很快，客气地接话道："哦，那鲁厂长就在这吃饭吧，我现在去买菜。"

"不……不了，小舒，你忙你的……你忙你的吧，我走了！以后，你有什么需要或者有什么困难，就对吴股长说啊，也可以直接向我说，厂里会尽最大可能给予关照的。"鲁付春边说边看着她，目光依依不舍地移开，再慢慢转身，向院外走去……

"我也回厂里去，中午陪你吃饭，好吧？"吴秀珍说的那语气，仿佛鲁付春很在乎她似的，可鲁付春连看都没看她一眼。

鲁付春来的时候，确实是打算要在这吃午饭的，目的就是为了多看舒伊梅几眼。舒伊梅休产假的日子，他总觉得心里少了点什么。他当然知道是少了什么，他想看到舒伊梅，哪怕是看一眼也好。在他眼中，舒伊梅到了这里办公，整幢楼都蓬荜生辉了，上班时，他总忍不住要活动活动。为了防止吴秀珍怀疑，还欲盖弥彰地说他最近上班坐久了，腰酸背疼得不行，需要起来活络一下筋骨。现在，他做什么事都没兴趣，尽管没到茶不思饭不想的那种程度，但至少上班时是懒得活动了，有事找吴秀珍，也不再亲自去会计室了。这是他有生以来，第一次有这样神魂颠倒的感觉——为一个女人，并且在努力地克制内心的欲望。这段时间，他对吴秀珍金钱的付出，比任何时候都多，虽然用的都是单位小金库里的钱，但至少是他掌握的权力。他欣赏吴秀珍抓钱的能力，或者说，吴秀珍心里只是单纯地想着钱，她便不会去猜测自己心里的“小九九”。现在看来,吴秀珍自是很好对付,可是这个谭文玉可不一般,同时明显感觉自己是有些畏惧他的。尽管如此,鲁付春也不会放弃想要得到舒伊梅的野心。

吴秀珍跟在鲁付春的后面,一直叽里呱啦地说着。鲁付春一句也没听进去,他懒得理她,便从口袋里摸出刚才的那个红包,厌烦地递了过去。吴秀珍接过红包,像孩子似的慢下步来,乐不可支地拆开,说道:“呵,你出手还真大方,这有五六千吧！呵呵,反正是给我孙女的,我收了也一样!”

鲁付春厌恶地看了她一眼,生怕她又要跟在后面叽里呱啦,于是揣着心思急急地走着……

舒伊梅目送他们双双离开,回头时,看见谭文玉的表情依然有些愤怒。她不想深究,也没心思和精力去想这些。对于鲁付春刚才的举动,在她看来,这是人之常情,并且认为这也不过是鲁付春在讨好吴秀珍罢了。

二十八

陈蓝诺那天从医院回去后，摸摸口袋，发现辞职申请书不见了，以为是在去医院的路上丢失了，也就没有刻意去找。最主要的是，他想到斯玉芬要是看到那份辞职申请书，肯定会很伤心的，他不忍再让她伤心，所以想丢了就丢了吧，也没打算再交上去。只是，他无论如何也没有想到，辞职申请书被清洁工打扫卫生时发现，以为是斯玉芬落下的什么文件，捡起来放到了文件夹底下。

斯玉芬又住院了，这是她半年多来第三次住院。她就像一台到了使用年限的机器，无论经过怎样的大修，也很难再正常使用了。斯玉芬也估计到自己这次很难出院，所以在陈蓝诺陪护期间，只要是在意志清醒时，就与他说很多关于维雅成长的故事，以及她个人的人生经历。

陈蓝诺每次都认真地倾听，多是敬佩和感动，而且，这期间他绝对是做到了，不是亲人却胜似亲人，与斯维雅轮番在医院陪护。

斯玉芬非常欣慰，甚至怀疑上次看到的辞职申请，或许不是出自于他的手。她看向陈蓝诺，见他正在把削好的苹果切成小片，是准备给她吃的。他如此细心和用心，难道都是伪装出来的？她这样想着，突然有了要问清楚的想法，就有意把维雅支开，叫她去超市买些纸巾来。

斯维雅随即应着，拿起钱包走出门，顺手把病房门带上了。

“小陈，想问你个问题，你有女朋友吗?”斯玉芬待到维雅走出了门，直言问道。

“啊？哦……还没……没有的！”陈蓝诺很意外她突然这么发问，回答得吞吞吐吐。

“哦……真没有吗？小陈，这么多年，你应该知道维雅的心思，不是吗?”

“这个……其实，嗯，我知道的……”

“你知道,如今我最不放心的就是维雅这孩子,你能答应我,帮我照顾她一辈子吗?”斯玉芬还是这样嘱托了,或是出于本能信赖,抑或是出于无奈吧!

“这个……我……”陈蓝诺正不知怎么回答时,斯维雅慢慢推门走了进来。是的,她全听到了,她是准备返回来问母亲还需要买些其他什么的,就这样在门口听到的,她要进来看看陈蓝诺撒谎的模样。

“维雅,过来。”斯玉芬招手叫她。

陈蓝诺这才向后看去,问道:“你……你怎么回来了?”

斯维雅没有理他,而是径直走到病床边问:“妈,什么事?”

“来,把手给我。”斯玉芬说着,从被窝里抽出手来。

斯维雅见母亲很认真的样子,莫名其妙地把手伸了过去。

斯玉芬笑着慢慢牵起女儿的手,又让陈蓝诺把手伸过来,随即把维雅的手叠放到蓝诺的手中,看着他的眼睛说:“你能答应我,帮我照顾她一辈子吗?”

“斯厂长,这个……我肯定会照顾维雅,会照顾她一辈子的,您就放心吧!”陈蓝诺诚恳地应道。在他认为,以恩报德是理所当然,何况是对一个即将离世之人的请求。

然而,陈蓝诺虽说的是肺腑之言,但在斯维雅听来却很别扭,只认为他是在伪装,在演感恩的戏,但她还是忍住了内心的苦楚,向他娇羞一笑,说了声:“谢谢!”

“我们之间还要说谢吗?”陈蓝诺看着她,笑着责怪道。

斯维雅再次娇羞一笑,心里却在笑话他,真是演戏的高手!

斯玉芬看在眼里,仿佛是完成了毕生最大的心愿,笑得非常舒心;同时,也暗自庆幸自己的宽宏大度——并没有因为看到那份停薪留职申请书,而放弃为陈蓝诺铺设接班人的路子。

半个月之后,斯玉芬终是走了。走的时候,是那么安心和从容……

斯维雅看到母亲真的离她而去,像是拥堵了很久的泪闸突然被打开,开始歇斯底里地痛哭;直到把母亲的骨灰盒捧回家中,她还是忍不住哭,哭累了就看着骨灰盒发呆……

斯玉芬的丧事结束不久,陈蓝诺接手佳安汽车厂,暂定为代理厂长。无疑，这个职位对于陈蓝诺来说，肯定存在着一定的压力，不仅仅是因为厂里那帮老家伙不服，更多的是因为一些闲言碎语接踵而来。好在这之前，他曾预料过，具有一定的承受能力。而事实上，他也真的没有多么在乎这个职位；再说，国有企业改制已迫在眉睫，他也有了属于自己的公司，只不过这是斯玉芬的遗愿，他需要去尊重她，就算是为了斯维雅也要继续留在厂里。当然，他还想到了另外的一个好处，就是还可以继续借助这个平台，更好地去发展自己的公司。

现在除了上班，陈蓝诺大多数时间都陪在斯维雅的身边，照顾她的生活。他计划等斯维雅的情绪有所好转后，再正式向她求婚，然后趁着"热孝"办理婚事（他知道农村有这样的"热孝"规矩：如果家里有长辈去世了，做儿女的婚事，要么在其死后的一年内办理，要么得等三年之后再办理），也不管这婚姻与爱情是否有关。

能让一个人拥有幸福，也是一件幸福的事。陈蓝诺的幸福观突然发生了这样的转变。他甚至还悖论地认为，他要给维雅幸福，与他还爱着伊梅无关，仿佛他生活的意义就是要给予一个人幸福，并且认为一个男人是可以同时爱着两个女人的，一个爱在心里，一个爱在生活里，情理上互不妨碍。

斯玉芬去世一个月了，斯维雅几乎没出过门，更别说与外界交流了。她每天待在家里，不是蒙头睡觉，就是坐在沙发上呆呆地看着母亲的遗像，时而悲伤，时而惊恐，时而淡然。她实在是不理解，这个世上唯一爱她的母亲，怎么会离她而去？现在母亲走了，她的魂也丢了，快乐再也不会向她敲门了；还有，这个让她从心底恐惧的家族遗传病史，或许自己也难逃这个"魔掌"，只不过是时间的早迟而已。她感激陈蓝诺每天都过来，像个钟点工保姆，一下班就买菜来帮她做饭，收拾卫生，哄她开心。她也明知道自己这是在一天天颓废，却还要贪婪地享受他的服侍，让自己任性下去。任性本就是她的天性，母亲健康活着时，明知母亲说的话颇有道理，自己却依然我行我素。她当然也想过，是否要让自己重新振作起来。可一想到蓝诺那个"大嘴"女朋友，就又不想振作了。她知道蓝诺不会像母亲那样永远爱她，永远心甘情愿地忍受她这样，他的忍耐肯定是有限度的，他只不过是感恩于母亲，在同情自己而已；他迟早是要回到他那个女朋友身边的，怎么可能会照顾自己一辈子呢？她每天都这样胡思乱想，反复地想，想着想着就泪流满面了,并且总是被开门进来的陈蓝诺撞见。

“维雅,又哭了,别伤心了,好吗？你的生活中不是还有我吗？”每次,陈蓝诺都急急迎上前去,蹲在她身边哄着,从茶几上抽出纸巾,帮她轻轻擦拭眼角的泪水。

每每这时,斯维雅就睁着圆圆的大眼睛,盯着他的脸,也不说话。她当然明白自己有多爱他,这样的爱让她既痛苦又矛盾。这样的时刻她有多幸福,幸福得让她总有一种不真实的感觉,也总要去怀疑他的真心。

“你爱我吗？”她终于忍不住了,贸然问道。

“我……怎么不爱？你这么漂亮的姑娘,谁见了都爱呢！”陈蓝诺喜她终于说话了,急急回道。

“你真爱我吗？”斯维雅又问,一脸的严肃认真。

“我……我当然爱你呀！你在怀疑我吗？要不选个日子,我们结婚吧！我不是说过要照顾你一辈子的吗？”陈蓝诺被她问得有些奇怪,尽可能说得诚恳而小心。见她那苍白的脸上终于露出一丝红润的笑容来,他那一颗悬着的心刚要落下,却又见她突然间变脸,显出一副痴痴呆呆的样子,眼睛一眨都不眨直盯着他。

他被她看得一点点心慌起来,不由得低下了头。

“今晚你留下来！”

他听她语气坚定,半天“呃”了一声,说:“这个……”

“什么这个那个的？你同意还是不同意？”看来,她是不容他有半点犹豫的。

“好……好吧！只要你不哭了,不再伤心了,怎么都行。要不选个日子,我们结婚,好不好？”

“走吧,我们一起烧饭去！”

斯维雅没让他继续说下去,便从沙发上略显兴奋地站了起来,陈蓝诺只好跟着起身。

“今晚,我们来个……烛光晚餐,怎么样？”斯维雅又突然转过身来说。

陈蓝诺吃惊地看着她,还没来得及回答,只见她又意犹未尽地说:“对,烛光晚餐,这才浪漫！我去找找看,上次停电时,我是买了两根大红蜡烛的,在哪来着？在……哦,在那个抽屉里。”她兴致勃勃地走向橱柜,很快从一个抽屉里拿出两根红蜡烛来。“还要蜡烛台的,拿什么做蜡烛台呢?”她又一个人自言自语着。紧接着,又盯上了橱柜顶上的两个葫芦型红色小酒瓶。“嗯,就用这个。”她踮着脚尖去拿,可拿了半天,就是差那么一点点够不着。“你……过来,帮忙一下!”她略显气恼地转身看向陈蓝诺。

陈蓝诺只呆呆地看着她,根本没听清她是在叫他。

“蓝诺……”她又叫了一声。

“啊……什么?”他惊得问道。

“嗯……没什么,我只是叫你,帮我把这柜顶上的两个红酒瓶拿下来。”

陈蓝诺“哦”了一声,很快走过去把它们拿了下来。

斯维雅接下它们,见上面蒙有许多灰尘,就拿到洗菜池边打开水龙头,开始认真地擦洗。

“她真的从悲伤中走出来了吗?怎么变得这么突然?”陈蓝诺怀疑地看着她,就像是在看着一个陌生人。

斯维雅把瓶子洗好后,又把两根蜡烛插了上去,一个人满意地笑着,又看向了陈蓝诺问:“你看看,可以吗?”见陈蓝诺走神,又显出很生气的样子来,“嘿……你发什么呆嘛!看看这,可以吗?”

“啊,哦,可以……是可以的。”陈蓝诺的思维似乎完全僵化了。

斯维雅的脸色随之又阴沉了下来,兴奋劲全无。

陈蓝诺看着她。他真的是看不懂她了。他甚至在想:她精神上是不是出了什么问题?“维雅,你……怎么了?”

“什么我怎么了?不就是找了一对蜡烛吗?这有什么大惊小怪的!难道我在你眼里真的就那么无趣?好吧,现在我们开始烧饭吧!今晚我掌厨,你做帮手。”

陈蓝诺被说得哑口无言,也难免还要去想,她是否真是精神上出了问题?他在她身后担心地看着她,心里七上八下的,有隐隐被撞击的疼痛。

二十九

开始做饭时，斯维雅似乎又兴奋了起来。陈蓝诺看着她择菜，洗菜，又琢磨着如何配菜。他站在一旁如同木偶般，她叫他做什么，他就做什么；她不叫时，他就木讷地站在一边，看着她转来转去的动作。

切菜，配菜，剁肉末，打开液化气灶，开始炒菜……陈蓝诺就那样心神不定地看着她一个人忙活着，就想，她怎么一下子判若两人了，情绪转变得如此之快。

当他看到灶台上已经烧好的几个菜盘，不由得想起她母亲临终前说的话："维雅真的长大懂事了，自我生病之后，什么事都学着自己做，也学会关心和照顾人了……"陈蓝诺这样想着，虽还有些丈二和尚摸不着头脑，多少也还是有些欣慰的。

斯维雅见他盯着烧好的菜盘，就笑着问："要不要再烧盘红烧肉？"

"呃，都烧好了？我来端菜上桌。"陈蓝诺没有听清，以为是叫他端菜上桌。

"我——是——问——你，要不要再烧一盘红烧肉？你怎么老是走神呀！"斯维雅略显生气地说。

"嗯……随你吧……你想吃就烧。"陈蓝诺赔着笑脸说。

"我是问你，你想吃我就烧，不想吃就不烧了。"斯维雅说得如绕口令一般。

"呃，烧红烧肉需要很长时间，明天再烧吧！这么多菜够我们吃了。"陈蓝诺建议说，斯维雅朝他一笑，算是应允。

他们把菜一盘一盘地端到桌上后，斯维雅又找出一瓶红酒来："蓝诺，你把红酒打开，我去拿两个酒杯来。"

"还喝酒呀？喝酒，我哪是你的对手？"

“烛光晚餐不喝酒，那叫什么烛光晚餐！”

陈蓝诺看她兴味十足的样子，多少相信她已真的从悲伤中走了出来。

斯维雅从厨房里拿来两个高脚酒杯，眼睛直看着陈蓝诺，样子怪怪地笑着，笑得妩媚，笑得神秘，弄得陈蓝诺的心里也怪怪的，既猜不透，又开心着。

“烛光晚餐，现在开始！蓝诺，快把蜡烛点燃，把灯关了。”斯维雅一脸兴奋劲，陈蓝诺开心地应着，蜡烛还未完全燃起，他就把灯关了。餐厅随之暗了下来，蜡烛闪着红光，正缓缓地燃烧起来。他们相互看着对方，有些暧昧，空气里有浪漫的味道。

“你开心吗？”斯维雅的目光变得温柔迷离起来。

“当然开心！你开心，我就开心！”

“真的开心吗？”

“当然是真的！”

斯维雅不说话了。陈蓝诺这样的回答，她是满意的，幸福的，也是最希望听到的。她看着陈蓝诺在往酒杯中倒酒。曾经的她是多么渴望与他如此单独吃饭，她暗示过，也明确邀请过，可他总是拒绝。如今愿望终于实现，却又要心生怀疑这存在的真实性。

爱总是要让人去怀疑，越是怀疑的爱，越是爱。“这样的晚餐很浪漫吧？你有过吗？”斯维雅想想还是问了。

“嗯，还真没有，今天是第一次。”陈蓝诺如实回答。

可斯维雅不信，她很快想到了他的那个“大嘴”女朋友。“是吗？那就怪你的女朋友不够浪漫了。”她之所以这样说，当然是希望他能够主动说说他女朋友的情况。

可是，陈蓝诺并没有意会到她的话外之意，只是顾自开着玩笑：“你还真够浪漫啊！今晚制造出这样浪漫的氛围，就不怕我冲动，不怕我欺负你？”

斯维雅见他把话题岔开，又很快情绪化了。心想，既然他不愿承认他有女朋友的事实，那就不说了，就只有喝酒了。“喝酒吧，把酒杯倒满！”说着，就很情绪化地把两个酒杯都加得满满的。

陈蓝诺也不知哪里有不对劲的地方，见她情绪突然低落，并有泪花在眼里闪烁，心里猛然“咯噔”了一下：“维雅，又伤心了？我是开玩笑的，我们开开心心吃饭，好吗？”

斯维雅听他这样一问，以为他是在掩饰自己，更有情绪了，端起酒杯来说："好吧，不伤心了。喝酒！干杯！"说完，一饮而尽。见陈蓝诺还没端杯，又一副气恼的样子说："喝呀！你不是说要开心吗？喝醉了才开心，喝醉了才好睡觉！"

陈蓝诺看着她，彻底蒙了，迟疑了片刻，端起酒杯一饮而尽。

斯维雅见他把一杯红酒全喝了下去，似乎真的开心起来，又给他倒了满满一杯，再把自己的杯子斟满，说："来，连喝三杯，今晚我们拼拼酒量，怎么样？"

"行。喝吧！只要你开心，大不了一醉方休。"陈蓝诺尽管知道自己不是她的对手，但还是非常爽快地答应了。

就这样，桌上的菜一动没动，可一瓶酒很快就喝完了。于是，斯维雅又开了一瓶。

第二瓶喝到一半时，陈蓝诺已醉得不省人事，斯维雅的心中却像明镜一般，看着趴在桌子上的陈蓝诺，思潮起伏万千，时而迷离，时而感伤：真的就舍得这样弃他而去？

斯维雅的思维陷入一场激烈的斗争之中，也不知端坐了多久，凝视了他多久，最后终于做出了一个决定。

她使出浑身力气，把他弄到了床上。接着打来一盆热水，像妻子服侍丈夫一样，把他的衣服一件一件地褪去，褪得只剩下一件内裤时停下，欣赏地看了他几秒，又迅速帮他把被子盖好。她并不是因为害羞而不敢看他，而是春寒料峭，她怕他冻着。爱一个人，总是不自觉去为他着想。

她帮他擦洗身子，第一次亲密接触男人的身体，多少是有些燥热心跳加速。但她主意已定，今晚是决定豁出去的，就又无所谓地一边帮他擦洗，一边欣赏着这个曾令她朝思暮想、想要拥有的男人，也再次确信自己还有多迷恋他。踅回到卫生间，洗浴时，她脑中浮现的，便是陈蓝诺裸身在床的样子了。她就那样一边冲洗，一边回忆着她与他相处时的点点滴滴。洗好之后，她又对着镜子妩媚地笑笑，用男人贪婪的目光欣赏着自己。她决定了今晚要把自己奉献出去，他将是她的男人，她将是他的女人。她已不在乎他到底爱不爱她了，只要确信她是爱他的就行。

上床的时候，她还不忘把餐桌上才点了三分之一的蜡烛，拿到卧室里来。看来，她是要真正体验“洞房花烛夜”的浪漫了……

半夜里，陈蓝诺感觉口干舌燥，迷迷糊糊地睁开眼来，一下子看见了两点奄奄一息的红光——是那两根快要熄灭的红蜡烛发出的微光。

他瞬间惊醒过来，看着熟睡在身旁的斯维雅，又发现自己裸着身子，难免心跳，面有羞色地轻轻坐了起来，顺手披件外衣，侧着身子靠在床头，借着蜡烛剩余的微光，欣赏地看着她弯弯的柳眉，泛着红润的清秀脸庞，还有那精巧的红唇。他忍不住从被窝里抽出一只手来，轻轻地抚摸着，竟发现她的眼角有湿漉漉的眼泪。

顿时，他的心被触疼了，他认为这种心疼的感觉，也可以算是爱吧！他又忍不住俯身下去，去吻她眼角的泪，她的眼睛，她的脸庞，她的红唇……

斯维雅眼角的泪，被他越吻越多。

已经没有用了，陈蓝诺并不知道自己已经彻底把斯维雅伤害。就在昨夜，他和她缠绵的时候，他却在迷糊中一直叫着伊梅的名字。那时，他以为他又在做梦了——他常常做这样的梦，常梦见自己与伊梅缠绵在一起……

三十

床头柜上那两根奄奄一息的红蜡烛，终是熄灭了。陈蓝诺在黑夜中激情地吻着，他以为斯维雅是在流着幸福的泪。他怎么会想到，她流的却是伤心和绝望的泪呀！怎么会想到，是他赤裸裸地把她的心给伤了！

斯维雅错以为陈蓝诺所喊的伊梅，肯定是他那个“大嘴”女朋友了。在这之前，她只单纯地想，她和蓝诺真在一起了，蓝诺就会娶她，从此就会一心一意地爱着她。可是现在想来，和一个心里装着别的女人的男人生活在一起，这样的婚姻有何意义？又有何保障？她知道母亲的婚姻是怎么失败的，又害怕母亲那样的婚姻会被她重蹈覆辙。这样想着，她是彻底心灰意冷了，彻底把自己送进了绝望之中——她在绝望之中抉择着命运，在绝望之中木讷地接受着那风暴般的热吻……

陈蓝诺一早醒来时，看时钟已经七点半了，见斯维雅还没睡醒，悄悄起了床，先洗漱一番，之后收拾了昨晚留下的满桌狼藉，又很快煎了两个鸡蛋饼，用碟子装着放在桌上，他这是给斯维雅准备的早餐。出门之前，他还进卧室看了看，见斯维雅依旧睡得很沉，不忍打扰地又悄悄退出房间，开门去上班了。

斯维雅差不多是哭倦了，天亮时才迷迷糊糊地睡着，还做了一个梦，梦见自己穿着雪白的婚纱，在教堂里与陈蓝诺举行婚礼。那是一场举行了一半的婚礼，陈蓝诺中途突然离开了，她是难过得哭醒的。

她躺在床上，睁着眼睛回味着刚才的梦境，心里除了悲恸，就是想哭。这是什么梦呀？是证明事实的梦吗？她开始琢磨起这个梦境来——

教父问：“陈蓝诺先生，你愿意娶斯维雅小姐为妻吗？”

陈蓝诺正犹豫着回答时，斯玉芬突然出现在了他们的面前。陈蓝诺愕然地看向斯玉芬，半天不回答教父的话。教父急了，又重复问了一遍：“陈蓝诺先生,你愿意娶斯维雅小姐为妻吗?”

“对——不——起!”半晌,陈蓝诺一边看向教父,一边抱歉地说,随即转身离开,留下斯维雅尴尬地立在那里,眼泪汹涌而出。

顿时,教堂内唏嘘声一片。

斯维雅伤心地扑向母亲的怀抱,母亲却瞬间一闪,忽地不见了。她痛苦而绝望地喊着妈……可喉咙又像是被什么扼住了,怎么也发不出声音来。

这样难过地醒来,斯维雅的眼角满是泪痕。

他是不可能与我结婚的!就是要与我结婚,也不会是真心的!斯维雅这样想着,只觉得这个世间真的没有什么可留恋了!爱她的母亲已离她而去,她爱的蓝诺不爱她。她伤心而绝望地想着:放弃吧!放弃他,放弃这个世界,什么都无所谓了……

不去想了,没什么可想的,就这样决定吧!斯维雅开始回想昨夜困在绝望中的决定——今天要做什么,该怎么做,她还要让蓝诺明白,她为什么要这样做?于是,从抽屉里拿出纸和笔,给蓝诺写好留言,压在碟子底下。接下来,她要把自己打扮得漂漂亮亮的,然后去单位,去见蓝诺,让蓝诺看到她最美丽的一面。

斯维雅去卫生间洗漱了一番后,又去卧室衣柜里找衣服,在镜前一件件地试穿,最后选择了一件大红色风衣,她觉得红色比较喜庆,仿佛她有这样的决定,是值得为自己庆祝的事情。化妆时,她把哭得还有些红肿的眼睛打上了眼影,再用粉底胭脂进行精心修饰,直至看到镜中的自己十分满意为止。出门之前,她扫视了一眼整个屋子,突然又有了想哭的感觉,但她还是忍住了,她怕哭坏了精心修饰了半天的妆容。

在关门的瞬间,她对着母亲的遗像笑了笑,要与母亲赴约似的,心情变得轻松愉快起来。走进单位时,她远远地对门卫笑着打了招呼,先一个人在办公楼外转了一圈,像是在勘察地形,之后才走进办公楼。

同事们见到她,都热情地笑着喊她:“维雅,来上班啦!”她“嗯”着,一个个笑着回应他们。他们都以为她终于走出了悲伤,又回到斯玉芬生病之前那个快乐的斯维雅了。她本来就是个快乐的姑娘,现在尽管母亲去世了,但她还有当了厂长的男朋友,同事们都这样想。所以,没有人会觉得今天来上班的斯维雅有什么异常。

斯维雅没有在销售部停留，而是径直走上了四楼，走向曾是母亲的办公室。只是现在她要见到的人不是母亲，而是蓝诺。

陈蓝诺见她进来，很是意外，喜得立刻从座椅上站了起来，急急上前迎接。“维雅，你来啦！呵……真漂亮！”他看着她，由衷地说，眼里全是欢喜和柔情。

斯维雅微笑着扫视了一下办公室，感觉母亲的味道还有很多在里面，又不禁悲从中来。这个不再属于母亲的地方，永别了！她深吸一口气，强忍着不让眼泪流出。

她看了陈蓝诺一眼，勉强笑了一下，有点怪怪的。这笑得怪怪的样子，瞬间勾起了陈蓝诺对昨晚一幕的回忆，心里也怪怪的了，多了分开心和甜蜜。

他们貌似一对深深相爱多年的男女，就那样含情脉脉地看着，几秒，十几秒，看得斯维雅都有些不舍了，有些想哭了。“蓝诺，你忙吧！我上班去。”她强忍着悲伤，温柔地说。斯维雅认为，她要是再不说，眼泪就真的会掉下来了。她不想让自己哭，不能让蓝诺看出自己的破绽，更不想改变主意。她认为她所做的决定，不仅是在给自己寻找退路，也是在给她还爱着的蓝诺让出一条后路。

“好吧！维雅，真的很开心，你终于从悲伤中走了出来。先去上班，等会下班时，我去叫你，我们一起回家，好不好？”

斯维雅又有些不舍了，又想流泪了。她“嗯”着，喉咙有些哽咽，只好快速转身，走出了办公室。

陈蓝诺跟在其后，送她出办公室，直至看着她下了楼，这才不舍地转进办公室。但是斯维雅并没有真的下楼，而是站在楼梯口的拐弯处，静听蓝诺走回办公室的脚步声；之后斯维雅很快悄悄上得楼来，又悄悄地径直走向了五楼的阳台……

陈蓝诺回到办公室里，先是一番欣慰，认为维雅真的是从悲伤中走了出来；后又沉浸在刚才与维雅含情对视的甜蜜之中。

突然，一位同事跌跌撞撞地闯了进来，一副惊恐的样子。陈蓝诺被他的样子吓着了，正要问时，同事结结巴巴、上气不接下气地说：“陈……陈……陈厂长，斯……斯……斯维雅，她……她跳楼了！”

“说什么！怎——怎——怎么可能？她刚刚还在这儿。我看着她下楼的！你开什么玩笑！”陈蓝诺渐渐抬高声音，对他吼着。

“是……是真的，陈厂长，快……快去楼下……看看吧！”同事又结结巴巴地说。

尽管难以相信，陈蓝诺还是毫不犹豫飞也似的向楼下奔去。

刚转向大楼后身，只见楼下已围着很多人，他远远地看见了刚刚还晃在眼前的大红色衣服……

“维雅……”他喃喃叫着，惊愣一下，又一个箭步冲上去，迅速从地上把她抱起。

“维雅……维雅……你醒醒，醒醒……维雅，为什么呀？为什么要这样啊……”他看着七孔还在流血的她，哭着，喊着，不解地问着。

怎么可以接受？怎么可以接受！刚刚还是好好的，还说好一起下班，一起回家的！陈蓝诺想到十几分钟前的情形，剧痛汹涌，撕心裂肺。

不一会儿，医院的救护车来了。可是没用了，香消玉殒，斯维雅静静地躺在陈蓝诺的怀中，头部周围溅开的鲜血，像一朵绽放的大红花……

很快又来了一辆警车。陈蓝诺随警车而去时，脑海中浮现昨晚斯维雅反常表现的一幕，终于悟出了些什么。他自责，痛心，怎么也无法想通斯维雅为什么要这样做，直到看到她的遗言：

蓝诺：

首先我要告诉你的是：我很爱你！像爱我母亲一样地爱你！可我不能奢望你像母亲一样地爱我。或许你会做到，可是我对自己没有信心，唯一的选择只有离去。请原谅我！

你预备递交的辞职申请书，我在母亲办公室里捡到看了。尽管我不愿相信，你那个称呼为“舒总”的老乡会是你女朋友，但事实改变不了。如果没猜错的话，她应该是叫“伊梅”吧！因为我昨晚听见你在迷糊中喊这名字了。很感激你在我母亲面前承诺对我的照顾，让她走时很安心。现在我母亲走了，你可以收回你的承诺了。感谢你这些日子来对我的照顾。在此，我衷心祝福你幸福快乐！诚祝你和伊梅终成眷属！

维雅绝笔

斯维雅的这份遗言，接下来被单位人传得沸沸扬扬，又被添油加醋了一番。陈蓝诺就此陷入了背信弃义的是非之中，除了痛心莫辩之外，就只有无休无止的悔恨和自责了……

三十一

舒小冉掐指算算,蓝诺已有一个月没回公司了。一个月之前,回想他回来时,似乎也是心事重重的。难道是出什么事了?他会出什么事呢?舒小冉越想越担心,越想越迷糊。

陈蓝诺的话,舒小冉总是言听计从。她知道陈蓝诺单位所在的位置和公司只隔了三个公交站的路程,如果不是陈蓝诺有言在先,依她的性情,早去他的单位找他了。尤其是她想到那个厂长的女儿,那个自称是他女朋友的嚣张女孩,那种想去他单位探个究竟的欲望,真的是一天天在折磨着她。她胡乱地猜测他们是不是在谈恋爱了?但舒小冉反过来又想,人还是懂得知足吧!能与蓝诺这样近距离地接触和共事,比起她在家时的相思难耐,她已经够幸福了!虽然蓝诺从不愿与她交流工作以外的私事,但就算他不说,就凭他给公司取的名字,也知道伊梅一直没有离开过他的内心。正因为如此,她不敢轻易地向蓝诺表明心意,并相信总有一天,蓝诺对伊梅的爱会疲倦的,他的人生不可能不需要婚姻,她要等待这样的一天,无论等多久都行。舒小冉总这样想,也总是这样给自己信心。

公司现在的运营,在蓝诺的指点和策划下,基本上是顺风顺水,业绩比她想象的要可观得多。蓝诺给了她事业,给了她自信;蓝诺把她带进了城市,过上了城里人的生活。如果不是蓝诺,说不定她这辈子还要待在三铺镇,一辈子要闻农药化肥的怪味。如此想来,陈蓝诺仿佛就是她心中的上帝了。她怎能接受她的上帝有半点闪失呢?

如果蓝诺真要出了什么事,真要有什么三长两短怎么办?舒小冉不敢想下去了,再想心真是要碎了。每天只要有公交车路过,她都要抬头盯着看,直至下车的人群散去。

吴子俊不仅在为陈蓝诺担心,也更加心疼着舒小冉整日里忧心忡忡、没精打采的样子。“小冉,这个周末蓝诺再不回来,我就去他单位找他,管他的那个禁令呢!”他说得坚定。

舒小冉朝他看一眼,没说话,无奈地笑笑,算是默许了吧。

周五这天,舒小冉正与客户谈生意,听到公交车鸣笛声,条件反射地抬头看去。这次,她似是真的看到了,远远地,一个从公交车上走下来的背影……

是他,还真是他! 舒小冉激动地撇开顾客冲向门外。出了门又愣住了。他这是怎么啦? 怎么会成这样? 舒小冉被他的样子惊呆了,只看着他一步步地走近。

陈蓝诺神情漠然,胡子拉碴,憔悴不堪 ,整个人瘦了一大圈。他从舒小冉身边走过时,没看她一眼,也没说话,径直朝楼上走去。

“怎么了? 蓝诺,你怎么了?”舒小冉紧跟着他上楼,也顾不得刚才正谈的生意了。

陈蓝诺没理会跟在背后追问的舒小冉,只顾拿出钥匙来,看似很冷静地开着门。进了房间,他连人带包一起“扔”到了沙发上,仰面靠着,盯着天花板,只待了一会儿,眼圈就红红的了,有泪在眼眶中直打转。

舒小冉不知所措地看着他,又小心翼翼地问道:“是不是有伊梅消息了?是伊梅怎么了吗?”她联想到了当年在大枫树脚下,他为伊梅的离去伤心痛哭的情形。

陈蓝诺还是没理会,也没看她一眼,只任由泪水肆意地滑下脸庞。

“蓝诺,怎么了? 发生什么事了? 同我说说好吗? 说出来好吗?”舒小冉近乎哀求起来,她心里的那个急,那个疼,那种难过,真的是无法说出。

常言道:男儿有泪不轻弹,只是未到伤心时。陈蓝诺被舒小冉这么一问,竟然呜咽了起来。

舒小冉真是慌了,乱了,也跟着哭了起来。“怎么了? 到底怎么了? 别吓我好吗,说说好吗,说出来好吗? 你别吓我啊!”她又哀求地问道,抽出一张纸巾,拭了拭脸上的泪痕,又递过去一张。

陈蓝诺接过纸巾,擦了一把脸,很快停止了哽咽。他总算是把这些天压抑的悲伤情绪彻底给释放了出来。舒小冉随即又倒来了一杯热水,陈蓝诺接下杯子,歉意地看了舒小冉一眼。稍有些冷静后,在舒小冉的一再追问下，陈蓝诺终是慢慢道出了这些日子来所发生的事情。

人原本就是有倾诉欲望的，陈蓝诺说过之后，内心承载太久的负荷稍稍有所减缓，只是舒小冉听后，惊得半天说不出话来。怎么也无法相信，斯维雅那样狂傲的女孩，也会选择跳楼轻生！

是人心太脆弱，还是现实太残酷？更是想不明白斯维雅为什么要这样做，都那么大的人了，难道她离开了母亲就不能活了吗？舒小冉之所以这样想，是因为陈蓝诺没有告诉她，导致斯维雅跳楼自杀的根本原因是什么。

陈蓝诺怎么敢说，怎么敢说是他逼她绝望，间接害死了斯维雅？是的，那个无形的杀手是他，是他！如果不是他在迷糊中喊了伊梅的名字，斯维雅就不会绝望，而绝望的斯维雅还不知道真正的伊梅是谁。

陈蓝诺又怎么敢告诉舒小冉，她就是斯维雅所认为的那个伊梅。有些罪过，是注定要用一生去忘记却又无法忘记的，除非能获取理解和宽恕。陈蓝诺只相信舒伊梅会理解他的，或许他会告诉她，只等待她的出现。

舒小冉为斯维雅感到惋惜，可人死去矣！让她更为心疼和怜爱的，多是眼前这个陷入痛苦的男人。她有多舍不得他难过，她好想上前拥抱他，安抚他，可她不是伊梅，又多么希望自己能成为伊梅，取代伊梅在他心目中的地位。曾几何时，她有过多少次在他背后，偷偷地，痴痴地，欣赏他优美的背姿，幻想从背后环住他的腰，那样紧紧地抱着，温暖地把脸贴在他的脊背上。她平生最为苦恼的事，也莫过于这样爱着陈蓝诺了。好在也有安慰，她虽无法得到陈蓝诺的倾心，但他始终在她的生活中不曾走远。这一次离开算是相隔最长的，但他终究还是回来了，是在不知不觉中失去之后，又不知不觉地回来了。这样想时，舒小冉的内心不由得生起一丝美意。这就是爱着的本身，那种追求、投入、付出、等待的过程，无不让她充满着无言的欣慰和快感。

"你吃午饭了吗？我去给你弄点吃的，可好？"舒小冉难得如此温柔，小心地问道。

陈蓝诺默许地看了她一眼。他是有点饿了，别说午饭，早饭都还没吃。

"我去下面条给你吃。"舒小冉知道他喜欢吃面条，转身走向食堂，途中还想了要煎三个荷包蛋。

陈蓝诺是去公安局拿斯维雅的结案文件，直接转回自己公司来的。公安局结案文件定性是自杀，意味着斯维雅这个事已经结束，斯维雅这个人已经成为过去，陈蓝诺也仿佛是从地狱中走了一遭。只觉是噩梦一场的他，还心有余悸，浑身不禁打了个寒战。这些日子里，他没吃过一餐有胃口的饭，没睡过一天安稳觉，只要一闭上眼睛，斯维雅就会出现。她烧饭的样子，喝酒的样子，最后微笑转身的样子；还有，那红色的大衣，那绽开一地的血迹……接踵而来的，要处理她的后事，要配合公安局介入死因的调查；还有，同事们满天飞的唾沫投向他……他还在怀疑自己，他是怎么挺过来的？

“快吃吧！趁热吃，吃完冲个澡，好好睡一觉。什么也别想了，好吧？”舒小冉端来一碗热腾腾的面条。

陈蓝诺接过她手中的筷子，道了声谢，低下头草草地吃了起来。

舒小冉在一旁慢慢坐了下来，一时又想不出说什么，就那样很享受地看着他吃，任思绪神游，幻想蓝诺要是就此留下来，多好！她每天这样服侍他，服侍他一辈子。烧碗面条算什么，洗衣烧饭算什么，她还想为他捶捶背，揉揉肩，还想为他放好洗澡水，帮他拿好浴巾……

“要不要我去帮你先放好洗澡水？”舒小冉声音细柔，说着还自个儿羞红了脸。

陈蓝诺吃惊地抬头，看着她忙说：“不用，不用！”见舒小冉神情尴尬，就又缓了语气说，“谢谢，你下去忙吧，我已经没事了。”

舒小冉勉强“嗯”了一声，只好起身离去。

陈蓝诺吃面条的动作逐渐慢了下来，回想舒小冉刚才的神情，又听着她下楼的脚步声在一步比一步慢，分明是揣了心事。舒小冉的心事，他自是懂得的，可又能如何。

不能再想了，吃了好好睡一觉！陈蓝诺仿佛被人命令着端起碗，大口大口地吃着，仿佛是要把那些如面条一般纠缠在一起的心事，全都吃进肚子里，然后让胃去消化它们。他就那样风卷残云般，把一大碗面条吃得一根没剩，更别说碗底下的三个荷包蛋。吃完之后，他连洗澡的念头也取消了，和衣倒头便睡。

这一觉睡了七八个小时，陈蓝诺醒来时，看看手表，已经是夜里十一点多了。起身下床时，隐约听到走廊外有动静，开门一看，见是舒小冉在走廊间来回走动。

“这夜深的，你怎么还没睡?”陈蓝诺带点兄长般询问的语气问。

“呃，你醒啦！我给你准备了夜宵，我这就去热给你吃。”舒小冉说着，急急走向食堂，生怕陈蓝诺要阻止她。

“子俊，你也没睡?” 陈蓝诺看向从房间走出来的吴子俊。

“你想，我能睡着吗?”吴子俊笑呵呵回道。

陈蓝诺会心一笑，认为吴子俊是看舒小冉还没回房休息而不放心。

他们稍寒暄了几句，一起走向食堂。吴子俊看到桌上摆了好几个盘子，有红烧肉、熏牛肉、紫菜鸡蛋汤，还有两盘小炒。不知道是没见过舒小冉自己烧饭，还是因为本能地吃醋了，想也没想地嚷嚷道：“蓝诺，你这是哪辈子修来的艳福，真是太让人羡慕了！”吴子俊说话本来声音就大，半夜里听起来就格外响亮。

舒小冉狠狠地白了他一眼。吴子俊伸出舌头嘿嘿地傻笑，差不多是意识到自己说错话了。也确实是说错话了，这玩笑开得不是时候。

“这么晚了，你们都去睡吧！明天再聊。”陈蓝诺不由分说地看向他们。

“好吧，明天再说。” 吴子俊回应道，也觉得倦，想回去休息了。

舒小冉见陈蓝诺神情严肃，只好跟着吴子俊一起退出，出门时难免憋了口气，又白了一眼吴子俊，厉声骂道：“狗嘴吐不出象牙！以后说不来话，就别说，真是扫兴！”

吴子俊只好又“嘿嘿”笑着赔不是。俩人各自回到了房间。

夜深人静中，陈蓝诺听着他们的对话，一个人吃得没半点胃口，不仅因为下午吃的还没消化完，主要还是受吴子俊玩笑的影响，或者说是一种提醒。他是真的不想要什么艳福，甚至想去做和尚的心都有了。他害怕欠女人的感情，人情好还，感情难还。且认为仿佛他天生下来就是要欠女人感情的，一个夏小新，一个斯维雅，现在来个舒小冉。好在舒小冉有吴子俊在爱她，多少也心安一些。但女人的心像扭麻花一样，一个劲地扭下去，再扭回头就散了，碎了，伤了。他看着碗里的饭，才吃了四分之一，实在吃不下了，起身果断地把剩饭倒进了垃圾桶，匆匆收拾了一下餐桌。回房间后，拿衣服又进了卫生间冲澡。

从卫生间出来之后，陈蓝诺觉得整个人清爽了很多，脑子也清醒了很多。他盘坐在沙发上开始梳理头绪，首先分析了目前他在单位的处境，人言可畏,睹物思人,唯有离开才是最好的解脱,也是对自己最好的澄清和解释;接下来,他又分析了辞去职务后何去何从的问题,如果留在省城经营诺梅公司,就此与舒小冉朝夕相处下去,依舒小冉今天的表现以及她一贯的性情,难免又会使自己陷入尴尬的感情境地。细思量之后,他做出了两个决定:第一,就在近期,辞去单位的职务;第二,离开省城去深圳发展,拓展诺梅公司的业务,开一家分公司。陈蓝诺这种果断的决定,就像刚刚他把剩饭倒进垃圾桶里一样,该舍必舍。

第二天,陈蓝诺把他的决定很认真地告诉了舒小冉和吴子俊。舒小冉听后,虽有一百个一千个一万个不舍,但只要是陈蓝诺的想法,她都全力支持,就像当初支持他开公司一样。可是——“花自飘零水自流,一种相思,两处闲愁。此情无计可消除,才下眉头,却上心头”。

舒小冉不由得陷入了另一种茫然……

三十二

又是一年的九月。舒伊梅很敏感九月:伊菊溺水是在九月,自己来到这个城市是在九月,第一次与谭文玉相见时的情形停留在九月。现在看着眼前的谭文玉,用“骨瘦如柴”来形容,一点也不为过。谭文玉自肝硬化病变之后,杨医生说他能活到今天,完全是个奇迹,但是很难熬过这个九月。对此,舒伊梅是有些相信的。

岁月如河,日子就在这条河上缓缓地流淌着。舒伊梅认为自己的人生,如同飘落到西子湖里的紫薇花瓣,从西子湖漂流到了长江,不仅望不到尽头,也不知水的深浅;她根本不去幻想有靠岸的一天,只求少些风雨来袭就足够了。这是自欣然出世以来她唯一所能想的。

那时,舒伊梅刚出院回家,吴秀珍直言不讳地说不会服侍她坐月子,建议叫她母亲过来。舒伊梅当然想接母亲过来,只是她想过,这太不现实了:一则小小需要母亲,二则哥哥也有了小孩子,再说母亲从未出过远门,坐车还晕车,更重要的是,她不愿让母亲看到她伪装的一面,因为她从未向家里诉过半点苦,总是说在这里过得很好,总在逢年过节时寄些钱回家。舒柏康几次想要来城里,说要看看外甥女,都被她婉言拒绝了。

欣然快满两周岁了。舒伊梅想着自己来到这个城市,这些年,虽风雨飘摇,但都走过了,也习惯了。青春、自由、快乐,还有向往的爱情都死了,埋在这一场婚姻里。说她不怨恨父亲是假的,如果不怨恨的话,为什么这些年她一直不愿回家,不想看到他?这些年,说她不想家也是假的,为什么她总要忍不住去怀念大枫树,去怀念西子湖,去想念母亲和小小?尤其是在坐月子时,她格外想念母亲,月子里每次给欣然洗澡的时候,真不知道怎么捧在手上好,小家伙软软的,滑滑的,生怕弄伤了她,又生怕把水弄进了欣然耳朵里。她还想哥哥和苏子薇,想他们的爱情结晶长什么样?还想小冉,想她应该有了属于她的爱情或小家庭了吧？还有蓝诺，应该也结婚了吧？——不想！不想！

舒伊梅每次想到陈蓝诺的时候，都要这样命令自己不去想。陈蓝诺注定是她身体里最敏感的一根神经，一旦触动，痛便遍及全身。她也不敢去想谭文玉是否真有什么不测，就让这日子飘到哪算到哪吧！生命本身就是一辆前进的列车，上了车的人都在前行，因为每个人上车的欲望不同，目的不同，追求不同，所带的行李不同，这样每个人沿途所关注的风景和所承受的压力就会有所不同。有人追求财富，有人追求权力，有人追求名誉，更多的人则是希望平安。舒伊梅只求平安——文玉平安，孩子平安，自己平安，身边的每一个人都平平安安，这就足矣！这样的婚姻注定是这样的生活，她已经接受了，也习惯了；只要文玉活着，至少欣然还有个爸，他们还有个完整的家；她也只求有个家，有个安身立足的地方，把小欣然带大……

“飘风不终朝，骤雨不终日。”三个月前，舒伊梅还以为日子好起来了：欣然越来越懂事；文玉的病情似乎也有所好转；在单位上班，刘会计又特别地照顾，让她有足够的时间看书；自学考试似有神助，考一门过一门，由此也给了她莫大的信心；还有，请来的保姆英子，年龄虽不满十五岁，却很能干。

英子是翁香玉老家的人。产假快结束的时候，舒伊梅到处物色保姆，总找不到合适的人选，最后还是请翁香玉帮忙找来了英子。想到翁香玉，还有刘会计、李班长、去世的毛毛……舒伊梅觉得这世上还是好人多，甚至觉得除了吴秀珍之外，似乎没有对她很不好的人了。

谭文玉再次住院那天，上班之前舒伊梅的心情还算不错，难得有雅兴刻意打扮一下，选了件白底蓝色碎花的短袖衬衫，高腰黑色直筒甩裤，然后配双高跟鞋，柔顺的长发如清丝挂面，把一旁的英子都看傻了眼，夸张着表情说：“梅姨，真好漂亮哟！”

走进办公楼时，还恰巧遇见了正在上楼的鲁付春。鲁付春似乎是很熟悉她的脚步声，回头一看，他整个身子突然软了似的不能动了，立在原地，接着笑得夸张样，等着她走过来。舒伊梅客气地叫了一声：“鲁厂长！”走近他时，鲁付春还硬是要她走在他的前面。

舒伊梅拗不过他如此多礼，只好先行一步，因穿了高跟鞋，爬楼也就格外地别扭。进了办公室，刚静下心来，打开《财政与金融》准备看时，电话铃响了。刘会计接起话筒，又很快递给她，舒伊梅以为，肯定又是英子要问什么问题，接过电话便问："英子，什么事？"

"梅姨，不……不好了，谭叔叔他……他吐了许多血！"英子在电话里惊慌地说着。舒伊梅的脸色瞬间沉郁下来，放下话筒，又简单向刘会计说了情况，拿起手包急急离去。到家时，英子抱着欣然已在门口等候。舒伊梅看她那惊恐未定的样子，一见面又慌张地说起谭文玉刚才吐血的情形。

舒伊梅脚步没半点停留地冲进房间，一眼看见谭文玉在床上蜷缩成一团，不由得自己的心也揪成了一团。她看到床沿边有一小堆沾着大块血迹的手纸时，又是揪心地痛，知道他总是这样注意卫生，生怕弄脏了衣服和被子要她来洗。她去扳他的身子，他身子仍紧紧地蜷缩成一团；去摸他的额头，额头发烫，明显高烧，舒伊梅吓得赶紧跑到客厅，拨通了120。就这样，谭文玉又住院了。

这就是命吧！舒伊梅除了能念叨这唯心的砝码，便无其他能劝说自己的理由了。

谭文玉住院后，舒伊梅每天的日子就是在家里、医院、单位，"三点一线"来回奔波。这期间，鲁付春差不多隔三岔五就拎着东西来医院看望，每次进病房时，只要一见到舒伊梅，就笑成一个弥勒佛的面孔，然后凑近她，总是重复说着一些关心的话语。每每如此，吴秀珍冷静地看在眼里，心里却是直打鼓的，认为鲁付春如此关心，只不过是"猫哭耗子——假慈悲"，其目的还不是为了来看舒伊梅，甚至认为，他巴不得谭文玉早点死掉才好。不过舒伊梅没有这么想，反而觉得鲁付春对吴秀珍确实用心，他来看文玉，也是看在吴秀珍的情分上。

早晨，初升的太阳从窗户里照了进来，照在谭文玉瘦削的脸上，舒伊梅见那双凹陷的大眼睛骨碌碌地转，嘴唇在蠕动，似乎想起了什么，又想说些什么，随即坐到床沿上，鼓励地看着他，示意他说下去。

谭文玉努力了半天，终于张口发出声来："知道……今……天……是……是我们……第……第一次见面的……日……日子吗？"舒伊梅这才想起，八年前的今天是她与他初次见面的日子，笑着点头，眼里满含着泪花。她看他张着口还想说什么，就用温情的眼神，鼓励着他继续说下去。

这一天下来，谭文玉断断续续说了许多话，发自肺腑的，感恩的话、歉意的话、知足的话，句句说得很吃力。舒伊梅揪着心，含着泪，一字一句地听着，因曾听说过人在将死之时有“回光返照”的说法，使她本能地担心起来，从早一刻不离地守着他。

傍晚的时候，太阳像是完成一天的使命，徐徐地沉下了西山。谭文玉也像是完成他这一生的使命，说了他有生以来最多的话，仿佛是说完了，说累了，安然地闭上了那双凹陷的大眼睛。只是明天的太阳还能照样升起，而谭文玉再也不会睁开眼睛了……

舒伊梅看着他缓缓地闭上眼睛，终是平静安然地去了。一瞬间，她蓄积已久的眼泪，就像打开了闸门，汹涌而出……

在为谭文玉办后事的那几天，舒伊梅的眼泪一直没流干过。她那流不完的眼泪，不仅是在为丈夫的离去伤心而流，也是在为自己的命运悲惨而泣。这么多年来，她一直告诉自己要坚强：当谭文玉发病时；当吴秀珍对她态度不好时；当无休无止的家务让她累得腰酸背痛时；当为备考看书学习到深夜时；还有，每次带欣然去公园，看到那些成双成对卿卿我我的情侣，看到那些幸福散步的一家三口时……

每每如此，舒伊梅难免要思绪万千和心生羡慕，于是就强迫自己从另一个角度去想幸福的意义：如果得不到自己想要的幸福，就尽可能去让别人幸福；如果能让别人感受到自己给的幸福，也是一种幸福。所以一直以来，她不仅没有半点嫌弃谭文玉，反而对他更加关爱，仿佛这就是她人生意义的呈现方式。现在谭文玉走了，她定义的幸福感也没了，又怎能不更悲更哀？怎能不怪命运的捉弄？

谭文玉的离去，谭文婷更是伤心至极。她最爱的父亲走了，现在她最爱的哥哥也去了。只是她想，哥哥虽有不幸，却有舒伊梅这样的妻子陪他走完了一生，死也瞑目，至少比父亲有福！谭文婷总认为她父亲是这世上最不幸的人，就因为娶了她母亲这样的妻子，才使他孤独而羞辱地厌世。她甚至有些担心哥哥这样去了，舒伊梅将如何再在这个家庭里待下去？母亲是否能容得下她？但她看到母亲也表现出过分伤心的样子，就又认为，或许是自己多虑了。

吴秀珍这几天确实是处于过分悲痛的状态，眼泪一直也没流干过。谭文婷看着厂里的一些同事，不管是同情还是假惺惺，总有上前去安慰母亲的人，就又想到了父亲死的时候，她一滴眼泪也没流，现在却对她平时并不愿多看一眼的哥哥如此舍不得，难道是良心发现了？真要是有如此认识，以后她就应该会对梅姐好，至少欣然是我们谭家的后人。可事实真如谭文婷所想的吗？

厂里来参加谭文玉葬礼的同事，远远没有来参加他婚礼时的人多，但婚礼那天缺席的鲁付春，自始至终都在。大家只看着他每天忙前忙后的，说是领导，则更像是谭文玉的家人或亲人，而看在眼里的吴秀珍并没有因此感激他，倒是更加认为他所做的一切，只不过都是在为讨好舒伊梅，如此她内心那种被威胁之感，是越来越强烈了。她并不是鲁付春所想的那种大脑简单的女人，而是的的确确有心机、有思想的女人。她过分的伤心，更多是在为她接下来的命运而担忧。因了谭清玄的离去，她只能破罐子破摔，漠视一切世俗的眼光，因为她还想好好地活下去，还要依靠鲁付春的权势继续去过纸醉金迷的生活。

谭清玄曾对吴秀珍的好，就像对待他的岗位一样，在办公室做二十几年的文秘，也没怨言。当时，与他同进南林造纸厂的，基本都升了官：有当厂长的（鲁付春就是与他同时进单位的）、副厂长的、要害部门负责人的，还有进市局的……正是因为如此，吴秀珍不想一辈子在车间当工人，也指望不了谭清玄能改变她的命运，鲁付春刚一上位，她便利用他的所好，依靠他的权势，轻而易举就得到了她想要的一切。她明知道谭清玄是个好丈夫，对她百般疼爱，是她过分地所作所为，才使得他伤心地弃她而去。她对他不是没有愧疚之心，也知道她应该要受良心的谴责，但她一直努力不让自己去想。她把他的书房紧闭，就是害怕看到他的影子，害怕想起他曾对她过多地迁就和忍让。她也明知道鲁付春除了有权有势外，什么方面都不如谭清玄，鲁付春迟早会玩腻她的，就像她厌恶他一样，可为了她想要的物质生活，她不得不委屈求全。可是现在，儿子走了，鲁付春眼里的障碍物没有了，她即使再委曲也难求全了，且看鲁付春忙前忙后地指挥，那一张得意的脸，在眼前晃来晃去，就觉得他这哪里是在办丧事，分明是在举办一场庆功宴。吴秀珍越想，心里就越不是滋味……

三十三

谭文婷说要重新找份专业对口的会计工作，吴秀珍接话道："干脆也来厂里上班，我安排你到我的股室。"谭文婷没半点思考地回道："我宁愿去扫大街，也不会和你在一起上班！"说过之后又感到吃惊，自己什么时候对母亲产生如此大的抵触心理，因为她知道，没经过大脑思考的随口之言，绝对是内心真实之语。

谭文婷由于所读的专科学校是不包分配的，毕业后经人介绍，进了省城一家商贸公司，名义上是做出纳工作，实际上是打杂工——文字打印、公关接待、上门收账款等等什么事都做。工作累点也罢，可工资待遇又低，在谭文玉生命弥留之际，她为了回家多照顾哥哥，就果断辞掉了那份工作。

谭文玉过了"头七"的第二天，谭文婷天不亮就起床了，下楼时看到舒伊梅房间灯是亮的，伸头看看，见欣然还正熟睡，舒伊梅已端坐在书桌前看书，敬佩之心油然而生。对于舒伊梅，谭文婷绝对是打心眼里佩服和尊重的，不仅仅是佩服她的这种学习精神，更多是她的善良和宽容，以及她对生活认真而严谨的态度，而这些谭文婷在她母亲的身上是看不到的，舒伊梅的一举一动、一言一行，无不潜移默化地感染着她。"梅姐，这么早就用功啦！"她悄悄走上前，低头凑近舒伊梅耳边说。

"吓我一跳呢！你起这么早干吗？"舒伊梅扭过身来，嗔怪道。

"睡不着了，我想今天去省城逛逛，看看有什么招聘的信息。"

"干吗要急着找工作？在家好好休息一段时间再说吧，没钱花了，我这里有。"舒伊梅这种关切的语气，谭文婷是习惯和乐意接受的，就只好解释说是出去散心。

"嗯，出去散散心也好，找工作的事不用急。实在找不着合适的，就按你妈说的，回厂里上班。那……带点钱出去吧！"舒伊梅边说边顺手拿起桌上的钱包,从中抽出了五六张百元钞票。谭文婷坚持不要,躲闪着出了房间。

“接下吧,出门要花钱的,别吵醒了欣然。”舒伊梅跟着出来,小声劝道。

“我都是参加工作的人了,怎么还好意思用你的钱!再说了,我以前花你的钱还少吗?”

“你哥刚走,就跟我见外啦!”舒伊梅显出生气的样子。

“没呢!你永远是我的姐姐,亲姐姐呢!真是服了你,有这样强人所难的!好好好,我接了就是,但要不了这么多,我身上真的还有钱。”谭文婷一脸无辜又无奈的样子,从她手中抽下两张,很快转身,说是要去房间换衣服了。

舒伊梅只好把剩余的钱重新装进钱包。

谭文婷从房间里磨蹭了半天出来,一身的休闲,白色运动装,白色球鞋,齐肩学生发,背一个淡蓝色双肩包。她往舒伊梅面前一站,讨欢喜的样子问:“姐,看,怎么样?还精神吧?”

舒伊梅看着她,笑着赞许道:“嗯,很不错!这打扮像刚出学堂门的学生,既清纯,又朝气。”

谭文婷听了很乐,开心着说:“再见。”

幸福是比较出来的,而不幸也是有参照物的。舒伊梅目送谭文婷离开时,突然心生伤感,想着自己只比文婷大一岁,却已经生活得很“不简单”;再想当年清纯的自己,想到蓝诺和小冉,那些曾一起生活过的简单又快乐的日子,仿佛已是很久很久以前的事了。这真的就是命运?如果时光能够倒流……倒流又能怎样呢?不想,不想,只一个多星期就要考试了!舒伊梅命令自己:继续回屋看书去!

舒小冉昨天晚上在公司忙到九点了,还要坚持去做发型,吴子俊不放心,就一直陪她到十二点多。吴子俊尽管很乐意陪着,但心里还是像打翻的醋坛子,酸溜溜的,因为他知道,舒小冉非要在今晚做头发,就是因为陈蓝诺明天要回省城,她又是在为他花费心思。

话又说回来,吴子俊尽管难免醋意,但也不是完全在意,因为他能确定舒小冉无论怎么花费苦心,陈蓝诺都不可能接受她的爱。所谓“朋友之妻不可欺”,舒小冉虽还不是他的妻子,但蓝诺知道他是爱舒小冉的。与蓝诺相识近二十年,他对蓝诺那份哥们儿义气甚是了解,所以他坚持死心踏地爱着舒小冉，也相信总有那么一天，在蓝诺的支持和自己的坚持下，这份爱会守得云开见月明，修成正果。

陈蓝诺在深圳发展的分公司已步入正轨，现在需要从省城公司抽调员工过去增加人手。舒小冉应陈蓝诺的要求，已经张贴了招聘公告。

公告已贴出了半个多月，前来应聘的人也不少，舒小冉一一叫他们留下了个人简历，心中也有了物色的人选，但她还是坚持要等陈蓝诺回来敲定。这与其说是尊重陈蓝诺的意见，还不如说是她为了想见他，找一个理由罢了。

谭文婷在街上逛了一上午，也没什么收获，就一个人转到公园里，找个靠椅躺下，之后竟不知不觉地睡着了。一觉醒来，看下手表，两点了，感觉肚子有点饿，爬起来伸个懒腰，想着先解决温饱问题，下午继续逛逛，没有收获就回家。走出公园，她就近走进了一家小吃店，看了半天的小吃种类，最后简单点了一碗牛肉面。

吃饱之后，谭文婷差不多又逛了一个多小时，正有些垂头丧气时，她看到了诺梅公司的招聘广告，其中，有一条是招聘财务人员的，立刻来了精神，把肩头松垮的背包往上挪了挪，毫不犹豫地走了进去。

首先，映入谭文婷眼帘的，是一个硕大的汽车展厅。她环顾展厅的四周，各种颜色和款式的汽车琳琅满目，有几个穿着黄色制服的清洁工正在认真地擦着墙壁上的玻璃，这才发现，展厅看上去如此之大，原来与墙壁上所镶的玻璃镜有关。继续往里走，见展厅一侧有一个长条柜台，上面分开摆放有两台电脑，旁边有四五个穿着清一色西服的营业员，其中一个正在低头开票，另几个在与两位客户闲聊。

“你是来应聘的吧？”其中的一位营业员问道。

“嗯，刚看到了外面的招聘广告。”

“哦，你可能看迟了，也不知道面试结束了没有？要不……你去楼上看看吧，从这楼梯口上二楼，左拐第一个大办公室。”热心的营业员想了想说。

谭文婷心存感激地道了声谢，匆匆向楼梯口走去。

舒小冉紧挨在陈蓝诺的身边站着，吴子俊不失时机地献上殷勤，端来椅子让她坐下。他站在舒小冉的右侧，看她整理应聘者的资料，还不时地偷瞄一下她的艳容和表情。

今天的舒小冉确实很惊艳，弯眉红唇，玫瑰红低领无袖上衣，与黑色超短裙搭配，简约时尚，再加上昨晚花去四五个小时做的刘海和卷发，皮肤不白也不黑，纤纤细腰，修长双腿，不笑时绝对算得上是美女。

“放错了哟，这是销售人员一块的。”吴子俊轻声责怪她的心不在焉。陈蓝诺笑着看向他们，舒小冉与陈蓝诺目光碰接，面容羞赧，移开视线，看向了面前应聘的人群。

陈蓝诺端正坐姿，似乎回到了曾在佳安汽车厂主持会议时的场景，不由得想起了斯玉芬母女，对于她们，他一直都在努力忘记，努力让她们只成为他生命中的过客。他总结过，他在厂里上班的那些年，就像是依靠斯玉芬的梯子爬到山顶，结果又被斯维雅这块石头绊了一跤，从山顶上摔了下来。那样的痛，是刻骨铭心的，是害怕去回忆的。他没办法驱除她们的影子时，就用与舒伊梅有关的记忆，去覆盖掉关于她们的回忆。

“准备好了吗?”陈蓝诺定了定神，看向舒小冉。

舒小冉“嗯”着点头，陈蓝诺正了正身子，面试开始进行。他首先若有所思又不失专业性地提出了几个问题，接着按舒小冉递过来的名单，一一点名，听从回答。但这种过场，于他只不过是一种敷衍。其实，他是相信舒小冉完全有能力做出判断的，如果不是还有其他的事情要回来办，他是不会特意为招聘之事回来的。依了舒小冉的建议，他很快选定了五名销售人员和五名保洁维修人员，免得人多吵闹，接着又叫吴子俊先带这些人去隔壁办公室签订合同。

屋内很快安静了很多，留下来应聘的人还有五名财务人员，其中三个女的，年龄在三十岁左右；两个男的，一个是中专毕业，刚出校门的小伙子，一个是刚从企业退休的老会计，舒小冉比较倾向这个刚退休的，认为他有足够的工作经验，有心要向陈蓝诺做出推荐。

谭文婷上楼来时，见陆续有人正从办公室里走了出来，他们神情不满和沮丧，多少有些失望，以为面试结束了，准备跟着他们下楼，发现办公室里还有几个人站在那儿没动，又稍有迟疑地走了进去……

三十四

记忆是沙子,时间是筛子,筛不掉的都是记忆中集结很久的颗粒。陈蓝诺对舒伊梅最深刻的记忆,就是她始终留着齐肩发的模样。最近,他似乎是患上齐肩发综合征了,对那些留着齐肩发的女孩总有着本能的好感。正因为如此,前不久,他在一家饭店吃饭时,见几个小混混有暴力倾向,在强迫一个齐肩发的女服务生喝酒,乍眼一看那女孩,颇有几分像舒伊梅,他想也没想,就勇敢上前阻止,帮那位女服务生解了围。之后,那女服务生感激不尽地连声道谢,听口音才确信是认错了人。这不,他一看到谭文婷,顿时像失了魂似的,盯着她看了半天,又好像是谭文婷附了他什么魔力,身子不由自主地站了起来。

舒小冉低头在抽调那个退休人员的简历,奇怪他怎么站了起来?抬头一看,也着实惊愣了一下,但她很快就能断定:这不是舒伊梅!尽管身材和发型都很像,但细看,脸型比伊梅的要圆些。

谭文婷被他们看得很不自在,只好走上前去,故作镇静道:“请问……面试结束了吗?我叫谭文婷,是来应聘财务工作的。”

陈蓝诺没回答,脑袋瓜子在超负荷地运转。怎么可能会是伊梅?他暗自好笑自己,稍显尴尬地坐了下去,接过舒小冉手中的资料佯装翻看。

“你……带简历了吗?”舒小冉继续看向谭文婷,神情不太友好。

“没带简历,我是刚看见门口的招聘广告进来的。”

“是什么学历?有工作经验吗?”

“有两年工作经验,财会院校专科毕业,有计算机操作证。”谭文婷想起刚进来时,看见桌上摆有两台电脑,特意强调了一下她的这点专长,也知道这样的技术人才目前不是很多。

舒小冉“呃”了一声,准备叫她到一边坐下去时,陈蓝诺突然开口道:“会计算机的更好，目前我们公司规模越来越大，电子信息化管理是必然趋势，这个可优先考虑。你们五个人当中有会计算机的吗？”说着用询问的目光看向了那五个人。

他们面面相觑地看了看，半天也没人回答会的。“事先为什么不说？也真是的！不聘就走吧！”那个年长的明显很是不悦，埋怨着转身走开；其余的也跟着相继转身。谭文婷傻愣愣站在那儿，看着他们一个个离去。

“你这是……”舒小冉看向陈蓝诺，欲言又止。他的决定，她是习惯服从的，怎敢有违抗之心？

陈蓝诺镇定自若，他那微微扬起的嘴角，似笑非笑，自然而坚定的神情，便是他说一不二的决定。舒小冉随着他把目光移到谭文婷身上，心里突然有了种说不出来的滋味。她看谭文婷，越看越觉得有某些地方是像舒伊梅的，便认定蓝诺肯定就是因为这个，才做出的决定。她甚至是后悔，不该让蓝诺回来，否则就不会有这样的意外发生了。

意外，是的，又是一场意外。舒小冉脑海中不由得闪现了斯维雅也曾是突然出现的意外，怎么又是半路杀出个程咬金来呢？她懊恼得什么心情也没有了。

谭文婷怀疑地看向他们，又环顾一下这硕大的办公室，发现面试的人的确只剩下了她一个人在这儿。“请问……是我……被录用了吗？”

“是的。”陈蓝诺笑着回道，声音低沉浑厚，且有着形容不出的亲和力。

谭文婷欣喜地看着他，不仅仅是因为被录用了，还因了他那好听的声音。“呃……这就录用了啊？”她将信将疑地低头自语，又很快抬头看了陈蓝诺一眼，只觉他是那么帅，是大学时期同学们眼中所形容的“帅呆了”的帅。如此行事果断，说话又如此干脆，她第一次对异性顿生如此好感。

陈蓝诺被她看得顾自笑了一下，说道：“如果你愿意的话，现在去隔壁找吴经理签订合同，有什么不明白的，或者想了解的，去问他吧。”

“嗯，好的。”谭文婷应道，又难掩欣喜地走开。

“凭直觉，这个女孩子能力应该不错。”陈蓝诺用肯定的目光看向舒小冉，且摆出一副心情大好的样子。

舒小冉勉强地笑了一下，没有回答，内心的醋意却更浓了。女人为爱吃醋，爱意就多增几分。

谭文婷从诺梅公司出来,看看时间五点半还不到,正好还有一趟末班车可回家。她要把这个好消息第一时间告诉舒伊梅。

舒伊梅听着谭文婷“山重水复疑无路,柳暗花明又一村”的神奇经历,自然是为她高兴,同时也心生感慨:多读些书就是好,找工作都这么容易。而她就是因为没读高中,导致自考相当吃力,所学的课程基本上超越了所学的范围,尤其是这次报考的《高等数学》,许多知识根本就看不懂,要是能读完三年高中,肯定就不会这样。

人生之路是冥冥中注定的!舒伊梅总要这样唯心地去想。而谭文婷的这次经历,又让舒伊梅多了一个关于命运的看法:所谓命运,就是命与运的组合,命是注定的,运由心转,机会总是给有准备的人。如此,让她更加坚定了信心,无论再苦再累,必须把文凭拿到手。如果说之前仅仅是把自考当成了一种学习方式,那么现在则要将其作为一个目标去奋斗,或者作为改变命运的一种途径去实现。

第二天,谭文婷收拾好东西要去诺梅公司报到上班,临走时提醒说:“我看了你的准考证,三中的考点好像就在诺梅公司附近,要不你考完试之后,去我那看看吧!”

“哦,这么巧啊!到时看情况再定吧!”舒伊梅应允。

陈蓝诺突然有了要把谭文婷带到深圳那边去的念头,想也没想便去征求舒小冉的意见:“那边的人没有一个会用计算机的,所有资料储存的事都是我自己做,我想把这个新招的会计带过去,你的意见如何?”

“你……该不是看上这个小妹了吧?”舒小冉忍了很久的情绪突然爆发,脱口而出又激动起来,“不是说好了叫小张过去的吗?小张也是准备过去的,一个人真要想学,没什么不可以的,小张在这工作多年,你也知道她勤快好学,我看这个新来的谭文婷不一定就好过她;再说了,你也只听她说说而已,真正有多大能力还不知道呢!”

陈蓝诺听她这么一说,不好再坚持了。这是舒小冉第一次反对他所做出的决定。

谭文婷没想到她的直接上司会是这个女的,应聘时好像并没有在意她多少,只觉得她很时尚,谈不上漂亮。在谭文婷的心目中,没有人比她的梅姐漂亮,无论五官、身材还是气质,她的梅姐不管穿什么衣服,就是穿件普通的睡衣都好看,那才是真正的漂亮。现在她真是有些迷惑了:那个帅呆了的男人怎么不见了?他俩到底谁是老总呀?难道他们不是夫妻?谭文婷有些失望地想着。

舒小冉很自然就把谭文婷当成了情敌,是左看她不顺眼,右看她也不顺眼,仿佛谭文婷是来与她争抢她心目中的白马王子一样,已经萌发了要找借口开除她的想法。谭文婷当然不明就里,自己是哪儿做得不好,竟然让这个女上司对她很不友好,总是板着脸对她,别说谈工作之外的事情,就是工作中遇到的一些疑问也不敢向她请教,所以上了一个星期的班下来,感觉就像是在煎熬,甚至有了要跳槽的想法。

舒伊梅上午考完《财政与金融》,感觉很好,提前了二十分钟交卷出来。下午两点半考《高等数学》,想着也没什么好复习的,决定去找谭文婷,邀她中午一起吃饭,就开始在附近寻找起来。

"诺梅汽车销售美容有限公司"的招牌很显眼,也确实离考场很近,舒伊梅看到后,径直朝里面走了进去。

舒小冉正好面向门外,远远地就看见了舒伊梅。

是伊妹,怎么可能会是她?她怎么会到这里来?来买车吗?舒小冉难以置信,看着站在汽车展厅中东张西望的舒伊梅。

舒伊梅由于坐月子经常流泪,视力远不如从前,所以没有发现到舒小冉那张似曾相识的面孔。见到柜台这边有人,她毫不犹豫地走了过去,准备打听一下谭文婷的办公地点。

舒小冉这下是真认出来了,激动地从柜台里绕出来。"伊妹!"

"你是?是……小冉!"舒伊梅神情诧异。

"是的,我是小冉。伊妹,你怎么来了?终于见着你了!还以为你跑到月球上去了呢!"舒小冉说着,亲热地拉起了她的手,又埋怨着说,"你这家伙,这些年到底躲到哪儿了啊?"

舒伊梅没有回答,只一味地笑着,又看了舒小冉半天,她与学生时代简直是判若两人,浓妆艳抹,衣着时尚,妖艳中又不失职业女性特有的风范,"小冉,你变了,变漂亮多了,真认不得了!"她由衷地说道。

"哪里,我老了呢!看,眼角皱纹都出来了。哪有你漂亮呀!伊妹,你还真没怎么变,还是和以前一样漂亮,比以前更漂亮!真的!"舒小冉强调道。

她们就这样相互恭奉,又相对傻笑着。

“小冉,你也在这里上班?”舒伊梅突然想到了这个问题。

舒小冉笑着“嗯”了一声。舒伊梅略显吃惊,又问:“那你认不认识你们单位最近新招的一个会计?”

“你是说谭文婷吗?你找她?她和你什么关系?”这回轮到舒小冉吃惊了。

“哦,她……是我孩子的……小姑。你和她很熟悉吗?你们几点下班?我请你们一起出去吃饭……”舒伊梅正说着,谭文婷从楼梯口走了下来。

“梅姐,你真来看我了!”谭文婷又惊又喜,又很奇怪地看着她和舒小冉手拉着手很亲热的样子,“梅姐,你们认识?”

“嗯,我们是同学,也是姐妹。”舒伊梅回道。

“你和舒总……是姐妹?”谭文婷吃惊地看向舒小冉。

“你叫她什么?舒总?你说她是……”舒伊梅看向谭文婷,又看向舒小冉。

“走吧,愣什么!我请你们吃饭去,边吃边聊!”舒小冉说着,拉起舒伊梅的手就往外走去。

三十五

舒小冉挽着舒伊梅的胳膊,是那种好久没见的亲热劲样。她们走进一家饭店,老板娘远远看见,笑盈盈地迎上前来打着招呼:“舒总,这么开心,来了好姐妹呀?”

“是的,楼上那个小包间有没有人?”

“我像是知道舒总要来客人似的,特地给留着呢!”老板娘笑回道。

“你还不得了呢,诸葛亮神机妙算啊!”舒小冉笑说,拉起舒伊梅的手乐呵呵地上楼。

“坐吧!快说说,这些年你到底躲到哪儿享清福去了?为什么不告而别,知道我们有多伤心吗?”一进包间,舒小冉又迫不及待地问起刚才的问题来。

舒伊梅知道,舒小冉所说的“我们”,自然是包括陈蓝诺的,心不由得微微一颤,以为小冉还会像从前一样,三句话还没说,就转到了蓝诺的话题上来。她是很想知道蓝诺的消息,很想知道他过得好不好,又害怕听到他过得很不好。

“说吧?这些年你躲在哪?过得好吗?”舒小冉见她半天没回答,又急促地问道。这是她憋在心里很久的问题,怎么能不问到底?无论如何,今天是要舒伊梅有个合理解释的。

舒伊梅始终微笑着,微笑着的她思潮翻涌。她看着眼前的舒小冉,脑海里想的是“舒总”,今非昔比啊,自己能说什么呢,说什么都会更加刺伤自己的心。说往事不堪回首,此刻她是有深刻体会的。说当年的抉择有多委屈、有多无奈和痛苦,那么她这么多年坚持着刻意不让他们知道,和一个人默默承受,不是毫无意义了吗?所以这个她无论如何也不会说,也没有要倾诉的欲望,更不想去获得什么同情和帮助,这不仅仅是自尊的问题,也不存在有嫉妒之心，只是不想回忆过去。还有坚持不想说，不仅是不想让小冉知道，更是不想让蓝诺知道。生活总是富于戏剧性变化的，一如小冉的嬗变。舒伊梅的思维又转到蓝诺的身上，不知道他是否也和小冉一样事业有成？这样一想，她反倒又迫切想知道有关蓝诺的消息了，想问，却又难于启齿，毕竟当初是自己不辞而别的。

舒小冉肯定是要说到蓝诺的，说这个公司是蓝诺与她一起创办的，这是她的骄傲，更是蓝诺的骄傲，或者说从某种程度上要让伊梅去后悔的，当初为什么要那么狠心地离他们而去，只是，现在她的好奇心全在刚才的问题上了，她要打破砂锅问到底，这是她一贯执拗的地方。

“你小孩子多大了？你老公呢？”舒小冉又换了方式问。

“我侄女有两岁了，我哥……他，他已经走了。”谭文婷见舒伊梅一直不回答，只好吞吞吐吐地替她回答了。

“什么，走了？是死了吗？怎么回事？是什么时候的事？”舒小冉惊得瞪大眼睛，完全一副打死也不相信的样子。

“是上个月的事，我哥身体一直不好，这些年也亏得梅姐照顾他……”谭文婷顺着话题，就简单说了他哥生病的事。

舒小冉听着听着，先前的兴奋劲全无，随之整个人安静下来，什么也不说也不问，就那样在一旁愁苦沉默，若有所思地坐着。

一个人在受到无形的威胁之时，智商总能发挥到极致。舒小冉此刻的智商就达到了顶点。她最先是在为舒伊梅难过，紧接着就想到了这样一个现实的问题：伊妹的老公不在了，她与蓝诺不就完全有希望在一起了吗？

这怎么可以？不可以的！自己等了蓝诺这么多年，难道就这样放弃了？舒小冉突然想到了这样痛苦的问题，沉默的背后，随之而来的是心虚。心虚是害怕伊梅要主动问起蓝诺，她该怎么回答？因为她已经在瞬间做了决定：不要告诉伊梅任何与蓝诺有关的事情。

可偏偏，舒伊梅还是问到这个问题上来了：“小冉，说说你的创业经历吧，这么大的公司，你是怎么发展起来的？”她看小冉默不作声，以为是一直在为她难过，便转到这个在她认为小冉应该很得意的话题，也是她一直在好奇的问题。

舒小冉被问得一愣，这个问题她还没想好呢，怎么来得这么快？她看向伊梅，掩饰地笑了笑："还是先说说你的故事吧，我很想听听，这些年你是怎么过的?"她显出一副很不以为然的神情，把话题岔开，又摆出一副洗耳恭听的样子，非要伊梅先说不可。

舒伊梅只好避重就轻，对于小冉接二连三的问题，应对性地回答了一些关于孩子的话题，关于工作和自考的话题，也说到了谭文婷，说她的为人处事能力，以及对待工作和学习的态度，目的还是希望小冉能器重她，把她当成人才来使用。

舒小冉一半的心思是应付在了这些话题上，还有一半的心思就是在苦想该怎么回答刚才的问题。她知道伊梅肯定还会问，她也必须得做出回答。

"你的问题问完了吗？那现在说说你的故事，是怎么想到来省城创业的，还创下了这么大的业绩?"舒伊梅当然要问的，还嗔怪地看了她一眼。

舒小冉故弄玄虚地笑着干咳一声，大有说来话长的意味。经过了一番悉心思考，她先说了高考落榜后的经历，之后编说是在一个熟人的提醒下，说这个行业很好发展，于是她就吵着跟父亲要了一大笔钱，来了省城创业；接着又把话题重点落在公司的经营上，尽可能地只说创业的经历。只是她越说心越虚，最后干脆话锋一转："看，光顾着说话了，吃啊，多吃点，看你这身材，多长两斤肉会更好看的，不像我，多一点也不能长了。"边说边不停地把菜往舒伊梅碗里夹。

舒伊梅笑看着碗里堆得很高的菜，又看着小冉的一腔热情，说话快言快语，直来直去的，与之前几乎没有什么两样，她又想到蓝诺了。看来小冉是把蓝诺忘了吧？或者是她也根本不知道蓝诺的去向？要是知道的话，小冉肯定会主动说的。一餐饭结束之后，舒小冉没说陈蓝诺，伊梅也坚持了不问，何况有谭文婷在旁边，也不便问。

人都是会改变的，随着年龄，随着阅历，随着世俗的眼光。舒伊梅怎么就没想到舒小冉是变了，学会自私了，学会隐藏心事了。所以爱情是伟大的，爱情也是自私的。在舒小冉的观念里，爱情至上无疑是一个憧憬，一份执着，一种守望，一腔痴迷。再好的友情，在与这样的爱情发生冲突时，自然也会不堪一击。她怎么可以对舒伊梅说？何况陈蓝诺还在对舒伊梅痴心不改，更别说他们完全是有可能复合的。如果他们真的在一起了，她这么多年来的坚守不是太亏了吗？生意人是讲究成本和利润配比的。

送走了舒伊梅，片刻间，舒小冉有如释重负的感觉，随之而来的就是心虚导致的心情沉重。心虚是因没有对舒伊梅说真话，歉疚不说，最担心的是哪一天伊梅和蓝诺相遇了怎么办？想到蓝诺录用谭文婷的用意，内心顿生一股冰凉，就如同坐在冬天的暖阳中，被人泼了一盆冷水，寒意从骨子里冒出。

是的，真正构成威胁的人是伊梅，而不是谭文婷。舒小冉顷刻间就做出了这样的结论。万一哪一天他们遇见怎么办？谭文婷在这，也不能说不可能的。这可不行，得想办法避免他们有见面的机会，舒小冉绞尽脑汁地想着，如一只泄了气的皮球疲软地倒在床上。

蓝诺不是希望谭文婷去他那里上班吗？要不就让谭文婷到他那边去吧，她突然想到这应该是个好办法。细思量分析，小冉看得出来，伊梅对她的这个小姑子是关爱有加的，要是将谭文婷留在这儿，伊梅自然就会经常来看她，这极有可能在某一天被谭文婷说出，或被蓝诺撞见。如果把谭文婷送到深圳那边去，这样她们接触的机会就会极少，而伊梅又是那种无事不登三宝殿，不主动上门来找她的人。

这真是个好办法！舒小冉激动得跳下床，直奔办公室，没半点犹豫就拨通了陈蓝诺办公室的电话。

“喂，陈董，说件你中听的事吧！”每次与陈蓝诺通电话，舒小冉都是心情大好的，此刻是格外好。

“呃……是舒总遇有什么喜事了，说来听听？”陈蓝诺在电话那头开着玩笑。

“不是，是我有了个新发现。”

“什么新发现？”

“我发现谭文婷的工作能力确实不错！”

“是吗，发现人才了？难道比舒总的能力还强？”

“这个……你不是希望她去你那边的吗？”舒小冉被夸得心虚起来。

“你的意思是让她到这边来？”陈蓝诺试着问，自然也有些意外。

“是的，你回来接她过去吧，把小张换回来。”

“哦，我一时回不去，再说吧！”

“你该不会……是不乐意吧？”舒小冉对他这种不冷不热的回答，又心虚了。

“不是，是这段时间特忙，手头有几笔业务还没谈妥，回去时再联系吧。”陈蓝诺回道，虽不明白舒小冉为何突然改变了主意，可也不想多问。

舒小冉原以为蓝诺听到这个消息会有多高兴，巴不得就回来接她过去。看来还真是吃错醋了，他怎么可能会在乎这个谭文婷？

当她把这个决定再告诉谭文婷时，原以为谭文婷听到这个消息也准会乐意，谁知谭文婷听后却愁起眉来了，说是要征求她梅姐的意见，似乎决定权全在舒伊梅那里。为确保事情进展顺利，舒小冉决定择日去南林市亲自找伊梅说说。

在去南林市的路上，舒小冉一边开着慢车，一边与谭文婷聊天，打探式地问了很多有关她哥与伊梅的情况。谭文婷性子直，如实说了很多，尽管从内心舍不得哥哥离世，但话意中多少认为这对舒伊梅也是一种解脱，而这种心理矛盾的根源，在第一眼见到舒伊梅时，她就模糊地有过。舒小冉听过之后，差不多也认为舒伊梅嫁了这样“十不全”的男人，还不如单身地好；而当谭文婷由衷地说出“梅姐还很年轻，真心希望梅姐还能重新找个好归宿”时，舒小冉听了，难免又忐忑不安起来。她当然也希望伊梅还能找个好归宿，但又害怕伊梅因此会找到蓝诺。

舒伊梅很意外舒小冉的到来，热情引她进屋。舒小冉一看这院落和二层小洋楼，认为伊梅能有这样的居住条件，也很不错的。人生本来就有得有失，鱼和熊掌怎可兼得？她既然选择了这样的生活条件，就不应该再拥有蓝诺。舒小冉这样一想，似乎又有了心安理得的理由。

舒小冉没立刻进屋，而是在院落里转悠，一副羡慕的样子，说住房中有这样的院落是真好，还说她也有计划，要在省城买套这样的房子住。

谭文婷在屋里泡好了茶，招呼着她。舒小冉应声走进客厅，屁股一坐到沙发上，就开门见山地向舒伊梅说明了来意。

舒伊梅听了当然开心，随即表达谢意，直说这是给谭文婷很好的锻炼机会，同时认为舒小冉之所以有这样的决定，多少是念在她们这么多年的情分上。

“小冉，你还在深圳开了分公司？那天怎么没听你说呀？”

舒伊梅的这个问题问得很是突然，舒小冉事先还真没想到这一点，想了半天吞吐着回道:“这个……其实也没什么,只是赶上经济改革大潮,目前我这个行业正好处于快速起步的发展阶段……”

“梅姐,我去了那么远的地方,你怎么办呀?”谭文婷岔开了话题。舒小冉带几分感激看了一眼谭文婷,又看向舒伊梅的反映。

“没关系,你放心吧!有欣然在。”舒伊梅知道谭文婷是担心她母亲为难自己,她却不能在身边护着了。这些年来她为了自己,她们母女不知争吵过多少次。

而她这种没有来头的回话,舒小冉是听不懂的。她本以为应该是伊梅不放心谭文婷出远门才对,怎么现在反过来是谭文婷不放心伊梅了?可她并没有追问的心情,言多必失,只要伊梅能同意谭文婷去深圳就好。

“文婷什么时候去深圳?我想去送送。”舒伊梅看向舒小冉问。

“不用。不用。这时间也说不准的,随时会去,你就别操这个心了!”舒小冉神情紧张地生怕伊梅坚持要去送。其实她已接到了蓝诺的电话,说是明天回来。

“小谭,去把你要带的行李都拣了吧,包括冬天的衣服。这一去,也不知多久能回来一趟。”舒小冉转身对谭文婷说。

谭文婷起身上楼,舒小冉为避免伊梅再问出什么难以回答的问题,也跟着起身在屋子里随意转悠。转到伊梅的房间,目光被伊梅的结婚照所吸引,她凝视着照片上的谭文玉很久,还在心里对着他埋怨道:你干吗要死掉呀?不死多好!不死伊梅就不会对我构成威胁,你知道我有多爱蓝诺吗?

“都拣好了?”舒伊梅见谭文婷下楼来问道。舒小冉听了,转身走出房间,看向谭文婷也问:“都拣好了啊?”

谭文婷点头。

“那我们走吧!”舒小冉说着,转身向门外。

“总得吃了中饭才走吧!第一次来我家就这样匆匆离开,也说不过去呀?”舒伊梅极力挽留。

“是真的不行,公司有急事。现在摸着这门头了,以后有空我就过来看你。”舒小冉坚持要走。舒伊梅无奈,只好帮文婷拎起包裹去送她们。

刚跨出门,英子带着欣然在外面玩回来了。

“姑姑……”欣然一见到谭文婷,兴奋地扑到她怀里。

“哟，宝贝，想姑姑了没有?” 谭文婷蹲下身，在她小脸上亲了又亲。

“想了呀，姑姑，你是不是又要走了呀?”欣然看了一眼地上的行李问。

“嗯……姑姑要去很远很远的地方上班了，姑姑会想你的。”谭文婷说着，眼圈就红了。她对欣然好，不亚于舒伊梅，不知道是不是谭文玉已经去世这个原因。

舒伊梅的眼圈也红了，她当然也舍不得谭文婷去那么远的地方上班。

“阿姨好!”欣然看向舒小冉，很有礼貌地喊了一声。

“嗯，真乖，好可爱哟!”舒小冉笑应着，顺势把她抱起，忍不住也亲了下她红红的小脸蛋，之后看着她们如此依依不舍，多少又有些后悔没答应留在这儿吃饭。她心里清楚，谭文婷这一去，还真不知什么时候能回来，应该让她们多聚会。事实上，她也根本无须急着回去，只是心里闹别扭，不想在此多停留罢了。

“光阴对人心毫无怜悯之情，他嘲笑人心记忆追思的悲伤挣扎。”舒小冉不知怎么就突然想起在哪读过这样的一句话。她并非不追恋昔日姐妹情谊，可她更在乎蓝诺；一想到蓝诺明天就要回来，她身体里就有一股冲动的血液在涌流……

三十六

舒小冉没有把陈蓝诺要回来的消息告诉吴子俊,并一早打发他去南京购置汽车配件。她认为这些年里,正是因为有了吴子俊的搅和,她才一直没有机会与蓝诺独处交流。

一上午,舒小冉的心都被幸福的浪漫幻想搅成了一团,心里的美意芳香四溢。按照蓝诺以往所乘班机的时间,估计十点就能回公司。可是,早过十点了……

十二点了。下午一点了。两点了……舒小冉焦急地一遍又一遍地看向时钟。

三点了。四点了。五点了。吴子俊出差都回来了。这下又没戏了!舒小冉看了一眼风尘仆仆回来的吴子俊,懊恼地想着,心里盛开的幸福花瓣,开始一片一片地剥落……

傍晚时分,一辆崭新的轿车停在了公司门口。舒小冉怎么也不会想到,陈蓝诺会开车回来,走过去一看,激动得心都蹦了出来。"蓝诺,你回来了!怎么开车回来了?"瞬间的惊喜,忽略了一整天被煎熬的焦急心情。

"正好要去南昌谈笔生意,开车方便。"陈蓝诺笑着解释。

舒小冉"哦"了一声,又关切地问道:"开了这么多路,很累吧?"

"还好。子俊呢?你们都还没吃吧?我饿了,叫上一起出去吃饭。"

"我在这儿!什么风突然把我们的陈董吹回来了?"吴子俊不知从哪儿冒了出来。

陈蓝诺看向舒小冉,意思是问她:难道没有告诉他我要回来?

舒小冉心虚地避开陈蓝诺的目光,正好看见谭文婷下楼来,像是获得了救兵,忙说:"小谭,你也没吃饭吧?正好我们一起出去吃。"

谭文婷推辞不去,舒小冉却执意相邀:"一起去吧,没关系的,大家都是同事。”

恭敬不如从命，谭文婷“嗯”着看了一眼陈蓝诺，见他也正笑着看自己，突有怦然心动之感。

吃饭的时候，舒小冉表现出了未曾有过的沉默，抿着嘴，嚼着菜，难掩心事重重的样子，也难得一副淑女形象。要是往日，只要有陈蓝诺在的地方，她都是愉快的，甚至是有些亢奋的，不仅话多，笑得也爽朗。

舒小冉不说话，谭文婷也没什么话说，一边漫不经心地吃着菜，一边听陈蓝诺和吴子俊开心地交谈。具体地说，是在听吴子俊滔滔不绝，说他今天去南京汽车城的所见所闻。

“现在有钱人越来越多，生活水平一提高，买私家车的人自然就多，所以汽车行业发展空间是越来越大，市场前景绝对可观……”陈蓝诺自信地分析。

“我们的舒总今天怎么了？一句话也不说，这不像你的风格嘛！”吴子俊转开了话题。他虽与陈蓝诺在说话，却一直用眼睛的余光关注着舒小冉。

陈蓝诺也觉得舒小冉有点反常，不说不笑不喝酒，完全不见平日女英雄的豪爽。又想她突然改变主意让谭文婷去深圳，肯定是有原因的。是什么原因呢？他实在猜不出，于是就开吴子俊的玩笑：“不是你得罪了舒总吧？”

吴子俊忙接话道：“我就是吃了豹子胆，也不敢得罪我这美女老板呀！我琢磨了一下，目前我只在意两个‘最’。”

“不得罪美女，是男人的美德嘛！快说说什么‘两醉(最)’？”陈蓝诺笑着问。

“一最是——最怕惹我的美女老板不开心。”

“我还以为是醉生梦死的醉呢！‘二最’呢？”陈蓝诺笑着又问。

“二最是——最喜欢看我的美女老板开心！”

“呵呵，我给你加一最吧！三最是——最会拍你美女老板的马屁。”陈蓝诺说完，大家齐笑出声来。

吴子俊见舒小冉白着眼看他。“我说的是真心话嘛！舒总，千万莫生气啊！他人气我我不气，气出病来无人替，你若真是被我气，就当我刚才说话是放屁。”话音落下时，大家笑得更开心了。

一阵笑声之后，舒小冉终于暂时放下烦心事，也开始有说有笑。桌上的氛围顿时活跃了不少,他们就这样在说说笑笑中,结束了晚餐。

回到房间后,陈蓝诺总感觉哪里不对劲,好像自己有意在避开什么,想到的是自己一直没与谭文婷直接交流过一句话。怎么要在意这个?他有点自嘲地摇了摇头。开了一天的车,只觉很疲倦,想着明天还得开一天的车,就准备去冲澡休息。这是他喜欢的一种生活方式,累倦了倒头便睡,什么都可以不想,尽可能地把日子过得简单而充实。

正当他去衣橱拿衣时,听见有人在敲门,以为是吴子俊又要找他闲扯,不急不慢拿着内裤去开门。刚把门打开,舒小冉快速溜了进来,还顺手把门轻轻地关上了,生怕有人在背后跟着似的。

“发生什么事了?”陈蓝诺被弄得莫名其妙。

“没……没什么事。”舒小冉像是完成了什么惊险动作,伸了下舌头笑了笑。

“真没什么事?”

“真没什么事!”

“真没什么事,要这样神神秘秘的干吗?”陈蓝诺疑惑地问道。见舒小冉一直盯着自己看,他才发现手上拿着内裤,尴尬得很快将其塞到沙发底下,还解释说,开了一天的车,很累,正准备洗澡休息。

“坐吧!我看你今天是有点反常,肯定是发生什么事了吧?”陈蓝诺指着对面沙发,很正经地问道。

“嗯……也没什么事……就是……”舒小冉坐了下来,本来早就想好的话,现在却难于启齿了。

“就是什么?怎么突然又要小谭去我那边?”陈蓝诺以为肯定与这事有关。

“哦,这个……我确实觉得她挺不错,才让她过去帮你,给你减轻负担。”

“真是这样?”

“那你想还会是什么原因呀?”

舒小冉这样一反问,陈蓝诺也就信了。可想想又觉得不对劲,于是笑着问道:“你今天反常,是不是有什么喜事?该不会是要告诉我你要准备结婚了吧?”

“是……是想结婚了。”舒小冉肯定回道。

“真的,子俊向你求婚了？难怪神秘兮兮的!”陈蓝诺以为自己十拿九稳猜对了。

“没有。他没有向我求婚。但是,我是真想结婚了。我想问……问你为什么还不结婚?”

“我跟谁结婚？这与你想结婚有什么关系?”

“我的意思是,你这一生还打算结婚吗?”舒小冉解释说。

“这个问题还没想好,看缘分了。”

“什么看缘分了?”

“我说的缘分你不知道吗？除非我亲眼见到伊梅现在过得很幸福。”

“如果这辈子都见不着呢？不,我的意思是,如果你一直遇不到她呢?”舒小冉明显有些心慌起来。

“我说了看缘分,我给自己赌了十年,十年内如果还没有伊梅消息的话,就说明与她真的是有缘无分了。”

“呃……我想,我们结婚吧！我快要疯了,真的快要疯了!”舒小冉终于说出了口,比预先想的还要激动。

“你,你怎么了？什么疯了呀,说什么糊涂话,想结婚就结婚呗！子俊确实对你是真心的,我去叫他来……”陈蓝诺尽可能地控制着内心的不安,佯装地说道。

“别,你就当我什么也没说,行了吧？我差不多是糊涂了,我怎么要爱上你！你爱上伊梅多少年,我就爱了你多少年,你知道吗？以前我从没奢望过你能爱我,也从未想过要从伊梅的身边夺走你,直到伊梅离开你之后。这么多年了,我苦苦等,苦苦等,我多么想……多么想有一天,我能代替伊梅在你心目中的位置。你不知道吗？你是要佯装不明白吧？爱是能谦让的吗？你不爱我没关系,你不要把我推让给别人……”舒小冉越说越激动,差不多是一口气说下去的,说完起身离去。

陈蓝诺真是被她说晕了头,傻愣愣地看着她离去的背影,心里很不是滋味。那种感觉就像是两个坐在一起的人,其中一个人身上有严重的狐臭,另一个人不说也罢,说出来多少是有些尴尬的。现在,他宁愿这狐臭是在自己的身上,他不介意舒小冉说出来,也只求她不要将其放在心上。

第二天临离开时,陈蓝诺很想见到舒小冉,不时地向楼梯口张望,他是想看看她的神情有没有异样，有没有把昨晚发生的事放在心上，可一直不见其下楼来，便知她肯定是在意了，真的伤她心了，心里不由得失落和歉疚起来。

“小冉今天怎么了？可能是身体不舒服吧，到现在还没起床？我等会去看看，你放心吧！”吴子俊安慰道。他当然也奇怪，舒小冉怎么会破天荒地不来相送？每次蓝诺要离开时，她可是依依不舍地送了又送的。

陈蓝诺轻拍着吴子俊的肩膀，鼓励地说：“多用点心，你们也该有进展了，加油吧！”

吴子俊感激地看了他一眼，笑着点头。

舒小冉一夜辗转不眠。她多少是懊恼自己昨晚的冲动的，自己这样一表白，就别说这爱情星火能否燎原，或许彼此尴尬到连友情都难以维持，今后还怎么共事呢？

陈蓝诺也在想：今后还怎么共事呢？爱情是毒药，中毒的总是女子。他承认舒小冉中了自己的毒，却无奈不能给她解药，只希望吴子俊能慢慢感化她，医好她。

坐在副驾驶座的谭文婷，不知这个陈董是真的不爱说话，还是揣了什么心事，一路上基本沉默不语，除了中途下车吃饭时简单说了几句必要的话。

陈蓝诺不说，谭文婷也不会主动找话说，就那样安静地坐在副驾驶的位子上，不时偷瞟他一眼，并没感觉到沉闷，也没感觉到疲累，反而有一种说不出的惬意……

三十七

国有企业改制已在全面实施。舒伊梅自考回来就听刘会计说，厂里将进行股份制企业改制，每人要出资3000元作为集资款，改制后每个职工都将成为股东；还说改制了就可能要实行“优化组合，减员增效”，建立优胜劣汰的人员竞争机制，这样很可能一部分人会下岗。舒伊梅没有心思去深究到底那是怎样的一种改制，更没去担心会下岗的事情，而3000元的集资款她倒是在意了，因为谭文玉住院期间，花光了她所有的积蓄，现在每个月只有几百元的工资，仅仅只够家里的开销。

最好年底不要改制，得为这笔钱做计划。舒伊梅想到这，就打算开年后让欣然进幼儿园，这样就不用再雇用英子，可节省一笔开支。这段日子，可以说是她自到南林市以来最安心的日子，每天除了上班，看书，带孩子，做家务，基本不想其他的事；而且带孩子和做家务的事，还有英子帮忙，自己就有很多时间看书。到目前为止，报考了10门课程，通过了9门，这次考的《高等数学》没有通过。

舒伊梅安慰自己没通过也很正常，具体说，自己只有初中文化水平，而且这次看书的时间也不够充分，只能在明年四月多报考一门了。伊梅现在唯一有些闹心的是吴秀珍，每天回不回家吃饭，从不打电话，捉摸不定：烧了她的饭时，她不回来；没烧她的饭时，她又回来了；她回来见没烧她的饭，自己难免又要被她一顿羞辱。辱骂的言语无非就是这些：“乡下人就是没素质！”“以为自己在城里待几年，长见识了，是吧！”“我儿子尸骨未寒，就心动了啊！”“不把我放在眼里了啊！也不想想你现在过的日子是怎么来的……”每每此时，她只能保持沉默。舒伊梅始终认为，沉默是保护自己最好的武器。

时间过得真快，转眼又临近春节。舒伊梅接到谭文婷的电话，说公司正处在发展阶段，年底比平时更忙，她不准备回家过年了。谭文婷不回来，就只有吴秀珍和她娘俩在家过年，不难想象，那样的过年氛围肯定会让人非常压抑，舒伊梅便第一次萌生了要回老家过春节的念头。也该回家看看了。没有结不了的怨，也没必要再怨下去，一家人永远还是一家人。舒伊梅的这种彻悟，完全有种人生历尽沧桑之后，让她什么都看开了的境界。另外，她还想到把《高等数学》带回家去，学不懂的地方可以问问伊仁。

厂里规定是腊月二十八放假，刘会计说，年边赶回家过年的人会更多，一个人带着孩子，路上会很辛苦，建议请几天假提前回去。舒伊梅很是感激。当然，她也把带欣然回老家过春节的想法告诉了吴秀珍，也正如她所料，吴秀珍满不在乎，临走时连看都没看她娘俩一眼。舒伊梅虽然习惯了吴秀珍这样的冷脸，却总想不通：外人都对自己那么好，为什么唯独她总是与自己过不去？

欣然不知道是不是晕车，她一路上哼哼唧唧的，坐也不是，站也不是，抱在怀里也不是，总之是闹得没停歇，再加上车内嘈杂，弄得舒伊梅早已筋疲力尽。还没到三铺镇时，她就开始担心如果搭不到顺便车，怎么和欣然走那么多路回到西子村。谁知，一下车就听见有人在喊："去西子村的快上车，车子马上就要开动了！"舒伊梅循声音望去，发现有一辆直达西子村的中巴车就停在路口，惊喜得赶忙一只手吃力地抱起欣然，一只手拎着沉重的大包裹，晃晃荡荡地向中巴车走去。

车上的人并不是很多，舒伊梅见前面还有个空着的双人座，才又不紧不慢地先把欣然抱上车，然后再把包裹拿上放好，自己挨着欣然坐下，顿时感觉轻松了许多。

到西子村都有直达车了，真好！舒伊梅心生感慨，想她第一次来三铺镇时，还是蓝诺骑着自行车带她来的，那是她第一次坐在男生的自行车后面。应该是在读初三那年吧，好像是数学老师推荐，叫去镇上哪家书店买什么复习资料的事。对的，就是这事。她努力回忆着。那时她并没有把老师的建议放在心上，觉得三铺镇太远，根本去不了。舒小冉有自行车，只是舒小冉觉得没必要跑那么多路，去买一本什么复习资料；后来是蓝诺自告奋勇地说要骑车带她去，也不知道他是怎么知道这件事的。问他，他也不说。去时，小冉也跟着一起去了。那一天，三个人玩到很晚才回家，回到大枫树脚下时，猪牛鸡鸭都进了圈栏，枝头上的鸟儿们也已陆续回巢……

舒伊梅美美地回忆着,不知不觉就到了西子村,这才发现欣然已靠在怀里睡着了,怕弄醒她,轻轻抱起,结果她还是醒了。

“妈妈,是不是到了外婆家啦?”

“是的,宝贝。终于到外婆家啦!欣然很快就会见到外婆啦,舅舅啦,小小姨啦……”舒伊梅拿下行李,把欣然抱下车时,看到西子村的变化,很是吃惊。昔日冷清的一条土街,如今人如潮涌,热闹非凡。路边的红对联和各种图案的年画,摆得到处都是;原先不起眼的一家小店,现已变成了三层楼房;旁边还增加了鞋店、服装店、水果店……每个店内人头攒动,川流不息。时过境迁,看来国家改革开放的春风也吹到西子村了。

与此同时,舒伊梅还想到了舒小冉的变化,心里突然有种说不出的滋味。改变命运的途径有很多种,可父亲却把自己的婚姻作为了筹码。命运改变了吗?是的,是改变了,变成城里的寡妇了。舒伊梅在心里自嘲,难免还有些心生怨恨。

一切皆是命!不想。不想!这种时候,她只能拿唯心说事了,为的是不把这沉重的心情带回家。

从西子村口到舒堂屋有两条路:一条是从西子湖坝埂走几条细细窄窄的田埂,便可到家;另一条是乡村公路,需要绕半个田块才能到家。舒伊梅把包裹挎到左边肩上,右手牵着欣然,沿着乡村公路向舒堂屋走去。

舒柏康正从小路上走过来,他的内心是那么矛盾,急切想见到,又害怕见到,怕伊梅不理,怕自己无颜面对。自从接到伊梅电话说要回家过春节,他内心的激动无法形容,如同获得无罪赦免一样。接下来,他每天挖空心思地置办年货,并且比往年准备得多——不仅分量多,花样也多,很多东西还是特地到三铺镇上买的。这些年,他对伊梅始终是有负罪感的,也隐约感到伊梅并非如她电话里所说的那样过得很好,只是不愿去多想,也一直避免去想这样的问题。因为一想到这些问题,他的胸口就闷得慌。

舒伊梅一走到大枫树脚下,顿时一种情结涌进心胸,温暖而亲切。欣然停下脚步,好奇地看向那些成群结队的鸡鸭鹅,跑的跑,飞的飞,晃悠的晃悠,还有几头牛躺在地上,慵懒地咀嚼着干枯的稻草。舒伊梅发现自家那间低矮破旧的土坯房子不见了,取而代之的是两层红砖楼房。之前,虽听父亲说过家里的房子重建了,但没想到是建成了楼房。她还发现村里这样的楼房有好几栋,小冉家也改建成了二层楼,比她家楼房气派多了,外墙还镶有带花纹图案的白底瓷砖。

变化了,都有变化了。都有能力改变自己的命运了。舒伊梅说不出,自己这样的感慨是欣慰还是悲哀。她把目光收回来,这才发现小小和一个小男孩正瞪着大眼睛,站在大枫树的一侧望着她们。显然,小小已不记得她这个姐姐了。

“小小,都长成大孩子了,不认识姐姐了吗?”伊梅走上前去,还亲热地摸了下旁边小男孩的头,一看便知,这肯定是伊仁的孩子。

孙爱兰从屋子里出来了。她在屋子里烧饭,不时出来看看。

“妹儿呀,回来了呀,我儿宝宝回来了呀！我的儿宝宝……”孙爱兰一看到欣然,又激动得红了眼圈。

舒伊梅看着母亲老了,头发白了,背也有些驼了,顿感心酸,眼圈红了。

孙爱兰怎么会不老？这些年来,一想到她这个多年不回家的女儿,一个人不知偷偷哭过多少回,尤其是想到她最后一次离去的情形。尽管舒柏康传话说,妹儿在那边过得很好,工作清闲,但是母女连心,在这些孩子当中,她知道伊妹最懂事,最善解人意,最能沉得住气,并且是骨子最坚强的一个,伊妹就是在外面受到再多的委屈,也不会对家里说的。

“哟,我的儿宝宝,都长这么高了啊！来,外婆抱抱!”孙爱兰颤巍巍地张开双臂,要上前去抱,欣然却怯怯地往后退。伊梅见状,赶忙蹲下身来:“欣然,这就是妈妈说的外婆呀！看外婆可喜欢你了！去,让外婆抱抱。”孙爱兰这才顺利地抱起。

“宝宝好乖,外婆终于见着宝宝了,外婆好想宝宝,常在家里想象宝宝长什么样。外婆听到宝宝出世了好激动,几天几夜都没合眼。外婆想你……每天都在家数着日子,宝宝满月了,两个月了,三个月了,一岁了,两岁了……”

欣然看着外婆又哭又笑的,乖得在她怀里一动不敢动。

“这是哥哥的小孩吧?”伊梅打断了母亲的唠叨,牵起小男孩的手向屋里走去。

“哦,你爸是去接你们了！肯定走岔路了……”孙爱兰突然想起来,正问着,只见舒柏康气喘吁吁地跑过来了。

三十八

“回来啦！我到村站时，看见车子已经停在那，向司机打听后，估计你是从公路上走的，一路跑着，也没追上。”舒柏康说得上气不接下气。

舒伊梅看向他，稍有惊愣，笑了笑，没有说话，也不知道说什么好，是因为她看到，父亲比母亲老得更多，头发几乎全白，脊背也不再挺直，脸上深深浅浅的皱纹似刀刻般明显，不由得心疼起来，而往日的那些怨恨，也似乎在瞬间给忘了，甚而还有些自责和内疚，想想这么多年来，自己不愿见他，不愿回家，多少是不孝的，让他们操心了，才都老成这样！她记得奶奶曾经说过，水总是向下流的，自己不当父母，不知道做父母的辛苦；如今自己也是做母亲的人了，自有深刻体会。她不由得迎上前去，深情地叫了一声：“爸……”

舒柏康激动地应着，有些许的受宠若惊，呵呵傻笑，看向欣然，想抱又不敢抱。舒伊梅叫欣然喊：“外公好！”

“外公好！”欣然甜甜地叫了一声。

“哎！”舒柏康开心地应着，这才放心地把欣然从孙爱兰怀中抱了过来。当然真正使他开心的，还是舒伊梅对他这不记恨的态度。

舒伊梅进屋刚坐下不久，苏子薇风风火火地回来了，手上拎着一个饭盒，还没进门就喊：“伊妹，终于回家了……”

“嗯，苏姐在哪忙来？”舒伊梅忙起身。

“去送饭给伊仁了，伊仁最近特忙，校长好像要他弄个什么宣传材料，这几天都在学校加班，不过他说下午尽量回来早些，急着想见你呢！哟，宝宝也回来啦，真漂亮！皮肤白得像洋娃娃呢！城里的孩子就是不一样，伊妹，看，长得真像你……”苏子薇一发现欣然，如拾宝了似的，忙放下饭盒，伸手去抱起。

舒伊梅看着苏子薇抱着欣然夸个没完没了的，一点没有做姑娘时的腼腆和羞涩,便想到一个人的改变很容易,是随了世俗、身份和角色的转换而改变的。父亲老了,母亲老了,苏子薇成了地道的农家大嫂,小冉成了地道的城里人,且事业有成。蓝诺呢?他转换成什么角色了?舒伊梅不由得陷入对陈蓝诺的遐想……

舒柏康叫吃饭了。孙爱兰也在喊:“快吃饭!把我儿宝宝饿坏了。”她说的“儿宝宝”,当然是特指欣然的。

舒伊梅看着满桌丰盛的菜肴,一种温暖油然而生。

亲情永远不逝,于她而言,这样的温馨氛围,仿佛已是很遥远事情。

吃饭的时候,苏子薇只顾忙着夹好菜给欣然吃,把自己的孩子晾在了一边,舒伊梅再次被感动,目光转向小男孩。这是她曾无数次想象过的长成啥样的小男孩,如今就在眼前。“汲取你父母的精华了,看,长得多帅!跟姑姑说说,你叫什么名字?”她疼爱地说。

“叫舒思恩。思恩,还没叫姑姑吧?快叫姑姑好!”苏子薇接话道。

“思恩?这名字很特别,是哥取的吗?”舒伊梅笑问道。

“我取的。这可不是拍你的马屁啊!”苏子薇话没说完,就顾自笑起来。孙爱兰也跟着笑了,但舒柏康没笑,舒柏康知道她接下来会说什么的,知道这个儿媳妇说话向来没遮没拦,心思不坏。

“所谓思恩,就是不要忘了你的恩情,我与伊仁都是明白人,是你成全了我们。”这下,苏子薇说得很认真。

舒伊梅笑着,话说得有点过了。又见父亲神色极不自然,嘴里的饭半天没咽下,知道是触动了他的某种痛处,便安慰道:“都是一家人,这说的是什么话!现在大家不是都过得很好吗?不过,思恩这名字确实蛮特别的,也很好听。”

舒柏康听她这样一说,神情多少恢复些自然,看向舒伊梅,半信半疑地问:“他……也还好吧?”

舒伊梅被问得突然,顿时愣住了。又想了想,半天才说:“嗯……还好。他……春节值班,不能一起回来。”

这真是弥天大谎!舒伊梅说得极不自然。她本想谎称谭文玉是因为身体不舒服,可想到上次回来也是这样说的,便改口说他是值班,认为这样更妥帖一些。

“哦,春节还值班呀!还真想见见这姑爷呢!什么时候把姑爷也带回家,让我们认识认识?”苏子薇显然是信了。

孙爱兰“哦”了一声。知女莫如母,她似信非信,情绪也明显低落了些。

舒柏康是不相信的。他从舒伊梅那不自然的神态中捕捉到,她肯定是在撒谎,他认为女婿不来省亲,肯定是身体行动不便,但绝不会想到他已经不在人世了。

“小小该读书了吧?”舒伊梅转开了话题。

“嗯,叫伊仁带着,已读二年级了。”舒柏康赶忙接话。他知道这样的话伊梅爱听,也暗自下了决心,无论如何,要让小小把书读到底,让她读高中,上大学……

因了舒伊梅在家,家里便早早进入了过春节的氛围,也比往年热闹很多。舒堂屋的人听说伊梅带着孩子回来,家家户户的人几乎都上门来看她。有真心来看望的,也有来猎奇的,所以家里每天人流不断,尤其是大年初一那天。

舒堂屋过春节有个习俗,即从除夕晚上到大年初一,相互都要串门拜年,晚辈的或平辈的,每家每户都得跑到。这两天,不论是谁到了舒柏康家,停留的时间都是最长的,而坐下聊天时,难免就会有人要问:“伊妹,怎么不把姑爷带回来呀?”每每这时,苏子薇都抢着回答:“姑爷春节值班呢!回不来。”伊梅就在一旁笑笑。她知道这说法有些人是信的,有些人似信非信,而绝大多数人是不相信的。

假期很快就要结束了,舒伊梅纵有诸多的不舍,可天下并没有不散的宴席。这个春节,舒伊梅觉得是她有生以来过得最惬意的日子。一家人把她当贵宾款待,每天吃的喝的都是现成的,家务事一点不用插手,苏子薇和母亲无论如何都不让她沾边。欣然有小小和思恩伴着,每天都玩得意犹未尽地上床睡觉,白天基本不近她的身,这让她积累了不少看书的时间,在伊仁的辅导下,也基本把《高等数学》不懂的部分弄懂了。这段美好的日子,真像是幻梦一场。可人生毕竟是现实,而不是梦,最终还得回到现实中去。

回到了南林市,开门进屋时的冷清,再加上室内的那股霉腐味,舒伊梅明显有些不适应。屋子里窗户紧闭,沙发上乱七八糟地丢了许多东西,茶几上的灰厚厚一层,垃圾桶里堆得满满的,还有几片苹果皮扭转着,耷拉在边沿……

放下包裹,舒伊梅先把窗户一一打开,打算再给欣然泡杯牛奶,让她喝了先睡一觉,却发现每只水瓶都是空的,只好拿来水壶打水去烧。又看小欣然耷拉着脑袋,实在是太疲倦了,就把曾是谭文玉坐的靠椅端放到院落之中,让欣然先坐到上面休息一会。忙完这一切,她开始卷起袖子收拾屋子。

舒伊梅边收拾屋子边想,吴秀珍这些日子是到哪里去了?难道也去了什么亲戚家过年?又回想,自她到谭家这么多年,好像也从没见过有什么亲戚来往,但她怎么也不会想到,此时的吴秀珍正在楼上睡觉。

这个假期,吴秀珍基本上都是晚上打牌,白天睡觉,黑白颠倒地过日子。在舒伊梅开门进屋时,她已被惊醒,只是躺在床上不想动。通过听声音,她知道伊梅在楼下的一举一动:烧开水,打扫卫生,给欣然洗澡,洗衣服,等等。她就那样一直听着,睡着,睡到房间里明显暗了,才起床下楼来。

舒伊梅正在房间里整理衣物,听见有人下楼的脚步声,跑出来一看,惊得一时说不出话来。

"回来了呀!欣然呢?"吴秀珍明知故问,还难得向舒伊梅笑笑,那神情就像是刚刚才知道她们母女回家了。

"……嗯,早回来了。欣然在睡觉。"舒伊梅愣愣地回应。

"呃……我来烧饭吧!早上我买了菜,估计你们今天要回家。"吴秀珍说着,向厨房走去。

舒伊梅还在愣着,她实在是不敢相信——不敢相信的不仅仅是吴秀珍竟然在家睡觉,还有就是她这态度的转变。按以往来说,她应该是黑着脸的,看也不看自己一眼才算正常。

是幻觉吗?不是。因为她又听到了从厨房里传来打米的声音。

看来真是变了!是什么使她改变了呢?舒伊梅有些百思不得其解。无论如何,这开年是个好兆头!因为英子不会再来带欣然了,自己今后与吴秀珍独处时间多,也少些尴尬的局面。舒伊梅这样一想,心头便有了从未有过的庆幸感,以为幸福真的在向她招手了!

三十九

这个春节，吴秀珍是从未如此感到孤单和寂寞，也是第一次深刻体会到被家人离弃的滋味。尤其是在除夕之夜，她一个人静静地坐在沙发上，聆听着屋外不曾间断的鞭炮声、烟花绽放声，以及隔壁左右的笑语喧哗声。那样的时刻，那种落寞就像吸血鬼附身，在一点点地舔舐着她体内的热血，随即渐渐冷却，直至浑身发冷，最后陷入一种巨大的恐惧之中。

人处于孤独中，不由得会想到自己最亲或最爱的人。吴秀珍也无法例外，屋外爆竹声声辞旧岁，屋内一个人孤苦伶仃，冷冷清清。有关丈夫和儿子的记忆，一点一滴地在她的脑海中纠缠错乱。

是愧疚还是害怕？是自责还是不安？往日的一幕幕，如飞轮一般，在脑海里盘桓，天旋地转；而有些愧疚的记忆，又如同尖刀般扎进了头壳，头盖骨炸裂疼痛，仿佛谭清玄出现了，又仿佛谭文玉也出现了，他们都在看着她，在楼梯口，又在卫生间门口，又好似移步到她面前来了，睁着一样的圆眼珠，目光审视，看得她浑身瑟缩，如同罪人一般，被他们一点点数落罪行。

知道是产生幻觉了，吴秀珍摇着脑袋想意识清醒一些。可越是摇脑袋，他们的幻影变幻得越清晰，幻象越来越恐怖。他们走了……又各自回头了。她看见谭文玉拄着拐杖，从黑洞洞的房间里面目狰狞地走了出来；又看见谭清玄从黑洞洞的楼梯口处走了出来，伸长着脖颈，拖着长舌头……

巨大的恐惧扼住了喉咙，吴秀珍只觉快要窒息了。隐隐中，她还能感知是幻觉。一个趔趄上前，如被人硬推了一把，她冲到了谭文玉的房间把灯按亮。接着，她又把楼梯口的电灯拉亮了，还有厨房的、餐厅的、卫生间的，全都拉亮了，整个屋子灯火通明，亮堂堂的，什么影子都不见了。

不见了，都不见了，是幻觉，全是幻觉！吴秀珍自言自语着，浑身瑟瑟发抖，还是放心不下，胆战心惊地到各个房间走走，伸头看看。只见餐厅里那半拉的落地窗帘，在风的作用下拍打着窗外的黑幕，一鼓一吸地发出怪怪的声响，她又硬着头皮走了过去，把窗户关得严严实实的，窗帘全部拉上。响声没了，黑幕没了，这才深深地呼出一口气，绷紧的神经稍稍有所松弛。

回到沙发上坐下，浑身冷飕飕的，吴秀珍这才知道是自己惊出了一身冷汗，想去洗个澡，可洗换的衣服放在楼上。一想到楼上的房间又是黑洞洞的，她又害怕起来，不敢上楼去拿衣服了，只好打来一盆热水，胡乱擦洗了一番，感觉稍稍舒坦一点时，肚子又饿得咕咕叫起来。

看看时钟，八点半。难怪呢！一整天只吃了一包方便面、两个苹果。可是自己什么都没准备，除了一些方便面和榨菜，自舒伊梅走后，她还一直都没开过灶。

又吃方便面？感觉要反胃了！吴秀珍试着去打开电冰箱，想看看有什么可以烧着吃的，结果发现冰箱里竟堆得满满的，有西红柿、马铃薯、青椒、黄瓜、豆腐干，还有肉和一些鸡蛋。那一刻，她内心难掩惊喜，同时又被什么东西重重地撞击了一下。她知道，这些食物肯定是舒伊梅有心为她储存的。

她从冰箱里拿出一个西红柿、一根黄瓜、两个青椒和两个鸡蛋。合上冰箱门之后，犹豫了一下，又打开冰箱，把肉也拿了出来，她要为自己准备一顿年夜饭。

淘米煮饭时，她特意多淘了一点，想着明天可以做蛋炒饭吃。接下来，她先后做了三道菜：凉拌黄瓜、西红柿炒鸡蛋、青椒肉丝。

这顿饭虽很简单，却是她有生以来第一次做的年夜饭！怎么不是第一次呢？没出嫁之前是父母做的；结婚之后是丈夫做的；谭清玄去世的那年，舒伊梅又嫁进了门。她的脑海里不禁浮现出往年除夕之夜，以及舒伊梅来到这个家之后的情景。

想到冰箱里的那些食物，也明白刚才打开冰箱时内心被触动的原因。舒伊梅的温顺善良无可厚非，自己这些年不管怎么刁难怎么骂，她都不还嘴，不辩护；也明知道自己找不出她哪点不好，且打心底里还佩服她对自己的容忍能力。可自己为什么还要欺负她？是什么迫使自己不喜欢她？

是的，确实是有人在背后“指使”，是“鬼”在推使她干，这个鬼就是鲁付春。在现实的舞台中，很多人自认为是在选择生活，可往往总是被生活所选择，这正如《谒金门》中所言：“谁在玉关辛苦？谁在玉楼歌舞？”不同的人过着不同的生活，是生活造就人，而不是人造就生活。吴秀珍选择了鲁付春，就注定她的命运处于被存在的状态。被现实的生活所选择，不能自已，失去自我，并且时刻有一种无形的危机感潜伏于生活之中，这种危机感是从谭文玉的婚礼那天开始的。这些年，吴秀珍已经习惯了鲁付春给予她的地位和财富，她可以失去丈夫谭清玄，失去儿子谭文玉，却担心失去鲁付春。生活的导向是有惯性的，习惯了奢华，就离不开奢华。她认为如果没有了鲁付春给予的物质财富，她拿什么去牌场挥霍？拿什么去奢侈消费？要是鲁付春看上了舒伊梅，不仅在伦理上说不过去，而且她的损失也可想而知了。

在吴秀珍的眼里，鲁付春就像一堆臭牛粪，难免要惹些苍蝇上身。她就是守护在牛粪旁边，为他捕获或追赶苍蝇的人。她允许那些苍蝇偶尔去叮叮他，供他消遣——也仅仅是消遣而已，她知道她们在鲁付春的眼里，也不过是一群贪图利益的苍蝇。她不在乎鲁付春醉生梦死去找她们消遣，她只在乎鲁付春的权力和金钱。但她明白，舒伊梅不是苍蝇，舒伊梅是她从山野里采摘来的一朵鲜花，想象一朵鲜花插在牛粪上将会是怎样？

依了鲁付春的那副德行，像舒伊梅这样漂亮又不同寻常的女人，他肯定是经不住诱惑的。吴秀珍本以为谭文玉死后，鲁付春很快会对舒伊梅采取什么不轨的行动。可事实恰恰相反，他不但没有采取行动，相反还冷静了许多，不仅很少来会计股了，而且对自己还是一如既往的好，甚至比以前更好，自己想要什么，他二话不说就买了。

难道是自己多心了？吴秀珍第一次有了这样的怀疑。

也许吧？她想，毕竟舒伊梅是自己的儿媳，自己与鲁付春在厂里的关系也是人人皆知，如果他对舒伊梅还要有非分之想，岂不是显得太没人性了？他鲁付春也是有儿有女的人，做人多少也是要积点德的！吴秀珍这样思前想后细分析，总觉得是多虑了，按常理来说，鲁付春也不会有那样的非分之想。这样一想，吴秀珍似乎是解开了心结，内心有所释然。与此同时，她还进一步反思了自己这些年对舒伊梅的态度，随之又多了些愧疚感。那一夜，她没有上楼去睡觉，而是睡在了舒伊梅的床上，想了很多，也反思了很多。接下来的几天假期，她就是这样黑白颠倒地过，白天睡觉，晚上打牌。

正月十五之前，厂里上班是不正规的。舒伊梅在家门口的幼儿园给欣然报了名，还担心欣然刚进幼儿园会不适应，谁知比她想象的要好得多，欣然与小朋友们很快就能玩到一起了。或许是在老家待了一段时间，对陌生环境有了适应吧！舒伊梅很欣慰，回味着回家的感觉真好！

最让舒伊梅欣慰的还是，她发现吴秀珍似乎真的变好了，很像个做奶奶的样子，与欣然亲近了很多，不仅每天主动要接送欣然上下学，也不再对自己黑着脸，说话的语气也温和了很多，只是家务事依然不沾手。对于这点，舒伊梅不在意。只要吴秀珍对欣然好，对自己态度有所转变，自己就感激不尽了。

幸福的生活便是如此吧！工作稳定，女儿健康乖巧，日子过得忙碌而充实，吴秀珍也不再莫名其妙地甩脸色，舒伊梅很是满足。满足的同时，舒伊梅偶尔也会想到陈蓝诺，想他是否也生活得很好，还幻想彼此是否还能再见面，再相见时会是怎样。但这种念想只一带而过，只认为是一种可笑的奢望，要强迫自己不去想他的最好办法，就是将自己投入备考之中，且认为选择自考还真好，不管学来的文凭将来有没有作用，至少生活有目标，内心有踏实感。

厂里改制的风声越来越大，鲁付春已接到关于落实国有企业改制的相关文件，必须要在三个月内落实。其实他早就知道，国有企业改制对他目前的位子是有威胁的。企业改为股份制后，他的这个厂长将不再是厂长，而要改称为董事长，而这个董事长是要通过职工大会选举才能获得的。现在，他必须好好表现自己，争取让他即将转换的职位不出问题。

鲁付春还权衡利弊地分析了一下自己能否当上董事长。要谈自己的处事能力，厂里绝大多数人应该是比较认同的；或者说是自己的运气比较好，自接手厂长的职位以来，南林造纸厂正好具备了天时、地利等诸多有利因素：交通越来越便利，高速和铁路都已通行；随着生活水平的提高，造纸行业，市场需求品种多、空间大，再加上新设备的大量投入，生产规模的扩大，厂里的效益自然是越来越好。自己在贪图个人利益的同时，自然也不忘记职工的利益，这些年，南林造纸厂的职工福利待遇，在市级单位绝对算得上最好的，而这对于厂里绝大多数职工来说，才是最重要也是最根本的。不过，要谈自己的生活作风，厂里大多数人肯定会摇头，正是因为如此，这段时间，他是时刻在提醒自己，一定要收敛，莫要妄为。只是吴秀珍没有想到这一点，相反，她还在为鲁付春的董事长职位能否确保而担忧。

四十

吴秀珍动用一切私人关系，积极在为鲁付春四下拉票。终于到了职工选举的时候，鲁付春与最具竞争力的李副厂长得票数一直不分上下，最终以高于李副厂长1票而险胜。如此结果，吴秀珍在虚惊一场之后，如同是自己当选了董事长一样为鲁付春庆幸。

鲁付春当然更庆幸，还认为是自己生得了一副弥勒佛的好面相。心中的一块石头终于落地，他可以不用再小心翼翼约束自己的性情了。他知道国有企业改制的指导方针，主要就是建立现代企业制度，权责明确，政企分开，使企业成为自主经营、自负盈亏的法人实体和市场主体。为提高企业整体素质，企业可自主转换经营机制，可实行产业结构优化和优胜劣汰的人员聘用机制。他的这个董事长一经选定之后，未来的利益和权力，将会使他有更多的利益获取和权力利用的空间。

第一次职工大会选举后，“南林造纸厂”的牌子换成了“南林造纸股份有限公司”，南林造纸厂原先的职工随之转换成了公司的股东。现在公司行使权力的是股东大会，执行机构是董事会，还有权力执行监督机构——监事会。从表面上看来，似乎人人都是有身份的人了，人人都成了公司的主人，人人的权利和利益会受到监事会的保护。殊不知，这只是形式上的改变，换汤不换药，真正的权力行使者依然是我行我素的个人主义，全由鲁付春主宰和掌控。

公司职能转换不到一个月，鲁付春就开始大张旗鼓，准备实施“人员调整，优化用工”的方案。这意味着公司很快就要减员裁员，意味着一部分人很快就要下岗失业。

因为有吴秀珍的关系在，舒伊梅从未想到裁员会降临到她的头上。想当初吴秀珍既然能利用关系，把她从车间直接调到行政来上班，现在就有能力保证她不会下岗。何况现在,吴秀珍是真的变好了很多,毕竟是一家人,就算她儿子不在世了,也还有谭家的后辈谭欣然在,这样的血脉关系是割不断的。所以单位一直以来传得沸沸扬扬的企业改制,对于舒伊梅来说,并没有什么思想波动,她只一心在为自己下月的考试做着准备。

按照惯例,舒伊梅一下班就直接回家烧饭,吴秀珍去幼儿园接欣然放学。现在午饭都快烧好了,也不见她们回来。舒伊梅在纳闷的同时,突然想到,可能是吴秀珍在单位有应酬,她忘记说了。这样想着,赶紧解下围裙,匆匆去幼儿园。刚走出院门,就撞见了吴秀珍,看看前后也没见到欣然,慌慌地急问:"欣然呢?怎么没接欣然回来?"

"该我接的呀?!对你好点,长脸了,是吧?"吴秀珍黑着脸厉声骂道。

舒伊梅被骂得一头雾水,但也没心思在意了,径直向幼儿园奔去,一路上担心是不是欣然出了什么事。

到底还是狗改不了吃屎的恶习!到底还是露出一副丑恶的嘴脸来了!还以为这老色鬼真要积德,是不会打舒伊梅主意的。吴秀珍进屋一屁股坐到沙发上,在心里恨恨地骂道。

吴秀珍怎么不气?鲁付春那嬉皮笑脸的样子,想起就来气,就恶心。"你知道,我就这副德行。所谓江山易改,本性难移嘛!你也知道,我早就对你儿媳妇垂涎三尺了。以前考虑她是你儿媳妇,你儿子还在世,碍于你的情面不敢妄为。现在你儿子已经死了,她还那么年轻,迟早还会嫁人,离开你们谭家。对于你来说,她不过是个外人而已,这与以前你帮我获得其他女人也没什么两样。不是吗?只要你能让我得到她,我保证对你还像从前那样好。我知道让你安排一个机会,这事对你来说并不难做到,不是吗?还有,你也知道,公司机构领导班子要大变动,你也接近退休年龄了,我想保你的位子不变,也不是那么容易的事。"

是的,鲁付春这种人本来就没人性,你为什么要相信他是有点人性的,还要帮着他拉票?现在依他的话意,自己那财务负责人的位子似乎是难保了,除非自己找机会把舒伊梅送给他。鲁付春,你也太天真了!你怎么可能轻易能拿掉我这个财务负责人的位子?吴秀珍突然觉得,鲁付春在这件事上想得太简单了。想要变动她这个财务负责人的职位,绝对不是他一句话就能了事的,职工几百万元的集资款还放在他们私设的"小金库"中,仅凭这,她就可以作为威胁他的条件。最后,她想来想去,认为暂且还没有必要这样做,也觉得这样做很是不妥,毕竟彼此是拴在一条绳子上的蚂蚱,毁了他的同时,也会毁了自己。

舒伊梅把欣然接回家,见吴秀珍黑着脸坐在沙发上,看也没看她们母女一眼,又丈二和尚摸不着头脑了。怎么像变色龙一样说变就变?舒伊梅思前想后,觉得自己也没做错什么,肯定是别人惹恼了她,撒气撒到自己身上来了。

这日子才过得温馨一点,又陷入了冰冷的境地。舒伊梅的情绪明显失落很多,每天见吴秀珍进门黑着脸,不说一句话。

也难怪,吴秀珍的心情怎么能好得起来?鲁付春步步相逼,一见到面就问:"嘿嘿……准备好了没有?你想好了怎么安排没有?"

能怎么安排,吴秀珍压根就没打算安排,要把舒伊梅送入虎口让鲁付春得逞。思前想后,她一意孤行,做出了一个果断的决定。"别急,已准备好了,怎么安排的,到时一定给你个惊喜就是,不过要等到她下个月考完试之后。"鲁付春再问她时,吴秀珍这样答道。

"不急不急,我都等这么多年了,还会在乎这一两个月?嘿嘿……还是你对我最好!"鲁付春笑得合不拢嘴,日夜思的想的幸福终于要降临了。

"哦,对了,财务部门要裁减的三个人,你决定了吗?这权力就交给你了!到时在会议上把名单递上去就行。"鲁付春讨好着说道。吴秀珍笑应,她要的就是他的这句话,脸上流露出一丝狡黠的笑容。

在鲁付春看来,行使权力的事谁不想,他让吴秀珍行使这样的权力,当然是希望吴秀珍能像以前一样帮他如愿得到舒伊梅。这之前,只要是他看中的"猎物",他就让吴秀珍牵线,请"猎物"出来吃饭、喝酒,最后由他去与"猎物"调情或强行占有。

吴秀珍第一次感到鲁付春也有这么天真的时候。于她而言,现在面临的问题,并不是保不保自己的位子,而是如何不让鲁付春得逞,而且是坚决不让他得逞!首先,这在伦理上绝对说不过去;其次,她是绝不可让儿子受到与谭清玄一样的屈辱,尽管儿子已不在世了。一想到过年那天,被他们父子幻影所吓的情形,吴秀珍还心有余悸,且认为这是他们父子对自己积有怨恨,才要出来吓唬她。她怎么可以再做出愧对谭家的事?!想来想去,吴秀珍认为唯一的办法,只能让舒伊梅离开这个单位。也只有这样,才能让鲁付春永远断去这个念头,死了这个心!说自己不仁不义也罢,对不起舒伊梅也罢,要承受外人多少骂名也罢,都无所谓了。走自己的路,让别人去说吧!利用这次裁员的机会,也算是天意了。吴秀珍反复斟酌,为这样的决定,心里是有几分坦然的,只是不知道该如何对舒伊梅说,好让她有个思想准备。

舒伊梅考试回来后不久,吴秀珍便找了一个机会问:“自考通过几门了?”

“呃,通过十几门了,目前还剩下两门课没有报考,如果顺利的话,明年四月份就可考结束了。”舒伊梅意外地看着她,以为她是在关心自己,回答得有点激动。

“嗯,已经很不错了!从第一次见你,我就知道你不是一般的女孩子。无论如何要把剩下的两门考了,这两年工商、税务、财政、政府等部门都有招考信息,都需要文凭。现在国家正在对国有企业进行改制,说到底就是国家想丢包袱,甩手不管企业职工的死活,如果你能考进行政、事业单位等部门,将来总要比待在企业单位稳定些。”吴秀珍说这些话时,显出少有的和蔼可亲。

舒伊梅笑着点头,心存几分感激。

“听说厂里要裁员的事了吗?”吴秀珍试着问。

舒伊梅“嗯”了一声,知道这是厂里目前最热门的话题,能从吴秀珍嘴里说出来,自然是可信度较高的。

“你知道目前财务部门人很多,各车间都配备有会计和出纳,现在公司正在进行岗位整合,而你的工作也是可有可无,属于辅助性的,很有可能会裁到你的头上,你对此有何打算?”

“不是说这次裁员,主要是针对近两年刚进厂的人员吗?你的意思是……”舒伊梅有些惊慌地问。她实在难以置信,裁员会裁到她的头上。

“公司规定,财务部门至少要裁减三个人员,你似乎是其中一个。你也知道,当时进财务部门时,也是鲁厂长临时性照顾你的。”吴秀珍想想还是说直接点比较好。

“这是鲁厂长的意思吗?要真是这样的话,我可以再回车间去上班。”舒伊梅想起鲁厂长曾对她说过,自己要有什么困难,厂里能解决的一定会帮忙解决。可现在怎么突然要让她下岗，怎么能相信？

“难道你要他亲口对你说吗？这厂也不是你家开的，想到哪个岗位就能到哪个岗位啊！”吴秀珍突然失去耐心似的与她交流。

舒伊梅哑口无言，愕然地看着她，有种被愚弄的感觉。吴秀珍煞费心思地绕了半天，原来是在幸灾乐祸，就是为了要告诉她这样的消息。怎么会是这样？怎么全不是自己想象的那样？幸福不是与自己招手了吗？日子不是已经好起来了吗？舒伊梅想着。

“厂里要真是这样决定了的话，经济上你暂不用操心，要用钱，我这儿有，你先一心一意把文凭考到手，之后再做打算。国有企业改制说得好听是激活企业管理机制，自主经营，自负盈亏。说不准哪天整个厂里的人都会下岗，你早出来也好早做计划。”吴秀珍动有了恻隐之心，又缓下语气说。

舒伊梅什么也没听进去，心里只有痛，只想放声大哭一场……

四十一

十一月中旬，南林市造纸股份有限公司成立后召开了第一次股东大会，会议由鲁付春召集并主持。“大家好！我很荣幸当选为公司董事长，为了不辜负大家对我的信任，我在这里向大家承诺，今后我会尽最大的努力，为公司创造利益最大化的财富。国有企业改制是国家经济发展到一定阶段的必然趋势，通过改制，可以激活国有企业长期沉寂的积极性、主动性和创造性，让拥有自主权的企业，能够积极投身于市场经济的洪流之中，不断保持企业的活力和生命力……”会议之初，鲁付春郑重其事地发表了演说，并结合国有企业改制的重要性和必要性，高谈阔论企业改制后公司未来的发展蓝图，其目的自然是要让大家树立信心。

人不可貌相，海水不可斗量。鲁付春那一直微笑着的弥勒佛面孔，是完全具备极度亲和力的。舒伊梅看着他，又听了他精彩的演讲，焦虑多日的内心似乎又有了一丝侥幸，只认为是吴秀珍的消息不可靠，这样和善的有水平的领导怎么会言而无信地要她下岗？直至会议最后的一项内容，公布各车间和各股室裁员的名单时，她才完全傻了！

“财务部门裁员三个人，分别是：吴静、汪玉娇、舒伊梅……”

“舒伊梅”的名字一出，台下顿时一片哗然，几乎没有人相信，几乎人人都在唏嘘。舒伊梅在唏嘘声中不相信地望向台上的鲁付春，见他也吃惊地张着嘴巴，脸上的笑容瞬间消失，还动了动身子，斜瞪了一眼身旁的吴秀珍；只见吴秀珍表情平静，泰然得毫不在乎。瞬间，舒伊梅那猛烈跳动着的一颗心，如同是掉进了冰窟里，寒凉透彻。

这样的结果，鲁付春怎么不被蒙住？难怪吴秀珍一直不交裁员名单，说是一时难定，可怎么也不会想到，她竟然会让舒伊梅下岗！

失算，失算，真是失算！看来权力这东西，还是不能轻易拿去讨好人！

权力是唯一的,握在自己手里是主动,放到别人手里就被动了。鲁付春懊恼着,真想站起来说这名单写错了！可在众目睽睽之下,又怎么合适这样做?他只好抑制内心燃烧的怒火,又对吴秀珍狠狠地斜瞪了一眼。

会议宣布结束后,鲁付春见吴秀珍匆忙地起身,好像有心要逃避他,也忙起身紧跟其后,叫她随他来办公室一趟。

吴秀珍一走进办公室,鲁付春立马关上门,气鼓鼓地看着她,恨不得一把要将她掐死,“你为什么要这样做?为什么要这样对她?连你儿媳妇都不放过！你说你这人冷面到了什么程度?你还能对谁有情?看来,我真是低估你了!”

“这还不都是你逼的！你还有资格和我谈情?你有情吗?你还有人性吗?你明知道她是我的儿媳妇,是我的家人,你还想占有她,还想把我们婆媳一起要了！你还是人吗?!”吴秀珍怒言回击。

“你以为这样,对你会有什么好处?”鲁付春冷笑着说道。

“我谅你也不敢拿我怎样！别忘了,我们是一条绳子上的蚂蚱。”吴秀珍也冷笑着。鲁付春看着她,一时无语,只气得粗脖子一鼓一吸的,像蛤蟆练功。

是的,能把她怎样?确实不能把她怎样的。吴秀珍什么时候变得这么有心机了?这些年还真是有些小看她了。鲁付春明白她说的意思,现在厂里所有职工的集资款,全放在他们的“小金库”里。何止这些,还有许多项目款,行贿、受贿行为,哪一样吴秀珍不知情,怎么就没想到这一点呢。失算,真是失算,低估了这个女人！鲁付春除了懊恼,还是懊恼。

舒伊梅终于从那天的会议中看出了端倪,自己被裁员下岗,鲁付春是不知情的。很显然,这是吴秀珍的主意。看来吴秀珍的能耐确实不小,能左右到鲁付春行使权力了。

刘会计也这样认为,所以他为舒伊梅打抱不平,也实在想不通吴秀珍为什么要这样对待她自家的儿媳妇,劝说舒伊梅去找鲁付春,事情肯定还会有挽回的余地。

舒伊梅根本没打算去找鲁付春,因为这是吴秀珍的主意。当初是吴秀珍把她带到这个城市,是吴秀珍给了她这份工作,如果说之前,自己是念了她这个情分,所以她无论怎么刁钻古怪地对待自己,也只是怨怨而已,基本谈不上有什么深仇大恨;可现在有恨了,且不是一般的恨。既然吴秀珍要收回她常挂在嘴边的所谓“恩赐”,就不存在还有什么情分可言。这回她真是彻头彻尾地为自己感到悲哀!到底是谁在操纵自己的命运?是吴秀珍,还是父亲?舒伊梅第一次很想为自己讨回一个说法。

自谭文玉去世之后,舒伊梅本没什么太多的奢望,只求这一份工作稳定,能在这个家里安身,能让欣然有个舒适的成长环境就足够了。然而这种最起码的生活要求,现在也成为一种奢侈,奢侈到要用很深的寒冷和疼痛来体会,最终给予她这样一个难堪的恶毒的冷嘲。

现在一切都回归到了原点。一切皆是命!认命了吗?舒伊梅似乎又心有不甘。

认命?认命有什么用!认命就意味着老天爷看你好欺负,于是就不停地给你痛苦,不停地要你去承受打击和灾难。不要再认命了,天无绝人之路!不能就这样任由命运来摆布。带着欣然离开这个家吧,彻底与过去划清界限,一切从头再来。可是,自己现在身处异乡,无依无靠,又该何去何从呢?总会有办法的!舒伊梅陷在矛盾之中,又不断在说服自己,要面对现实,迎难而上。

她知道现在摆在面前的,就是如何生存的问题。当她想到吴秀珍说的,经济上不用操心时,就觉得很好笑,认为吴秀珍根本不知道人活着是要有尊严的,尊严就是一个人的骨架,自己怎么可能会接受她的同情和施舍?正因为如此,当她在第一时间想到去求助舒小冉时,又很快自我否定了。这也是自尊心在作祟,她不愿别人看到自己的不幸,她指的别人是指了解自己过去的人,只要不让他们看到现在的自己,即使生活再狼狈也没关系。

她所指的别人,自然也是包括陈蓝诺的。人必须活着,爱才有所附丽。这样的时候,舒伊梅肯定会想到陈蓝诺。人在最痛苦或最喜悦的时候,都会不自觉地想到心中的至爱。陈蓝诺永远活在她的心中,是她生活的念想,幸福的向往,她是无法阻止这念想和向往的,幻想在这样无助的时刻,蓝诺能突然出现在面前,给予她安慰,或者得到他的帮助。

当然这也仅仅只是念想和向往。在舒伊梅看来,生命延续的本身,并不一定要达到幸福的彼岸——幸福是一种感觉,她只贪恋这种幸福的感觉,只求心灵上的安然和精神上的满足。世界充满意外,心灵则不然。这么多年,这么多年！她记不清有多少年没见到蓝诺了，如今的他应该成家了吧？有着他的家庭，他爱的妻子和孩子。她怎么还可以想去找他，去破坏属于他的幸福？不是说爱一个人的最高境界，就是希望他比自己更幸福的吗？所以她没打算去求助他，或求助任何一个人。求人不如求己！她承认，她还算是个内心坚强的人，所谓内心坚强，就是要在挫败面前越挫越勇，这样一想，内心自然就平静了很多。

第二天，舒伊梅没有去厂里上班。她把欣然送到幼儿园后，就开始每天在街上晃悠，寻找招聘信息，打听有没有单位要招聘会计。殊不知每进一家单位咨询时，都会有人问道："你是从哪所学校毕业的？有什么文凭？"

看来，选择了自考文凭还是有预见性的。她告诉自己，一定要继续努力不放弃，相信目前的困境只是暂时的，日子应该会好起来的！为了最低的生活保障，舒伊梅想到了实在无路可走，就去私人开的商店或饭店打工。也确实有几家愿意收留，只是不管是做商店营业员，还是当饭店服务员，都是要上夜班的。去上夜班时，那欣然怎么办？这又是舒伊梅不得不考虑的问题。

这几天，她差不多是跑遍了南林市大大小小的每一条街道，只差没有到市医院门口这条街。这条街是她在南林市最熟悉的一条街，街上基本是私人开的小吃店和小商铺，转到这条街，她也没抱什么希望地走着，却发现靠近医院大门的第一个店面的门上，张贴着"转让"的字样。她记得这里曾是一家卖水果的商店，是杨医生家一个亲戚开的，那时经常看到杨医生的母亲在这店里帮忙做事。

要不自己开个店？这样不仅有地方落脚，时间上也自由，完全可以边开店边带欣然。舒伊梅喜不自禁，自个儿激动起来，突然认为这是个很好的办法。她还想到了要去找杨医生帮忙，想着有熟人介绍，事情会十拿九稳的。她看看手表快五点了，也不知道杨医生在不在办公室，就一口气跑到了三楼。在走廊上，她缓步喘息，走到医生值班室门口，见门是关着的，心不觉往下一沉。

值班室怎么会没人上班？她知道内科住院区的这个时候病人是不多的，但至少也有交接班医生在呀？舒伊梅只觉得很奇怪，走过去，试着把门轻轻地敲了两下。

"又有什么事呀，不是说了等会回去嘛！"屋里有人在说话。

舒伊梅听出来了，这声音分明就是杨医生的，只是语气上有些不对劲。他在生谁的气？这有点不像他，以前看到他都是和颜悦色待人的。这该怎么办？看他这心情这么不好，怎么好开口说？舒伊梅稍有犹豫，最后还是拗不过自己的急性子，轻轻地把门推开了。

四十二

杨仲夏窝靠在椅子上，椅背对着门外，两只脚高高抬起，叠放在窗台上，眼睛看向窗外。舒伊梅看着他半天也不转身，不忍打扰正进退两难……

杨仲夏以为又是他母亲进来了，所以懒得转身理她。可怜天下父母心，这个他当然知道，可他就是管不住自己，也明白这些年来，母亲在心里承接了他太多的不良情绪，母亲几乎就是他垃圾情绪的回收站。

翁香玉刚才确实是来过了。她知道儿子两周前与李英莲已办理了离婚手续，这些日子情绪不好，不回家吃饭，经常一个人去外面喝闷酒。翁香玉怕他今晚又不回去，谎称是同意的意思，要求晚上带他去广场溜冰。

所谓：怒其不争，哀其不幸。翁香玉真是这样看自己的儿子了。在她看来，儿子与那样的媳妇离婚，应该是值得庆祝的事。天涯何处无芳草，她早看出了，他们离婚是迟早的事，只是算命先生说了，儿子这几年犯“糊涂运”，分不清是非。按理，像李英莲那样的女人，还有什么好舍不得的！不管儿子，不顾家庭，还动不动就莫名其妙地耍小姐脾气。光生得好看有什么用呀！好看能当饭吃吗？翁香玉想想也来气，这些年，儿子为了满足李英莲买这买那的，省吃俭用没穿过一件像样的衣服。好在整天有白大褂罩着，也看不出有多寒酸；还有，很多家庭矛盾的产生，明明是老婆不对，却总护着，还赔着笑脸哄她，也不顾为娘的有多心寒。

娶了媳妇，忘了娘。这句话在杨仲夏身上体现得似乎有些淋漓尽致。他没有去好好想想，他娘当年是怎么一个人把他带大的，而只一心想着他有多对不起老婆，还一根筋地认为是他无能，才使得老婆出轨跟了李外。他知道李外这两年成了暴发户，开着宝马，住着别墅，而这正是李英莲所想要的，也是他这辈子给不了她的。

杨仲夏当然也想过，要是李英莲能像舒伊梅那样朴实善良，温柔贤惠，会有多好,会让母亲有多欢心,家庭有多和谐！可李英莲永远是李英莲,舒伊梅世上也只有一个。此刻,他想到了舒伊梅,他是看着窗外的一幅画面而想到舒伊梅的。

舒伊梅轻轻地走到他的身后,循着他的目光望去,见是一位年轻女子推着轮椅,轮椅上坐着一个腿脚受伤的年轻男人。谭文玉住院期间,她也曾这样推着谭文玉在这院中走走,她看杨医生凝神的样子,不知道他是不是在想,那时的他经常帮忙与她一起把谭文玉搀扶到轮椅上坐稳。

“杨医生,看什么看得如此入神?”舒伊梅明知故问,嘴角扬起一丝笑意。

“呃,怎么是你？你怎么来了?”杨仲夏吃惊地放下了双脚,转身看向舒伊梅。“正想着你呢!”他开着玩笑说,样子很自然。

倒是舒伊梅听得有点不自然起来,笑着问:“你以为是谁呀?”

“呵,我以为是老娘又来了。”

“对老娘就那态度?”舒伊梅此话一出,感觉似有充他“老娘”的意味,又自个儿笑红了脸。

杨仲夏能意会她笑什么,立即解除尴尬又开玩笑道:“好久不见啊,今儿能见到我们南林市第一大美人,什么不开心的事都可忘了的,说说,你今儿来找我有什么事,想我也没这么大福气,你应该不是特意来让我开心的吧?”

舒伊梅知道杨医生喜欢开玩笑,也只一笑而过,很快说清了她的来意。杨仲夏听了,只觉是难以相信。“你的意思是……你想开店？你不上班了？你的单位不是很好吗？听说工资比我们医院要高得多呀!”

“是的。我……我想开店。我想离开谭家。我下岗了……是谭文玉他妈弄的,是她让我下岗的,现在我一时也说不清这些……我只想离开那个家,自己带孩子出来。你能帮我联系下你家的这个亲戚吗？我真的是很想接下这个店面,这是解决目前困境的唯一办法了。”

舒伊梅难免情绪激动,说得杨仲夏不得不信,同时也让他为难了,因为这个店面已被他科室孙主任的老婆看中了。孙主任为这事已在他的面前说过多遍,说他老婆很看好这个店面,现在孩子上了大学,老婆在家闲着无聊,无论如何要帮他这个忙。他已经答应孙主任了,并且联系了他家的亲戚,说好明天过来办交接手续的。

“嗯……这个,我一定会想办法,明天,你等我消息吧!”杨仲夏想想,还是答应了帮忙。不管是同情，还是有别的什么情愫，他不忍回绝，不忍看到舒伊梅那失望无助的表情。

舒伊梅听他这么一说，就认为问题应该不会太大，很是感激地看了他一眼，又看了看手表，见早过了接欣然的放学时间，于是与杨仲夏匆匆告别。

杨仲夏跟着走出来，把舒伊梅送到楼梯口处停下，看着她急急地下楼，又想着她死了丈夫又失去了工作的，相比之下，自己的苦恼又算得了什么！

舒伊梅把欣然接回家后，喜忧参半：喜的是，她终于找到了解决问题的办法；忧的是，现在她身上没有多少存款，也不知道接手这店面要花多少钱。她又想着既然被裁员了，那放在厂里的集资款就应该可以拿回来，可一想到这事是要经过吴秀珍，这才想到吴秀珍天天早出晚归的，好像是很久没有见到她了。但不管怎样，舒伊梅还是决定去厂里一趟，择日把集资款要回来。

吴秀珍似乎是有意在逃避与舒伊梅碰面，这些日子她很少回家吃饭，下了班就约人打牌，而且总是打到夜深才回家；早上起床上班时，舒伊梅已经出门。吴秀珍虽认为自己是什么都不在乎的人，可现在真听到了厂里人在背后指指骂骂的，骂她自私没人性，对丈夫无情，对儿媳妇不仁又不义，说舒伊梅被裁员是太冤了。

事实也是，这次裁员的名单中，舒伊梅是厂里唯一的“老”职工。当然，鲁付春很喜欢听厂里人如此议论，也每天盼望着舒伊梅能亲自来找他，想着舒伊梅是从乡下来的，一个人无依无靠，又带着孩子，丢了工作将如何生活的问题，就断定舒伊梅肯定会来找他的。他甚至还想了，只要舒伊梅亲自来找他，他就一定可以让她接到吴秀珍的位子。所以这些天，他都在想着盼着，似乎是万事俱备，只欠东风了。

鲁付春的这点心思，吴秀珍当然明白，但她知道舒伊梅是不可能去找他的！会议宣布的第二天，舒伊梅就没来财务室上班，就凭这点，她就可以进一步证明：舒伊梅骨子里始终存在的那份倔强和毅力，是不可低估的。只是她越是这样想，内心就越惭愧。也正因为如此，她想到要替舒伊梅代领回集资款，趁机会多给她 10000 元钱，只为求得一丝心安。晚上打牌后，她特意早点结束，回家见舒伊梅还在房间里看书，就直接走了进去。“这是退回给你的集资款，我帮你拿回来了。另外，厂里按规定每人还补偿了 15000 元，你收好了！”她边说着，边从包里拿出一个厚信封递上。

舒伊梅很是意外，转身看着她，稍有犹豫地接下信封，说了声“谢谢”，脸上浮现一丝难掩之喜，是因为没想到厂里会补偿给她这么多钱。

“最好把这些钱存到银行里，要用时再取。”吴秀珍提醒说，转身到床边看了看熟睡的欣然，还把欣然的被子拢了拢。那一刻，舒伊梅竟然觉得吴秀珍似乎又不那么可憎了，但这并不意味着她会动摇搬离谭家的决定，只不过她太容易被感动了。

第二天临近中午了，也不见电话铃响。该不是杨医生忘了吧？该不是店面已被人接手了吧？舒伊梅不由得胡思乱想起来。

电话铃终于响了，舒伊梅急匆匆地从厨房跑进客厅，拿起话筒就问：“杨医生，怎么样啊？”

“梅姐，是我。你哪里不舒服了吗？为什么找杨医生？”是谭文婷来电话了。

“哦……没什么……是你呀？……最近还好吧？”舒伊梅很是失望，支支吾吾起来。

“梅姐，真的没事？欣然呢？”谭文婷不放心地问，又担心是不是欣然生病了。

舒伊梅只好撒谎，说自己有点小感冒，去找杨医生看了下。谭文婷信以为真，还千叮万嘱，感冒也不能忽视，别把欣然传染了。接着又问起欣然可好，仿佛舒伊梅是欣然的后妈一样，总有一百个对她不放心，非要听到舒伊梅反复说欣然什么都好时才安心。当然她也要关心舒伊梅的近况，问她这次考得如何，上班时间是不是还可以看书。舒伊梅就在电话里一直“嗯”地附和着，她没打算告诉谭文婷自己下岗的事，一是不想让谭文婷担心；二是想她很快就会与谭家脱离关系，尽管这个小姑子为人的确不错，但毕竟还是谭家的人，也不想再有什么瓜葛了，只希望自己从此能够抹去人生的这段阴影，一切从头开始。谭文婷还在电话里没完没了地问，舒伊梅担心杨医生会打电话进来，就说锅里正在烧菜，回头再聊。

刚放下电话，电话铃又响了，舒伊梅赶忙再接起。“梅姐，还是我，刚才忘了说，我春节准备回家，你和欣然想要什么东西？”舒伊梅又有点小失望，忙说：“谢谢，什么都不需要的，真的什么都不需要，千万别瞎买东西啊！就这样说了，再见！”舒伊梅放下电话，突然伤感起来，是想谭文婷说要回来过春节,那时她是不会回到谭家的,自然也没打算再回老家。不想这些吧,现在首要的问题是,杨医生怎么到现在还没来电话?该不会是真的泡汤了吧?她决定下午再去医院跑一趟,问问情况。

好事多磨,车到山前必有路,不会走投无路的。至少现在有了方向感,大不了重新再找店面。舒伊梅尽可能地不让自己想得太悲观。

四十三

杨仲夏一晚上都没睡好,就想着怎么开口向孙主任说这事。一早上班时,幸好孙主任去坐专家门诊了,到快下班时,他才来办公室,又迫不及待地把杨仲夏叫到一边,问道:“你家亲戚什么时候过来?我老婆一早上又提这事了。”

“哦,这个……孙主任,还真不好意思,事情变得有些难办了,真不知道该怎么向您说。”杨仲夏下意识地用手挠着头,显得很为难的样子。

“不是说好了吗?有什么好难办的,要是转让价格的问题,那没关系,只要不是高得离谱,都是可以接受的。我那老婆性格我知道,她认准的事是不会轻易放弃的,要是真弄不下来的话,回家我准得跪搓衣板了!”孙主任不以为然地开着玩笑。

“嗯……是这样的,您记得去年那个叫谭文玉的病人吗?”杨仲夏一本正经,决定实话实说,也知道一提到谭文玉这个名字,科室里人人皆知。

“记得,是那个曾被护士们笑称为‘最有福气的病人’吧!说是娶了‘南林市第一大美人’。我看那女人也确实生得端庄秀美,怪不得护士们都议论纷纷,连我这老家伙看着都心动,何况你们年轻人呢!”孙主任说着,开怀大笑,笑得杨仲夏都心虚了。好在医院里还没人知道他已离婚这件事,否则真不知道该怎么继续说下去。

“你问这个干吗?与他有关吗?他不是已经死了吗?”孙主任奇怪地问。

“是的,正是因为他已经死了……是这样的,就是……昨天……就是这个谭文玉的妻子来找我,说她已被单位裁员了,婆婆又要赶她出门,现在已走投无路了,一个人带个孩子,你看这事……”杨仲夏说得吞吞吐吐。

“你的意思是,你把店面转给了她?”孙主任没等他说完就接话了。

“是的,您不觉得她现在的处境确实很可怜吗?”杨仲夏想,人心都是肉长的，谁见到这样的情况，都会伸手帮一把。他想孙主任应该也会有恻隐之心，所以刚才还特意加了句“婆婆又要赶她出门”这样的话。

“那你看着办吧！看不出来呀，杨仲夏，竟然为了一个女人，不把我放在眼里了！亏我这些日子还想着，要把你推荐为科室副主任人选呢！”

瞧这话说的，这不明显是在威胁人吗？杨仲夏看着孙主任生气的样子，除了赔着笑脸，真不知再说什么好了。孙主任愤愤地走开时，他还突然想到了正流行的一句歌词，“爱江山，更爱美人……”自嘲这不明摆是“江山”与“美人”的选择吗？

爱“江山”还是爱“美人”呢？当然爱“美人”。怜爱之心，人皆有之。杨仲夏为自己做了个解释。得罪就得罪了吧！不就是个副主任吗？何况这也不是他这个科室主任完全能够左右的事。现在最为关键的，是帮助最需要帮助的人，良心上才安呢！

杨仲夏这样想，也确实符合他的性格。他一向把功利看得很淡，当初分配工作的时候，很多人都找关系要留在大城市，而他选择了听天由命，结果被分配到了家乡的地级市里。本以为这也没什么不好，至少与李英莲在一起不会分开了；谁知被分配回来后，李英莲却很不满，说是还指望跟着他去大城市生活，看来这辈子也没什么指望了。开弓没有回头箭，对于他这个没有半点背景的人来说，也只能在这地方待下去了。

舒伊梅下午把欣然送到幼儿园后，就直接去了医院，想当面去问个究竟，不行再另做打算。她一走进办公室，医生们眼睛都亮了。“杨医生，有美人找！”有同事站在办公室门口喊，科室的人都认识她，也好像都知道她是来找杨仲夏的。

“你来啦，正想着等会给你打电话的。”杨仲夏笑着从一病房里走过来，又做贼心虚般扫视了一眼办公室，幸好孙主任不在，否则他准会说些阴阳怪气的话来。“走吧，人来了，在我家。”没等舒伊梅开口，杨仲夏转身出了办公室的门。

同事们一个个面面相觑，纳闷他们不知道要去做什么。大家本想开杨仲夏的玩笑，见他走得太急，只是起哄笑着作罢。他们走后，孙主任正好走了过来，他也没心情理会大家在笑什么。

翁香玉见到是舒伊梅站在店门口，激动得立马迎上前去。“孩子，你怎么在这，是你要接这店面吗？我们真是有缘分啊！”说着她看向杨仲夏，眼神里明显是责怪他怎么事先不告诉。

“我要是说了，你哪来这么惊喜！”杨仲夏说着，又笑着看向舒伊梅说：“我妈常在家念叨你呢！”

舒伊梅感激地笑笑，叫了声：“翁阿姨！”

翁香玉笑应着，见店门已经被打开，亲热地拉着舒伊梅的手走进店铺。“孩子，你来接好，你来接了这店，我还可以常来店里坐坐。”翁香玉边说边带着舒伊梅东看看，西看看，直说这店面好，位置好……

杨仲夏站在一旁笑看着她们，只觉缘分这东西就是微妙。他看着母亲那么喜欢舒伊梅的样子，也难怪常在家里念叨着她的好，说她有多善良贤惠，说找媳妇过日子，就要找像舒伊梅这样的女子，还说他是穷苦人家出生的，怎么养得起李英莲那样把自个儿当成“贵妇命”的女子？他知道母亲对舒伊梅生活情况的了解比他多，那是她在帮舒伊梅找保姆时，是她亲自把英子带到舒伊梅家去的，这之后回来，就开始没完没了地说舒伊梅的好，相比之下，李英莲就有更多的不是了。

舒伊梅对这间店铺还是挺满意的，虽面积不大，有20多平米，但窄而深，中间可用复合板隔开，前面做店面，后面吃住用，后门还有个走廊，正好可放灶具烧饭，再看对面就是医院的宿舍区，也比较安全。

“要是在这吃住的话，这里可放灶具烧饭，屋里一半做店面，里间可简易居住。”翁香玉说的，正好与舒伊梅想的一样。只是这样的环境，她是可以住的，倒是苦了欣然。

因了翁香玉说情，舒伊梅以市场上最便宜的价格盘下了这个店铺。当她要向店主咨询水果保鲜知识以及进货渠道时，翁香玉在一旁搭话道：“放心，有我呢！我有空就来给你帮忙！”舒伊梅甚是感激。

为什么别人都对自己好，为什么吴秀珍总和自己过不去？舒伊梅又想到了吴秀珍的不是。如果不是吴秀珍让她丢了工作，她怎么会走到这一步？怎么会让欣然到这种环境里生活？很多事情都是逼出来的，只能接受现实了。很多事情或许只有想不到的，没有做不到的，只要有心去做，认真去做，就不会太难。舒伊梅只能这样给自己加油鼓劲。

盘下店面的第二天，她就找来瓦工把店铺重新粉刷，然后配置了一张床、一个小衣柜、灶具等一些生活必需品。翁香玉说医院后门的对面有家幼儿园,她孙子就送在那里。舒伊梅听从了翁香玉的建议,决定把欣然也转过来上学。

十二月已进入深冬,一场雪将至未至,似一个人的纠结。舒伊梅望着这阴沉的天气,满天都是厚厚的、低低的、灰灰的浊云,东北风呼呼地吼叫,院外梧桐树上的最后几片黄叶,挣扎着不肯落下来。

没有什么可不舍的。没什么好悲观的。离开是为了彻底地结束,结束是为了更好地开始。落红不是无情物,化作春泥更护花。舒伊梅努力要使自己在心里滋生新的力量,像萌芽的春草一样潜长。收拾东西时,除了把自己和欣然的衣服,以及属于她的一些书籍带走外,舒伊梅没想从谭家带走其他任何东西,所以只叫了一辆人力三轮车来搬运。

这一走也没打算再回头了,就特意把家里的钥匙用信封包好,委托隔壁邻居王大妈交给吴秀珍。为担心王大妈多问,舒伊梅谎称是吴秀珍没带钥匙,自己要出门办事。

上车前,舒伊梅回望了一眼已经被她紧锁的铁门和门牌号,这使她再次想到她刚来时的那个夜晚,第一眼见到的也是这关着的铁门和特意瞟了一眼的蓝色313门牌号。

这就是一进一出的人生吧!别了,我的不幸!别了,我的过去!别样的人生又将重新开始!接下来的路,无论有多艰辛,为了欣然,必须乐观向上!舒伊梅虽然这样在心里告诫自己,却还是被彻骨的寒意突袭,内心筑起的坚强之墙,到底还是崩塌了,彻头彻尾地悲从中来,泪涌眼眶……

眼泪始终是悲伤的解药。舒伊梅觉得每次伤心了,流泪了,一场人生的暴风雨也就过去了。车到了幼儿园门口时,她一边叫师傅停下来,一边赶紧擦干了脸上的眼泪,却又想到了一个马上要面临的问题:这生活的变化,怎么对欣然说呢?

四十四

正如所料,欣然刚上了三轮车就好奇地问:“妈妈,我们这是去哪儿呀?”舒伊梅想了想,只好说是去结识一个小朋友,也好在翁香玉中午要接她们母女过去吃饭。

欣然当然很好奇,又问是什么小朋友?舒伊梅又想了想,说:“这个小朋友呀,长得和欣然一样可爱,还与欣然同一天过生日呢!是不是很想认识呀?”舒伊梅虽没见过那个小男孩,但她能想象他应该长得很可爱。印象中,他的妈妈非常漂亮,何况杨医生也长得那么帅。

“想啊,妈妈,他家在哪儿呀?”欣然那样子,巴不得马上就见到他才好。

“不远的,很快会到。宝贝,今天老师又教了你什么?开不开心呀?”舒伊梅故意绕开了话题,生怕欣然又问出个什么,她答不上来。

“老师今天教我们《三字经》了。”

“哦,欣然唱给妈妈听听好不好?”

“人之初,性本善。性相近,习相远。苟不教,性乃迁。教之道,贵以专。昔孟母,择邻处……妈妈,接下来我不会啦!”欣然停下来说。

“哦,没关系的,回家妈妈再教你。欣然能唱出这么多,已经很棒了!你知道‘昔孟母,择邻处’是什么意思吗?”舒伊梅突然觉得这是个很好的解释机会。

“不知道!妈妈,老师没有告诉我们呀!”

“哦……妈妈告诉你吧!就是说,孟子的母亲为了孟子的成长,选择了好的邻居,然后在旁边住了下来,就是希望年幼的孟子能够受到很好的影响。”

欣然听着,似懂非懂,又问:“妈妈,那孟子是谁呀?”

“孟子呀,孟子是一个学者,一个伟大的思想家和教育家……这个,妈妈以后再告诉你吧！已经到小朋友的家了呢！”舒伊梅远远地看见杨仲夏站在医院门口，正向这边张望，就指着杨医生叫师傅把车骑到他旁边停下。

车子停下后，杨仲夏迎上前来与师傅一起，很快拿下了车上的所有东西。

舒伊梅付了师傅的车钱后，急着问：“你儿子呢？”

“看，在那呢！”杨仲夏笑着指向那个正奔跑过来的小男孩。

舒伊梅看向他，虎头虎脑的模样，比想象中的更加可爱。“真可爱呢，叫什么名字？”

“同意。”杨仲夏回答说。

“叫什么呀？”舒伊梅以为是听错了，又问。

“同意。杨同意。”杨仲夏正说着时，同意已到他的身边。“老爸，这是谁呀？”同意仰着脸，歪着脖子问道。

舒伊梅这回听清了，只觉这名字很有意思，又看向胖乎乎的同意，脸蛋红扑扑的，小鼻头也红彤彤的，还有女孩般小巧精致的红唇，一双眼睛和他老爸一样漂亮有神，与欣然站在一起，个头稍次一点，不知是不是欣然戴了帽子，因为他是光着脑袋的。

“你叫杨同意呀！真可爱！看，这妹妹叫谭欣然。”舒伊梅不由得蹲下身来亲昵地说，又牵起欣然的手来，“欣然，这就是我给你说的新朋友，快叫同意哥哥。”

“欣然，同意，欣然同意！这名字都叫得好呢！”杨仲夏在一旁自个儿笑着，又摸着同意的脑袋说：“儿子，你听着啊！这阿姨是爸爸的好朋友，那……这个漂亮的妹妹呢？理所当然，就是你的好朋友了。你……听明白了吗？”

“嘿嘿……明白了吧？！”同意也用小手摸着自己的大脑袋，眼睛直溜溜地转，似乎是明白了，又似乎没有明白。

“明白了就好，那……现在你就把欣然妹妹带回家去吧！”

“好的，老爸。”同意开心地应着，牵起了欣然的小手。

舒伊梅看着他们牵手离去的样子，很是好笑，转向杨仲夏说：“你平时就用这种语气与儿子说话？这孩子太有意思了呢！”

“我妈说，杉树条子从小扭，我是有意培养他独立，说话做事干脆利落，不希望他将来成为一个优柔寡断的人!”说着,又自个儿笑笑。他本来准备说别像他一样,成为一个优柔寡断的男人,但想想还是没说。

翁香玉实在热情,桌子上的菜都摆满了,还仍在厨房里忙活。舒伊梅要上前帮忙,翁香玉无论如何也不让:“都已经烧好了,马上就可吃饭,你先坐会吧。”

舒伊梅转出厨房,看欣然和同意已经玩到一起了。同意差不多把家里所有的玩具,都拿出来给欣然看,全是些小汽车、变形金刚之类很值钱的玩具。舒伊梅又看了一眼正在泡茶的杨仲夏,想着他为儿子花钱还真够大方的。其实这些值钱的玩具,都是同意的母亲李英莲在家时给他买的。

舒伊梅再扫了一眼这个住处,屋子陈旧简陋,有两个开间,面积不过三四十平米;其中一间隔成了两半,一半做翁香玉的卧室,一半做厨房和餐厅。

“这住处比你那也好不了多少吧!”杨仲夏递上一杯茶,惭愧地笑着说。

“艰苦不了多久的,我看那职工集资新建的宿舍,已经在封顶了,好日子都是一步步来的嘛!”翁香玉很开心地在厨房里接话道,生怕舒伊梅嫌弃了她家似的,之后又招呼杨仲夏,“快拿碗筷,用开水烫下,准备吃饭吧!”

“我来吧!”舒伊梅急忙上前,和杨仲夏一起忙乎起来。

很快,他们都围坐到了桌子上。

吃饭的时候,舒伊梅总觉得有点不大对劲,忍不住问道:“同意妈妈呢?”

“单位派遣外出学习去了。”杨仲夏抢说道,生怕母亲先回答了。

翁香玉不理解地对儿子望望,看他那认真的神情,也就不好再说什么了。

“哦,什么单位?还专门派出学习?”舒伊梅问。

“供销社。”杨仲夏脱口而出。因为同意在旁边,他不能实话实说但也不能胡编乱造。同意不知道他们已经离婚了,但他知道妈妈是在哪个单位的。

舒伊梅“哦”了一声,心想在供销社上班还能派出去学习?学习什么呢?可又不好意思继续追问,生怕是自己孤陋寡闻。

“伊梅,别拘束啊,随便吃吧!就当在家里一样,看我们多有缘分,住到一块儿来了。以后有什么困难尽管说,能让我帮上忙也是件乐事。”翁香玉热情地说着,说完又转向欣然,换了语气说:“奶奶烧的菜好不好吃呀?”

“好吃呢,我最喜欢吃奶奶烧的红烧肉了。”同意抢着回答。欣然跟着说:“我也喜欢吃。奶奶烧的红烧肉真好吃!”

舒伊梅和杨仲夏相视一笑。翁香玉偷瞟了他们一眼又一眼,更是笑得合不拢嘴,还感慨道:“国家提倡什么计划生育啊,一个家庭至少要有两个孩子才好,看他们俩在一起,吃饭多香!”

舒伊梅认同地笑着说:“欣然在家,还真没这么津津有味地吃过饭。”

杨仲夏也笑,算是默许。

吃过饭后,舒伊梅见欣然与同意玩得很是投缘,就说:“翁阿姨,我先回店里收拾东西去,等会过来送欣然去幼儿园。”

翁香玉急忙回应道:“你去忙你的吧! 不用你来送欣然了,反正我也要送同意,一起带去就是。”

“翁阿姨,这真是太感谢了!”舒伊梅除了这句话,也不知道说什么好了。见杨仲夏在一旁笑着看她,有些许不好意思,微笑地急着告别。

有些东西是不需要言语的。走出门时,舒伊梅只觉一股暖流涌上了心头。

翁香玉见舒伊梅走后,迫不及待地转向杨仲夏质问道:“为什么刚才要撒谎? 为什么不说你与英莲已经离婚了?”

“我自有我的想法,妈,你千万不要对她说真话啊,否则连朋友都没得做了。”杨仲夏强调着说。

翁香玉有些不解,但要真是像儿子说得这么严重,连朋友都没得做,她宁可帮着儿子撒谎,也不会实话实说了。

翁香玉之所以如此喜欢舒伊梅,不仅仅是她的纯朴善良,还有就是舒伊梅与她有着同病相怜的经历。杨仲夏像欣然这么大时,她也失去了丈夫,一个人带着孩子生活;但那个时候,她比舒伊梅现在要苦得多。农村里男人干的犁田活,她要学要做;女人干的手工活,她更要会做,而且要比别人做得多。杨仲夏读书上大学的钱,全是靠她一个人养鸡养猪和帮人做布鞋赚取的。翁香玉也算是命途多舛的女人,很小的时候就失去了父母,至今也没弄清父母是怎么离开他们的,只记得兄妹两人相依为命的日子。后来哥哥跟随国民党部队去了台湾,谁知这一别竟是几十年,生死未卜,至今杳无音信。与哥哥分开那年,她才十岁,之后被堂叔收养。十八岁那年,又被堂叔甩包袱似的,把她匆匆嫁到邻村一个娶不起亲的穷人家,男人比她大十五岁。那时，在她看来男人年龄大不是问题，穷点也并不可怕，关键是要人好，待她好就行。事实也还如愿，婚后男人对她是百般疼爱，彼此恩爱有加，可是好景不长，男人得了肺心病，去世那年，杨仲夏还没满三岁。

翁香玉看着同意和欣然在一起玩得很投缘，心想仲夏要是能与伊梅结合在一起，自己就有孙子孙女了，那该多好！又看着转身走向屋里的仲夏，纳闷着他刚才说的“我自有我的想法”那句话，这孩子到底有什么想法呢？

四十五

舒伊梅突然认为生活的好与不好，是没有模式可套的，关键看自己是怎么想的。自水果店开张营业之后，这无疑是她到南林市以来最辛苦的日子。每天天没亮就起床，她穿衣洗漱还得悄悄地进行，生怕弄醒了欣然，然后顶着寒风，骑着三轮车去水果批发市场进货，还要赶在欣然上学之前半小时到家，回家后又得匆匆帮欣然穿衣起床、弄早饭，吃好后等翁香玉来接欣然与同意一起去幼儿园。之后她再打开店铺，把一箱箱的水果往外面搬运，摆放到货架上，这才开始了一天的营业。

这个冬天似乎格外地寒冷，舒伊梅那双从未冻过冻疮的手，被冻得红一块紫一块的，个别地方甚至冻破了皮，还化脓水。也难怪，这么冷的天，又起早摸黑的，还要看书到深夜。还好，自考只剩下最后两门课了，无论如何，再苦再累也要坚持下去！

正值腊月天，水果店的生意也是格外好，若不是翁香玉经常过来帮忙，舒伊梅一个人会忙得够呛。这实在要感谢上苍对她的怜悯，如果不是翁香玉这个贵人一直在身边帮忙，舒伊梅想她是肯定不会把日子过得这么井井有条的。

吴秀珍听说舒伊梅是去开店了，在家犹豫了几天，一早还是决定去看看。去时，舒伊梅正在屋里吃力地搬起一大箱子水果，抬头时看见了吴秀珍正站在摊位前看着她。

世界虽大却也很小，何况这小小的南林市。舒伊梅知道吴秀珍迟早会知晓情况的，但还是愣了下，似笑非笑地看着她，也就一个多月没见，竟发现她突然苍老了很多。

舒伊梅本认为她活该成这样，自己应该快慰才对，却并没有找到这种快慰之感。

“我是听一位同事说你在这儿,为什么要让自己这么辛苦?是怕没钱花吗?我说了,经济问题暂不用你操心,不是叫你先安心考试,以后再慢慢找工作的吗?为什么出来做这么辛苦的事!”吴秀珍说得有些激动。

舒伊梅不说话,也不看她,只把苹果从箱子里一个一个地拿出来,在货架上漫不经心地摆弄。吴秀珍顾自又转进店里看了看,出来时像是刚想到似的,问道:“欣然呢?欣然上学了没?这样的环境让欣然怎么待!你真想开店也没关系,为什么要搬家?这儿离家也不是很远,早出晚归完全可以,我可以帮忙带欣然的。还有,你看你这手,冻成这样,何必要与自己较劲!也不是让你没日子过了……”吴秀珍说得很怜惜的样子,舒伊梅又轻易地被感动了,回道:“欣然很好,你放心吧!”

“我知道我有愧于你,也不能勉强你什么,这钥匙还是放在你这儿吧,你什么时候想回家都可以。文婷来了几次电话问你,我也没多说什么,希望她春节回来时你们能聚聚……”吴秀珍见舒伊梅开了口就趁机劝说。可说了半天,见舒伊梅又不理,只好转身离去。

既然决定出来了,是不可能再回去的。舒伊梅看着吴秀珍离去的背影,心想,就算谭文婷来请,她也不会回去的。当然不是因为她不知好歹,而是不想看到吴秀珍反复无常的嘴脸。无疑,她对吴秀珍的这种转变,持了怀疑的态度。

吴秀珍怎么不憔悴?在家一个人孤孤寂寂,在厂里被人指指骂骂,而鲁付春现在又有了新的猎艳目标——厂里广播室的播音员。这个播音员虽然很年轻,但没有舒伊梅长得好看,所以前期被鲁付春忽略了,但这并不代表鲁付春已经对舒伊梅淡忘了。在男人眼里,得不到的,永远都是神圣的女神。正因为如此,鲁付春才对吴秀珍更加痛恨,彼此之间已形同陌路,互不搭理,除了到非要交流不可的时候。

这人真是命贱!命贱到很多东西在失去之后,才倍觉应该珍惜!现在的吴秀珍已后悔,后悔不是因为得罪了鲁付春,而是后悔她以前的所作所为,以及曾对舒伊梅的种种不好。

舒柏康也在家坐卧不安,都是被吴秀珍的一个电话搅和的。一个多月前,当隔壁邻居把钥匙交给吴秀珍时,吴秀珍实在没有想到舒伊梅会离开家。起初还以为舒伊梅是回老家了,急得打电话去了她老家。舒柏康自接到电话之后就觉不对劲儿，之后跑了几次邮局，打电话到吴秀珍的家中，七八成是没人接，有两次是吴秀珍接的，吴秀珍只好撒谎说伊梅是带孩子出去玩了。

再过两天就要过小年了，往年的这个时候，伊妹早把过年的钱寄回了家。舒柏康在家是越想越不安。伤神最易伤身，近期他的胃部明显不适，疼痛感一天比一天严重。无论如何，要去看个究竟，否则这个年是无法安心过的！舒柏康这样决定后，过了小年的第二天，他就揣着舒伊梅的通讯地址出了门。孙爱兰站在大枫树脚下泪眼汪汪，目送着他渐渐远去的背影，心也随之而去了。

舒柏康到了南林市，从下车就开始一路打听，按图索骥，找到时还算顺利，却见313门牌号院门是紧锁着的，也只好等了，就在门口一块石头上坐了下来。

也不知等了多久，午饭时间都过了，隔壁王大妈看到他，好心出来问："你找吴秀珍吗？她中午好像很少回来，怕你白等了。"

"呃……我是来找我女儿的，就是吴秀珍的儿媳妇。"舒柏康起身迎上前。

"你女儿？原来你还是吴秀珍的亲家啊?！这么多年都没见过，你一直没来过吧？你女儿从这里搬出去很久了，你不知道吗?"王大妈明显客气起来。

"你说什么？搬出去了？搬哪去了呀？……她为什么要搬出去？是分家了……一家三口搬出去的吗？……"

王大妈被他激动的神情问得一头雾水。难道他对自己女儿的情况什么都不知道？谭文玉不是早死了吗？怎么还提到了一家三口？可一时也不知怎么回答好。"这个……我也不知道……听说……你女儿好像在市立医院门口开了家水果店，要不，你上那儿去找找吧！"半晌，她说。

"你说，我女儿开水果店?"舒柏康以为是听错了。

王大妈点点头，重复说了一遍具体的位置。舒柏康这回听清了，也彻底地愣住了。怎么会是这样，她不是有工作的吗？怎么开水果店了?！那一刻，他不知道是心疼还是胃痛，疼痛难忍，眼泪不由得涌出了眼眶。

"市立医院离这路不是很多，出门拦个三轮车，十几分钟就到。要不，你先进我屋子里喝点水吧?”王大妈看着他,同情地说。

舒柏康谢绝了好意,转身就向街头走去。

接近年关,街上的人流量格外地大。舒柏康半天等来一辆三轮车,对师傅说了要去的地方。他侧身坐在车上,眼睛直看向前方,忘了胃痛和饥饿,只想尽快见到女儿。

三轮车停了下来。师傅说到了。舒柏康付了车钱,一下车就看见一个水果摊前围满了顾客,又很快在人群中看见了舒伊梅。见到的那一刻,他虽很激动,却没有立即上前去叫她。是怕伊梅不理他,或不认他?还是怕影响了伊梅做生意?这些他似乎都没有考虑,只被她的模样看得心疼了。舒伊梅系着围裙,戴着套袖,鼻尖冻得通红,额前的头发凌乱,马尾辫随意地扎在脑后,半截手套露出了红肿的指头,在那不停地在称秤、收钱,连抬头的时间都没有。她自然没有发现父亲就站在摊位旁边。

舒柏康呆呆地看着,看顾客跟她讨价还价,想这与家门口的小商贩有什么两样?上次回家时,伊妹不是说假期结束要回来上班的吗?吴秀珍不是说过要给她安排工作的吗?吴秀珍为什么要骗人?伊妹为什么要撒谎?是自己死撑面子,还是不想让家里人知道?当初为什么要相信,吴秀珍那女人说是给伊妹安排工作的?!舒柏康又觉愧疚像一根挥舞的皮鞭,在猛烈地抽打着他的心,渐渐地,渐渐地,眼前一片模糊……

“啊,是谁在这儿晕倒了?!”有人尖叫着。舒伊梅被惊得抬起头,看见晕倒的人就在自己的摊位前面,吓得立马绕过摊位跑出来。

“啊……是爸?怎么是爸!爸……”舒伊梅又惊又吓地喊着,使出浑身力气要扶他起来,却听旁边有人在提醒:“别乱动,赶快叫医生过来!”

杨仲夏正好从家中出来去接班,见舒伊梅的店门口闹哄哄地围满了许多人,不知道出了什么大事,慌慌地跑了过来。舒伊梅一看见他如获得救星一样,哭着说:“他是……我……我爸……晕倒了!”

杨仲夏看着泪流满面的她,二话没说,背起舒柏康就向医院的急救室跑去……

四十六

经过一番抢救，舒柏康终于苏醒了过来。舒伊梅看着父亲睁开了眼，激动得泪水又涌出了眼眶。

杨仲夏说晕厥的情况比较复杂，情绪波动是很大的一个因素，但不排除其他的疾病现象，建议做个全身检查。舒伊梅感激地应允。

是福不是祸，是祸躲不过。杨仲夏告诉舒伊梅，通过胃镜检查来看，伯父胃部有肿瘤现象，但不知道是良性还是恶性，需要进一步做切片化验确诊。舒伊梅听后，吓得头脑"嗡"的一声作响，不是杨仲夏眼疾手快地将她扶住，她肯定眩晕倒地了。这些日子，舒伊梅体力上本来就有些透支，又怎么能够承受得住这样的惊吓？

杨仲夏看着舒伊梅脸色煞白，身体虚脱，实在是心疼，就自作主张地开了瓶氨基酸，要给她吊一瓶，希望她能安静地休息一会儿。

平日里即使有再多的怨恨，在生死面前，一切都显得微不足道了。舒伊梅煎熬地默数着时间，等待病理切片的结果。她想着奶奶、伊菊、毛毛、文玉等等这些从眼前逝去的亲人，不由得慨叹人的生命真的是不堪一击，这样就更加害怕父亲会遭遇到什么不测。

还好是有得救的！当切片结果显示为良性时，舒伊梅喜极而泣。欣喜之余，还庆幸自己被单位裁员，获得了一笔可观的补偿费，否则到哪去弄钱为父亲治病呀？

杨仲夏动用人脉资源，张罗着尽快为舒柏康做了手术，并且手术非常成功。舒伊梅知道尽管如此，至少还得住院一周，为怕母亲在家担心，便打电话回去，谎称父亲想在城里多玩几天，过完年再回家去。孙爱兰听后，似信非信，因为农村是很讲究过年团圆的，无论身在何处，过年时都要回家。按理，舒柏康肯定不会这样做，更何况他还是一家之主。但不信又会怎样，又不能插翅飞过去看看,孙爱兰只好强迫自己相信了。

翁香玉本来是想提前回老家收拾屋子过春节的。乡下的屋子一年到头没人住,总得回去收拾;再说乡下过年的氛围,也比城里要浓郁得多。现在她临时改变了主意,就是为了帮伊梅照看店铺和欣然。

舒伊梅明白其意,自然又是感激不尽。翁香玉灵机一动,说:“你要是不嫌弃,就认我做干妈吧,这样就不会让你见外了!”

舒伊梅觉得这也没有什么不好的,随即开心地应道:“如果相认不要什么仪式的话,从今天起,我就做您干女儿了!”

“不要仪式,不要仪式的。就这么说定了,从今天起,你就是我女儿了。”翁香玉激动地回说,乐呵呵笑个不停。

“什么事让你们这么开心呀!”杨仲夏正好走了过来。

“仲夏来啦,仲夏,伊梅认我做干妈了,这能不开心吗?从现在起,我们是一家人了,以后你们就不用再客客套套地见外了。”翁香玉真的很得意这个灵机一动的想法,这样不是给他们创造了更好的条件吗?

杨仲夏看向舒伊梅,难得见她笑得如此开心,自然也是乐不可支。

舒柏康从住进医院开始,就看杨仲夏一直在为自己忙前忙后,问长问短,如同自家人一样,真希望这个杨医生就是他的女婿!而事实上他知道是不可能的,因为伊妹也口口声声地称他为杨医生。那女婿呢,住院都好几天了,怎么一直不见女婿来?有好几次舒柏康想问,但都被舒伊梅把话题岔开了。他知道女儿内心能承受很多东西,连没有工作这么大的事情都能瞒得住,不想说的,她肯定不会说。思前想后,他认为或许能从杨医生这里打听到女儿的一些情况。

腊月三十这天,住院的病人能出院的基本出院了。舒柏康是术后第三天,精神状态恢复得较好,见杨仲夏比较清闲的样子,三番五次地逛进了他的病房来,于是笑着问道:“杨医生,今天不忙吧,坐下陪我说说话,好吗?”

杨仲夏笑应。这也正如他所愿,因为他也很想从舒柏康这里了解一些伊梅过去的情况,尤其是她怎么嫁了谭文玉这样的人。这个心结,在他的心头一直没有解开。

“你是怎么认识我女儿的?”舒柏康见他坐了下来,直奔主题。

“我曾是谭文玉的主治医生,所以关系很熟。”

舒柏康一听这个谭文玉,估计是他女婿,稍迟疑了一下,想问又怕问的样子,“嗯……这个……你说的这个……谭文玉,他得了什么病?”他还是忍不住问了起来。

杨仲夏迷惑地看着他:不会吧? 难道他不知道谭文玉的情况?!

舒柏康被他看得不好意思起来,干脆直说道:“我知道你说的谭文玉,应该就是我女婿。不怕你笑话,自始至终,我与他从未见过面,只看过照片,只知道他有点残疾,还真不知他得了什么病。杨医生,他得了什么病? 现在好了吗?”

杨仲夏觉得不可思议,纳闷道:“伯父,您的意思是……是您不知道伊梅嫁给了谭文玉这样一个人? 那她是怎么嫁给他的?”

“这事说来话长,你要是有耐心,就听我慢慢说吧! 这些年,我一直都在为这事后悔,悔不当初啊! 都是我造的孽,让妹儿在这儿受苦……”

“舒伯伯,您说吧! 到底是什么情况,说来听听?”杨仲夏迫切地想知道。

“事情还得从头说起,算算都过去七八年了,那天……”舒柏康开始回忆起来——说他如何遇见了吴秀珍,如何动了女儿的心思,又如何让伊梅勉强同意嫁了过来,之后又说到了陈蓝诺,还有夏小新的信件……这场倾诉似乎早就设定了,舒柏康说个没完没了,愧疚和自责包裹着整个情绪。

杨仲夏一字一句认真地听着,尽管舒柏康讲述时方言味很重,但他基本上听懂了,如同是在听小说中的故事。

“如果我不截收蓝诺的信件,妹儿就不会答应这桩婚事,她的命运就不会是今天这个样子,还说不定与蓝诺那孩子真成了。”舒柏康总结说。

“现在陈蓝诺在哪儿? 他结婚了吗?”杨仲夏转换了好奇心。

“听说他开了公司,成了大老板,还没结婚,他母亲一直在为这事操心。我们村里人都说,是我棒打了鸳鸯,他们本是多好的一对呀!”

杨仲夏听着,不觉走了神……

“杨医生,你还没回答我的问题呢!” 舒柏康看他半天没反应,提醒道。

“呃,什么问题?”

“就是我女婿,他现在怎么样了? 一直没来看我,他身体到底有什么缺陷,是不能走路吗?”

“哦,他……可以走路的,他在家休养……已没事了。”杨仲夏支吾地回答,认为善意的谎言还是很有必要的。

舒柏康又嘀咕道:“没想到吴秀珍这女人竟然说话不算数,明明说好安排工作的。我一直以为妹儿在这有份体面的工作,原来是在辛苦地做生意,真是太不道义了!要知道是这样,无论如何也不会把她嫁过来,造孽啊!我……”

“舒伯伯,您别想许多,这对身体恢复不好,要静心休息的,否则对伤口有害……”杨仲夏见舒柏康越说越激动,劝说了一番,便找个借口离开,回到了办公室。他仰面靠在椅背上,满脑子地回想着舒柏康刚才所说的,关于舒伊梅的故事。

乱了,心乱了,越想越乱了。胸口闷闷的,有疼痛之感,是怎样的一种疼痛,他说不清——是为伊梅感到心疼?抑或是为自己感到痛心?也许都有吧!这些年来,李英莲就像一块肿瘤长在他的脑子里,时刻都在困扰着他,这也难怪会被母亲说成是个没出息的男人!他也承认自己是没出息的,老婆都跟了别人,都离婚了,还时常幻想有一天,她能回心转意,回到自己的身边。

他还想到了陈蓝诺,说他一直不结婚,是与舒伊梅有关吗?也许吧!男人对结婚之前追求过的女孩,总是很专一,就像李外。李外是因为当年没有追到李英莲,所以才念念不忘的,才非要弄到手不可。

杨仲夏曾认为自己有多幸运,李英莲曾为爱情表现得有多勇敢!想当初,她抛下那么多的追求者,反过来追求自己。能够得到“校花”的追求,谁不被感动呢?想那个时候,他还不相信地问过她:“那么多的追求者你不选,为什么要选择我?”她忸怩地回答说:“很简单啊,帅哥都追求我,而你不睬我,就选上你了。”直到现在,他也没明白,她这是什么逻辑,只知道当时爱情来了,幸福晕了头。

李英莲是校花,在学校几乎人人认识她。杨仲夏看着追求她的男生争先恐后,一个个买礼物送给她,尤其是李外。他以为李英莲会选择李外,同学们也都笑李外最为痴情,经常饿着肚子,省钱买礼物讨她欢心。而那时的他,哪里是不想追求她,只是囊中羞涩而已。就因为被感动,所以坚信要一辈子对她好。从恋爱到结婚成家,这些年里,他注定是被她降住了魂,无论她脾气有多坏,他都能顺着她,惯着她,容忍着她。

一年前,当他知道李英莲与李外真的混在一起时,他觉得自己还是能够容忍的,认为她只是一时的迷失。同学都说李外这两年做建筑工程,成了暴发户,她只不过是在贪恋李外的金钱财物。可是有一天,她到底还是提出了离婚:“他……要我……跟你离婚。”她说后,他本能的第一反应还是在为她着想,怕李外不怀好意,问道:“李外说要娶你了吗?”她回道:“应该会吧?他说过,要与老婆离婚的。我们还是离了吧!这样对你很不公平!”李英莲说这话时,他的眼泪差点掉了下来——不知是委屈,还是不舍和隐忧?

是该摘除这块肿瘤的时候了!杨仲夏对自己说,真的应该放下了!可是,他的内心并没有显得轻松起来,反而好像又有什么东西闯进了心里……

四十七

舒伊梅原以为,这个春节只有她和欣然一起过。事实不然,翁香玉说,咱们都是一家人了,应该要在一起过年的。舒伊梅听了,恭敬不如从命。

吃过年夜饭,舒伊梅要收洗碗筷,翁香玉不让,叫她去病房看望父亲,还说,正好仲夏要值班,你们一起去吧。

舒伊梅听从,与杨仲夏一前一后地走出了门。

医院里很安静,大部分职工都回老家过年了,走动的病人或家属也极少。远处不时有烟花绽放,凸显出节日的浓厚氛围。舒伊梅仰起头来,欣赏着腾空而起的烟花,不由得感激这些放烟花的人,既照亮了自己的天空,也绚烂了别人的天空。

“时间过得真快啊,我们又长一岁了。”杨仲夏感慨说。

“不对!是又老一岁了。”舒伊梅笑了,又补充道,“应该是欣然和同意又长一岁了!”

“就认为自己老了?是心态老了吧!我比你大两岁,还没觉得老呢。再说了,年龄老了不可怕,心态老了才可怕呢。”

“女人三十半老人!我们家的人说的,我也快三十了呢。”舒伊梅说着,又疑惑地看向杨仲夏,“你……怎么知道我的年龄?”

“呵呵,这个……只要用心,自然会知道的。”杨仲夏扬起嘴角,诡谲地笑着。

他们走到了住院楼门口,杨仲夏却突然用手摸着肚子说:“嗯……吃多了,能不能陪我走会?”他那样子,好像真的是吃多了。

“我看你晚上吃得并不多呀,一副心事重重的样子,肯定是想嫂子了吧?”舒伊梅随即停下脚步,回看他一眼,显然是同意了一起走走。

“没有吧,看来,你在关心我了?”

“关心也正常啊，干妈不是说了，我们是一家人嘛！对了，嫂子要学习多久？怎么连过年都不回家？”这个问题，舒伊梅吃饭时就想问了。

“这个……我……还真不知道！”

“什么这个不知道，你这是什么话？难道你们之间没有联系过吗？”舒伊梅是在嗔怪他怎么不关心老婆。

“没有。也联系不上。我要是说你的这个嫂子已经跟了别人，你信吗？”

“不信。真是那样，你会伤心的！我看你也不像是受了打击的人。”

“很多时候，人是有两面性的，这观点你赞成吗？”杨仲夏问得认真。于杨仲夏而言，他确实属于有两面性的人物。人前的他，阳光随和，幽默风趣，乐观开朗，犹若不识愁滋味地幸福快乐着。其实他心情不好的时候多，一个人时喜欢呆坐，想心事——也就是说，他所有的心思和烦恼，一般不会表现给别人看(除了自己的母亲)。离婚两个多月了，单位里的同事到现在还一个都不知道。也有同事谣传关于他老婆的绯闻，可他总是一副乐观的样子，让那些喜欢嚼舌根的人也无法确信，听的人也更难相信是真的了。

“这个……其实，有些事说出来又不能改变什么，要是向别人说了，如遇到是真心对你好的人，听了你的烦恼或不幸后，无形中也给了他心理上的一些负担；如是假心假意待你的人听了，表面上似乎很同情你，背地里他准是幸灾乐祸的。”舒伊梅想了想，赞同地说。

“知音啊！小时候，你干妈也曾说过类似的话，但没你说得这么明白。那些年，她一个人带着我生活，总是人前笑呵呵的，人后常常一个人偷偷地抹眼泪。她说这样的生活是她的命，再苦的泪水也要往自己的肚里咽，不要让别人看笑话。我爸去世那年，我才三岁，她是因为我而一直没有改嫁的，害怕别人对我不好，还说隔一层肚皮隔一重山，不是自己亲生的孩子，别人不会真心疼爱的。因为小时候她是寄养在叔父家的，我应该叫他叔公，现在已不在人世了。说叔公那时对自己孩子宝贝似的疼着，对她却像对待用人一样使唤。”

“苦难练就人生，而经历很多磨难的人总是好人多，干妈真伟大！是世上难得的好人！遇上她，真是我的福气！”舒伊梅由衷地说。

“我妈遇上你，也是她的福气！……说得不对，应该也是你妈！”

“说说嫂子的事，你刚才说的，到底是真的还是假的？”舒伊梅呵呵笑着，转开了话题。

“真亦假时假亦真，无为有处有还无。”

“得了……你……卖什么关子呀，什么真假有无的，说说吧，很想知道嫂子为什么不回家过年的。”

“好吧，先说个故事给你听听。你想听吗?”杨仲夏是做了准备，仿佛知道伊梅要问这样的问题，在吃饭时候就已编好了一个故事。

“当然。如果说，答案就在这个故事中，我洗耳恭听。”舒伊梅侧过脸，笑着看他。

杨仲夏回笑一下，脚步随即放慢了半拍，开始说道：“嗯……讲故事我不擅长，你就将就听着啊！我……讲一个关于蜘蛛与瓶子的故事吧！……她是班上一只绝美的蜘蛛，每天在教室中央编织着美丽的情网，差不多捕获了班上三分之二的雄性猎物，却没有选择一个留下，他们的爱最终都变成了她脚底下空荡荡的躯壳。只因她发现了靠窗的角落边，有一只安静的敞口瓶子。这是一只来自农村的瓶子，有些自卑，也知道扑向她情网的下场，只好选择安静，装作毫不在意。结果，这只美丽的蜘蛛却主动向瓶子靠拢过来，还无所顾忌地开始绕着瓶子编织情网，时而小鸟依人般地依偎，时而快乐地忙活着。刚开始，瓶子受宠若惊，以为是在做梦，直到看清了她编织的情网基本成形，才确信这是事实，继而陶醉在她的情网之中。瓶子真的很幸福快乐，当然也迎来了班里很多妒忌又羡慕的目光……”

“后来，蜘蛛住进了瓶子里?”舒伊梅若有所思地说。

“是的。一开始，住进了瓶子里的蜘蛛感觉很温暖，每天温柔而安静地依偎着瓶子。渐渐地，她感觉瓶子里太空，没有她想要的东西；瓶口太窄，看不到她想象的美好。她开始烦躁不安，开始莫名其妙地发脾气，撒娇。瓶子很理解，瓶子知道她从小娇生惯养，天性也爱美，就这样每天低着头哄着她，尽可能地满足她想要的一切。瓶子以为，等到有了他们的爱情结晶后，她就会有所改变的。”

“改变了吗?”舒伊梅抬眼问道。杨仲夏回看他一眼，有些投入地接着说：“一年后，蜘蛛怀孕了，瓶子很欣喜，瓶子倾其所有的爱，呵护着她，她也确实安静多了，小生命终于平安地来到了这个世间。有了这爱情的结晶，正当瓶子幸福地憧憬着他们的未来时，却发现蜘蛛并没有多少在乎这个小小的生命，而一心只关注她身体美丽条纹的恢复。她不给小生命哺乳，瓶子就当是一种现代母性的新时尚，也就依了她，蜘蛛如愿地恢复了她的美丽。恢复了美丽的蜘蛛，开始频繁地外出，回家也安静了很多。瓶子以为当初那个温柔美丽的蜘蛛又回来了，瓶子幸福着，直到有一天，瓶子无意间从窗口看见，打扮得漂漂亮亮出门的蜘蛛，原来是钻进了一辆宝马车里……”

“这只美丽的蜘蛛是嫂子，瓶子就是你？”舒伊梅怜爱地看着他，明知故问。

“她已经不是你嫂子了，两个多月前，我们办了离婚手续。”

“两个多月前？看不出你城府挺深的嘛？”舒伊梅半开着玩笑，又问道，“那时，你为什么不说？”

“你刚才不是说了，有些东西说出来，也不能改变什么。”

舒伊梅无语。想想也是，没说明白也好，否则这一个离了婚的男人和一个单了身的女人，总会把人带到一种遐想的空间，怎好接受他的帮助？“那……现在为什么说了？”她似是明白，又不完全明白地问道。

“现在我们不是一家人了吗？不会让你怀疑我图谋不轨的，是吧？”杨仲夏恢复常态，开玩笑道。

舒伊梅看了他几秒，像是刚刚才发现，他笑起来嘴角的弧度，和蓝诺一样好看。“没想到你还会编故事，这故事确切地说，有些悲情，不过我没看出你很伤心。”她移开目光，在心里这样想着，又说了出来。

“该伤心的时候，已经伤心过了。还有，也说了，是故事。”

“也是。有道理。真真假假，假假真真，生活中很多事情是说不清的，关键是要看自己的心态。有些伤心的事，想不明白的事，发生了就把它当成一个故事来呈现，也是释然的一种好方式。”

“很哲理啊！”杨仲夏笑着总结。

舒伊梅接话道：“如果你愿意，我还想听你说说你和她之间的故事。”

“可以呀，能有人愿意倾听是多么幸福的事，尤其是你愿意听。”说着，他又假装好奇的样子看着舒伊梅问，“你……真想听？说说……为什么想听？”

“什么？为什么？没有为什么，就当是搜集素材，说不定哪天，我想写小说。”

“呵呵，为了能成就南林市一位小说家，为了鄙人能荣幸成为你小说中的人物，无论如何，我也得说说。……再说了，过去的东西，能说出来就证明已经不在意了。是这样的逻辑吗？"

"言之有理的。这话说回来，我也算是在行善事，对一个受伤灵魂的救赎。是这样的逻辑吗？"

"哈哈……"

他们一对一答的，开心大笑着。接下来，杨仲夏轻松随意地说了很多关于他和李英莲之间的琐碎故事。舒伊梅低眉听着，不时走神，回忆起她与蓝诺之间的点滴，不由得心生感慨：相爱容易，相守太难！

"听后做何感想？是不是认为我很失败？每个人都是一本书，每个人身上都有故事。现在说完了我的故事，说说你的故事吧！"杨仲夏说了这么多掏心窝的话，其目的还是想舒伊梅也能说说，关于她与陈蓝诺之间的故事。

"我的故事？我……可不会编故事的！"舒伊梅笑着抵赖。

杨仲夏叫冤道："这做人要厚道啊！我把自己一览无余地呈现给你了，你却什么也不说。"

舒伊梅还是笑着抵赖，说她没故事可说。她知道，每个人身上都有故事，只不过是悲与喜、简单与复杂的区别。舒伊梅不知道她与蓝诺的故事是喜？是悲？是简单成为过去式？还是哪天不经意重逢，然后会纠缠下去？关于蓝诺，来这个城市的最初，她就没打算要在这里告诉任何一个人。这些年，她把他冰封成记忆，习惯在一个人时回忆和遐想。还有，她害怕说出来后，会被语言的温度融化，相思成灾。

见杨仲夏失望的眼神，舒伊梅笑着安慰道："这些年，我的生活你都看到了，我的故事不全在你的眼里吗？走吧，得上楼陪我爸了。"舒伊梅说着，转身向住院楼大门走去。

"你的故事……就在……我的眼里？这是你说的啊！从现在开始，我要认真解读你……你的故事，呵呵……"杨仲夏一语双关，得意地笑着。

四十八

舒伊梅已经很久没有梦到陈蓝诺了,昨晚梦见了他,只是梦境与往日大相径庭,醒来时,发现枕边湿了一大块。

梦中,在西子湖对岸的岭头上,四周开满了油菜花,陈蓝诺站在那岭头上四处张望。她远远地喊他,朝他挥手,他明明是听见了,看见了,却只望了她一眼,转身朝另外一个方向奔去,她这才发现,是舒小冉在对岸的另一头朝他招手。她不明就里,只觉委屈,眼泪扑簌簌地落了下来……

怎么会做这样的梦?小冉与蓝诺怎么可能会在一起?不会的,梦是反的,小冉要是知道蓝诺的消息,上次见面时肯定会说的。舒伊梅靠在床上,回忆着梦境。听见门外有人敲门,立即起身,穿衣下床来开门,见是谭文婷,因刚刚也估猜到了,倒是不觉得十分奇怪。

"梅姐,终于见到你了,知道我跑第几趟了吗?昨天中午到家,下午跑了两趟;吃过年夜饭,又跑了一趟,怎么敲门也没人应。我妈说你肯定是回老家过年了,我不信,问周边的人,说上午还见你店铺的门是开的。"谭文婷激动地上前,挽住舒伊梅的手臂,机关枪似的说个不停。

舒伊梅看她鼻尖冻得通红,歉意地笑着。又看她离开时留着的学生发已长至腰间,一件修身的白色毛绒大衣,配一双过膝黑色长筒靴子,脖子上系着黑色毛茸茸围巾,看上去简约时尚,又能把脸上的皮肤衬托得格外粉嫩红润。"越来越漂亮哦!黑白分明,我喜欢你的这身装扮。"她欣赏地看了一会说。

"知道姐喜欢呢!不过,我哪有姐漂亮啊!"谭文婷笑嘻嘻的,又问,"欣然呢?还在睡觉?"

"姑姑……"欣然听见说话声,一骨碌儿从被窝里钻了出来。

"哟,宝贝。姑姑想死你了!"谭文婷快步进屋,捧着欣然的脸蛋亲了起来。

舒伊梅看着欣然整个身子在被子外面，忙说："别冻着……快让姑姑帮你穿新衣服。"说着，从衣柜里拿出了欣然的新衣服扔到床上。又问谭文婷："你还没吃吧？我去洗漱，稍后下饺子给你吃啊！"

"好的。"谭文婷和欣然乐得一同应道。

"姑姑，你上哪儿去了呀？""姑姑，你上班的地方离这很远吗？""姑姑，你上班的地方好玩吗？""姑姑，你那里有好的邻居吗？……"欣然让谭文婷帮着穿衣服，小脑袋瓜子却想出了好多问题来。

谭文婷一一回答，只是不明白"有好的邻居"之说法，问道："欣然有好邻居了？"

"有啊！就是同意哥哥，我妈说……"欣然正要说时，只听同意在外面说话。

"梅阿姨，新年好！"

"新年好！这么早呀，同意穿新衣服啦，好漂亮啊！"

"嘿……我老爸在后面的！"同意说着，已溜进了屋里。欣然急着要迎上前去，可一只鞋子还没穿好。"同意哥哥，这是我姑姑……"欣然又急于介绍起来。

谭文婷看向同意，好喜欢的眼神……自然也有些摸不着头脑。

舒伊梅站在走廊上，看着杨仲夏朝自己走来，主动地打起了招呼："新年好！"

"新年好！怎么……下饺子吃？家里饭烧好了，妈让我来叫你们。"

谭文婷听了，赶忙走出屋子来，一看是杨医生，一副似惊非惊的样子，又立刻展开笑脸来，"呃……是杨医生，新年好！"

杨仲夏看了她一眼，笑道："新年好！是小姑子吧？越来越漂亮，半天认不出来了。"

"我终于明白了。"谭文婷看着他们，没头没脑地嘀咕了一句。

舒伊梅与杨仲夏相互看了看，异口同声地问道："什么明白了？"

谭文婷开心笑道："我看这哪里是好邻居，分明就是一家人了啊！杨医生刚说什么来着？好像是……妈让我来叫你们？难道你们……"

"瞎猜什么！是我认杨医生母亲做干妈了。"舒伊梅红着脸解释，又转向杨仲夏说:“我等会去给干妈拜年,你先回去吧,要不…… 你把欣然先带过去。”

杨仲夏笑应,喊道:“欣然,同意!”

欣然和同意磨蹭着半天,终于从屋子里走了出来,各自手上拿着玩具,是谭文婷带来的芭比娃娃。

“等会见到奶奶,别忘了要说新年好啊!”舒伊梅对欣然交代说。

“刚才,我老爸叫我见到梅阿姨,也是这样说的。”同意接话道。

杨仲夏看向舒伊梅,俩人相视一笑。

谭文婷看着他们,总觉得有什么不对劲的地方。“欣然,同意,这两个名字,一起叫来还真有意思! 说不定将来,他们准会是天造地设的一对呢,呵呵……”杨仲夏他们走后,她嬉笑道,又突然想到似的问,“不对呀……梅姐……你刚才怎么对欣然只说是,见到奶奶要说新年好,那杨医生夫人呢?”

“他们离婚了。”舒伊梅心无旁骛地回道,又说,“他的母亲你见过,就是生欣然时,出院那天和你说话的那个阿姨。欣然和同意是同一天出生的,欣然也幸亏有她带着,还有这店铺,也一直是她在帮忙照应着,否则我一个人真的忙不过来。”

“我妈也确实做得过分。不过这次回来,我感觉她好像变了,也老了很多。昨晚吃饭时,她始终在愧疚,说了你搬家的原因,也第一次在我面前说了你很多的好。我不是在为我妈说话,只是突然觉得像她那样的人,能知道悔过也算是难得了。”

舒伊梅笑笑,不介意地说:“老实说,当时知道是她要让我下岗,确实很伤心,很无助,也很不理解。现在也算挺过来了,没什么大不了的。人的一生,该走什么样的路,七分是天注定,还有三分靠打拼。”

谭文婷急回道:“爱拼才会赢! 这歌正流行的。不对,应该是三分天注定,七分靠打拼! 梅姐,会好起来的! 你曾是我哥的福气,也是我的骄傲,我的榜样! 现在的女孩都爱崇拜什么大明星,而我就只崇拜我的梅姐,在我的心目中,梅姐比任何大明星都漂亮,都伟大!”

“一年没见,在外学会耍贫嘴了啊!”

“没贫嘴,真心话嘛! 跟姐在一起就是开心。我平时上班很少说话,那边的老总,样子很古怪。”

“呃……不会吧？每次来电话时，你一直都说上班很如意的，怎么又像是受委屈了，是什么样的老总？对员工很凶的那种吗？男的女的？结婚了没有？”舒伊梅甚是迷惑。

“没有。男的，长得很帅的那种。其实，他对员工挺好的，就是不爱开笑脸。”

“是吗？揣测人家心思，你该不是看上了他吧？”

“没呢，就是看上了，也没我的份！他心里早有人选了……”

“是吗？你怎么知道他……”舒伊梅正问时，谭文婷却急着转了话题：“梅姐，听说他和舒小冉是老乡，那不也就是你的老乡吗？”

“呃……按理应该是的。”

“梅姐，他还有个很好听的名字！”谭文婷又说。

好听的名字？该不会……？怎么会！舒伊梅稍显吃惊地看着谭文婷。“是……什么好听的名字？”她小心问着，心跳随之加快。

“瞧你！有多紧张似的。姐一向也不是八卦的人，就这么想知道？难道还会巧合到像上次见到舒小冉一样，又是你认识的人？想想应该不可能，要是认识，上次你与舒小冉见面，她肯定也会……”

“快说吧！说来听听，叫什么名字？”舒伊梅实在无法听谭文婷这么啰唆下去了。

“陈——蓝——诺，这名字好听吧！”谭文婷一字一句地说。

一点没错，记忆中，舒小冉也曾这样说过的！舒伊梅虽在意料之中，可还是一脸的吃惊。谭文婷没注意到她这表情的变化，接着说道：“梅姐，这是没多久时，我才听同事说的，其实，诺梅公司真正的老总就是他，舒小冉只占公司百分之三十的股份，当初创业时……”

谭文婷说了很多，舒伊梅能听进去的，只有“陈蓝诺”和“舒小冉”，这两个无法能把他们想象在一起创业的人。为什么？小冉为什么不说？小冉什么时候变了？小冉应该不是这样的人啊！舒伊梅有种被她愚弄和欺骗而受伤的感觉，心被针扎般一阵又一阵地刺痛。

“你刚说的他……就是……那个陈蓝诺，他和舒小冉结婚了吗？”舒伊梅很想证实一下。

“梅姐，怎么了，不舒服吗？”谭文婷答非所问，这才看到舒伊梅的脸色极为不好。

“没事。是昨晚没睡好。告诉我,他们……结婚了吗?”舒伊梅努力控制着情绪。

“他们没有结婚。刚开始,我以为他们是夫妻,后来听公司的人说他们不是。公司有个叫吴子俊的人,一直在追求舒小冉;可公司里的人说,舒小冉喜欢的是陈蓝诺,只是,她与陈蓝诺之间根本是没戏的。舒小冉只是一厢情愿地在等着他……”谭文婷以为舒伊梅关心的只是舒小冉,所以回答得很具体。

“这话怎么说?为什么……说他们没戏?他们都共同创业了,为什么还没戏?”舒伊梅自己也不明白,为什么要这样继续问下去。

“因为这个吴子俊与陈蓝诺是铁哥们关系,并且陈蓝诺还总是暗地在帮助吴子俊,撮合他与舒小冉在一起,你说这样,他们还有戏吗?”

舒伊梅“哦”了一声,似乎理解,又不理解。想着小冉是什么时候喜欢上了蓝诺。“这样说,他们都还没结婚?他们到现在,都还没结婚!”她似是在对谭文婷说,实是自言自语。

“梅姐,你该不会真认识这个陈蓝诺吧?你要是认识,上次与舒小冉见面时,她就会告诉你的,不是吗?”谭文婷推断说。

“呃……其实,是听说过家乡有这个人,只是印象不深了。”舒伊梅想了下,敷衍回道。见锅里的饺子正在沸腾,差不多已好了,就说:“饺子好了,我先盛一碗送病房给我爸,你自己盛着吃啊,知道你喜欢拌醋吃,醋在那柜里。”

“你爸?住院了?”谭文婷吃惊地问。

“嗯……胃毛病,做了手术,没大碍了。”舒伊梅简单说了情况,去向住院楼。

生活在变,人也在变。小冉变了。蓝诺变了吗?文婷说他心里早有人选了。会是谁?是我吗?不可能的!生活在变,人也在变,小冉不是变了吗,蓝诺怎么可能不会变?舒伊梅在去病房的来回路上,一个人想着,又无法得到确认的答案,回屋时,见到谭文婷的第一句话就问:“你刚才说,他心里早有人选了。你怎么知道的?”

“呃……是说我们公司老总吗?你干吗要关心这个?”谭文婷不解地看

着舒伊梅一脸认真的样子。

“哦,这个……旁观者清,当局者迷嘛!我只是想帮你分析一下,看看你的判断是否有误,说不定他是喜欢你的呢?”舒伊梅故作镇静,不让谭文婷看出她内心的破绽。

“那怎么可能!人家说酒后吐真言,还会有假?嗯……是这样的,我说给你听听吧!……”谭文婷说的大概意思就是:有天,陈蓝诺听到可靠消息,说有家大公司要为10名中高级管理人员,每人配备一辆小轿车,陈蓝诺最擅长的就是抓住这样的市场信息,而且总是要赶在第一时间行动,那天是他第一次带谭文婷出去跑业务。吃饭的时候,对方公司的人非要她喝酒,可她是滴酒未沾过的人,勉强喝下一杯,结果直咳个不停,辣得眼泪都流了出来。陈蓝诺当时看她的样子很歉意,之后他们再要她喝时,他全挡住了,说要替她喝,最后那笔生意是谈成了,他却喝得烂醉如泥。

“看来,他对你还是挺关心的啊!”舒伊梅总结说。

“是的,其实他人真的挺好,就是不爱开笑脸,所以我说他古怪嘛!再说那天,刚出门,他就吐得一塌糊涂。幸好旁边是一个广场,我费了好大的劲,才把他扶到花坛边坐了下来……”

“坐了多久?他说了什么吗?”

“什么也没说,我看他还想吐的难受样子,就帮他拍了拍后背,希望能让他舒服点。”

“之后呢?还是什么也没说了吗?”

“说了,过了好长时间才说的。”

“说了什么?”舒伊梅一副急切想知道的样子。

谭文婷看她那急样子,故意拖长时间,只傻傻地看着她笑,急得舒伊梅又追问了一句,她才慢慢学着陈蓝诺的口气说:“他说……说……谢谢,我好多了!”

“那……你怎么知道他心里有一个人?”舒伊梅又追问。

“这个……他是在回去的路上对我说的,说我很像他心里想的一个人,言行举止都像。第一眼见到我时,还真把我当成她了。……难怪面试的时候,我莫名其妙地就被他录用了。难怪他常在办公室里看着我发呆。原来,他是在看着我,想着她。”

舒伊梅看谭文婷说得有些生气的样子，又小心着问："后来，他……有没有说出，他想的……是什么人？"

"没有。我试图问过，问过多次，他都不说，之后就不再好意思问了。你想想，这是多没面子的问题啊！他要不是喝多了酒，也不会告诉我实情的，还误以为他是在用这种扮酷含蓄的方式，喜欢着我呢！电影、电视剧里的男女主角不都经常这样吗？明明喜欢着，却要装作冷漠。"

舒伊梅听到这，心里多少有几分的明白，虽不完全确定，但至少获得了一份安慰。

"文婷，我有个请求，就是……就是……你最好不要在他面前说起我。"舒伊梅自己也不明白，为什么要说出这个请求来。明明是很想见到他，明明是很想让他知道她现在的状况。

"这个，放心，我平时真的很少与他说工作以外的事。不过，为什么呀？"

"你知道，我是个很要面子的人，同是老乡，他现在是大老板，而我是摆水果摊的，这说出去的话，多少也没什么面子吧？"

"哦……其实这有什么呀？我相信你也只是暂时的，等你的文凭拿到了手，是很好找工作的。我妈说许多事业单位都在招考，还叫我回来考考看，我可不愿回来呢！所以，你的机会有的是！"谭文婷信以为真地安慰道。

舒伊梅只好掩饰地笑笑。之后，谭文婷所说的，基本上都是关于陈蓝诺的话题。舒伊梅也确实有兴趣听，只是听着听着，思想就神游八方了……

四十九

舒小冉自去省城之后，就没回过老家。今年与陈蓝诺都开着小车回来，无不让村里的人羡慕不已。

舒柏生很开心女儿回家过年，早早就叫杜丽把年夜饭准备了。吃年夜饭时，还不由得感慨："小冉，伊妹去年回家过年时，看你大伯有多开心，你能想象我跟你阿姨有多失落吗？今年你大伯去伊妹那儿过年了，按常规是不应该的，也不知道是怎么回事。"

"你说大伯去了伊妹那里过年？"小冉惊问。

"是的。这几年，你联系上伊妹没有？"

"呃……一年多前见过，还去过她家。之后，就没联系过了。"

"难得你们姐妹相聚，为什么不经常走动？要不然，也知道你大伯为什么不回家过年，是吧？"舒柏生说这话时，没有半点敢责怪女儿的意思。

舒小冉回答不了这个问题，低头吃着。之后，很快放下碗筷说："我吃好了，先去大婶家看看。"

舒柏生开心应允，认为女儿长大，懂得人情礼数之事了。

舒小冉走出门时，突然想到一个问题：不知道自己还记不记恨这个大伯？自那次在邮局闹过之后，她确实从未叫过他大伯了。

两家相隔太近，舒小冉还没想好就跨进门来，一看就知道他们是刚围上桌子准备吃饭，屋里气氛明显沉郁。"大婶，哥，嫂子，给你们拜年来了！"

"哟，小冉来了，几年没回家，越过越漂亮啊！到了城里就是不一样。这么快就吃过年夜饭啦！"苏子薇抢说着，赶紧起身去泡茶。

"小冉，坐，喝茶，吃瓜子。"苏子薇热情招待，又把摆着各种各样吃的果盒端了出来。

"嫂子，不用忙，你去吃饭吧！"舒小冉说时，孙爱兰也下了桌，一看到小冉自然勾起了伤心事,爱哭的毛病又来了。

“大婶,大伯会没事的,你别担心!”舒小冉劝道,又说,“大婶,我去过伊妹的家,她家条件很好,住的还是小洋楼,单门独院,我就喜欢那样的居住环境,是真的很不错!我还计划着,在省城买那样的房子住……”舒小冉本意是来劝说,可说着说着就有些得意起来,意思是说自己也有能力买那样的房子了。

“真的?你与伊妹联系上了?真好!你们两个好姐妹终于相聚了。”苏子薇开心地说。

舒小冉“嗯”了一声,想着父亲刚才也这样说的,突然觉得有些惭愧,又像是要遮掩什么,想都没想就说:“伊妹过得挺好的,也不是说伊妹丈夫死了有多好,但至少不会再连累她了。”

“什么?!小冉,你说什么?!你说伊妹的丈夫死了?死了?!是什么时候的事?”

这显然是个爆炸性的新闻!苏子薇的反应最为激烈。孙爱兰和舒伊仁听后,更是惊得目瞪口呆。

舒小冉被问蒙了,愕然地看着他们,一个个惊讶又痛苦的表情,似闯了大祸一般,半天才支吾起来:“这……这……这都一年多了,你们……你们都不知道啊!这……这……”

孙爱兰已泣不成声。舒伊仁和苏子薇也泪水盈眶。

舒小冉看见他们如此这般,真是愧疚难当:“这……真对不起,我不知道你们还不晓得这个情况。真对不起!这大过年的,这……”

“没事的,小冉,伊妹真能沉得住气,去年回家时,什么也没对家里说。他是怎么死的?”舒伊仁尽可能地使自己平静下来,问道。

“是生病死的。事情都过去了一年多,去年九月份就死了,伊妹回家过年时,你看她不是还过得好好的吗?说实话,她那样的丈夫,死了对她真是一种解脱,连她的小姑子都这么认为,他浑身是病,自理能力都不行……”舒小冉描述了很多谭文玉的情况,就是要极力表达“活着是累赘,死了是解脱”这种观点。当然,她的本意还是想劝说他们,可结果又说出了很多他们并不知道的实情。

“我的妹儿,这些年过的是什么日子啊!那时她爸说得千好万好,非要把妹儿嫁给那样的人家！还不知道他爸这次去了之后，又发生了什么事情……”孙爱兰越想越揪心，越哭越伤心。

舒小冉看他们一个个沉浸在悲伤之中，难过得实在看不下去了，就逃也似的起身告辞，黯然地走到了大枫树的脚下。

天还没有完全黑下来，听鞭炮声此起彼伏，就知道很多人家的年夜饭才刚刚开始。她看着大枫树脚下一条条蛇形延伸的树根，为缓解一下心头的郁闷，不由得踩上一根，从最细的地方开始，平衡着身子，一步一步地向根部走去。

小时候，她与伊妹就常玩这种平衡的游戏。一开始她们都玩得不好，还没走两步就掉了下来，于是她们就选择并排的两根，俩人伸着手臂，手拉着手，一起走向大枫树的根部，又绕着大枫树转圈，玩捉迷藏的游戏。

回不到从前了。他（谭文玉）为什么要死？要是不死多好，蓝诺就不会有机会了！舒小冉落寞地想着。她转身背靠着大枫树，远眺着对面的陈家庄，想象蓝诺的家中肯定是喜庆又热闹。

其实，在决定开车回家过年时，她有过念头，想在回家之前绕到南林市去。可很快又觉得无趣，因为她明白自己并不是真心去看伊梅，而是虚荣心在作梗，好像要告诉伊梅——自己有优势于她的地方，自己可以争回蓝诺。可是，爱情是争得来的吗？她时常回想，那次向蓝诺告白爱情的冲动举措，真是难堪至极；如果不是冲动，这次回家完全可以与他一起开一辆车，一路上有说有笑的，那有多开心！如果不冲动，蓝诺就不会躲着她不见，业务的事情只与吴子俊联系。到底是爱情的星火没有燎原，还把关系弄得如此之僵，真是一次冲动的惩罚！

真的只是冲动吗？继续等下去就有结果了吗？既然表白了，就一不做二不休吧！明天，明天是大年初一，蓝诺应该不会出去走亲戚的（农村走亲戚拜年，一般从初二开始），一定得去找他！舒小冉是真的死心塌地，要幻想她与蓝诺会有未来的。

陈蓝诺在家似被众星捧月一般，一家人围着他转，整村庄的人也都冲着他，来串门和拜年的格外多。大家说东道西，问长问短，有好事者故意向他透露消息，说伊梅去年一个人带着孩子回家过年了。蓝诺听过之后，在说说笑笑中，难免有些失落。

大年初一这天，家中的来客更多。送走一拨又一拨客人，千篇一律的接待，千篇一律的话语，陈蓝诺很多时候是心不在焉的。吃过午饭后，就趁空溜了出来。

径直来到西子湖边，他朝着舒堂屋方向漫步。

每次回西子村，他都要到这里来，这条路如同鹊桥，是他与伊梅相会的必经之路。要是去年也回家过年，我们不就能相见了？这到底是有缘无分，还真的是就此错过了缘分？他在想着这个问题。

不知不觉就绕到了他与伊梅经常相会的地方。这地方既偏僻又安静，是西子湖边一块较为宽敞的洼地，上面就是伊梅家的菜园地。他在石头边停了下来，看着它发呆，回忆着大一那年寒假的最后一日，他约了伊梅吃过晚饭出来，说是有重要事情告诉她，还特意交代不许叫舒小冉一起。记得他当时那神秘兮兮的样子，还让伊梅羞红了脸。

那天，他早早出来，躲在田埂的一个角落处，幻想着一切可能发生的情景。伊梅不知道，其实这是他期待已久的行动。

正月里本就清闲，伊梅来得也不迟。他见她身后确实少了“跟屁虫”（那时，他常在心里嘀咕舒小冉是舒伊梅的“跟屁虫”），当时心里那个乐呀！第一次拥有独处的机会，太激动了，他需要冷静一下。他看着她东张西望的紧张样子，又看她不安地坐到这块石头上，眼睛直望着陈家庄的方向，就趁机悄悄地走到了她的背后，用双手罩住了她的双眼。

“你……从哪冒出来的呀？”她嗔怪地说，羞得脸颊通红。

“我早来了。”他紧挨她的身子，笑嘻嘻地坐了下来。

“你没吃饭？”她不相信他家的晚饭会更早。

“吃了。不过是中午吃的。”

“你……”

“不饿的，秀色可餐。”他开着玩笑，侧脸看着她。她的脸红得太诱人，他忍不住了，凑上去，吻了她，动作很快，紧张又幸福，幸福得醉了……

都暗恋了四年，梦想成真了，怎能不幸福？他回想着，幸福还在唇边萦绕。

现在幸福离自己是那么近，又是那么远。陈蓝诺茫然地望向湖面。

远处，湖面平静得像一面明镜，阳光一照，跳动着无数耀眼的光斑，像伊梅那水灵晶亮的笑眼。近处，湖水轻拍湖岸的声音，仿佛是她轻柔的笑语。水浅的地方，一层薄冰下萋萋衰草隐隐呈现，沉睡在水底一动不动。谁说的，冰是睡着的水，他想着。伊梅曾经如水，现在如冰，他把她冰封在记忆里，如水草被冰覆盖，想起来就冰骨蚀心。

太阳一会儿钻进云层，一会儿又露出脸来。穿过湖心的风猛然袭来，身冷，心也冷。陈蓝诺把敞开的青色毛呢大衣拢了拢，把脖子上的米白色围巾多绕了一圈，又静静地望着西子湖面。

他开始走神，开始回忆——回忆自己这些年来所走过的路，所经历的事，有些许沧桑，些许无奈，也有些许成就，些许欣慰。

他又想到伊梅，想她去年回家过年。是功成名就？还是回来晒自己的幸福？陈蓝诺，你是不是太傻？她已经有了自己的幸福，你还要承诺给她什么幸福！这样想着，不禁有些自嘲和懊恼自己：为什么？为什么总忘不了她?!

陈蓝诺突然想起一个很好的比喻，伊梅如同一块磁铁，贴在自己的心壁上。同性相斥，这些年来，就是因为心里早有了她，所以才无法接受别人。想到斯维雅，他就深感罪责之重——如果不是在迷迷糊糊中念起伊梅的名字，维雅或许就不会绝望，或许他们就生活在一起了。还有谭文婷，自己为什么总要把她想象成伊梅？

真是曾经沧海难为水呀！陈蓝诺收回目光时，惊讶地发现，舒小冉就站在不远处，正静静地看着他……

五十

舒小冉见陈蓝诺终于发现了自己，远远地笑着向他缓缓地走去，说："看你在这里很久了，一个人在想什么，这么入神！"

"呃，没想什么。我……没有想不开呢！"陈蓝诺故意开了个玩笑。他们之间已有一年多没有正面说话了，这样至少会避免一点尴尬。

"你……这不是此地无银三百两？我说了你有想不开吗？"舒小冉的反应极快。

陈蓝诺嘿嘿一笑："听子俊说，是你开车回来的，不错嘛！学了就能开。"

舒小冉"嗯"了一声："这也值得夸奖？你当初不也学了就能开吗？"

陈蓝诺笑笑，想了想又问道："看见子俊没有？"

"没看见。"舒小冉回得干脆，预感他肯定又要拿吴子俊来说事了。

"他上午来我家玩了一会，走时说要去你家，怎么没去呢？"

"管他呢！也没人稀罕他来我家玩！"舒小冉冷着脸，似是在生吴子俊的气，实则是在生陈蓝诺的气，仿佛他俩之间除了说吴子俊，就没其他话题了。

片刻的沉默。陈蓝诺装作没有在意，几分不自在地低下头来，把多绕了一圈的围巾还原放下。抬头时，却与舒小冉灼灼的眸光相撞。

他不自然地笑了一下。舒小冉回笑，也很不自然。他们到底还是把气氛弄尴尬了。

又是沉默。陈蓝诺把目光转向茫茫的湖面，又很快收了回来，装作若无其事地问道："你们，准备什么时候回公司？"

"呃……初四。你呢？"

"那就初四一起去吧！我先去你那儿，想把职工召集起来开个短会。回来之前就想去的，时间没安排过来。"陈蓝诺说后，神情自然了很多。

舒小冉"哦"了一下，不再吱声。

为避免再次出现尴尬的场景，陈蓝诺只好说："一起走走吧！"

舒小冉点头，有些受宠若惊。

他们并肩而行时，舒小冉不时地偷瞟他一眼。

陈蓝诺害怕这样的暧昧，开始寻找话题，说一些春节走亲戚拜年的家常话，又说一些他和吴子俊小时候的逸事趣闻。"我跟子俊从小学到高中一直是同学，小学时还是同桌，你说这种缘分是不是很难得？……"他犹记得在小学时，有个大胖子老师说过的一句话：听话听音，锣鼓听声。所以说来说去，还是说些关于吴子俊的话题，弦外之音，相信舒小冉自会明白。

舒小冉看似饶有兴趣地垂眸听着，实则揣了一肚子的心思。她很想他转开话题，主动提下那次"冲动事件"，可是陈蓝诺就像是什么都没发生一样，只字不提。

只字不提的，还有关于伊梅的话题。这个，舒小冉是乐意他不提的，如果真要谈到伊梅，说不定她会控制不住，信口说出她与伊梅曾经见过的事情。一想到自己今天出来找他，已经想好了很多要说的话，可绕来绕去还没说到正题，舒小冉多少有些憋不住气了。

问吧，这是最好的时机。该怎么问呢？是直接问我们还有机会吗？还是间接问他还在等伊梅吗？还是求着他，说我们结婚吧？舒小冉琢磨着，既焦急又矛盾。

陈蓝诺奇怪自己说了半天，舒小冉怎么会没反应，看了她一眼，见她心不在焉地思考着什么，担心她像上次那样，又会说出什么惊人的言语，赶紧说道："我已出来很久了，得回家去。"

"就回去了？还早着呢！"舒小冉抬头，愕然地看着他。

"再不回去，我妈会担心……"陈蓝诺正说着时，只听见吴子俊骑着自行车嚷嚷着冲过来："哟，小冉，原来你在这儿呀！去你家几次了。蓝诺，你们……怎么在这闲庭信步？也不叫上我！"

"来得正好。你们聊聊吧，我得回家陪客人了。"陈蓝诺笑着转身，轻松离去。

舒小冉呆看着陈蓝诺渐行渐远的背影，脸上的笑容转瞬即逝。吴子俊看着她，理解又不理解，还有几分无奈。舒小冉迷恋着陈蓝诺，他追恋着舒小冉，这一场爱情的游戏，就像他看过猫追着自己的尾巴玩，看着就要抓到了,可转来转去,怎么也抓不着。不过,吴子俊还不想放弃,没看到舒小冉对陈蓝诺有希望,就说明他与舒小冉还是有希望的。

“还想走走吗?”吴子俊看着舒小冉落寞的神情,小心地问道。

舒小冉极不自然地笑了一下,点头应允,朝着刚刚走过的地方折返回去,她是想回味一下陈蓝诺刚刚留下的气息。

初四一早,舒小冉开车来到陈蓝诺家时,还让陈蓝诺的母亲盲目地高兴了一阵子,走时握着舒小冉的手,千叮咛万嘱咐:“路上开慢点,注意安全,诺儿就交给你了,你们在一起我很放心,平日多照顾他一点啊!”舒小冉听着,开心又得意。她想自己与蓝诺还是有一点希望的,至少他的母亲能认可她做儿媳妇,这点她比伊梅占了优势。

谭文婷一大清早就拖个大旅行箱来到舒伊梅的店里。假期这几天,她基本上与舒伊梅待在一起,好像真是被陈蓝诺的古怪相憋屈了一年多,回来说个没完没了。能说的,不能说的,一股脑儿在舒伊梅的面前一吐为快。只是说来说去,三句话离不开“老总”,说他的工作狂精神,说他一个人时的冷漠与孤单,说他捉摸不定的心思……她说的时候,时而乐,时而羞,时而忧。舒伊梅知道,文婷显然是爱上他的这个“老总”了。

爱一个人就是不自觉地要说到他,要评论他的好和不好,更希望能从倾听者的表情中得到答案和慰藉。舒伊梅不知道自己是希望这样,还是不希望这样,只知道这几天来,潜伏在心里的感受似打翻的五味瓶,有着说不出的滋味,夜里还失眠,早上也不想起床。谭文婷来时,她刚起床,看着旅行箱诧异地问:“怎么这么早？是准备走了吗?”

“是的,陈董和舒总今天一起来了省城,叫我去省城公司开会。”

“呃,他……他们怎么不顺路来接你?”舒伊梅努力装作若无其事地问。

“是问了要不要接,是我说不用的,搭车去也方便。”谭文婷不以为然地说。

舒伊梅说不出内心的矛盾在哪里,似乎有点失望,又假装无意地提醒:“文婷,想起来了,我……那天给你打招呼的话,没忘记吧?”

“什么话？还真忘了呢!”谭文婷一脸的茫然。

“就是……就是叫你,不要在他面前说起我。”

“哦,这个啊,还以为说什么呢！其实,他根本就不是你想的那种会笑话别人的人,就是说了也无所谓的。”

“不管怎么说,这事你要听我的,千万不可以说,知道不?!”舒伊梅强调着,语气有些急。

“不说就是了,看你急的,死要面子活受罪!”谭文婷嗔怪地说。

舒伊梅只好笑笑。

“好,那我也认真地对你说一件事。梅姐,昨晚我想了一夜。其实这一早过来,就是想说这个。”

“什么事?想说什么?弄得神乎其神的!”

“所谓当局者迷,旁观者清,你说过的,是吧?这几天,我有了个重大发现。经过认真考虑,想想还是有必要给你一个重要提醒。”谭文婷说得一本正经。

“什么重大发现和提醒?快说说吧!”舒伊梅沉住气问,担心谭文婷是不是看穿了自己的什么心思。

“你不是说……说那个杨医生已经离婚了吗?我觉得你们……你们真的挺般配的,看得出,他对你很有意思,真的!梅姐,这个人你真可以考虑考虑。”

“瞎说什么呢,你还操起这份心来了。我现在哪有精力想这些事。我还以为是什么事呢……姐的事你不用操心,还是多操心你自己的事吧!你也老大不小了,也该谈婚论嫁了。”舒伊梅表现出很不悦的样子。

“梅姐……我说的是正经事,不就是希望有人疼你爱你嘛!你干吗说起我来了?是担心我嫁不出去吗?”

“知道,知道你是关心姐。不过,这事你真不用操心。姐现在也没精力想这事,四月份又要考试了,剩下最后两门课,你知道我对自己要求很高,只许成功,不许失败!坚持考了这么多年,多不容易,你知道吗?”舒伊梅赔着笑脸说。

谭文婷理解地笑笑。之后,她们又亲昵地寒暄了一会,舒伊梅目送谭文婷离去。

时光流走了惨淡的思想,却不能将刻骨铭心的相思流逝。舒伊梅以为自己经过这么多年的努力,已经淡然了,已经将自己宁静成一汪止水了。可现在有了蓝诺的消息,并且文婷还与他在一起,她那一汪止水的心湖,仿佛投进了一块大石头,久久地,久久地难以平静。文婷善意提醒,她却表现出不悦,是因为她确实没想过自己的未来会与杨仲夏有关,她只想到了蓝诺。这几天她都在想这个问题,想她与蓝诺之间到底还有没有未来,并且越想越矛盾,矛盾的因素有二:一是文婷爱上了他,二是自己不再是原来的自己。

有了文婷在蓝诺身边,舒伊梅知道,她与蓝诺迟早有一天会见面的,不管以什么样的方式见面,总会见面的。这不是预感,而是现实。现实注定会重逢,只是重逢之后,还会有怎样的感情纠缠?她不知道。如果蓝诺是天上的月亮,她只能是一颗被乌云遮盖的星星,他已经无法从她的身上看到光芒了。就算蓝诺不笑话自己把日子过得如此落魄,她也担心蓝诺会因此可怜她,同情她——她一生最不能容忍的,就是受到别人的同情和怜悯。当然,她也知道自己与蓝诺之间注定存在着距离,存在着心理上的落差——那时,她在农村,他在城市;现在,一个是下岗工人,一个事业有成。

"想什么呢?我把伯父的出院手续都办好了。"杨仲夏突然出现在舒伊梅的面前。

"哦,谢谢你!我正准备自己去办呢!"舒伊梅惊得看向杨仲夏,突然有些不自在起来,心里怪怪的——这怪怪的起因,自然是因了谭文婷的提醒。

舒柏康很庆幸女儿结识了杨医生这样的大好人,他是完全信赖杨医生的。住院这几天,他与杨医生交谈了很多,说的都是关于伊梅的话题。他还想在离开之前与女婿见上一面,试图叫杨医生帮忙,说服伊梅让他见见,否则回去心也不安。

这忙怎么可能会帮上?杨仲夏灵机一动说:"你认为伊梅会让你见吗?她要是愿意,不早就叫谭文玉来看你了?既然你懂得你女儿的心思,何必还要为难她呢?"

舒柏康被杨仲夏这样一个反问,确实无话可说了,只好带着遗憾离开了南林市。

孙爱兰望眼欲穿,终于把丈夫盼回了家。舒柏康一到家,就说了不能回家过年的实情:"爱兰,我这条老命真是妹儿捡回来的,我这生亏欠妹儿的实在是太多太多了!"

"她爸,妹儿一个人带着孩子,过得可好?"

"你怎么知道她一个人带着孩子?吴秀珍那女人真是个骗子,说话不算数，明明说好是安排工作的，结果这些年，她是在那儿开店摆水果摊。”

“什么？是在那摆水果摊？”孙爱兰吃惊地问。这件事舒小冉怎么没有说起？她又难过得眼睛湿润了。

“这丫头的嘴实在是紧，也够她一个人受的，从来没说过她丈夫生病的事。我听杨医生说，好像得病了不少年，杨医生是他的主治医生，什么病没说，只说现在病已好了，在家休养。要是没个家庭的，我都想让妹儿把孩子带回家乡来，在三铺镇上开个店，一样赚钱，我们还可给个照应。”

孙爱兰一听，迷糊了。舒小冉不是说她的丈夫已经死了吗？这是怎么回事？她迷惑着问：“你见过女婿了？”

“没有。回来之前本想去见见，可杨医生说，既然伊妹不让见，那就别为难她了。伊妹这些年什么也不愿对我们说，她不说自有她的想法，我也就不好再勉强了。”

孙爱兰无语，只是不停地抹着眼泪，听舒柏康在那唠叨：“都是我造的孽，苦了这孩子！好在她店里的生意还行，这次住院花了10000多块钱，医药费全是伊妹掏的腰包，回来时还硬塞给我2000块。”舒柏康似是在安慰孙爱兰，其实也是在自我安慰吧！说：“只要他们一家三口能平平安安地过日子，辛苦点也值得，至少还有个完整的家庭……”

孙爱兰听着，把头偏到一边，哭得更凶了……

五十一

舒伊梅安心备考的心境,就这样被谭文婷给搅和了,具体地说,是被陈蓝诺给搅和了。关于蓝诺的点滴回忆,以及关于他与她的未来,总不免要胡思乱想,幻想着有天蓝诺会来找她,幻想着彼此相见时的种种情形……

考试在即,最后要考的两门课内容第三遍还没看完。真的不可以再胡思乱想了!舒伊梅告诫自己:一定要静下心来!只许成功,不许失败!

对于这些自考的课程,为做到万无一失,舒伊梅每门课至少要看四遍:第一遍略读,了解书本内容的大概难易度;第二遍细读,认真做笔记;第三遍总复习;最后是考前一星期之内,再把考试的要点系统性地过上一遍,争取做到在考前的头一天晚上,能在脑子里把书中所有的章节和主要知识点默念出来。功夫不负有心人,她考试的秘诀,也不过如此。

杨仲夏自从对舒伊梅的过去有了深入的了解后,明显感觉舒伊梅的店铺就像一块磁场在吸引着他,总是鬼使神差地就走了进去,哪怕看她一眼,心里也觉舒服踏实;并且在每天的早晚都坚持过来,帮她摆摊和收摊。为此,舒伊梅觉得过意不去,他于是说:"一家人客气什么,是你干妈要我来帮你的。现在她疼你这女儿,比疼我这个儿子多得多!"

"听你这语气,好像很受委屈啊!……受了委屈,还要替人做事,你这让我……良心何安?"舒伊梅打趣道。

"不、不、不、你看我……像是受了委屈的样子吗?劳动是锻炼身体,帮人劳动是美德,何乐而不为,是吧?"杨仲夏笑着辩解。

"那你这段时间送饭给我吃,也是干妈叫的吗?"

"当然。这个……绝对是真的。"

"那刚才说的就不是真的了?"

"嘿,想不到你还有如此好的推断能力,你应该自学法律专业,再考个律师证，说不定会成为出色的律师。”杨仲夏最擅长的，就是这样的歪辩。

舒伊梅笑而不语。有些话，心领神会比较真地说出来会更好。

杨仲夏不仅掩饰能力好，而且应变能力也强。有同事问：“怎么好久没见到你漂亮夫人了？”他能淡定地回道：“怎么？想看美女了?！想看我家美女，是要收费的啊！”也有“八卦”的男同事问：“你天天往人家店里跑，该不是看上那漂亮女人了吧？”他故弄玄虚：“怎么？嫉妒了？她现在是我妹妹，是我妈看上她，认她做干女儿了。你们有心要照顾我这个漂亮妹妹，就多去买点水果呀！”有些事不直面说，是因为不便说；有些事干脆说出来，是认为比藏着掖着的效果会更好。

翁香玉也不知道哪来的逻辑，认为人与人之间相处，如果突然变得不自在起来，就证明是对对方有意思，有想法了。开年来，她发现儿子看伊梅的眼神明显变了，是那种想看又不敢看，有点痴迷又假装不在意的神情。她暗地里高兴着，对伊梅更是视同己出，照顾周全，还坚持不让伊梅在店里烧饭吃，说：“咱们都是一家人了，再说，你一个人又要照顾店铺，还要看书，也忙不过来；你真要是过意不去，就适当交些伙食费吧！”

舒伊梅也只好答应，并按月交上伙食费。翁香玉也不说不要，伙食费接是接了，又间接把这些钱花在了欣然的身上。

其实，要是对一个人倾心，看他什么都顺眼；要是不喜欢一个人，就是那人再好，也能挑出一些毛病来。翁香玉当初就是弄不明白，儿子怎么就那么痴迷李英莲？除了生得几分姿色，有哪点好？而她看伊梅，什么都顺眼，什么都中她的意。这样想，就觉得儿子还是有福气的，自己当然也有福气，最终还是有了这个中意的儿媳妇，似乎断定他俩就会走到一起的。“仲夏，快吃，吃了送饭给伊梅。”她见儿子下班回来，赶忙盛上一碗饭端上来。

杨仲夏乐意而为之。这期间，他还发现，原来看人吃饭也是享受。

舒伊梅做什么事都利索，唯有吃饭很慢，一口一口地细嚼慢咽，似乎吃什么都有味，吃什么都格外香。杨仲夏就联想到李英莲，想她吃饭时可没这么淑女，三口两口就把一餐饭给解决了；尤其是桌上没她喜欢吃的菜时，仅吃一小口饭意思意思，然后坐到沙发上去，边看电视边吃零食了。好与不好，在于发现和比较。不过那时，他也没觉得李英莲这方面有什么不好。

舒伊梅被他看得不自在起来，看向他问：“你吃了吗？”

“呃……吃过了。”杨仲夏这才回过神来回道。

“真吃了?”舒伊梅笑着,假装不信的样子。

“真吃了啊!”

“那就奇怪了。”

“什么奇怪了?”杨仲夏被问得丈二和尚摸不着头脑。

“要不然就是你没吃饱,哪有人像你这样,看着人吃饭,眼珠子都不转下,要是没吃饱,喂你一口怎么样?”舒伊梅说着“扑哧”地笑了起来。

“那好啊!喂一口吧!我正想尝尝,妈是不是偏心了,把送给你的饭额外加了工?瞧你吃得多香!”杨仲夏说着就要把嘴凑过去。

舒伊梅笑着,扭身躲闪。

杨仲夏瞬间装作很丧气的样子,突然冒出一句话:“我现在算是倒霉了。”

“怎么倒霉了?”舒伊梅被吓得笑意尽收,一口饭含嘴里,半天咽不下。

“你说……怎么不倒霉?!妈自认了你这个闺女后,就把我这儿子不当回事了,一天到晚,只知道念着你,心疼你,叫我做这做那的。”

“吓我一跳!还以为是你在单位出了什么事!看来……到底还是受委屈了啊!是不是在气干妈,认了我这个女儿?”

“哪里,哪里!我琢磨着,是我前生修来的福气,突然间从天上掉下这么个漂亮妹妹,谁都羡慕着呢!”

舒伊梅看他说的神气样,开心大笑着。

近些日子,他们俩常这样,你一句我一句地瞎聊,表面上看似心无旁骛,怡然自得,实则各自揣了心事。杨仲夏不明白舒伊梅心里所思,但舒伊梅知道杨仲夏心里所想,也知道谭文婷的提醒不是没有道理,只是她心里已有蓝诺,也没精力再去想其他感情的事。她想到当务之急是要考试,一切等考完试之后再想吧。

而杨仲夏实在是佩服舒伊梅这种自考精神,佩服到迷恋。可又能怎样呢?想到舒伊梅的生活里还有一个事业有成的陈蓝诺,杨仲夏多少是有点自卑和茫然的。

谭文婷回到深圳后,无时不在想春节时,她与伊梅说过的有关蓝诺的话题。她当然知道自己是爱上了蓝诺的,言语中也向伊梅有所透露,那感觉就像是自己曾滞留在帷幕的后面，现在终于被唤到了台前，灵魂的视野打开，心灵有了别样的境界。在她的爱情观里，她认为爱情可以是一个人的事，不一定非得要对方知道。所以她爱蓝诺，是她一个人的事，不一定非要让蓝诺知道；蓝诺若无意爱她，至少自尊不会受伤。她信奉琼瑶式的爱情观——那种最真挚、最纯洁、能超越一切的爱情观，就像《一帘幽梦》中费云帆与紫菱的爱情。费云帆是紫菱父亲的好朋友，可想而知，他和紫菱的年龄差距有多大。紫菱在绿萍和楚濂结婚后，选择与费云帆结婚，遭到了家人的强烈反对，然而因为费云帆的百般呵护和悉心照料，两人最后得到了家人的认可，并克服了年龄上的差距。这样的爱情虽不够轰轰烈烈，却足够温暖人心，而她想要的就是这种细水长流、至诚至真的爱情归宿。在她的婚姻观里，她认为婚姻是一种宿命，是一种义务和责任，选择了就要承受，这是她从伊梅的婚姻生活中所感悟到的，所以她要的婚姻，必须是彼此相爱的。

爱情一旦存活，就如同仙人掌在沙漠里都能开花，如同无花果不开花也可结果。谭文婷明白，她的爱情生命鲜活了，只是在她一个人的世界里绚烂绽放，且注定会没有结果，会黯然失色，会自生自灭。现在她越来越有一种强烈的欲望，就是想知道蓝诺的心中，到底深藏了什么样的奇女子。

就算要让自己的爱情死去，也要死个明白吧！谭文婷自有了这种迫切的欲望后，就想寻找一切机会，要向蓝诺问个明白。她看得出，他并不很讨厌她，仅仅是不爱对她开笑脸，不愿与她多说话。她不明白他为什么要这样做，且认为自己并不是那种难以亲近的人。在这个公司里，她的人缘应该是最好的。她信奉“多一个朋友多一条路”的人生哲学，害怕与人结仇，也不轻易树人为敌，就算有人善意地提醒那人很坏，她也是不撞南墙不回头。

舒小冉当初让谭文婷来深圳的理由，是说谭文婷的工作能力强，尽管不是肺腑之言，却也被她说中。陈蓝诺确实把谭文婷当全能的人才用了，她不仅做了公司财务上那一块的业务，还兼做了办公室文秘、销售资料存档等工作。

谭文婷与陈蓝诺在同一个办公室上班，办公桌是一前一后地摆放。谭文婷的办公桌正对着门外，陈蓝诺进办公室时，第一眼就会看到她。这样，每次陈蓝诺走进来时，谭文婷都要抬头笑看一眼，算是打了招呼。陈蓝诺不主动说话，谭文婷也不找话说，只因为他是她上司，她才有所顾忌地不想成为他眼里的“马屁精”。

近一段时间，谭文婷发现陈蓝诺明显有些奇怪，平时正常的上班时间，他基本不待在办公室里，不是出差很晚回来，就是待在营业厅中；而下班后，又经常看他一个人在办公室里加班做事，好像是在有意要逃避她一样。

他为什么要逃避呢？谭文婷想不明白了……

五十二

陈蓝诺也奇怪自己如此“变态”，这是自开年来，在单独面对谭文婷时，突然有的一种不自在感，就像灯泡的钨丝接通了电流，浑身都被电触。就因为谭文婷有很多地方像伊梅吗？答案似乎是，又似乎不是。这种不确定的感觉让他害怕，害怕会一错再错。想到对斯维雅的伤害，那种罪责的痛，仍是刻骨铭心。

又是春天，又到了播种希望的季节。陈蓝诺一早来到办公室，他没有急着打开电脑处理手头的事情，而是斜倚在窗前，看街道边的香樟树已冒出新绿，看不远处的杨柳绽出了新芽。香樟树冒出的新绿，已不是昨天被秋风扫落的那片原貌；杨柳绽出的新叶，也不是昨天那片已化成淤泥的替身。生命没有复制体，感情也不例外，陈蓝诺似有所悟地想。街道上渐渐地喧闹起来，他看着川流不息的人群和车辆，人海茫茫中，不禁要问自己：你坚持要用十年的时间来等待，是为赌一场缘分吗？故事有开始，就一定要有一个结果的，哪怕希望幻灭……

“陈董……”销售员小李走进办公室来。陈蓝诺的思绪被切断，转身看向他。

“你真要跟我一起去捷达公司吗？这笔业务我基本谈下来了，今天只去签购买协议，你要是忙了，我一个人去也行的。”小李说得胸有成竹。

陈蓝诺听后，低头看了一下手表，八点差两分；再抬头时，见谭文婷也来上班了。“一起去吧！”他毫不犹豫地拿起桌边的公文包，在经过谭文婷身旁时，既没打招呼，也没看她一眼。

谭文婷一直看着他走出视线，心里很不是滋味，不明白他为何要如此冷漠。是自己工作没做好？还是在哪儿无意得罪了他？她胡乱猜测着，就更是下了决心，要找机会与他谈谈了。

陈蓝诺在捷达公司遇上了多年未见的大学同学刘若正，刘若正正好负责这项车辆订购业务。他们一见面时，他就被刘若正一通瞎调侃："哟，我的帅哥同学，好久不见，好久不见！哈……还听说你仍是孤家寡人一个，是吧？啧啧，瞧你这一副害人坯子，英姿飒爽，风度翩翩，这些年，你到底迷死人家多少纯情姑娘了？……"

在回来的路上，陈蓝诺认真地回想了刘若正说的话，再看自己身上只不过穿了件西式风衣，有他说的那么"害人"吗？只缘身在此山中。他当然看不到自己的俊雅和眉宇间沉稳的英气。

拥有了好心情，仿佛百事都顺了。只因这一场偶遇，陈蓝诺的心情倒不坏了，中午与刘若正一起吃饭时，还多喝了几杯。回公司后，又爽快地做成了一笔业务，心情自然是格外好。

谭文婷远远看见他笑眯眯地走了过来，也难得看他这么好心情，忙笑脸相迎："陈董，遇什么喜事了？看你乐的！"

"呵呵……刚做了一笔业务挺干脆的。真没想到还有客户这么信任我！"他说着，不由着在谭文婷身边停了下来。

"是吗？什么样的客户？"谭文婷好奇地看着他。

陈蓝诺挨着她的办公桌半坐着，与她面对面地说："刚才那客户，还真有意思！我刚回公司，他跟着进来了，对我说他看中了一辆 S 车，问要什么价位，我看他也不像现时来买车的人，就随口说出了标价。你猜……他怎么说？"

"怎么说？"

"他说……行！我相信你不会瞎叫价的！有现货吗？今天就提车回去。"

"呵呵……是挺干脆的，人不可貌相啊！你怎么就看他不像来买车的人呢？"

"是的，是看他穿着打扮的，不像是买得起车的人。后来，他还说了我们公司一大堆的好话，说他是经朋友介绍来的，说我这个店诚信高，售后服务好……经他这么一说，我过意不去，就主动给他让了些价，结果他倒反过来感激我了，说以后一定会介绍些朋友过来。"

"看来，人长得帅，好处是多啊！这么容易就让人相信你！"谭文婷开玩笑道,也是因了他的随意,倒也随意了很多。

“是吗? ……你相信我吗?”陈蓝诺带几分醉意地俯下身子问。

“陈董,又喝多了吧?! 要我……相信你什么?!”谭文婷闻得一股酒味,本能地歪过身子,用手捂着鼻子,稍显生气的样子。

“对不起!”陈蓝诺见她如此反应,迅速回到自己的位子上坐下。紧接着,他把靠椅调换了角度,背对着谭文婷,眼睛望向窗外。

谭文婷看着他好心情瞬间全无,说不清是心疼还是歉意,慢慢地起身,挪步到他的身后。“对不起……我……我一直很想知道一件事。你愿意说吗?”她的声音很低,但陈蓝诺听得很清晰。

“你不用说对不起,该道歉的人是我。我知道……你想知道什么,那次……实在抱歉! 不过,我说的是真话,很多时候我真的是把你当成她了,只是我也说不出,你和她到底是哪里很像。”陈蓝诺没转身,平静的样子,眼睛始终看向窗外。

谭文婷明白,他所说的那次,是指他醉酒的那次。其实,她并没有怪他,只觉那次是她一个人的受伤,与他根本无关。“她是你的初恋吗?”她想了想,直问道。

“是的。你相信十六岁的男孩和女孩之间会有爱情发生吗? 这曾是我与她讨论的问题。”

“十六岁的花季,爱情发生很正常。你的意思是,十六岁那年你爱上了她?”

“至少我是这样认为的。第一眼见到她时,她就像一块烙印,烙在我的心里。”

“她呢?! 现在在哪?! 你们为什么没有在一起?!”谭文婷急切问道,她是那么想知道,到底是什么样的幸运女孩,竟让他如此痴迷!

“八年前,她突然从我的世界里消失了,从此杳无音讯。她的家人封锁了关于她的任何信息。”

“八年前?! 这些年,你一直在等她?! 你确信,这些年你从未爱上过别的女人?!”谭文婷不信,也有不甘,是想谁会用八年的青春,去等一场看不到希望的爱情。

“说不清……也许在爱? 也许只是错觉?”陈蓝诺说得很矛盾。

“这么说,难道你有没有爱上别人,你不知道吗?!”

“确切地说是这样。我曾承诺过要等她十年的,我以为心中有了这份爱,我能做到心无旁骛。可这些日子,我常梦见她,以前梦里醒来都是她的影子,而最近梦见的她,最后都变成了另外一个女子。你说……我这是……爱上了另外一个女子,还是……视觉导致了错觉?”陈蓝诺说着,又慢慢转过身来。

“什么视觉导致错觉……不明白,是什么意思?”谭文婷问时,心跳明显加快。

“你……真的是不明白吗?”陈蓝诺直看着她的眼睛。

谭文婷避开他灼热的目光,低下头去。她当然明白的,心里也热热的。之所以要问,就是要他亲口说出来,那另一个女子是她。这样的表白,听起来有多动人!

陈蓝诺见谭文婷半天不语,看似是失望,其实是不想为难她。他把椅子又转到了原位,面向窗外说:“你去忙你的,真不明白就算了吧!世上的很多事,都是很难想明白的。如果不是听说,她是嫁给了一个残疾人,也许……我也不会坚持等她到现在。”

谭文婷一听,还来不及沮丧,转回头急问道:“你的意思是说,她嫁给了一个残疾人?为什么要嫁给残疾人?她叫什么名字?”她的第一反应,是想到了舒伊梅。

“你问她名字干吗?说了你也不会认识!”陈蓝诺背对着她,不以为然,是因为看不到她一脸急切的神情。

“说说吧,她叫什么名字?我只想知道她叫什么名字。”谭文婷的语气近乎哀求。

“你……真的就这么想知道?”陈蓝诺这回是听语气不对,才把椅子又转了过来。见谭文婷诚恳地点头,直说道:“她叫舒伊梅,与舒小冉是堂姐妹关系,你该不会说你认识她吧?”

梅姐……还真是她!怎么会这么巧?谭文婷激动地想着,整个人完全惊呆了,欲喜难喜,欲悲无悲。也难怪,春节时,她叫我不要在蓝诺面前说起她。

“你怎么了?”陈蓝诺不解地看着她。

为什么是梅姐？这该怎么办？说，还是不说？谭文婷一时无法回答，避开他的目光，心里极其矛盾。

“到底怎么了？难道……你真认识她？”陈蓝诺看着她，奇怪地站了起来。

谭文婷还是没有说话，心里只想着为什么是梅姐？为什么？如果不是梅姐该有多好！这样她就可以给蓝诺一个答案：你是爱上另外一个女子了，然后她与他顺理成章地相爱，然后彼此经营幸福的未来……

“你真认识她？”陈蓝诺急着又问了一句。

“嗯……认识。她……是，是我嫂子。”谭文婷到底还是实话实说了。

“什么嫂子？你的意思，她嫁到城里的男人就是你哥？你这开的是什么玩笑？”

“没开玩笑。我说舒伊梅是我嫂子。陈董，我没有开玩笑。”谭文婷没好气地说。

“真没开玩笑？”陈蓝诺还是不大相信。

“当然是真的。过年回家时，我们天天待在一起。我对她说过你的名字，她特地打招呼，叫我不要在你的面前提起她。当时我很奇怪，不明白为什么，后来她解释说是因为面子问题，怕你笑话她是摆水果摊的，而你是大老板。当时我还信以为真，梅姐本身就是个自尊心很强的人。现在终于明白了，原来你俩之间还存在这么伟大的爱情！”

怎么会……会这么巧合！陈蓝诺似信非信地看着她。又问：“你哥对她好吗？她过得幸福吗？”

“怎么？如果我说她过得不幸福，难道你要从我哥身边夺回她？”女人吃醋时，是不讲情面的。

“不，我只是想知道她过得幸福不幸福。如果……”

“什么如果，我看也不要什么如果了。告诉你吧，这些年你没有白等她，你们还是有机会的，我哥已经去世了，现在她是自由之身。”

陈蓝诺抱歉地看了谭文婷一眼，低下头来，不知该往哪个方向思考了。他的思想在不停地短路。

“梅姐在自修会计专科考试，只剩下最后两门课了，就在这个周末考试，如果你真想见她，这个月末，我可以陪你回去。”

听谭文婷这样一说,陈蓝诺不由自主地拨通了省城公司的电话,他要把这个消息告诉舒小冉。

有一种失落,不能说,只能自己感受。谭文婷看着陈蓝诺激动的样子,免不了自嘲起来:他怎么会爱上那“另外一个女子”呢?

五十三

日子一如既往,进货—摆摊—收摊。舒伊梅感觉不用考试的日子真好!如这四五月份的天气,不冷不热,脱了臃肿的外套,浑身轻松舒适。

现在,她可以将更多的心思放在生意上,进货时考虑了新上市的荔枝、菠萝等,也进了些芒果、猕猴桃等价位稍高点的,这样货架上的品种越来越多,生意自然也好多了。

日子在时光的河床上悠悠,便有了小小的幸福感,如淡淡的薰衣草香。回首曾经的悲观和哀怨,以及所谓的认命,舒伊梅认为,那不过是人生处于低谷时的一种宣泄,一种对生活的妥协罢了。生命在逆境中经历风寒阴霾的苦砺,也难免会有苦雨寒箫的幽怨,会有月落乌啼的悲悯。而今阴霾去了,心情自然轻松而愉快。她对镜媚笑,发现自己确实还算漂亮——是呀,一份好心情就是最好的美容产品。

“如何让我遇见你 / 在我最美丽的时刻 ……”你不是害怕见他吗? 怎么又很想见到他? 舒伊梅问自己,带着几分自嘲。有人说:每个人的心底都有那么一个人,虽已不是恋人,但也成不了朋友。她是信的。时光如流水匆匆而逝,无关乎爱或不爱,喜欢或不喜欢,只是会习惯性地想起,然后希望他一切都好。舒伊梅知道蓝诺就是她心底的那个人,而世间上有些人,有些事,在有些时刻,似乎都是一种特定的安排,就像蓝诺注定会出现——忽然也罢,偶然也好,再相见已是必然,只是时间早迟而已,只是她还没有整理好再相见的心情,只是心中难免有了跨越时光之河的温暖,让记忆升温,不忍忘记,也无法忘记。

谭文婷本来与陈蓝诺已经商量好月末回南林市的。可是计划没有变化快,因为接到了两笔新的业务,一时又不能谈妥,陈蓝诺最后决定还是把业务落实下来之后再去,就这样延迟了半个月。对于男人来说,事业比什么都重要,谭文婷觉得这也没有什么不好,反倒更欣赏他了。

舒小冉自从接到陈蓝诺的电话之后,内心一直处于纠结的状态。其实她知道,把谭文婷送到蓝诺的身边,也只不过是掩耳盗铃,自欺欺人,因为蓝诺迟早会从谭文婷那里获得到伊梅的消息。尽管如此,她还是抱了一丝的希望,只要他们没有相见,只要蓝诺没有结婚,她就还有希望。这就是爱上一个人,可以把自己逼到无路可退,把自尊推到卑微至极。

十点钟不到,舒小冉就到机场等候了。她踮着脚尖,远远就望见高大挺拔的陈蓝诺,正从涌动的人群中走出来,身后紧跟着谭文婷。那一刻,她是极其羡慕谭文婷的。也不知从何时起,她对蓝诺的渴求越来越少了,哪怕一次同行,像谭文婷与他这样,也认为是件很幸福的事情了。也许是从那次冲动之后,她与蓝诺最长的一次谈话,就是西子湖边的"偶遇",自此,她对他的思念更加彻底了,哪怕只是听听他的声音也好。而此刻,她看着他向她走来,突然有想哭的感觉,说不清是因为激动,还是因为委屈自己思念了他太久,她压抑着内心复杂的情绪,告诉自己不可以再冲动。"回来啦,不耽误时间,直接去南林市吧?!"她笑着迎上前,表现出了很想尽快见到伊梅的样子。

陈蓝诺看了她一眼,点头应允。

谭文婷笑着上前来,叫了一声:"舒总!"

舒小冉回笑得极不自然,随即指向了车的方向说:"走吧,车子停在那边。"于是,三个人一起,向停车位走去。

"我来开车吧。"走到车位旁,陈蓝诺说。

"不用,坐飞机也累,还是我开吧。"舒小冉说着,直接去拉开了驾驶室的门。陈蓝诺只好去打开后座门,有意要谭文婷坐到副驾驶室的位置上。

车子行驶了很长一段路程,三个人都没有说话,也不知道说些什么。她们都揣着心事的,谁也不愿意在言语上暴露。车内气氛有点沉闷,舒小冉随手打开交通广播音乐台,刚好播放谢东的《笑脸》:"常常地想 / 现在的你 / 就在我身边露出笑脸 / 可是可是我却搞不清 / 你离我是近还是远 / 但我仍然仍然相信 / 你和我前生一定有缘……"

陈蓝诺安静地听着,回忆随着歌声拉长,往事点点滴滴地呈现,伊梅的笑脸随之像幻灯片一样频频浮现。曾经,那种要死要活的爱情,那种笨拙的痛,那种没心没肺的真诚和看不到希望的坚持"等你十年",远了又近了,自己都感动了。

“有多少爱可以重来？有多少人值得等待?”陈蓝诺突然发现，时间过去了那么多年，好像什么都没改变——实质上不可能不会发生改变，岁月在流逝中不可能不会留有痕迹。距离之所以美好，就是让彼此活在记忆里，分别这么多年，他觉得自己与伊梅就是两个玩捉迷藏的孩子，伊梅躲起来让他去找，他就这样一直在找，一直在找，找了这么多年却一无所获，最后还是被别人发现给指引了过来。而在这一年又一年中，他无数次地遐想彼此如何再相见，和再相见时的种种想象，或是泪眼凝望、激情拥抱的浪漫情景，或是木然呆滞、相看无言的陌生画面等等。而这些想象，都是设想为两个人的一场邂逅，是在两个人单独遇见时能想的都想了，但都不会走进现实了。此刻他要重新设想一下，只因身边多了两个“电灯泡”。想到“电灯泡”之说，这还是很久以前，他在伊梅面前常说舒小冉的，不由得朝舒小冉望了一眼，微扬起了嘴角，自觉好笑起来。

舒小冉用眼睛的余光不时地瞄向后视镜，蓝诺这自顾地一笑，自然是被她窥见了，以为他是因快要见到伊梅，而美得一个人在那偷着乐，突然明白她是彻底没有希望了，这一场持久的没有硝烟的爱情之战，注定要被现实打败，注定蓝诺不可能属于她。又想他们两个人的爱情，千回百转，如今又走到一起。按常情，她应该为他们祝福，可心里硬生出的是无奈和凄凉，更无奈的是，这种凄凉之感，她不能表露出来，而要藏在心里，否则爱情没了，友情也跟着失去。

舒小冉似乎是有所醒悟的，有些痛苦，其实就是自己与自己过不去造成的；有些事情，并不是想做就能做成的；有些东西，并不是想要就能得到的；有些人，并不是想留就能留住的。一路上，她就这样胡思乱想、心不在焉地开着车子，行至一处路口，一辆大货车迎面而来，差点就相撞上了，千钧一发之际，惊得谭文婷一声大叫。

“还是让我来开吧!” 陈蓝诺也是虚惊了一场。

“没事的。放心!”舒小冉虽也被惊吓，但很快恢复了平静，仿佛被刺激了一下，反倒很过瘾似的调侃道，“看我们的陈董，正甜蜜畅想着幸福的未来，我哪敢让他有半点闪失。放心吧，保你毫发无损，送你到伊梅身边。”说完，一个人大笑起来。

陈蓝诺能感知她的醋意,嘿嘿地笑着。谭文婷朝后看了他一眼,也能意会的,跟着笑出了声。

舒小冉看着他们都笑得开心的样子,她却笑不起来了。音乐台换了一首伤感的情歌——陈琳的《我的柔情你永远不懂》,她听得投入,又黯然神伤了……

车子驶入南林市,开了一段路程之后,谭文婷提醒着说:"马上就要到了,拐向那条街笔直地往前开,是最前面的一个水果摊位,在靠近医院大门口的位置。"

陈蓝诺直起身子,眼睛朝向前方。这是个繁华地段,街道人流太多,车子不得不减速慢行,时间滞缓,只是他的心跳在一点一点地加快,一点一点地加快……

终于看到前方有一个水果摊了,摊位前围有四五个人。陈蓝诺倾着身子尽力向前望去,一个人的脑袋正好遮住了摊位前的主人,他有些气恼,竟然第一次厌恶起一个陌生人的后脑勺来。

只待慢慢地,视角转换,终于能看见了。是伊梅吗?他问自己。

是她!真是她!样子没变,神态没变!一颦一笑都没变!瞬间的激动,陈蓝诺有些不知所措,他朝谭文婷看了一眼,发现她俩的神态和表情还真的酷似。

这就是冥冥中的安排。缘分真奇妙!陈蓝诺又看了谭文婷一眼,这次是心存感激的。

医院门口的人流太多,车子在缓行中又被堵住了,舒小冉连续按了两声喇叭。陈蓝诺把车窗玻璃摇下,直看着舒伊梅,他们之间只有几步之遥,舒伊梅只要稍一抬头,就能对接到陈蓝诺的目光,只是他不能确信,伊梅能否认出他。为证实这个可能性,他真的很想她抬起头来,他要看看她到底会是什么表情。每天都有堵车的情况发生,每天行驶的车辆喇叭声不断,舒伊梅当然不会在意。车子驶离视线后,陈蓝诺为此有了点小小的失落。

谭文婷示意舒小冉把车子直接开进医院里,舒小冉很快找到一个车位停下。她们俩分别打开车门走出来时,陈蓝诺还在里面磨蹭。

"陈董,怎么不下车?一路上见你美滋滋的,不是巴不得想早点见到她吗?都等她快十年了,还有什好磨蹭的!"舒小冉说时,笑容明显有些僵硬,她本来就是个不善于掩藏自己的人，能克制到如此程度，也算是有几分修养了。

谭文婷笑着看了她一眼，是笑她的直言坦率。其实她心里也是不好受的，怨只怨被捉弄：自己喜欢的人喜欢的却是梅姐，她又怎能吃梅姐的醋？

陈蓝诺慢慢打开车门，一脸笑意地钻出车来，直直身子，示意谭文婷引路。舒小冉看着他，只觉得他笑得颇为神秘又意味深长，起步时明显比他们慢了半拍，跟在他俩身后。

谭文婷用眼睛的余光扫一眼蓝诺的神情，见其微笑中有几分淡定的英气。所谓羡慕嫉妒恨，便如她此刻的心理吧！只是有些东西并不是羡慕就能得来的。她除了要成全他们，只能告诫自己什么都不去想，好好表现就行。她见陈蓝诺欲向医院的大门拐过去，却突然来了兴趣似的，阻止道："从这儿走吧，这里有个后门可进去。"说着，又朝后向舒小冉打招呼，"舒总，进门时脚步放轻点，可好？我想给梅姐一个惊喜……"

陈蓝诺看着谭文婷情绪高涨，似乎很喜欢她的这个创意，笑得很开心。

五十四

谭文婷轻轻地推开后门,又悄悄地走进屋,在用复合板相隔的门边停了下来,侧着身伸头看了看,见摊位前还有好几个顾客在挑拣苹果,就又把头缩回去,对着正蹑手蹑脚走来的陈蓝诺笑了笑,示意止步。

在这个时间点上,舒伊梅是不会留意屋里有人进来的。翁香玉刚从后门回去烧饭了,杨仲夏今天上长日班,欣然和同意还没放学。

舒小冉随后进屋时,谭文婷用手做了个“嘘”的动作,笑着示意他们请坐,又轻手打开碗柜,拿出两个杯子,给他们泡茶。

陈蓝诺看着她们,感觉像是回到了小时候玩捉迷藏游戏一样,笑得甚是开心。他环顾着这居住的环境:一张木床、一个衣柜、一张小圆桌,还有一个小碗柜,把整个房间挤得满满的,剩下也只容纳下两三个人的活动空间了。看着这般的艰苦环境,他不由得心生怜悯,想到他对她曾有过的最初的爱的表达和承诺——你是动力,我是火车,我们的未来就是乘载“动力火车”,驶向幸福的彼岸。是的,她是动力,他是火车,自己这些年的劳碌奔波,为的就是等到这样的一天——抵达幸福的彼岸。是的,终于等到了,终于可以在一起了,他的心中,喜悦的涟漪在一圈一圈地荡漾开来……

舒小冉的心中也是波澜起伏,思潮翻涌。她看着眼前的陈蓝诺,眉宇间的那份神气和坚定,有情剪不断,有理仍是乱。她羡慕伊梅,不对,确切地说,是嫉妒伊梅。回想当初,他们三个人的时光,那时的上下学途中,蓝诺总是与她们不经意地遇见,她也总是表现出又惊又喜的神情,伊梅却每次都是神情淡然,有时低眉笑一下,有时连看都不看蓝诺一眼,也不说话。伊梅明明心里有爱有喜欢在闹腾,却总能做到静若处子;她却做不到,喜欢就溢于了言表,还担心蓝诺会尴尬,总是挖空心思找话题与他说笑。为此,她还刻意在课外书籍和报纸杂志上,搜集过许多故事和笑话,只为下一次与他不经意遇见时，她就有了更多的话题。是的，伊梅的“漠视”，正是蓝诺所喜欢的，这应该是女人应该有的矜持吧。曾经的小冉也只是喜欢，没有半点奢望要与蓝诺在一起的。可是，伊梅为什么要玩“失踪”？为什么要怀疑蓝诺变了心？明明是她的不对，明明是她让出来的机会，否则也不可能让自己有机会去爱他，还痴等了他这么多年！

是怨吗？舒小冉不停地问自己。好像又不是。故事有开始，就有结局；反过来，故事没有开始，就没有结局。这故事到底是什么故事，她说不清了。从某种意义上说，如果没有伊梅，就不会有蓝诺；如果没有蓝诺的帮助，就没有她今天的事业。她是想通了吗？似乎又没想通。坚持爱了这么多年，谁能做到这么轻易地放弃?！舒小冉也不知道，自己是从什么时候开始，生活中多了这样爱的痛苦影子。而这些被痛苦纠缠的乱绪，是在接到蓝诺电话之后，就已使她越理越乱，越乱内心越烦躁了。此刻，她奇怪自己怎么就安静下来了。有时候，放弃并不是因为你不在乎了，而是因为你意识到了他根本不在乎你，如此想来，内心便有所澄澈起来。

谭文婷把茶泡好后，示意他们喝，自己在门边伸头看了看，见舒伊梅正在给最后一个顾客找零钱，回头对他俩示意笑笑，轻悄悄地走了出去。“梅姐!”她轻叫了一声。

“呃……吓我一跳呢！怎么还是这么顽皮，老爱吓唬人的!”舒伊梅嗔怪着，随口问道，“怎么突然回来了？昨天电话里怎么没听你说要回来，从哪冒出来的，是从后门进来的吗?”

“嘿嘿……想给姐惊喜呗!”谭文婷傻笑着，又神神秘秘地用手指向她的身后。

“你……你们？……小……小冉……你也来了！你……你……怎么也来了?”舒伊梅朝后一看时，着实吃惊了，微张着嘴巴，半天才说出话来。

舒伊梅能清晰听见自己的心脏在猛烈地跳动，曾多次幻想过这样的场面，一次邂逅，或不经意地遇见。是的，虽有盼过，想过，怨过，但还是傻了，惊了，喜了。尤其是她看着眼前这熟悉的笑容，这充满爱意的眼神……

陈蓝诺在一步一步地走近，直直地看着她。她被他看得浑身极不自在起来，只好避开了他的目光，嗔怪地看向了谭文婷。

谭文婷明白其意，她是怪自己还是在蓝诺面前说了她，竟还带他来到了这里。可这个问题，谭文婷是无法回答的，只能傻笑应对。其实，傻笑也是一种亲昵地互动。

“好——久——不——见！”陈蓝诺尽显优雅地站在她的面前。

舒伊梅听的是字字清晰，如流水萦回，余音袅袅。是的，好——久——不——见！好久已是太久！她不敢正视他的眼睛，低头看自己的脚尖。幸好今天没有“武装”自己——没系围裙，没戴套袖，也没随意扎马尾辫。这么一想，突然就有了小小的庆幸感，随即找出一份浅薄的自信来，抬头迎接了他爱意浓浓的目光……

舒小冉在一旁默然地看着他们，为自己难过自不必说，还多份后悔。早知是这样的结局，还不如早告诉伊梅实情。该说的时候没说，时间过了这么久，就算是忘记，也可能说不过去了。

“小冉，你也来了？”舒伊梅看向舒小冉，说完，才想起此话刚才已经说过。两人相视一笑，只是小冉笑得极不自然。

陈蓝诺看着舒小冉，凭直觉，大概能猜出几分，但他没打算要问。有些拿不准的事，说出来可能就成了事实，何况自己也没有要责怪的意思。

谭文婷进里屋拿来两个小圆凳，让蓝诺和小冉坐。舒伊梅这才反应要进去泡茶，谭文婷就说茶已经泡好，随后又进去端了出来。

他们刚坐下，摊位上来了个顾客在问：“老板，这菠萝怎么卖？”

“梅姐，我来，你说怎么卖？”谭文婷要上前去，舒伊梅阻止道：“我来吧！你去陪他们坐。”

“两块钱一斤。”舒伊梅起身走到摊位上，帮顾客挑选了一个菠萝后，便找出弯刀来认真地削皮。

陈蓝诺痴看着舒伊梅的背影，她身着银灰色的针织上衣，淡蓝色直筒宽松牛仔裤，简洁又不失品位，一头柔顺的长发披至半腰，不由得联想到了刘若正调侃过他的话：“蓝诺，你要是一直在这里待下去，我担心你找老婆都难了。这边的女孩子真没我们老家女孩子漂亮。身材好的不多，脸蛋漂亮的更少。有一天，我难得从背后看到一个女孩子，她身材高挑，长发披至小蛮腰，绝对是传说中的背影杀手。为一睹芳容，我拼命地跑上前一看，嘿！还真不愧是背影杀手！简直太有杀伤力了！高颧骨，塌鼻梁，眯缝眼，还一脸花麻子，吓得我连连后退，拔腿就跑……”他回想着，又兀自笑了起来。谭文婷和舒小冉始终是在用眼睛的余光扫看着他，对他的这种笑，她们俩所想的是八九不离十，内心的矛盾也随之多了一重。

舒伊梅利用削菠萝的时间，调整好了心绪，顾客走后，神情也自然了很多。她看了看手表，十一点已过，于是建议说："这地方实在太小了，我们去对面饭店吧，找个包间坐着聊聊！"大家积极响应，七手八脚，很快就将摊位上的水果搬进屋里。

关上店门，舒伊梅像是突然想起了什么，叫他们在后门稍等一会。

谭文婷望着舒伊梅离去的方向，知道她一定是去了杨医生的家。

翁香玉听伊梅说是来了朋友，很替她高兴。也难得伊梅有朋友来，理所当然是要去陪，就很快答应，说等仲夏下班后一起过去……

五十五

他们一起走进对面的福星酒楼时,陈蓝诺说他来请客。舒伊梅想也没想回道:“不至于吧! 再穷,一餐饭我还是请得起的。”

陈蓝诺听语气不对,只好笑笑应允。进了包间后,任由舒伊梅去点菜。

爱一个人也要小心谨慎,弄不好就会弄巧成拙。舒小冉明白伊梅最大的优势是活出了自尊,这点她倒是无法比拟的,不由得还是从心底佩服她。待伊梅点好了菜,她便对着她突然冒出了一句:“对不起!”

舒伊梅看着她,瞬间便明白其意,理解地一笑。其实她根本也没有要责怪的意思,爱本来就是自私的。

陈蓝诺和谭文婷相互看看,大概也猜出了几分。

“谁叫你不辞而别,丢下他不管呀! 我只不过是打抱不平,替你爱了他这么多年,现在还你的可是一个‘钻石王老五’,伊妹,你得好好把握和珍惜! 再不许给我希望了!”舒小冉此言一出,一切都真相大白。

舒伊梅看向陈蓝诺,羞红了脸,无言以对。谭文婷佩服舒小冉这样直来直去的性格,她也爱蓝诺,却不能这样表白。

“说说,你为什么要从那么好的生活环境中搬出来,来过这样艰苦的日子? 是为怀念过去,怀念我们一起生活过的艰苦岁月? 还是想表现自己不怕吃苦,无畏人生愁苦情殇? ……”舒小冉就此开始找话题戏谑舒伊梅。

“当初我是想过,要到舒总那里去打工呢!”舒伊梅笑回道。

“为什么不去? 你要是去了,现在也是老板。哦,不对,不对,是老板娘了! 蓝诺,我说得没错吧? 我算是倒了八辈子霉,遇上你这样两个扭捏的人,当初就在一起了,也不至于害我苦等了这么多年的青春,伊妹,我要是嫁不出去,你得全权负责的!”看得出,舒小冉是要彻底撒野性情了。

陈蓝诺只管开心地笑。舒伊梅也没有介意,反倒更喜欢舒小冉这样损自己，只要她说出来心里舒服，怎么撒野都行。不过气氛很好，更多的话题也随之谈开，关于学习，关于工作，关于生活。他们就这样谈着，笑着，把彼此有过的感情裂缝，一点一点地修补了回来。

人与人之间的离合、误会、吵闹和误解，都会造成彼此之间的感情裂缝。既然生活中难免会遇到这样的情况，就得做感情的裁缝，在缝缝补补中融合乃至共存。舒小冉不愧是修补感情的最好裁缝，谈话间，她的笑声越来越爽朗，回忆的话题也越来越多，就这样，把陈蓝诺和舒伊梅之间时隔八年产生的距离慢慢地拉近，把彼此都拉进了回忆里：他爱谈天，她爱笑；他说得自然，她笑得舒心。

杨仲夏是带着好奇心来到饭店的，他实在猜不出伊梅会来什么朋友。服务员帮忙推开包间的门，他一眼看见坐在伊梅身边谈笑风生的男人，立即就想到了陈蓝诺。

“你来了，还有……” 舒伊梅见他进来，立即起身。正欲问时，欣然和同意欢快地跑了进来，翁香玉跟在其后。

“姑姑……姑姑……”欣然惊喜地扑向谭文婷的怀抱。

小小的包间顿时热闹起来。舒伊梅开始忙着介绍：“这是杨医生，这是他母亲，我干妈。”“这是陈总和舒总。”

陈蓝诺事先没想到会有这样的场面，脸上的笑容有点勉强，他把目光移向谭文婷，似在责备她为什么事先不告诉他这些。

谭文婷抱着欣然亲了又亲，欣然滚入她的怀里开心地嬉笑。

陈蓝诺失神地看着欣然，发现她与文婷长得真像，除了睫毛长长、眉眼清亮像伊梅，脸型、嘴巴、鼻子都像谭文婷，难怪有“侄女像姑娘”这么一说。

舒伊梅见陈蓝诺盯着欣然看了半天，不由得要猜测他心里的所想。陈蓝诺收回目光时，正好与她的目光撞上，舒伊梅的心里竟然有些慌乱起来。她见翁香玉还站在那儿看欣然和文婷亲热，随即走上前来，挽住翁香玉的手臂：“干妈，请坐。”又招呼大家说，“都坐吧！人都到齐了，我去叫服务员上菜。”

陈蓝诺执意要杨仲夏先坐。杨仲夏不肯，说：“陈总，你是远客，坐吧。”

“不，我跟伊梅之间也不见外的。”陈蓝诺回说。

“那就请阿姨先上座。”陈蓝诺转向翁香玉说。

翁香玉看着已经摆好碗筷的大圆桌，也不知道他所说的上座到底是在哪个位置，本来想随便找个位子坐下，却又不敢轻举就座了。

舒伊梅叫好服务员上菜后，进来见他们还在拉拉扯扯，直白说道："我只知道家里的方桌子分一席位、二席位，可这圆桌子怎么分席位呀？蓝诺，还是让大家随便坐吧！拉拉扯扯的反倒生疏了，不是吗？"

大家应允，随即就近坐下。

舒伊梅看欣然还在文婷怀里撒娇，赶紧招呼说："欣然，快坐好，和同意哥哥坐一起吗？"

翁香玉欲过去牵她，欣然却指着她旁边的椅子说："同意哥哥，你坐这边来，我要跟姑姑坐一起。"

同意走过去时，翁香玉跟着坐到了同意的旁边。

各就各位，一阵静默。除了欣然和同意在那开心地摆弄碗碟，大家你看看我，我看看你，像课堂上老师提出问题后，看谁能举手发言。

"听说你是开公司的，是有钱的大老板？"杨仲夏瞥过舒伊梅对陈蓝诺说。只是话一出口，又觉得酸得好笑。

他是听谁说的呢？舒伊梅看向他，表情诧异。这个问题，陈蓝诺同时也想到了。

"呵，谈不上什么大老板，不过是为了挣一口饭吃。"陈蓝诺笑道，样子很谦逊。从伊梅的表情里，他也能看出不是伊梅所说，这就证明杨医生是有心打听过他的。

舒伊梅看着杨仲夏，正想问问时，见服务员端上菜来，立刻换了话题："喝什么酒好？红酒还是白酒？"

"当然是白酒，喝白酒才过瘾！"舒小冉接话道。

"那就喝白酒。我也不知道什么是好酒，你去帮我看看。"舒伊梅对杨仲夏说。

杨仲夏当然不会给舒伊梅丢面子，就拿了档次比较高的古井酒。回到桌上后，又尽地主之谊，理所当然地当起了酒司令。

"你把干妈的杯子先倒点。干妈，你也喝点。"舒伊梅说。

"我喝什么呀！你们年轻人喝，我跟孩子喝饮料就行。伊梅，你也喝点，陪你这对朋友喝，他们大老远的，难得来聚一次。"她看向陈蓝诺和舒小冉，显然是把他俩当成一对了。

翁香玉虽是农村妇女，但思想开明，觉得年轻人自有年轻人的天地，如同欣然和同意一样，只图开心，有这样相聚的热闹氛围，不会去干预和掺和他们喝酒聊天的。当然，她要是知道陈蓝诺是为见伊梅而来，可能就不会这么简单了。

“来吧！干杯！为重逢干杯！”舒小冉端起酒杯提议道。

“干杯！”大家起身应道。

舒小冉一饮而尽后，见大家手中的杯子还是满满的，立马摆出一副非要他们喝下去不可的架势来。“你们怎么都没喝呀！这第一杯酒，无论如何也得干了！”又指着陈蓝诺说，“尤其是你，更应该喝干。”

陈蓝诺见她一副咄咄逼人的样子，只好端起酒杯，喝了个底朝天。

“伊妹，你呢！还有杨医生、文婷，都喝了吧！喝酒助兴。难得重逢，今天绝对是个好日子！不是吗？”舒小冉一个也不放过。

舒伊梅看着舒小冉的这副架势，心想：坏了！她又回归到从前的任性了。

刚开始就来得这么凶，接下来自然难以控制。很快，他们进入了喝酒的氛围，推杯换盏。舒小冉表现得最为活跃，一杯接一杯地喝个不停。

舒伊梅从未喝过白酒，也不知道自己喝酒上脸，几杯下去，脸就红了，像熟透的红苹果。翁香玉看着，越看越喜欢，笑得合不拢嘴。杨仲夏和陈蓝诺一左一右，不时地偷瞟几眼，是酒不醉人人自醉呢！

对于有情绪有心思的人来说，酒是个好东西。舒小冉是，杨仲夏是。他们轮流攻击着陈蓝诺。可怜陈蓝诺，本身就不胜酒量，哪里经得起他们如此轮番上阵，尤其是杨仲夏，本来酒量就大，离婚后又经常借酒消愁，更是喝出了海量。

酒喝多了，状态只有一个字：醉！

陈蓝诺一杯杯地接招，时隔这么多年，终于和伊梅重逢了，多么高兴的事呀，他没有理由不喝的。甚至想到了，他曾经也这样把自己豁了出去，只为哄斯维雅开心，但马上就不让自己去想那伤心的事。喝吧！大不了一醉方休。

舒伊梅是有点责怪舒小冉的，从酒席一开始，就把这桌子罩上了一张情绪大网,要她时刻顶着这张情绪之网。作为东道主的她,当然要照顾每个人的情绪。

酒精能让人麻醉,也能让人清醒,更容易让人伤怀。舒伊梅看着谭文婷呆坐在那儿,一言不发,想到自己当初来到这个陌生的城市,有过太多的无奈和无助,都是文婷给过她很多温暖和安慰的,不由得端起酒杯站了起来,心怀感激地说:"文婷,谢谢你! 这杯我干了,你少喝点!"

"有什么好谢的,干杯,祝姐幸福!"谭文婷强颜欢笑。她以为伊梅的谢意,是因为自己把陈蓝诺带回来见她。女人在爱情面前总爱口是心非,表里不一。她也是一样,自始至终,她都想不通同样一个问题:为什么她爱的人偏偏是梅姐的恋人? 有谁知道,她的爱还没开始,就这样残酷地夭折了呢。

欣然和同意吃饱后,已下桌玩去了。翁香玉见他们酒兴正浓,就说:"你们慢慢吃,慢慢喝啊! 我吃饱了,先带两个孩子回去。"

舒伊梅目送翁香玉离开,收回目光时,听见杨仲夏口中说:"这杯发财酒还是给陈总吧!"她这才意识到,第三瓶酒也喝光了,正犹豫着还拿不拿酒时,舒小冉突然大声叫嚷起来:"服务员,快拿酒来!"

尽管舒伊梅知道,再喝下去,这局面就更难控制了;可她是东道主,再看蓝诺他们也没有阻止的意思,只好转身出去,又拿来了一瓶。

五十六

杨仲夏越喝，心思越重，虽然表面上有说有笑，但是心里早在估摸着，今天会有一场好戏。看似期盼，实则害怕，就算发生的戏再精彩，于他而言都是打翻的醋坛子，从眼里酸到胃里。

舒小冉可能是真醉了，她总是痴情地看着陈蓝诺，总是不停地要与他干杯。爱了就爱了，女人的爱从来都是固执的，尽管嘴上说是放下了，潜意识中还在坚守，怎么可能做到轻易放下？

舒伊梅见小冉每喝一杯，都要在桌上趴一会儿；蓝诺扭着身子，东倒西歪的；杨医生也是醉眼蒙眬了。幸好文婷是清醒的，还眨眨眼，示意她把酒瓶收起来。

舒伊梅欲拿下酒瓶，陈蓝诺上前阻止，酒瓶没抓着，却抓住了舒伊梅的手腕。“高兴着呢！我还想喝。为我们的重逢……重逢……伊梅，我不会……不会让你再逃了！”

趴在桌子上的舒小冉半昂着头看着他们，又突然兴致来潮，端起酒杯，歪歪扭扭地站了起来：“真是太感人了，干杯！为庆祝你们的重逢干杯！……杨医生，干杯！”

杨仲夏表情漠然，没有起身，也没吱声，只是默默地端起酒杯，把满满的一杯酒，“咕噜”一饮而尽。

心碎了。人醉了。

爱了，伤了，痛了。爱情是个多么折磨人的东西！

舒伊梅也醉了——幸福得醉了。她深情地看着蓝诺，感慨万端，突然有想哭的感觉。她怕眼泪真的会溢出来，试图挣脱被蓝诺紧抓着的手。“放开我。”她轻声地说。

“不，我不让你再逃了！”陈蓝诺的声音低沉而温柔。

“放手！你把我的手捏疼了。”舒伊梅只好这样说道。

陈蓝诺立刻松开了手，笑得醉态尽显。

舒伊梅很快冷静下来，转身看向杨仲夏。“都喝得差不多了，不能再喝了！”说着又转向谭文婷，“你没喝多吧？去前面的幸福宾馆开两间房，带他俩去休息，可好？”

谭文婷点头应着，转身拿包离去。舒伊梅随即跟着出去结账。

杨仲夏看着她们离开，心思慢慢游离起来。舒伊梅就像一盘摆在他面前最想吃的香菜，尽管垂涎而不可得，但能闻着香味也很欣慰。现在这盘香菜要被人取走了，他怎能眼睁睁地看着它从眼前撤离？真的很难过，那种难过的滋味，如同眼睁睁地看着李英莲钻进了李外的宝马车一样。难过有何用？很多东西是勉强不来的。向往的美好总是可望而不可即，不如逃避，不如淡然。他想，下午上班的第一件事就是去找院长，申请要出去进修学习。关于出去进修的事，本是开年来医院就安排好的，之所以一拖再拖，都是内心有所不舍。

谭文婷开好房间，很快折返回来。看着趴在桌子上的舒小冉和陈蓝诺说：“这该怎么办呀？”

“你和伊梅扶她，我来扶他。”杨仲夏建议说。就这样，他们歪歪扭扭、步履维艰地来到了宾馆房间。杨仲夏把陈蓝诺扶到床上躺下后，像是完成了任务，与她们打了声招呼，便先行离开。

房间里静悄悄的，舒小冉已昏昏入睡，谭文婷看向舒伊梅，竟然有点不自在起来。又没来头地说：“梅姐……你……不会放心上吧？真没想到呢！”

“你说的是什么意思？什么放心上呀？”舒伊梅看着她的样子，有点摸不着边际。

“呃，就是春节期间，我说了那么多关于他……想不到你们……”

“明白了，这个，应该是我向你说抱歉才是。只是当时听你说到他时，我一时也没做好如何面对他的思想准备，所以不好意思，是我有心要隐瞒你……文婷，你觉得我和他还有可能吗？”

“怎么没有可能？他未婚，你单身。”谭文婷回答得很干脆。

“我也不知道，总觉得有些地方不对劲，似乎是不可能了。”舒伊梅说得很矛盾。

“你是担心他变了吗？不会的。你们肯定会在一起的。我问过他，这些年有没有爱过其他的女人，他说……”文婷顿了下，是想到陈蓝诺说过的视觉与错觉问题。

“他说了什么呀?”

“他说……他一直在等你，坚持要等你十年！……还说，你是他心底的烙印，他十六岁那年就爱上了你……”

舒伊梅听着，不知是感动得晕晕的，还是酒精起了作用，站都站不稳了。

“梅姐，你中午喝得也够多的，估计是酒劲上头了，你也休息会吧！我要回家拿点东西，春节时落在家里了。”谭文婷之所以这样说，是有意在寻找托词。因为她根本就没落什么东西在家里，只是心里有别扭。

“你不是最希望看到梅姐幸福吗？为什么要难过？他本来就不属于你的！会有下一个陈蓝诺出现的！谭文婷，不许你悲观，不许想许多！”酒精喝到胃里的另一个副作用，就是极易让人徒生伤感。出门后，谭文婷虽然这样苦劝自己，却依然有泪在眼眶中打转。一个人矛盾到了无奈，便是如此吧！

舒伊梅目送谭文婷走后，并没有倒床休息，而是昏昏沉沉地走进了蓝诺的客房。她见他睡得正沉，还有节奏地打着酒鼾，如鬼使神差般，随手把门轻轻地关上，而后走到床边，紧挨着他的身边坐了下来。

她凝神地看着他，脸上火烧火燎的，心“扑通扑通”地跳。有多少年了，多少年没仔细看过这张脸了！这张曾经稚嫩的脸，青春的脸，看，现在都长出细纹来了。对不起，蓝诺，都是我不好，是我让你操心了，是我太无用了，是我没有勇气面对你。此刻，她真的是感觉有愧于他了，还有后悔，悔当初自己的选择……

“如果再回到从前所有一切重演/我是否会明白生活重点/不怕挫折打击没有空虚埋怨/让我看得更远/如果再回到从前还是与你相恋/你是否会在乎永不永远……”歌声从街头透过窗户传进来，从前的时光悠悠重现，舒伊梅开始一点点地回想，他们曾经在一起时的美好，如时光在倒流:他躺在草丛中，她在他的身边安静地坐着，沐浴阳光，闻着花香。那时，她总喜欢歪着头，笑眯眯地看着他，他也笑着看她，痴痴的模样。她说，你的鼻子真高挺。他说，你的小嘴真好看。他说，我想呢！她问，想什么？他说，你把眼闭上我就说。她说，我才不上你的当呢！……春天的时候，他们漫步在绿草茵茵的原野里；夏天的时候，他们在西子湖中划船摘菱角；秋天里，他们拎个袋子在山丘上摘野菊花；冬天里，他们孩子般在雪地里嬉戏打闹……她心中的美意荡漾，完全沉浸在往事之中，美着，醉着。

醉了，美了，就这样甜甜美美地睡着了……

陈蓝诺迷迷糊糊地睁开眼来，在看到舒伊梅的瞬间，被惊得完全清醒了过来。他见她一动不动睡得正香，不忍打扰地慢慢抽动身子，让自己侧身斜靠在床头。

房间的光线已有些暗了，他看着她。他能隐约看到她的睫毛长长，眉眼弯弯，小巧的鼻头，小巧的嘴唇……这是千百次梦里的画面啊！是梦吗？当然不是梦！因为他能清晰地听到自己一阵一阵急促的呼吸声……他这样看了很久，房间里光线越来越暗，朦朦胧胧的，暧昧的情意陡然升起，引领着他身体上敏感的部位在不听使唤地变化着，浑身血液翻腾。他不由得拉亮了床头灯，看不够似的还要痴痴地看，见额前的一缕发丝搭在她的脸上，情不自禁地用手将其轻轻撩开，指尖滑过她光滑的脸庞，她的鼻尖，她的红唇，他忍不住低下头去……他的嘴唇刚要凑到她的嘴唇时，只听一阵“咚咚咚”的敲门声。激情随之点燃。管他呢！他还要继续……

又是一阵阵“咚咚咚……”的敲门声。舒伊梅被惊醒了，一睁开眼见到的是蓝诺覆盖过来的脸庞，本能地用手将其挡住，努力挣扎着下床来，脸羞得红红的，还向蓝诺笑了一下，迅速整了整衣服去开门。

“知道几点了吗？中午吃的喝的，下午全吐了，我胃空着，正难受呢！早想吃点东西了，你们这两个自私的家伙，光顾着自己幸福了！”舒小冉嚷嚷着，一副恼火的样子。

“呃……小冉，我不知道怎么就睡着了。我……”舒伊梅的脸羞得更红了，也不知怎么解释好。

舒小冉似乎生气地撇开她，又对着蓝诺嚷嚷道：“陈董，只管自己的幸福时光，忘了还有我们在吧？晚上要好好宰宰你，要你请我们吃大餐。”

“舒总，晚上你想吃什么，尽管说吧，只要舒总吃得开心，能消气就行……哈……”陈蓝诺懒懒地靠在床头，满脸幸福的笑意，还诡谲地对伊梅使了个眼色，仿佛他们真“幸福”了一回。

舒伊梅被窘得脸热辣辣的。心想，这下完了，真是跳进黄河也洗不清了。

舒伊梅不知道自己为什么要这么想。有谁责怪了她吗？当然没有。谁会责怪她呢！这本就是她的权利，未婚与待嫁，只是彼此之间接受或不接受的问题。“我回家看看欣然，你们先商量，商量好了，再来告诉我。”她想了个逃离的借口，欲转身时，又说：“听说建新路新开了家西式餐厅，中午大家都喝了不少酒，建议晚上去吃点粥和点心之类的。”

从宾馆里出来，街灯已经亮起，路灯下已有三三两两的人群在悠闲地散步。是很晚了，也不知道他们吃过没有？舒伊梅担心地想着。

刚踏进门，欣然和同意便一起迎了上来。

“伊梅，回来了。你吃过没有？”翁香玉在一旁问。

“还没有。你们呢？”

“我们也没有。饭已烧好了，怕你没吃，在等你呢！”

“哦，真不好意思，下午在宾馆迷迷糊糊地睡着了。刚醒过来，中午是真喝多了！”舒伊梅歉意地说，又想到了杨仲夏，摸着同意的小脑袋问：“你老爸呢？”

“老爸在床上睡觉呢！”

“哦，快去叫你老爸起来，一起出去吃饭，好不好？”

“好的。”同意开心应着，叫嚷道，“老爸，快起来！梅阿姨说出去吃饭！”

舒伊梅跟着来到杨仲夏的房间，见他半天不动，以为他是睡着了。正欲退出时，杨仲夏从床上爬了起来，很倦的样子说：“我不去了，你们去吧！我的胃还难受着呢！”

“我的胃也难受，一起出去吃点粥吧！”

“不了，真不想出去，你去吧！”

舒伊梅看杨仲夏笑得勉强，于是说：“你……不会是介意吧？”

“介意什么？”杨仲夏不解。

舒伊梅笑笑，也不知道自己指的“介意”是什么，纯粹是脱口而出的。又听见文婷在门外叫喊，再次问道：“你真不去吗？”

“真不想去。你去吧！”杨仲夏回得很诚恳。

舒伊梅不再勉强，牵起同意的手说：“我们走吧！”

杨仲夏看着伊梅离去，心里失落落的，好生难过。

“你们想好了去哪里?”舒伊梅见他们都在车旁等着,问道。

“去你说的西式餐厅。”舒小冉接话。

车子七拐八拐,很快就到了目的地,欣然和同意一起跳下车,直奔餐厅。

餐厅很大,装修很豪华,还有儿童娱乐场所。舒伊梅也是头一次来这里,新奇得也如欣然和同意一样,东张张,西望望。

他们来到柜台,舒小冉好像还未解恨似的,对蓝诺说:“我专挑价格贵的,非宰你一顿不可。”

“没关系,有伊梅这个经济后盾在。”陈蓝诺笑回道,又与伊梅相视一笑。

他们各自点了自己想吃的。舒伊梅多点了两份,分别给欣然和同意。

陈蓝诺付账时,舒伊梅也拿出钱包来,俩人相互拉扯,最后还是让陈蓝诺付了款。不知是不是因为下午“亲密”了一回,两人默契中有些不分彼此了。

吃饭时候,大家都很随意。舒小冉唱主角,话最多,陈蓝诺总接她的话题。舒伊梅不时插上两句,大多时笑笑,或用眼神说话。谭文婷基本保持着微笑倾听的姿态,很少说话,也难插上话,因为他们说的几乎都是回忆的话题。

不知不觉快十点了。舒小冉坚持要回省城,舒伊梅不好挽留。陈蓝诺默许,说已订好了明早回程的机票,干脆跟着一起回省城。

一场意外又不是很意外的相聚,在依依不舍中就此结束了……

五十七

第二天,舒伊梅由于昨天的水果还没卖完,不用起早进货。而人的生物钟是有惯性的,她依然是天不亮就醒了,只是不愿起床,靠在床头上回味着昨天那一场似幻似梦的相聚。

这么多年,自己想的、盼的,又害怕的,到底还是见了,还喝酒了,还喝醉了。人生的第一次大醉啊!岁月匆匆催人熟,原来那个喜欢穿运动装,揣着青春梦想的少年郎变了——不仅形象变了,西装革履,头发梳得一丝不乱,气质也变了,除了成熟和稳重,还有一种说也说不出来的感觉。

这么多年,真的就没有任何女人走进他的生命?舒伊梅回想着他说过的话:“高兴着呢!我还想喝。为我们的重逢……”“不,我不会让你逃了……”

不会让我逃了,这么说来就是我们真的要在一起了?曾经那么渴望的幸福,明明已是那么遥远,远得遥不可及,怎么突然就来到了身边。舒伊梅仍觉得这是大梦一场。她还清醒地告诫自己:事情不是想的这么简单;也不会有理所当然,顺理成章。就像昨天在宾馆里,有可能发生而没发生的情形。“假如爱情可以解释/誓言可以修改/假如我们的相遇/可以重新安排……”她想起了这首《错误》的诗句来。什么都没发生,谁信呢?要是重新安排会不会发生呢?可问题是,他们都认为是发生了,是解释不清了。

有谁要你解释了吗?舒伊梅矛盾地问自己。想到谭文婷这次回来,与春节相比简直判若两人:话少了,安静多了,连笑也不自然了。只有揣了心思的人,才会是这样。

谭文婷的心思,舒伊梅是懂的。很多东西都在潜移默化地改变,她回想着舒小冉昨天的表现,总在回忆中说个没完没了。小冉应该很早就爱上蓝诺了吧,只是自己那时没有发现,或是没用心朝那方面去想而已。恋爱的人，智商都是很低的吧。再想一旁的文婷，总是用手托着下颌微笑静听。想想也是，一晚上说来说去，都是三个人的回忆，也怪不得蓝诺每说一句话时，都要不自觉地朝文婷看上一眼。蓝诺是在乎文婷了，还仅仅是因为怕冷落了她？文婷怎么偏偏就爱上蓝诺了？要是蓝诺真的是在乎了文婷呢？舒伊梅不知不觉让自己陷入了“为爱两难”的矛盾之中。

“老爸，你怎么还站在门外呀？”舒伊梅听出是同意在外面说话，一骨碌从床上爬起来，一边急忙穿衣，一边去开门。

门刚被打开，同意就溜进了屋里，见欣然还在床上，嚷嚷道：“你怎么还没起床呀！”

杨仲夏一脸坏笑地看着舒伊梅。坏笑，是一种勉强的笑，明明心里不是滋味，脸上却还要挂满笑容。杨仲夏知道，她肯定是睡在床上想陈蓝诺，忘记看时间了。

舒伊梅见欣然自己在穿衣服，赶忙上前去帮她，又督促她刷牙洗脸。一切忙好之后，杨仲夏拎着早点进来了。“欣然，快吃吧！刚出笼的热包子。同意哥哥刚才也是吃这个的。”说着，又看向伊梅说，“你去刷牙洗脸，也趁热吃吧！”

舒伊梅感激地看了他一眼，转身去了水池边。

翁香玉走过来时，见欣然在那狼吞虎咽，疼爱地说：“哎哟！我的乖宝宝，慢点吃，慢点吃啊！别咽着，迟到点没关系的。”

“干妈，我睡过头了。”舒伊梅解释得有点心虚。

“没关系，没关系的，上幼儿园迟到点有什么关系。”翁香玉安慰道。

“奶奶，吃饱了，走吧！”欣然嘴里包得鼓鼓的。

“豆浆还没喝呢，拿着边走边喝。”翁香玉把豆浆拿给欣然，然后一手牵着一个出了门。

“你今天上什么班？”舒伊梅目送他们离开后，转身问杨仲夏。

“今天不上班。快坐下吃吧！还是热的。……以后，想买早点给你吃都难了！”杨仲夏说话的语气，明显有点无奈和伤感。

“怎么？是不是你舅佬找到你们了，要带你们去台湾呀？我听说在台湾的大陆人，现在都纷纷回大陆寻亲了，而且一个个都是大佬，很有钱的。”舒伊梅开着玩笑说。

“呵呵……真要去台湾,你那个干妈怎会舍得丢下你这个好女儿?”

“那你刚才的话是什么意思?你要去哪儿?”舒伊梅一本正经地问道。

“去省立医院进修。”

“什么时候?”

“明天。”

“怎么这么突然?之前没听你说过?”舒伊梅奇怪地问,包子还在嘴里,没咽下。

“其实,医院年初就安排了,是我一时不想去。”

“出去进修是好事啊!干吗不乐意?再说省城离家这么近,随时可回来。干妈和同意有我在,你放心去吧!”舒伊梅不以为然地说。

“这倒不必,我不担心他们的。每个人都有追求自己幸福的权利,怎么能连累你?”

舒伊梅突然明白,杨仲夏的这个决定肯定与蓝诺来了有关,不由得想起了昨天问他“介意”的问题。“你突然决定去进修,就因为他来了?你还是介意了?”

杨仲夏笑笑,不语。

“这个……有什么好介意的!哦,对了,你怎么知道他是开公司的?”

“听说的呀!他很伟大,等了你这么多年,难得!”

舒伊梅笑笑,不想再继续这个话题。她知道,他肯定是有心从父亲那儿打听来的。

“原来爱情可以很伟大!怪不得有人说:山无棱,天地合,乃敢与君绝!他等了你这么多年,真的实在难得!”杨仲夏还想说,只认为说出来心里会舒服一点。

“你继续感慨什么爱情吧!我得开门营业了。”舒伊梅起身去开店门。杨仲夏只好跟着起身,去帮忙搬水果箱子了……

谭文婷坐在飞机上,突然有了要离开诺梅公司的想法。她知道她现在的岗位,伊梅完全可以取代,只有离开,唯有离开,才会圆满。她不是不愿看到他们幸福,而是怕自己夹在当中,会给伊梅造成心理负担。都怪春节期间说得太多,可谁又知道天下会有这么凑巧的事呢?

陈蓝诺也同样觉得不可思议:伊梅与文婷怎么就是姑嫂呢?这世界真

是太小，也是天意；又突然觉得哪里有不对劲的地方。谁不对劲呢？伊梅没有。伊梅一直很开心，没有什么异常表现，而且言谈举止间彼此还是心有灵犀的。文婷不对劲？好像有点，可她不对劲，与自己和伊梅在一起有什么关系？他认真地回忆着昨天的每一个细节，每一个人的表情，还发现杨仲夏也有点不对劲。就算他不对劲了，与自己和伊梅在一起又有什么关系？有点复杂，也不复杂，只要伊梅没有不对劲的地方就行了。这样，无论怎么去想，他对自己与伊梅的重逢都是很乐观的，直至下飞机时，心情一直很愉快。

回到单位后，陈蓝诺直接去了办公室。刚一坐下，电话铃响了，接起一听，是吴子俊。“我刚刚到，有什么事吗？”他问时，心情还很高涨。

“我知道，估计你到了。向你说件事……我说了你可别急呀！小冉……她……她出事了。”

“出什么事了？”

“她出车祸了。是送你们去机场后，在回公司的路上，与一辆大货车相撞了！”

“怎么会这样！很严重吗？”陈蓝诺惊慌地问。

“生命暂时脱离了危险，就是……就是一条腿可能保不住了……”吴子俊哀伤地回道。

怎么会这样！怎么出了这样的事！陈蓝诺放下电话后，心凉到了冰点。稍作冷静之后，匆匆走出办公室，他是去找谭文婷，他要立即乘飞机返回，又想到这一去，可能要待很长时间，工作上的事得先交给她处理。

谭文婷正慢悠悠地上楼来，见他脸色苍白，上前急问道：“怎么了？出了什么事？”

“嗯……正找你，小冉出车祸了，情况很糟糕。我这次回去，一时肯定回不了。目前手头上这几件事你要协调处理，与蓝翔公司的合同，与……”

“知道了，工作上的事你放心！你也别太急，路上小心啊！一定小心啊！”谭文婷说着，眼圈就红了——为舒小冉难过，也心疼蓝诺那揪心痛苦的神情……

五十八

失望的时候，是因为有过希望。一个星期过去了，舒伊梅开始有些失望，蓝诺走时明明是要了自己的联系方式的，怎么就一直不联系呢？

是在意自己不再年轻了吗？也许这个不重要吧，他肯定是在意欣然了。舒伊梅突然想起那天，蓝诺盯着欣然看了半天，那时她猜不出他的心里所想。

是爱上文婷了吗？也许是吧！他们天天在一起，难免会日久生情。舒伊梅又想起相聚那天，蓝诺每说一句话时，都要笑看文婷一眼。

时间在变，空间在变，又怎能保准他的心不变？你已不是八年前的舒伊梅，他也不是八年前的陈蓝诺。舒伊梅笑自己是有些痴心妄想了。

这段时间，舒伊梅的眼睛经常地跳。关于眼睛跳的说法，她知道无外乎以下三种情况：一说，顺眼跳祸，反眼跳财；二说，早跳喜，晚跳财，中午跳，祸事来；第三种是比较科学的说法，就是晚上没睡好觉。除了隐隐担心蓝诺会出什么事外，她还是相信科学的说法。因为这段日子，她想得太多，做梦也多，每晚睡觉都不安沉。而关于梦的说法，她也曾在书中读过，佛教中有研究关于做梦的说法，其中“神识重游成梦”是基于佛教的轮回观点——这种观点是说，人的神识会经过若干个轮回，这个身体出生以前，它可能附在另外的身体上，并保留那个身体的记忆，所以一些人会常常梦到一些自己从来没有去过的地方，经历一些自己从未经历过的事情。简单地说，应该就是“日有所思，夜有所梦”吧。还有一种说法叫“积习成梦”，是基于自己的行为习惯与生活习惯而发生的，生活中常见的人和事，容易在梦中反复出现。这种说法她也是信的，因为她总是梦见考试、搬运水果，有时还梦见自己搬苹果时落了一地，杨仲夏笑着走过来帮忙捡起……如此，在摆摊和收摊时，她偶尔也会想起杨仲夏。

爱与被爱，都是幸福，也都是痛。“原来爱情可以很伟大！怪不得有人说：山无棱，天地合，乃敢与君绝！他等了你这么多年，真的实在难得！”舒伊梅回想起杨仲夏曾说的爱情感言，姑且还是相信吧，如果有缘，错过了还会重来的。自己与蓝诺相知相爱再相遇，都是缘。蓝诺肯定还会来的，至少他真的来过了。舒伊梅安慰着自己，深呼吸，抬眼看去，天空蔚蓝，阳光明媚！

不远处的电线杆上，几只麻雀在欢快地跳来跳去。舒伊梅看着它们，决定从此要快乐地生活，不焦不愁，顺其自然。

杨仲夏远远在看着她，正朝她走来。“心情看上去不错啊？”

“呃……你怎么回来了？”舒伊梅略显吃惊，又开玩笑说，“想家了吧？”

“何止是想家呀！还想……多着呢！”杨仲夏做了个故弄玄虚的表情。

舒伊梅“咯咯”地笑着，甚是开心。

杨仲夏看她难得有如此好的心情，心里又矛盾起来：到底要不要告诉她呢？

还是告诉她吧，你不是特地为这事回来的吗？杨仲夏权衡半天，还是决定要将事情说出来。这样想着，他笑着与她寒暄几句后，正经说道：“有件事……我想……想告诉你……”他说着，又犹豫了。

“什么事？快说吧，什么事呀？”舒伊梅越发紧张了起来。

“就是……昨天，我在省立医院门口遇见他了。”

“谁呀？”

“陈蓝诺。”

“他在那干什么，他怎么了？他没回深圳吗？”

“瞧你急的，放心……他没什么的，是，是舒小冉出车祸了，在省立医院住院。”杨仲夏明显是吃醋了，直说道。

“什么？小冉出车祸了？什么时候的事？怎么他们一个都没告诉我？不严重吧？是怎么出车祸的？”舒伊梅紧张得快要哭了。

“告诉你，除了让你担心，也不能改变事实，他们不告诉你，也很正常。而我知道了不告诉你，总觉得有点说不过去，所以请一天假回来了。”

“车祸很严重吗？”

“说是与一辆大货车相撞的，半个车身被压在大货车的底下。她也算是命大，头部受了点皮外伤，只是右腿被车架卡住，听说是消防队带着切割机，弄了一个多小时才弄出来的，目前生命已没危险，可右腿没保住，从小腿处截肢了……”

“啊！小冉……怎么会这样？怎么会是这样啊？”舒伊梅难过得掩面而泣。

“帮一下忙，好吗？现在收摊，我要去看小冉。”许久许久，舒伊梅哽咽地说道。

“好吧，我陪你一起去。”杨仲夏看她哭得泣不成声的样子，心疼得真是后悔不该回来告诉她。

他们一起来到省立医院。走进病房时，舒伊梅一眼看见了坐在床边的舒柏生和杜丽，先打招呼道：“小叔，小婶……”

杜丽连忙起身，舒柏生也跟着站了起来。“伊妹，你怎么来了？”杜丽问着，又疑惑地看向杨仲夏。

“他是杨医生，在这医院里进修，是他告诉我的。”舒伊梅介绍说。

杜丽忙移过凳子，客气地叫杨仲夏坐。

舒小冉躺靠在病床上，一动没动，也没看向他们，只望着天花板，神情呆滞。

“小冉！”舒伊梅站到床边，心疼地喊了一声。

舒小冉的嘴唇抖动了一下，又瞟了她一眼，紧接着，两行热泪涌出眼眶，顺着脸颊滑了下来。

“伊妹，你来得正好，帮我劝劝小冉，劝劝她不能这样！不吃不喝，也不说话。天灾人祸也由不得自己，只要人还活着，就是万幸，万幸了！……”舒柏生说着，背过身去，用手抹着眼泪。

舒伊梅心有不忍，心疼小冉，也心疼她这小叔。想他现在就只这么一个宝贝女儿，又出了这样的事，就建议说：“小叔，小婶，你们出去转转，让我和小冉好好说说吧！”

他们听话地出去后，舒伊梅坐到舒小冉的床边，开始劝说：“小冉……别这样好吗？你爸说得对，算是万幸了！你难过，你爸更难过，你就忍心吗？你明知道你爸有多爱你！你对你爸有多重要！你知道的……你比我幸运。这么多年我所经历的，我的彷徨，我的绝望，绝不亚于你现在的心情，只是我不愿把悲伤写在脸上，也不愿说出来而已。那时的我……”

舒伊梅慢慢说着,她觉得拿自己的不幸去劝说别人,更具有说服力。她说自己当年决定离开蓝诺时的矛盾和痛苦,说自己第一次见到谭文玉时有多绝望,说自己生欣然时吴秀珍是如何对待她,还说吴秀珍让她下岗的事……说得杨仲夏难过得眼圈都红了。

“伊妹……我难过……我……”舒小冉极度伤心,又哽咽着说,“……我成废人了,我的人生已没有意义了……”小冉说着说着,又掩面大哭起来。

舒柏生远远地听见女儿的哭声,吓得直奔病房里面,看到伊梅正拍着小冉的肩膀。“没事,没事,哭出来就好了。”舒伊梅安慰说,杨仲夏在旁边附和。

舒柏生和杜丽站在一旁束手无策,这时,陈蓝诺和吴子俊进来了,他们看到这一情景,都吓得不敢出声。

舒小冉听见他们进来了,像个哭鼻子的小孩一样,迅速用袖口擦去脸上的泪痕,破涕为笑说:“没事了,没事了!”

大家看着她,一个个愣住了,又很快跟着笑起来,尤其是舒柏生,激动得又流眼泪了。

“呀,你真是大仙!你太伟大了!你来得真好!终于让我们的舒总开金口了!嘿嘿……你是舒伊梅吧?还记得我吗?”吴子俊玩变脸似的,如孩子般乐着。

“嗯。你是……吴子俊?久闻大名,刚看到你时觉得面熟,现在想起来了。”

“当然,那么浪漫的事,你怎么会不记得?”吴子俊说着,还诡谲地看了一眼蓝诺。

陈蓝诺自然知道他所说的那件浪漫的事情。那是他上大学的那年,舒伊梅过生日,他叫吴子俊代他买一束玫瑰花和一张贺卡,署上他的名字送给她。

“什么事呀?说得神秘兮兮的?”舒小冉努力恢复常态,好奇地问道。

“都是很久以前的事了,舒伊梅生日时,我帮蓝诺送花给她。”吴子俊急忙抢说了。

“哦,原来那事是你做的?没想到你还替人做过这么浪漫的事!”舒小冉的话一出,大家又开心地笑了起来。

大家说笑一阵后，陈蓝诺转开话题，说："我已联系了好几家安装假肢的企业，尽量按最好的技术安装。"此话一出之后，他们说了许多有关安装假肢的好处来，只为劝说舒小冉要乐观。

一个人把悲伤演绎到极致时，就自然能坦然面对了。舒小冉的转变，也并不完全归功于舒伊梅劝说得有多好。这些天来，她一直被悲伤裹了一层又一层。悲伤在一个人的心里，仿佛是一个黑社会的团伙，只要有一件事勾起悲伤，把所有的事都牵扯出来了。单恋了十几年的爱情没了，还把一条腿给搭上了，这怎么能一时想得通？怎么能不悲？她本是想，既然蓝诺和伊妹在一起了，自己也老大不小了，干脆结婚算了，而这个与自己结婚的人选自然就是吴子俊。可现在自己成了这样，吴子俊怎么还会要她？

陈蓝诺也这样认为。爱情有多伟大，只是人们爱唱高调罢了。没有人愿意接受残缺，吴子俊虽坚持了这么久，他还会坚持吗？想到这个，他茫然了，不知所措了，这巨大的心理负担，彻底搅了他与伊梅的幸福计划。如果小冉得不到幸福，他怎能心安？

"我们每一个人都有可能扮演人生悲剧的角色，在这出悲剧中，爱情更是免不了的穿插。我们如果扮演得很好，让人生舞台前面的观众，觉得这个角色虽有错误，但并不愚昧，而是个值得同情与喝彩的角色，那也算我们生活上的一个成功。"昨晚睡不着时，陈蓝诺在书中读到的这段话，使他想到了斯维雅，想到了舒小冉发生这起车祸的根源，难免又是自责一番。这样所谓"成功"的人生戏，演绎一场也就够了，难道还要重蹈覆辙？见伊梅来看小冉，陈蓝诺本来是想把这些纠结与她说说的，也不知道为什么，又不想说了。是不想给伊梅添烦恼，还是因为伊梅与杨医生一起来的，心有不悦和顾忌了？也许都有点吧！因为爱而吃醋，这是人的一种本能。

五十九

一大清早,舒伊梅刚打开店门,就听厂里刘会计在远远地叫她。她应着,迎上前去。俩人寒暄了几句后,刘会计问:“自考文凭拿到了吗?”

“还没有,但已全科通过了,估计下个月能拿到吧!”

刘会计听着夸赞道:“我知道你肯定行的。我就是为这事过来问问,都考过了,好啊!税务部门正在招考,昨天替我侄女报名时,突然想起了你,所以来告诉你。”

舒伊梅非常感激,难得刘会计还挂念着自己。欣喜之余,又有点沮丧,说:“我的毕业证书还没拿到,怎么办呀?”

“那没关系,拿全科通过成绩单去报名,应该没有问题,以前就有人这样做过。”

舒伊梅听后很是欣慰,也信心十足。

“塞翁失马,焉知非福,一点也不假,早下岗可早做计划。听说这个厂要被日本客商买下,现在厂里正在实行买断政策,全体职工都面临着下岗……哦,想起来了,小舒,收到你婆妈去年给你代领的 8000 块钱了吗?”刘会计似是不放心地问道。

“8000 元?不是 18000 吗?”舒伊梅特别惊讶。

“厂里补助的是 5000,加上退回的集资款 3000,一共是 8000 元。吴秀珍说是 18000 吗?她给了你 18000 吗?难怪她要坚持替你代领,看来她对你还是有点良心的。哦,不知道你听说没有,关于厂里集资款的事,听说检察院正在暗地调查这事,说是厂里广播室那女人的丈夫举报的,鲁付春和吴秀珍把职工缴的集资款,全放在他们的小金库里,一直未入账,现在我退休了,也不能确信这事是真是假,但我去年年底退休时,那些集资款确实是没有入账的。”刘会计一股脑地说着。

“厂里广播室的女人？她丈夫举报的？”舒伊梅不解地问。

“你不知道？你走后，鲁付春就看上了那女人，把吴秀珍甩到一边了。失宠了啊！厂里人都在背后笑话吴秀珍，也是她自己作孽哟，谭清玄那么好的一个人，硬是被她活活气得寻了短见！”刘会计说得有些幸灾乐祸，仿佛是在替舒伊梅解恨。

不过舒伊梅并没有解恨的意味，相反有些心疼，还有点愧疚。震惊的同时，脑海里瞬间想到去年年底吴秀珍来这看她的情形，心里七上八下的……

舒伊梅知道自己已把吴秀珍遗忘很久了，这是她刻意所为。在她看来，忘了她就是忘了过去。她害怕去回忆那些没有光明和笑容的日子，那些使她的人生陷入无底深渊的日子。可是，既成的事实是无法改变的——吴秀珍是自己的婆婆，她儿子死了，自己这个做儿媳妇的就有责任和义务去关心她。舒伊梅就这样很快检讨了自己，也突然明白这份责任和义务，就是她这场婚姻的续篇，是不可逃避的事实。

刘会计走后，舒伊梅立刻回屋寻找吴秀珍还给她的钥匙，然后急匆匆走向唐人街313号。

“哐”的一声打开院落的铁门，舒伊梅环顾了一下，眼前一片狼藉，落叶遍地；红的、白的、黑的塑料垃圾袋，被风吹得有的挂在树枝上，有的落在墙根边，有的贴在已枯死的盆景旁；再看房门紧闭，对院的两个窗户都关得严严实实的。

难道她不在这屋子里住了？那她住哪儿了呀？舒伊梅疑惑地打开房门，浓浓的一股霉味夹着方便面的味道，扑鼻而来。她扫了一眼阴暗暗的屋子，只见吴秀珍直直地坐在沙发上，望着她，惊得舒伊梅快速拉亮了电灯。

眼前的吴秀珍，神情木然，头发花白，且凌乱不堪；脸皮松垮，颧骨凸显；眼睑严重下垂，皱纹横生。舒伊梅简直不相信自己的眼睛：这是她吗？是昔日那个光彩照人的吴秀珍吗？

“吓着你了吧？我一直在等你回来，我知道你听说厂里情况之后，肯定会回来的。”吴秀珍的声音沙哑而低沉。

“外面说的是真的？你没上班了吗？还有，你多给我的下岗补贴费，就是你们小金库里的钱，是吗？”舒伊梅直入主题。

“是的，我现在被单位停职调查了。我知道这一天迟早会来的。”

“那些钱被你们全花光了?”

“多是被他后来与那个广播室的女人给挥霍了。鲁付春是个畜生,我一定要让他得到应有的报应!”吴秀珍恨恨地说。

“那现在怎么办?”

“能怎么办? 准备去自首,只是有一件事放心不下。”

舒伊梅看着她,等待她说下去。

“这些天,我一个人在家想了很多,也想通了,是该遭报应了。是我贪图虚荣,是我造的孽太多,对不起清玄,对不起文玉,更对不起你……伊梅……现在,我不奢望你能原谅我,我很愧疚,只希望你以后能多照顾点文婷。文婷这孩子是没有你坚强的,除了你,已经没有亲人在她身边了,我最放心不下的就是她,都二十六七岁的人了,还没谈婚论嫁,这是我做母亲的责任啊!”吴秀珍说得激动,说得动情,说得老泪纵横。她接下去还说了很多,都是些忏悔之言,说谭清玄的死,说她与鲁付春的罪孽,也说了她让伊梅离开单位的原因……

舒伊梅听着,有些感动,也有些自责。她始终认为:人的本性是善良的。吴秀珍,或者说鲁付春,他们的理智和情感轨道之所以偏离,是因为贪婪和权力滋生的欲望膨胀所致。人一旦对自己所做的事有了愧或是悔,就像把穿旧的衣服拿去翻新,再次展现出来的,将是全新的一面。她相信吴秀珍在忏悔的同时,已恢复了慈母的本性。为了能让她安心去自首,能更好地改过自新,舒伊梅郑重其事地说道:“其实,文婷已谈朋友了。”

“谈朋友了? 谈了什么人? 怎么一直没听她说过?”吴秀珍惊讶地问道。

舒伊梅自己也惊住了,她在心里问自己:你怎么能说得这么肯定?

“文婷真谈朋友了? 她对你说的?”吴秀珍又问。

“呃……是文婷公司的老总,我的老乡,叫……陈蓝诺……”舒伊梅只好这样说了。可说后她又非常后悔,因为自己明明还爱着蓝诺的;再说了,感情这种事,又怎么能说得这么肯定?

“在对的时间遇上对的人,是一种缘分;在对的时间遇上错的人,是一种不幸;在错的时间遇上对的人,是一种无奈;在错的时间遇到错的人,是一种残忍。”依照张爱玲的理论,这个对上的缘分也只有四分之一的概率,甚至更少。舒伊梅的思维陷入一场极大的矛盾之中……

舒伊梅知道,说出去的话覆水难收。为什么要说呢?说了就要对吴秀珍有个交代的。她真的很难过了,也后悔了。

生命中总有些难以承受的重量。有进有退的人生,才是一种和谐的人生。适时地放开,就等于解放自己。也许文婷更适合他。能看着所爱的人幸福,也是幸福。舒伊梅开始寻找更多说服自己的理由……

陈蓝诺终于帮舒小冉联系好了安装假肢的事情,吴子俊听后非常高兴,忍不住问道:"蓝诺,问你一件事,帮忙参谋一下,我要是这样做,会不会让小冉认为我是在乘人之危?"

"什么事?说得这么严重!"

"我想,想等小冉这次假肢手术安装之后,就向她求婚。"

"真的?向她求婚?你不介意?"

"你这问的是什么话呀?介意什么?介意她腿残了吗?你把我当成什么人了!爱上一个人会轻易改变的吗?不说她只断了一条腿,就是两条……呸!这话不吉利了。总之,我绝对愿意照顾她一辈子!"吴子俊慷慨陈词。

陈蓝诺狐疑地看着他。

"怎么?你不相信我?"

"不……不是……是我……嗯……这个……爱情,还真的很伟大哦!这个……我也说不准的,你……可以试试的。嗯……想起一个故事来。"陈蓝诺的语言不畅,是受先前的思维影响,但还是掩饰不住内心的喜悦。

"这是佛经上说的一则故事:有一天,天陀山起了大火,许多鸟儿一起汇集于天陀山大火之中,原来这些鸟儿是'入水濡羽,飞而洒之',它们将身上的羽毛沾上水,然后把水洒向天陀山,期望能熄灭这场大火。天神见了对鸟儿们说:你们虽想救火,但这点微薄的水有什么用呢?鸟儿们回答说:我们常年住在天陀山之中,和天陀山朝夕相处,情深似海,怎忍心天陀山被火烧掉?天神听了很是感动,弹指间就灭了山火。于是,鸟儿们又开心地生活在天陀山了……"

"对嘛!伟大的爱是能得到神助的,就像你对伊梅的爱,不也是因为感动了天,感动了地,才终于又可以让你们有机会在一起了。这让我想起一个什么成语来着,是……"

“是……相濡以沫,对吧?”

“对,是这个。你怎么知道我说这个? 说不清为什么? 我就是喜欢小冉,真的,就是想与她生活在一起,相濡以沫,白头偕老。”吴子俊说得溢于言表。

“你知道这个成语的典故吗? ‘泉涸,鱼相处于陆,相呴以湿。’相濡以沫,这是一个真正的爱的标志,一个让生命变得厚重的词,是爱的最高境界,不是吗?”陈蓝诺富有深意地说着,心情是那么轻松。

有人说过,如果你爱一个人,那么就永远忍耐她的一切;反过来,如果你能恒久忍耐一个人,那么你一定是非常爱她。舒小冉会明白吴子俊有多爱她,而吴子俊默守了舒小冉这么多年,也该拨云见日了。陈蓝诺这样想着,就说:“加油! 相信你一定能够成功!”

吴子俊听着,笑得开心,也充满信心……

六十

陈蓝诺自舒小冉出事以来，基本待在S省城公司主持工作。这期间，偶尔回深圳公司看看，发现谭文婷的工作能力不差于舒小冉，自然对她多了份欣赏和放心。殊不知，谭文婷已悄悄做好了离开的准备。

谭文婷一直没有放弃要离开公司的决定，同时认为离开是必然。陈蓝诺不在公司的日子，她发现自己有多想他，她害怕这样下去会让自己疯掉。想爱又不能，只有选择离开。她需要一个新的环境去安抚自己，去创造属于自己的幸福和未来，去寻找她生命中的下一个“陈蓝诺”。

每次在陈蓝诺回公司时，谭文婷第一件事就是向他汇报公司的近况。今天例外，就是在向他汇报完工作之后，又递上了辞职报告。“陈董，谢谢你对我的器重和栽培，我准备回家找份工作，行李都收拾好了……”她似笑非笑地看着他，语气坚定。

这太突然了！陈蓝诺难以置信！她不是说过“才不要回家边上工作”的话吗？怎么突然要离开公司了？他真真切切地记得，有次她接电话时，对着电话筒生气地大声说：“我才不要回家边上工作呢！”当时说过之后，她还不好意思看了他一眼。

“你……能不能多留三五天？等我……出差回来……再定。好吗?”他看着她半天才说，商量的语气里有一丝无奈和不解。

谭文婷看他这样，心又不忍了，只好点了点头。

陈蓝诺只不过是采用了缓兵之计。他说的出差，是要去南林市找舒伊梅帮忙劝说，舒小冉出车祸后，公司人手本来就不够了，谭文婷怎么可以说走就走，他相信伊梅会劝住文婷，他也看出了她们姑嫂关系非同一般。

陈蓝诺先到省城公司，然后一个人开车前往南林市。在经过舒伊梅店门口时，他把车窗玻璃摇下，按了两声喇叭，还招手和舒伊梅打了招呼。

舒伊梅看见他时，似是早有心理准备，很快就把摊位上散摆的水果收起来，然后把店门半关上。这时，陈蓝诺正好从后门进来。

“我知道你会来的……坐吧！我去给你倒杯水。是为文婷的事吧？”

“这么说，你早知道谭文婷的想法了？她为什么要突然决定离开公司？你知道小冉出车祸后，我的主要精力放在这边，深圳公司本来人手就不够了，她这不是落井下石吗？明明知道公司很需要她，离不开她……”

舒伊梅默默地听着，不时看他一眼，感觉就如同老公回家后，把单位里不顺心的事情，对老婆唠叨个没完那样，特别的亲切和温暖。

“公司真的离不开她吗？”陈蓝诺接下杯子时，舒伊梅搭话问道。

“是啊！这段时间我不在公司，所有业务都是她在打理。老实说，她的能力确实不错。”陈蓝诺喝下一口水后，认真地说。

“我知道文婷为什么要离开。你记得泰戈尔的那首诗《世上最远的距离》吗？”

陈蓝诺当然记得，泰戈尔的诗，他们以前一起读过。他看着舒伊梅，以为她要考验自己的记忆力，就随口背诵起来：“世上最远的距离／不是生与死的距离／而是我站在你的面前／你却不知道我爱你……”

“世上最远的距离／不是我不能说我爱你／而是想你痛彻心扉／却只能深埋心底……”伊梅见他停了一下，自己接着背诵了一段。

“为什么要念这首诗？是在回忆我们的过去吗？现在我着急文婷要辞职的事呢！你得帮我想办法劝劝她，她肯定会听你的话的。”

“不是，我是想要告诉你，文婷很爱你，你却不知道。她是因为爱你，所以才要离开你。春节回家时，她与我说的所有话题都离不开你。当然，那时她不知道我们之间的故事。有人说，爱情是一笔存款，相互欣赏是收入，相互摩擦是支出，相互忍让是节约开支。你查查你的爱情账户，相信收入肯定不菲。其实，最好的爱情就在身边，它也许沉稳内敛，也许不善表达，但却是真挚的爱。”这些话，舒伊梅早有准备。

陈蓝诺听着，似懂非懂。“可是，我们……我的计划，我早预备好了，如果你不去深圳，我就来南林开个分公司，我说过，我不会再让你逃的……我等了你这么多年！这么多年，怎么会轻易放弃？”陈蓝诺似乎又意识到了什么，急急动情地表白。

“人都是在变的！想想你还是学生时代的陈蓝诺吗？我也不是当年那个舒伊梅了吧？从我们分开的时候起，我们就各自生活在不同的轨道上，像两条隔着时空的平行线，我触摸不到你的生活，你感受不到我的生活。”

“怎么变了？我看你是一点没变。要说变，除非是我变了，变苍老了，变得越来越信赖你，越发想和你在一起……连吴子俊都说，是我对你的爱感动了天，感动了地，才让你回到我身边的。你该不会打算，要把我谦让给你小姑子吧？”陈蓝诺半开着玩笑。

舒伊梅一阵眩晕，她不能不为此感动，坚定的心不能不动摇。她何尝不想与他在一起，她明白自己还是那么爱他！

正因为爱他，所以才要离开他。现在，舒伊梅已经有足够多的理由，认为文婷更适合他。这种理由是在与吴秀珍的谈话之后，她就开始一点点地搜集，并一次次说服自己的：无论如何，自己再不能够和蓝诺在一起了！

爱情可以是一个人或两个人的天地。婚姻不可以，婚姻是一个大家庭。婚姻不仅仅只要爱情，还要生活。生活是现实的，既要与柴米油盐打交道，还要融入各自的家庭。蓝诺的母亲当初不接受她是农村户口的儿媳妇，现在就更不会接受她这个死了丈夫，还带着女儿的儿媳妇。蓝诺会想到这一点吗？他当然不会想到。

这样想着，舒伊梅很快镇静下来：“蓝诺，人真是会变的。那都是过去，过去的东西随着年代远去，如今也只能以故事呈现。吴子俊说得也对，你的爱感动了天，感动了地，感动了我们周围所有的人。可是，爱情不是呈现于表面的浪漫和激情，爱情最终要融入生活，经得起平淡的流年……”舒伊梅低头说着，感觉自己像是一个历经沧桑的老者，在劝导着一个不谙世事的少年，不过她又很快意识到有些地方不大对劲，抬起头来，只见蓝诺紧盯着她，又激动得站起身来。

“你这一番话是什么意思？你刚说最好的爱情就在身边，难道是你变了？你爱上那个杨医生了？所以你说文婷爱我，把她推给我？你以为我是农村里的‘老大难’，找不到老婆的那种吗？自从得知你嫁的是一个残疾人，我就知道这不是你的意愿，也晓得你过得肯定不幸福。我说过，我要给你幸福，这些年一直在坚持等你。为了你，我伤害了夏小新，还害得一个女孩跳楼了。你不知道那时我有多痛，有多自责！我只想着，爱上一个人不是罪过，只要我们还能在一起，上帝就会原谅我的。又因为……”

舒伊梅听不下去了，心潮涌动，只好背过身去偷偷抹着眼泪。

“我努力地想你，记住你齐肩发的模样，我曾错觉地把谭文婷当成了你……爱情是可以谦让的吗？”

“对不起，蓝诺。对不起……”舒伊梅极力控制着情绪，转身看着他说。

“为什么要说对不起？你承认了吗？你承认你爱上那个杨医生了吗？难怪你和他一起双双去看小冉……”陈蓝诺真是觉得自尊心受到了严重伤害。他一直以为，真如谭文婷所说的那样，这些年没有白等，他与她是理所当然在一起的，怎么会有变故？怎么会有变故的理由？

沉默，只有沉默。舒伊梅宁愿被陈蓝诺如此误会，也不会动摇自己的决定。

很久，很久，陈蓝诺稍微冷静。“我只想告诉你，我明白自己还有多爱你。如果你认为爱情可以谦让，如果你真希望我跟文婷在一起，我会考虑的。”说着，转身准备离去。

“蓝诺……”舒伊梅急急地叫住他。

“还想说什么？”陈蓝诺慢慢转身，紧盯着她问。

“呃……没什么，之前文婷已经来过电话，我说服了她，她不会离开你了。文婷真的很爱你，请你珍惜她吧！”

“你……这算是安慰我吗？是在求我爱文婷吗？还是在为你的选择愧疚不安？”陈蓝诺冷看了她一眼，扬长而去。

舒伊梅一时语塞，只能看着他离开，看着他走上车，又看着他把车子开过店门口，渐行渐远……

因为爱，所以离开。说起来简单，做起来太难。舒伊梅回到屋里，哭得歇斯底里……

吴秀珍被刑事拘留之后，舒伊梅经过慎重考虑，最后还是决定搬回谭家。她回到谭家的第一件大事，就是换掉了院落的铁皮门，只为不要再听到那“哐啷哐啷”的可怕的如同宣判命运的声音。随后买了一辆木兰车，开始了早出晚归的生活。

傍晚收摊回家时，同意总是先爬上木兰车，赖着要与欣然一起回家。舒伊梅很乐意带他，还趁此机会叮嘱同意不要叫她“梅阿姨”了，而改口叫“姑姑”,以此来婉转明示她与杨仲夏的关系。翁香玉自然明白了舒伊梅的用意,心里难免有些失落;不过她也想通了,就算伊梅做不成儿媳妇,但这个闺女她是认定了,并且和以前一样对她关爱有加。

三个月后,法院结了案。由于吴秀珍坦白交代了实情并提供了有价值的线索,又帮助检察院查出了鲁付春很多贪污受贿的罪证,法院从轻判了她有期徒刑五年,鲁付春则被判有期徒刑十二年。

法院终审那天,陈蓝诺是陪着谭文婷一起回到南林市的,舒伊梅以家人的身份接待了他们。陈蓝诺再次见到舒伊梅时,始终不冷不热,不温不火,偶尔的眼神相遇,也只是淡淡笑笑,从不搭话。

走出法院的大门,谭文婷为母亲将要遭受的牢狱之灾,哭得泣不成声。陈蓝诺把谭文婷轻轻地揽在怀中,以半拘谨半诚挚的状态,向谭文婷示爱求婚了。

舒伊梅在一旁傻愣愣地看着,不知蓝诺这是在有意气她,还是表示他听从了她的建议?也许这些都不重要,重要的是,他真的会与文婷在一起了。只是舒伊梅的内心深处,有重重的失落之感,还有痛彻心扉的那种感觉。也许,今生与他注定有遗憾;也许,这样的遗憾也是一种美。舒伊梅只能这样聊以自慰。

就在陈蓝诺与谭文婷双双离开的第二天,舒伊梅接到了南林市税务局的录用通知书,这天恰好是她二十八岁的生日。舒伊梅不禁感叹:来到这个城市整整九年了,人生之路弯弯又长长,在自己所经历的人生中,失去的,得到的,时光的镜子自是见证过的。那一种莫名的快慰和莫大的幸福,让她突然想起了海子的名诗:“……从明天起,和每一个亲人通信/告诉他们我的幸福/那幸福的闪电告诉我的/我将告诉每一个人……”

面朝大海,春暖花开。舒伊梅对幸福的理解,似乎有了新的定义和新的目标。生活,不求最好,但求更好。人生,不求精彩,但求无悔。心之豁然,幸福花开。她还想到了自己还未完稿的小说《正值花开》,在有所期待的同时,也添了一份自信。

这天,她早早地关上了店门,热情地邀请翁香玉一家前来吃饭,又恰巧杨仲夏休假在家。杨仲夏特意订了一盒蛋糕前往祝贺,当他和母亲、同意一起踏入久违的谭家院门时,一眼便看到收拾得干净利索的院落,还有那一钵钵错落有致、生机盎然的盆景，他的心海被一种莫名的情愫触动得微漾起来。

“干妈，同意，杨——大哥，你们来啦！”舒伊梅从屋里迎了出来，笑盈盈地打着招呼。同意随即叫了一声：“姑姑好！”

舒伊梅见杨仲夏手中拎着蛋糕，赶忙上前接下，责怪着说：“杨大哥，干吗这么客气，难得请过来吃一餐饭，还让你破费了！”

“工作解决了，这是多大的喜事！还碰上你过生日，当然要隆重庆祝一下！”翁香玉接话道，又急急做着挽袖的姿势，说要帮忙烧饭去。舒伊梅笑看着翁香玉走向厨房，没去阻止，也从心里感激她的这个干妈，庆幸自己这是前世修来的福气。

“杨大哥，请坐。我来给你泡茶。”舒伊梅客气地说。

舒伊梅知道，人与人之间关系的处理，绝对是一门艺术。她时刻有着清醒的认识，与干妈之间可亲则无度；而对于这个大哥，她要亲则有度，不可以随随便便地招待。“杨大哥，你看看电视吧，不能让干妈一个人忙活，我去厨房烧饭，就不陪你了。”她歉意地说。

杨仲夏勉强地笑着回应，他是被舒伊梅那份刻意的一声又一声的“杨大哥”，搅得心里早已说不出是什么滋味了。他看着欣然和同意在沙发上做着游戏，玩得正酣，自己也无心看电视，就一个人在屋子里转悠起来。

转进舒伊梅的房间时，一眼看见书桌上有一本很厚的笔记本，他随手翻开了第一页，最上面有一行醒目的娟秀大字：“生活中最大的幸福是坚信有人爱我们。——雨果”。

再往后翻，页页都写得满满的。杨仲夏强迫自己静下心来，略看了一会，才惊讶地发现，这竟是一部还未完成的小说手稿！那一刻，他的心海不再是微漾了，而是卷起了滔天巨浪，进而情不自禁地感叹：伊梅的人格如此独立而高贵，气质如此静雅而脱俗，居家如此温暖而温馨，自己要何等优秀，才可以真正走进她的生活呢？

后 记

应该说,是在很多年前,我就有了创作长篇小说的欲望,无奈那时阅历较浅,涉世不深,加上自己一心投入备考之中,所以只好一忍再忍。2013 年基本结束了近十年的考试之路,于是迫不及待地进行重新构思、搜集资料、敲键疾书。

曾读过阿尔费雷德·苏扎的一段名言:“长期以来,我总有一种感觉,以为生活——真正的生活,即将开始了。但是,每一次总会遇到这样那样的障碍,总有些事没有完成,需要打通关节,总有些债务没有偿还,需要付出努力和时间……似乎只有完成了这些,生活才会真正开始。有一天,我忽然明白,其实正是这些障碍,才构成了我们的生活。”由此让我认识到,在人生的旅途之中,幸福不会是一条光明大道,但前行中总会留下些许幸福的见证。

那么何谓幸福呢?一千个读者的心中就有一千个哈姆雷特,每个人对幸福的定义都千差万别。在现实生活中,似乎人人都在追求幸福,似乎人人又有过不同程度的困惑:自己想要的幸福到底是什么?我创作这部长篇小说的动因,就是希望把自己的一些所思所想、所感所悟表达出来,并通过小说中不同人物的命运,以及人物之间所构成的亲情、友情、爱情和婚姻关系,来更好地呈现现实生活中存在的一些婚恋观、价值观和幸福观。

小说的创作原则是要源于生活,更要高于生活。《幸福路弯弯》的素材基本源于真实的生活,只不过我采用了嫁接术,把发生在身边的故事、道听途说的故事以及合理想象的故事,进行了综合性整合与逻辑性架构,使得小说的故事情节得以跌宕起伏、延续展开并一气呵成。

一个人若能始终保持崇善向上,就是幸福的。这种观点,差不多就是我在这部小说中所折射出的主要幸福观,它是一种内在精神,而非外在的物质条件。所以我所塑造的女主人公——舒伊梅,是个具有强大内心世界的人。

她有时下热评的“37度女人的美丽”，洁净温暖，不温不火，不左不右；她独立而不偏执，心伤而不绝望，平凡而不平庸；她能在任何境遇中积极向上，朝自己心中的人生目标不懈努力；她还能越挫越勇，越活越美，一点一点地把内心的光芒散发出来。从某种程度上说，她身上所表现出的那份坚定和毅力，那份高贵与恬淡，能引领人宽以待人，又能激励人奋发向上，还足以启发那些把日子过得迷茫的人，那些对生活失去信心的人，去深度地理解幸福所蕴含的哲思与意义。

第一次尝试写长篇小说，对自己的创作水平不敢恭维，只能说我真的努力了，能写出来就已经很知足。创作前后经历了一年多时间，三个月完成初稿，之后是修改了一次又一次，文件夹建了一个又一个。这期间，除了家人的充分理解和鼎力支持外，更多的则要感谢我的师长和文友们。完成第三稿时，我开始把电子档对外传阅，请求他们指点迷津，鞭策斧正——是他们潜心的阅读、诚恳的指导、中肯的批评，使得我继续着一稿又一稿的修改，直至第九稿后定稿。

关于故事的结局，定稿之前，每稿都打了死结——是否让舒伊梅与杨仲夏结合。最后定稿时，突然产生要给读者留个悬念的想法。之所以有如此想法，是因为对幸福的理解，要与时俱进。如果以后精力允许的话，我将会多给自己“充电”，待到自认为写作水平有所提高之后，再考虑创作其姊妹篇，去深度塑造一位集美貌、知性、优雅、才气、爱情、事业、家庭于一身的女主人公形象。